Impressum

U.C. Ringuer © 2022
Berlin/Paris
www.geheimnissederarchaeologie.wordpress.com

Herstellung und Druck über tolino media GmbH & Co. KG,
Albrechtstr. 14, 80636 München. Printed in Germany.
Fragen zu Produktsicherheit an: gpsr@tolino.media.

Dieses Buches basiert auf realen Umgebungen und historischen Begebenheiten. Seine Handlung ist erfunden.

Des Goldes Schmuck schmäh'te er nicht,
wüßte er all seine Wunder.

Richard Wagner
Das Rheingold

Eine Entdeckung in den Katakomben

Der hagere Geistliche brütete bei hereinbrechender Nacht in seinem schäbigen Büro, begraben zwischen Stapeln von Predigten und Rechnungen für den Blumenschmuck des Altars. Er raufte sich die grauen Haare und presste die schmalen Lippen aufeinander. Er hatte schlechte Laune und ihm war kalt. Seine Soutane war abgegriffen und fadenscheinig. Es war, als wehe der Wind durch sie hindurch. Das Pfarrhaus lag stumm und dunkel, ohne Saft, Geschmack und Leben um ihn her.

Giovanni Rante hasste die leeren Räume, die unmodernen Möbel und den Geruch nach Erbsensuppe, der in allem hing. Durch das Fenster war die mächtige, hellerleuchtete Fassade der Basilika zu sehen, aber er schaute nicht auf sie. Der Ausblick interessierte ihn genauso wenig wie der süße Duft der weißen Rosen, die ein Zulieferer für die Hochzeit des nächsten Tages gebracht hatte. Die Blumen waren nicht für ihn und er hätte sie gern in hohem Bogen aus dem Fenster geworfen. Andere waren glücklicher als er. Sie würden sich Liebe schwören und er würde sich am Abend darauf eine weitere Konservendose öffnen.

Er seufzte und senkte den Kopf erneut über das karierte Blatt Papier vor ihm. Er hatte die Zahlenfolge, deren Summe seine Aufmerksamkeit erregt hatte, noch einmal durchgerechnet, aber starrte noch immer hilflos auf die Tabelle. ‚Wie sind die Leute auf diese Resultate gekommen?' Die Bürolampe warf ihr fades Licht auf die simplen Zeichen, aber er las sie wieder und wieder, ohne sie zu verstehen. Die Vermesser meinten, dass ein Gang im Unterbau der Ruinen des alten Gebäudes, welches hinter der Basilika stand und das man als Palast des Gotenkönigs Theoderich bezeichnete, unter der Erde kürzer sei als darüber.

Rante kaute auf seinen Fingernägeln herum und schob die Papiere schließlich beiseite. „Wie kann ein Gebäudeteil über und unter der Erde verschiedene Längen haben? Was für ein Unsinn. Die Vermesser haben einen Fehler gemacht. Und das bei dem Preis, den wir ihnen zahlen." Er schlug den Hefter zu und ging zu Bett.

Am nächsten Abend änderte ein Zufall seine Meinung. Rante hatte sich mit einem seiner Amtsbrüder in einem Restaurant der Altstadt verabredet, um dem Einerlei seiner Junggesellenküche zu entgehen. Als sein Kollege sich verspätete, ging er in den hinteren Anbau, um auszutreten, und verlief sich auf dem Rückweg zwischen aufgestapelten Stühlen und Weinfässern. Nachdem er den zweiten falschen Weg in dem Labyrinth genommen hatte, öffnete er auf gut Glück eine schmale Tür. Dann weiteten sich seine Augen und sein Kinn sank herab.

Was er sah, hätte gewöhnlicher nicht sein können.

Er stand vor einer Ansammlung von Besen. Mitten in der heruntergekommenen Unordnung des billigen Etablissements begriff er jedoch, was ihm am Vorabend entgangen war. „Ich bin blind gewesen! Es gibt einen verborgenen Raum unter den Mauerresten im Garten der Basilika."

Hastig raffte er seine Soutane über den mageren Beinen zusammen und wandte sich um. Er rannte durch jeden der Gänge, bis er nach draußen fand. Sein verdutzter Kollege blieb in der Tür des Restaurants zurück, während Rante mit klatschenden Schuhsohlen durch den Regen und die dunklen Gassen Ravennas zurück zur Basilika eilte. Die Stadt lag stumm und verlassen, nur erhellt vom Mond, der dann und wann durch die Wolken brach und silberne Streifen auf die grauen Pflaster und die uralten Häuser malte. Niemand kam ihm entgegen und keiner fragte ihn, warum ein älterer Priester so atemlos durch die Nacht hastete. Nur ein dunkelgekleideter Passant hielt inne und sah ihm nach.

Als Rante die Basilika erreichte, lag sie einsam und verlassen in der Dunkelheit. Keines ihrer hohen Fenster war erleuchtet und die Tore waren verriegelt. Er atmete auf und versuchte, seinen Puls zu beruhigen. Mit klammen Fingern fischte er den Schlüssel aus der

Soutane und schloss das wassertropfende Tor zum Vorplatz der Kirche auf. Als er es bewegte, zerriss ihr übliches, unangenehm kreischendes Geräusch die Nacht. Er zuckte zusammen und presste die Zähne aufeinander in der Hoffnung, dass niemand ihn gehört hatte. Zu seiner Erleichterung regte sich nichts. Nur eine Ratte huschte über den Rasen, ansonsten blieb alles still. Es wäre ihm schwergefallen, zu erklären, was er zu dieser Nachtzeit ganz allein in dem so sorgsam geschützten Gemäuer tat und es war besser, niemand sah ihn. Dass der Passant, den er bei seinem Sprint fast zur Seite gestoßen hatte, ihm gefolgt war, fiel ihm nicht auf.

Hastig zwängte er sich durch den Spalt und zog das Tor wieder zu. Er wollte nicht, dass irgendjemand mitten in der Nacht die Polizei rief, weil es offenstand. Die Basilika hütete wertvolle Mosaiken und Monstranzen.

Sein Gewissen würgte ihn, als er, ein Mann der Kirche, allein, nachts, über den Vorplatz des Gotteshauses und durch dessen Garten eilte wie ein gemeiner Dieb, aber er verdrängte seine Gefühle. Lautlos holte er Kabel, Schutzhelm und Schlaghammer aus dem Schuppen der Arbeiter, die mit den Restaurierungsarbeiten beschäftigt waren, und drang über eine verfallende Treppe in die Ruine im Garten ein. Die Goten hatten Ravenna in uralten Zeiten für ein paar Jahrzehnte zu ihrer Hauptstadt gemacht und hatten es dabei auf immer verändert. Mehrere Kirchen stammten von ihnen und ihr Herrscher Theoderich hatte die Ruinen seines Prachtbaus in der Innenstadt hinterlassen. Es herrschte Streit darüber, ob es die waren, die hinter der Basilika lagen.

Über den mehr als tausendjährigen Ziegelmauern konnte Rante am wolkenbehangenen, regnerischen Himmel den Mond sehen. In den Katakomben erwartete ihn jedoch nur absolute Finsternis. Eine Fledermaus flog ihm mit weit ausgebreiteten Flügeln ins Gesicht und jagte ihm einen Schrecken ein. Sein Magen revoltierte. ‚Reiß dich zusammen und höre auf, zu jammern.'

Mit zusammengebissenen Zähnen tastete er sich im Schein seiner Taschenlampe zu der Wand am Ende des einsamen Tunnels vor. Wasser gluckste unter seinen Füßen und es roch beunruhigend nach Moder und Algen. ‚Hier unten war schon lange keiner mehr, außer diesen Vermessern. Und das wird auch so bleiben.' Trotz seiner Furcht lachte Rante mit zitternder Euphorie.

Nachdem er die raue, von der Zeit zerfressene Mauer erreicht hatte, begann er, den eilig über mehrere Verlängerungskabel an eine Steckdose angeschlossenen Schlaghammer auszupacken. Das Kabel hing er mittels seines Schals an der Wand auf, um es aus dem Wasser herauszuhalten, das den Boden bedeckte. Er war sich bewusst, dass die Szene grotesk war. Seine Soutane hing nass an ihm herunter, sein graues Haar klebte am knochigen Schädel und seine Hände zitterten wie Espenlaub. Schlamm haftete an seinen Priesterschuhen und er keuchte. Verbissen ignorierte er das lächerliche Bild, das er abgab, und das hinter seinen Schläfen hämmernde Pflichtgefühl des Pfarrers, der sich anschickte, seine eigene Kirche zu bestehlen. Er drückte die Schultern durch. ‚Jesus hat dem Räuber am Kreuz ins Paradies verholfen. Hör auf zu zittern.'

Mit eisigen Händen und laut rasselndem Atem setzte er den Schlaghammer an die algenbedeckten Fugen der Wand. Sekunden später flogen ihm berstende Steine entgegen und regneten zu Boden. Der Lärm, den er verursachte, erfüllte den Gang wie ein außer Rand und Band geratener Traktor und hämmerte auf sein Trommelfeld.

Trotz des von ihm verursachten Chaos und Getöses, war Rante stolz. Es hatte ihn kaum eine Stunde gekostet, um vom Restaurant in die Katakomben zu hasten, und nun erfüllte bereits Staub die Luft. Wenn nur die Angst nicht wäre. Immer und immer wieder drehte er sich um, um nach dem Ausgang zu schauen, in der Hoffnung, dass niemand sein Tun bemerkte und dass weder Wachen noch Carabinieri oder Anwohner die Treppen herunterkommen würden. Fast erwartete er, den Teufel in Person hinter sich zu erblicken, einen schwarz befellten Mann mit glühenden Augen, wie auf den Bildern in der Kirche. Aber niemand kam. Kein Nachbar und kein Teufel. Auch kein Alarm schellte. Nur der Regen klatschte eintönig in den Treppenaufgang.

Rante hustete und schloss die Augen, um den Schlagbohrer erneut in Bewegung zu setzen. Er hatte Angst, dass die berstenden Gesteinsstücke seine

9

Augäpfel treffen könnten. Seine Zunge war voller Staub und seine Nase schmutzverklebt.

Die Geschichte von einem französischen Abt, die man ihm vor einiger Zeit erzählt hatte, trieb ihn trotz Gefahr und Kälte voran. Der Abt Saunière war, so hieß es, vor hundert Jahren für ein gottvergessenes Dorf in Frankreich zuständig gewesen. Man hatte ihn aus den großen Städten verbannt wie ihn. Die Legende besagte, dass ein Teil eines unermesslichen Schatzes des alten Volkes der Goten nach einer verlorenen Schlacht nach Rennes-le-Chateau gebracht worden sei, in das Dorf, in dem Saunière damals Priester war. Dorthin, wo er eines Tages reich wurde. „Saunière wurde reich und niemand wusste, woher der Reichtum kam", flüsterte Rante heiser in die Dunkelheit. „Reich!"

Er erschauerte bei dem Gedanken. „Wo ist der andere Teil dieses Schatzes hingebracht worden? Der größere Teil? Hem, wo?", murmelte er grimmig. Er wischte sich den Dreck aus den Augen. Seine Brust schmerzte. „Und wenn mir der ganze Dreckhaufen hier auf den Kopf fallen sollte oder ich an einem Herzinfarkt sterbe: Das, was hier dahinter liegt, gehört mir. Mir allein!" Er schnaufte wie ein verendendes Tier, bis zu den Knieen im Schutt.

Die Historienschreiber sagten, dass der Schatz von einem gotischen General zum Teil nach Rennes und zum größeren Teil nach Ravenna gebracht worden sei, wo der Gotenherrscher Theoderich ihn von da an gehütet habe.

Aber als die Byzantiner die Goten nach Theoderichs Tod unterwarfen und der siegreiche römische Feldherr Belisar ihnen Ravenna wieder abnahm, fand er zwar wertvolle Güter, aber nicht den von ihm gierig gesuchten Schatz.

Rante presste den Bohrer erneut gegen die Wand, immer härter, mit versagenden Kräften und zusammengepressten Lippen. ‚Belisar hat den Schatz nie gefunden.' Er lachte.

Dann plötzlich knackste es. Ein Teil der Wand gab nach. Staub stieg in einer erdrückenden Wolke auf und nahm ihm den Atem. Steine kamen ihm entgegen. Er presste panisch den Arm übers Gesicht und drückte sich gegen die Seite des Ganges, bereit zu fliehen, falls die zerbrechenden Mauern das Gewölbe mitreißen sollten. Es roch erstickend nach Verfall und Staub. Dann wurde es ruhig.

Rante nahm den Arm herunter und lugte in die Finsternis. Sein Herz machte einen Satz. Ein Loch klaffte in der Mauer. Dahinter war es dunkel. ‚Dort ist ein Raum!'

Zitternd griff er nach einem mächtigen Brocken, der ihn daran hinderte, in das Loch zu steigen, aber die scharfen Kanten zerschnitten ihm die Hände. Er fluchte, zog daran, schob, trat, schimpfte. Sein Herz raste und er rang nach Luft. Er hätte schreien und weinen wollen in seiner Hysterie. Dann bewegte sich der Brocken. Das enge Loch war frei. Rantes Knie schmerzten und seine Hose zerriss mit einem trockenen Geräusch, als er durch die Wand kroch. Es war ihm egal. Ihm war übel bei dem Gedanken, dass das Gewölbe nachgeben und ihn unter sich begraben könnte, aber er ignorierte die Gefahr. Im Licht seiner Lampe sah er hinter der Mauer einen Haufen Schutt und einen schmalen Hohlraum, nicht größer als zwei mal drei Meter.

Erst sah er nur Geröll, dann jedoch erblickte er einen einfachen Altar und darauf etwas Schimmerndes. Das Hochgefühl, das wie eine heiße Welle durch seine Adern jagte, machte ihn die Enge, die Gefahr und die stinkende Luft vergessen. ‚Dort ist etwas …!'

Mit fliegendem Puls griff er nach dem glitzernden Ding, das unter den zerborstenen Steinen hervorlugte. Sein Atem versagte, so sehr schlug ihm das Herz in der Brust. Der Gegenstand war groß, kühl und metallisch. Er zog daran, auf Knieen, mit dem Bauch über den Steinbrocken. Das Geröll setzte sich in Bewegung und kam ihm entgegen. Sein Blut gefror in den Adern. Spitze Mörtelstücke bohrten sich in seine Haut. Er zog weiter.

Was er schließlich nach verbissenen Anstrengungen unter dem Schutt hervorholte, entpuppte sich als riesiger Teller. Rantes Puls raste. Er wollte lachen, jubeln. Wenn man ihn nur jetzt nicht entdeckte … Er verbiss sich das Gejauchze. ‚Bleib ruhig, alter Freund. Ruhig!'

Er griff seine Beute und robbte hastig rückwärts in den Tunnel. Der Teller war so groß, dass er Mühe hatte, ihn durch das Loch in der Wand zu ziehen. Eilig schob er die Steine, die die Kammer verschlossen hatten, zurück in die Mauer, und verwischte die Spuren seines brutalen Einbruchs, so gut er konnte. Dann trug er sein Diebesgut zusammen mit Schlaghammer und Kabeln Hals über Kopf nach oben, die Treppen hinauf. Er verbarg es unter seiner Soutane und brachte es hinkend und ächzend zur Sakristei der Basilika. Schmutzig, staubig, atemlos, in der Stille der Nacht.

Er legte die Platte auf einen kargen Tisch im Nebenraum der Kirche.

Sie war ein Wunder.

Seine Knie gaben nach. Ein weicher, warmer Schimmer füllte auf einmal den Raum um ihn. Der Schimmer von Gold und Silber und dem verwunschenen Zauber der Vergangenheit. Es roch nach Mythos und erhabener Majestät. Es war, als sei Theoderich der Große zu ihm in den Raum getreten und lege ihm die Hand auf die Schulter. Das Gefühl, das Rante übermannte, war unbeschreiblich. ‚So müssen sich die Hirten gefühlt haben, als ihnen die himmlischen Heerscharen auf dem Feld erschienen.‘ Seine Haut glühte, seine Schläfen hämmerten und jede Faser seines Körpers frohlockte.

Bebend versuchte er, den enormen runden Gegenstand mit Taschentüchern zu reinigen. Antike Figuren enthüllten sich vor ihm wie Grüße aus der Ewigkeit. Ernste Augen in runden Gesichtern, umrahmt von Locken, auf denen Kronen prangten. Rante rannen Tränen über die Wangen. „Ein Missorium. Ein echtes Missorium der Goten!"

Der Geruch von Weihrauch lag in der Sakristei und zum ersten Mal in mehr als dreißig Jahren atmete er ihn so tief und glücklich ein, wie er es getan hatte, als er noch ein Kind gewesen war und davon geträumt hatte, Priester zu werden.

Es hieß, der Schatz der Goten habe wertvolle Missorien enthalten, Münzen und smaragdbedeckte Kelche, goldene Kronen und den Schatz des Tempels von Jerusalem. Rante fuhr mit zitternden Fingern über das Metall. „Ich halte einen Teil des Schatzes in den Händen. Ich bin reich!" Er wollte nicht mehr unbedeutend sein, missachtet, ein Niemand. Dieser Teller hob ihn hinauf zu den Bedeutenden, zu denen, die existierten.

Er sah sich in der Sakristei um. Es war lange nach Mitternacht. Nichts rührte sich. Seine Freude verebbte und stattdessen übermannte ihn Gier wie eine schlammig gelbe Woge aus dreckigem Schaum. ‚Dieses Missorium ist Millionen wert. Und da, wo es lag, kann der Rest des Hortes nicht weit sein. Ich werde einer der reichsten Menschen der Welt sein. Ich werde alles finden.'

Er sah in seiner unmäßigen Erregung nicht, dass ihn der Passant, den er in der einsamen Gasse vor der Basilika fast angerempelt hatte, noch immer von fern beobachtete.

Ein Jahr später

Die Stadt stand Land unter.

Es schüttete seit Tagen ohne Unterlass aus nachtfinsteren Wolken und Millionen von Tropfen schlugen auf den Pflastersteinen der alten Gassen Blasen. Die Eisschmelze spülte zusätzlich lehmfarbenes Wasser aus dem Gebirge in die Stadt, das sich mit dem Dauerregen mischte. Die Alpen liefen genau wie die Wolken über und ergossen ihren flüssigen Überdruss in die Tiefebene. Ravenna hatte seit Menschengedenken nicht mehr derartige Wassermassen über sich hereinbrechen sehen und allseits herrschte ein von Angst geprägter Ausnahmezustand. Die betagten Kirchen waren überflutet und die Straßen blockiert von Strömen von Schlick und Bäumen, die in ihnen getrieben kamen.

Ein hochgewachsener schlanker Mann mit dunklen Haaren und schwarzen Augen beobachtete in einer schäbigen Polizeiwache am Rand der Innenstadt die ihn umgebenden, von Panik geprägten Szenen. Eine aus Sandsäcken aufgebaute Barriere hatte dem Druck nicht standgehalten und war gebrochen. Daraufhin hatte sich eine schmutzig braune Woge die abschüssige Straße hinuntergestürzt und hatte diese, sowie ein tieferliegendes Einkaufszentrum überrollt. Auch der dunkelhaarige Beobachter hatte sich nur in letzter Sekunde in Sicherheit bringen können. Er hatte es jedoch mit weniger Angst getan als die anderen Passanten, die es mit ihm in die Station der Stadtpolizei verschlagen hatte. Seine Kleidung war im Gegensatz zu der ihrigen noch halbwegs trocken und die Wache schien ihm sicher. Sie war mit Betonbarrieren und Sandsäcken verstärkt. Niemand anderes teilte seine Ruhe.

Cariello war am Morgen auf einer wissenschaftlichen Notsitzung gewesen, die sich mit den Überschwemmungsschäden an den Kirchen befasst hatte. Er bedauerte es, sich dafür gut gekleidet zu haben. Seine Lederschuhe zeigten Wasserränder. Ansonsten entschloss er sich zu stoischem Abwarten.

Die Passanten und die Besucher des gegenüberliegenden Shoppingcenters hatten andere Gefühle als er. Sie flohen in heller Aufregung in die Wache, da das gegenüberliegende Einkaufszentrum drohte, einzustürzen. In völlig aufgelösten, durchnässten Gruppen fluteten sie auf der Suche nach Schutz in den Raum. Schreie und Schluchzen füllten die Luft.

Cariello zog sich auf einen Tisch zurück, da auch in der höherliegenden Polizeiwache das Wasser stieg. Er war versucht, sich die Ohren zuzuhalten. Alarmsirenen heulten aus der flachen Betonkonstruktion herüber und mehr und mehr lärmende Menschen drängten sich zwischen die zunehmend durchnässten Akten und die technischen Ausrüstungsgegenstände. Die Flüchtigen waren in Panik. Weder auf der Straße noch aus der Luft war ein Durchkommen. Nur drei junge Stadtpolizisten versuchten, der Lage Herr zu werden. Ihre Gesichter spiegelten schnell das Entsetzen der Leute wider. Man ignorierte sie und drängte sich in Gruppen aneinander, um sich zu wärmen, die Gesichter fahl und die Hände zitternd vor Kälte. Die Menschen hielten Handtaschen und Beutel über die Köpfe, um sie im mit ihnen hereinflutenden Wasser nicht zu verlieren.

Eine junge Frau, die von einem der Polizisten in Sicherheit gezogen wurde, begann heftig zu weinen und zu rufen, dass ihr Baby in der Kinderstation des Einkaufszentrums zurückgeblieben sei. Ihre Schreie hallten von den kahlen weißen Wänden der Polizeistation wider und gaben der Lage einen apokalyptischen Anstrich. Sie raufte sich die langen Haare und riss den überforderten Polizisten am Ärmel. Sie wollte zurücklaufen, um das Kleinkind zu retten, aber hatte Angst um ihre zwei größeren Kinder, die sich verzweifelt an sie klammerten und sie nicht gehen lassen wollten.

Cariello beschloss, dass es an der Zeit war, seine bequeme Stellung aufzugeben, und kam dem Polizisten zu Hilfe. Er sprang vom Tisch, auf den er sich gesetzt hatte, und griff die Frau bei der Schulter. „Beruhigen Sie sich. Wo genau haben Sie das Kind zurückgelassen?" Die

Frau riss in ihrer Panik den Mund auf, aber bekam vor Schluchzen kaum ein Wort heraus. Er fragte erneut und schüttelte sie, bis er begriff, wo sich das Kleinkind befand. „In der Babystation im unteren Geschoss?"

Sie nickte.

Cariello drehte sich um und blickte auf die tobenden Wassermassen vor den Fenstern. Sie wälzten sich sepiafarben und schäumend die abfallende Straße hinunter. Eisklumpen kamen in den braunen Fluten mitgetrieben. Es schien ihm unmöglich, die Gasse noch einmal zu überqueren. Er schüttelte den Kopf. ‚Ich werde mich am nächsten Treibholz aufspießen oder vom Wasser in einen Graben gezogen werden. Die Lage ist aussichtslos. Worauf warte ich also?' Bevor der Polizist ihn daran hindern konnte, sprang er ins Freie und stürzte sich in die schlammigen Wogen, die ihm schnell bis zum Nabel reichten. Das Wasser zog ihm die Füße weg und er wurde innerhalb von Sekunden zum Spielball der Fluten. Die junge Mutter verfolgte sein Unternehmen mit über dem Mund zusammengeschlagenen Händen, während er selbst seine Entscheidung schon in dem Moment bereute, als Ströme von Eis und Wasser in seinen Anzug drangen. Er fühlte sich, als sei er in eine Tiefkühltruhe voller gefrostetem Schlamm gesprungen.

Der kollektive Schrei der Menschen in der Wache hinter ihm warnte ihn und er drehte sich um. Bestürzt sah er, dass ein enormer Baumstamm die Straße hinuntergespült kam. Die sperrigen Wurzeln der Eiche füllten die gesamte Breite der Gasse aus. Es blieb ihm wenig Zeit, sich zu entscheiden. Seine Möglichkeiten zur Rettung waren begrenzt. Er konnte tauchen, den Rückzug antreten oder springen.

‚Du bist verrückt gewesen. Du bist noch keine Minute im Wasser und bezahlst schon für deinen Leichtsinn.‘ Ihm schauderte beim Gedanken, seinen Kopf in den eisigen Schlamm zu versenken, und Rückzug schien ihm keine Option. Er griff daher in letzter Sekunde eine der mächtigen, auf ihn zutreibenden Wurzeln und zog sich an ihr hoch. Das Unterfangen war mehr als gewagt. Die Rinde zerriss ihm die Hände und die Wangen. In der Kälte und mit der von der Nässe schwer gewordenen Kleidung kam es ihm vor, als würden seine Muskeln zerreißen. Es hatte Momente in seinem Leben gegeben, in denen er weniger in Form gewesen war als in diesem und in denen er seinen Wagemut mit dem Leben bezahlt hätte. Er hatte jedoch unverhofft Glück.

Noch während das Baumende unter seinem Gewicht ins Wasser gedrückt wurde, fand sein Fuß Halt und er konnte sich abstoßen. Mit einem halsbrecherischen Sprung überquerte er den breiten Wurzelballen und erreichte den Eingang des Einkaufszentrums, erneut bis zur Hüfte umtobt von Schlamm und Schlick. Er spuckte den Dreck aus, der ihm den Mund füllte, und hielt sich hustend und keuchend an der Wand fest. ‚Wieso hast du Idiot den Helden spielen müssen? Dein Portemonnaie ist nass, dein Anzug dahin und dein Leben hängt an einem seidenen Faden.'

Jemand rief etwas hinter ihm. Er wandte sich um und sah, dass ihm der Polizist, der die junge Mutter gerettet hatte, gefolgt war. Auch der Uniformierte hatte Mühe, das flache Betongebäude des Einkaufszentrums zu erreichen. Er schlug heftig im Wasser um sich, griff ein Geländer und versuchte, sich daran hochzuziehen, aber seine Lage wurde schnell prekär. Der Baum war zwar weitergetrieben, aber neuerliche Schlammwogen schwappten über seinen Kopf. Cariello sprang vor und griff den unter Wasser geratenden Mann am Kragen. Mit vor Kälte schmerzenden Händen zog er ihn in Sicherheit. Einen Moment standen sie beide an einen Türrahmen geklammert, dann konnten sie sich entgegen der Strömung ins Innere des Gebäudes ziehen.

Dessen moderne Glastür war längst zersprungen und vom Strom die Straße hinuntergetrieben worden. Rot-blinkende Werbung gab der Szene um sie etwas Surreales, als hätten sie den Angriff Außerirdischer abzuwehren, statt die Resultate einer übermäßigen Schneeschmelze. Cariello wunderte sich, dass die Elektrik noch funktionierte, und war zugleich darüber beunruhigt. Das Wasser leitete den Strom.

„Das nächste Mal überlassen Sie die Heldentaten den Ordnungskräften", schimpfte der junge Uniformierte neben ihm.

Cariello schnalzte ironisch mit der Zunge. „Sie wollten die Fische wohl allein füttern?" Er stieß sich ab und kraulte mehr, als dass er lief, durch die Korridore und die darin schwimmenden Waren. Es dauerte lange, bis sie die Babystation fanden. Eine ältere Dame mit rotgefärbten Haaren und tränenverschmierten Wangen hatte sich darin mit fünf heulenden Knirpsen auf eine Pyramide von Kindermöbeln gerettet. Sie kamen in letzter Minute.

Als Cariello und der Polizist mit den Kindern im Schlepptau am Eingang des Einkaufszentrums erschienen, wurde ihr Auftauchen von der anderen Straßenseite mit Jubelrufen begrüßt. Cariello verstand schnell, warum. Die Betonstruktur über ihnen war vom Wasser umspült, wie ein Fels in der Brandung, und ein Teil des Daches hatte nachgegeben. Er nickte dem Polizisten und der Erzieherin zu. „Wir sollten uns beeilen, bevor unser Schiff endgültig sinkt. Los! Es bleibt keine Zeit."

Er und der Uniformierte hatten jeder zwei Kleinkinder auf den Arm genommen und die füllige Erzieherin folgte mit dem fünften Kind an ihre Brust gedrückt. Die Frau hatte schon allein Mühe, sich gegen die Fluten zu stemmen, geschweige denn mit dem schreienden Kind als Bürde. Ihre roten fleischigen Wangen blähten sich in Panik, ihre Haare waren nass und klebten ihr am Kopf. Sie gestikulierte um Hilfe, außer Atem und hysterisch vom Warten in dem sturmumtosten Gebäude, aber sie ließ das Kind nicht los. Cariello griff die tapfere Frau am Arm und schob sie im Schutz seines Körpers voran. Das Wasser zog ihm erneut die Füße weg und er hatte Mühe, in der eisigen Flut zu atmen. Er hatte die beiden größeren Kinder genommen, ein etwa dreijähriges Mädchen und einen nur wenig älteren Jungen. Mit schmerzenden Armen hielt er sie über Wasser und auch seine Kräfte kamen dabei zunehmend an ihre Grenzen. Die Kinder sahen ihn stumm mit angstgeweiteten Augen an.

Einige der die Szene beobachtenden Männer und eine junge Frau warfen sich aus der geschützten Polizeistation in den Strom, um der sich verzweifelt vorwärts kämpfenden Gruppe zu Hilfe zu kommen. Sie befanden sich jedoch bald selbst in Not und stemmten sich panisch gegen das schlammige Wasser. Die Kinder streckten ihnen die Arme entgegen und weinten, aber die Erwachsenen schrien bereits ihrerseits um Hilfe. Einer der willigen Retter, ein fülliger Mann, begann, in der Furcht zu ertrinken hysterisch um sich zu schlagen. Sein Gesicht wurde puterrot und er keuchte mit weit geöffnetem Mund. Angsterfüllt langte er nach dem Polizisten und hielt sich an ihm fest. Sein Gewicht brachte den Uniformierten gefährlich aus dem Gleichgewicht. Einen Moment sah es aus, als ob der Mann, der Polizist und die Kinder untergehen würden. Dann machte der Polizist von seinem Schlagstock Gebrauch: „Ich werde Sie vor Gericht bringen, wenn Sie noch einmal versuchen, sich an mir festzuhalten und die Kinder auf meinen Armen gefährden."

Cariello versuchte, mit zusammengebissenen Zähnen Ruhe zu bewahren. Er brachte die Kinder, die er trug, in die Polizeistation, kehrte zurück und zog die füllige Erzieherin und das Kind, das sich krampfhaft an sie presste, ins Trockene. Dann kehrte er erneut zurück, um den panischen Mann zu bergen, der sich in Tränen an einer Straßenlaterne festhielt. Mit Mühe und Not brachte er schließlich den aufgeregten Haufen Menschen zusammen mit dem Uniformierten zur Vernunft und in Sicherheit.

In der Wache stellte die Gruppe der dort Ausharrenden inzwischen Tische übereinander, kletterte darauf und öffnete eine Dachluke. Sie stiegen voneinander gestützt auf das Flachdach, wo sie mit Planen einen Behelfsschutz gegen den tobenden Regen bauten. Unter diesem versammelten sich die verschreckten Menschen, die einer nach dem anderen nach oben geklettert kamen. Sie flohen vor dem immer noch steigenden Wasser, pitschnass, verfroren, aber im Moment in Sicherheit.

Cariello zog sich als einer der Letzten aufs Dach. Sein Magen war in Aufruhr und seine Beine gaben vor Erschöpfung nach, aber er atmete auf. Er hatte mit einem schlimmeren Ausgang des Dramas gerechnet. Alle Kinder waren geborgen worden und keiner der Retter fehlte zum Appell. Das Weinen wurde leiser und machte frierender, aber hoffnungsvollerer Stille Platz. Die verschreckten und erschöpften Menschen wurden eine halbe Stunde später vom Militär gerettet.

Der jugendliche Chef der Polizeistation nickte Cariello, der als einer der Letzten ausharrte, schließlich freundlich zu. „Nach Ihnen, mein Herr. Sie sind der Held des Tages, aber bei sinkenden Schiffen muss der Kapitän als Letzter von Bord gehen, sonst bekommt er Ärger mit der Hierarchie."

Cariello lachte. „Warum sind die Helden im Film immer so viel präsentabler als wir beiden Schmutzgestalten?" Er war erleichtert. Die Sturzfluten hatten an diesem Tag entgegen aller Wahrscheinlichkeiten kein einziges Opfer gefordert.

Auf dem Weg in die Unterwelt

Am Morgen nach der sintflutartigen Überschwemmung der Stadt war Cariello in hohen Gummistiefeln am Dom von Ravenna unterwegs. Er hatte sich eine Regenjacke übergezogen, die mit ihrem Dunkelgrün an eine Dschungelausrüstung erinnerte. Das Wasser der Regentropfen, die nur noch sporadisch vom Himmel fielen, perlte in langen Linien von ihr herab. Er stieg durch Wasserlachen und über Treibholz, dem Anschein nach unbeeindruckt von den Ereignissen, die er am Tag zuvor erlebt hatte. Sein Gesicht war verschlossen und er schwieg. Ein Stock half ihm, nicht im glitschigen Morast auszugleiten. Er umrundete mit Schlick bedeckte Fahrzeuge, die wie Leichname urzeitlicher Ungeheuer am Rand der Wege standen, und kletterte über am Boden liegende Caféhausstühle. Seine Augen glühten jedoch trotz seiner anscheinend stoischen Ruhe bei jedem Schritt finsterer.

Das Bild der Zerstörung vor ihm ärgerte ihn genauso sehr wie die Tatsache, dass er es allein zu betrachten hatte. Ein hässlicher Vorfall vom Morgen des Vortags ging ihm nicht aus dem Sinn.

Er seufzte. Ravenna, die malerische Rabenstadt der Goten, war berühmt für ihre uralten Gebäude und die spektakulären Mosaike ihrer Kirchen. Das Hochwasser der vergangenen Tage hatte sich wie ein Schlaghammer durch ihre historische Pracht gewühlt. Zwischen der Basilika San Vitale und den Ruinen des antiken Palastes Theoderich des Großen war der größte Schaden entstanden. Ein breiter Bereich des weichen Bodens war unterspült worden. Ein unterirdischer Hohlraum, dessen Existenz bis dahin unbekannt gewesen war, hatte dem Druck des Wassers nachgegeben und der Boden darüber war in das sich öffnende Loch gestürzt.

Der angerichtete Schaden war beträchtlich. Der gepflegte Garten vor der tausendfünfhundert Jahre alten Kirche war durchwühlt, als hätten Ochsen einen Pflug hindurchgezogen. Das berühmte Mausoleum der Galla Placidia war von Schlamm beschmiert und das Wasser stand hüfthoch darin. Es verwandelte den noblen Raum mit seiner von einem blau-goldenen Sternenhimmel geschmückten Decke in ein lehmgelbes Schwimmbad.

Das Gras der Rasenflächen davor war zerstört und Schlick bedeckte alles in brauner Einheitlichkeit.

Cariello sah sich mit zunehmender Sorge die Schäden an. Am Vortag hatte man ihn als Archäologen mit verlässlichen Architekturkenntnissen für zuständig erklärt, die Mosaike und die Wände der Kirche zu untersuchen und an den Stellen Maß zu nehmen, an denen es einer dringenden Stützung der brüchigen Strukturen bedurfte. Die Furche über seiner Nasenwurzel wurde von Minute zu Minute tiefer. Er schritt den Garten ab und begann zu fluchen, ohne einen Zuhörer zu haben, der seine Trauer hätte teilen können. Die sonst so viel besuchte Anlage war aufgrund des Wetters menschenleer.

Cariello zog seine Gummistiefel mit jedem Schritt mühsam aus dem morastig riechenden Schlamm und hielt schließlich am Rand des zerfurchten Rasens inne. Prüfend stampfte er auf den Boden vor sich, nicht sicher, ob er ihn tragen würde. Er bereute seine Handlung umgehend. Ein knarrendes Geräusch war zu hören und die durchwühlte Erde gab wie schon an anderen Stellen nach. Ehe er es sich versah, brach er mitsamt der Hälfte der Grünfläche in eine darunterliegende Katakombe ein. Sein Sturz ging ins Bodenlose.

Steine und halb gefrorene Erde begleiteten seinen Fall. Ein gewaltiger behauener Brocken löste sich aus der einstürzenden Wand und traf mit einem dumpfen Geräusch sein Bein. Er brüllte vor Schmerz, aber keiner hörte ihn. Eine Woge von Schlamm ergoss sich stattdessen klatschend in das Innere seiner Kleidung. Sie war eisigkalt, als ob die Hand eines in den Katakomben verborgenen Skeletts nach ihm greifen würde. Sand und Morast stürzten mit ihm nach unten. Er schlug um sich und schob die Erde vom Gesicht weg, um nicht zu ersticken. In der zusammenstürzenden Wand aus Schlamm und Erde fand er keinen Halt. Er bekam nur weichen Dreck in die Finger und das Glück erwies sich ihm weniger hold als am Vortag. Cariello versank innerhalb weniger Sekunden in erstickender, sumpfig kalter Nacht in der Tiefe der Erde, auf dem Weg in die Unterwelt.

Als er seine Augen wieder vom Dreck befreite, fand er sich zu seiner Verwunderung in einem gemauerten Raum wieder. Vor ihm stand, bedeckt von einem Berg von Schlamm, ein grob gehauener Altar. Cariello starrte darauf, ohne zu begreifen, was er sah und wo er sich befand. Sein Bein schmerzte stechend und sein Schädel pulsierte wie von einem Schlaghammer getroffen. Erde füllte seinen Mund. Er blinzelte, spuckte und wischte sich den Schmutz von den Lippen. Dann sah er erneut auf den Steintisch. Er hatte noch wenige Minuten zuvor geschützt vor den Augen Unbefugter die Gezeiten überdauert. Seine Marmorplatte war an den freiliegenden Stellen trocken und von Staub bedeckt. Über ihm schwebte an einem Haken ein kreisrunder Reif, von dem in unerwarteter Friedlichkeit Spinnweben hingen. Ein massiver Teller stand darauf, dessen Metall so feinziseliert unter den Erdmassen hervorglänzte, dass Cariello erschauerte. Er hatte einen unerhörten Fund gemacht.

Adrenalin ließ ihn für einen kurzen Augenblick die Eiseskälte des Wassers vergessen, das über ihn rann. Er grub sich aus der ihn umgebenden Erde und versuchte, seine Umgebung zu erkunden. Der Raum war klein, achteckig und ursprünglich von einer nun in sich zusammengebrochenen Gewölbedecke geschützt gewesen. Seine Mauern bestanden aus grob behauenem Stein. Die Wände waren brüchig und wurden langsam vom herabströmenden schlammigen Nass des Regens durchtränkt. Keine Treppe und keine Tür führten aus dem in der Tiefe liegenden Saal. Der ursprüngliche Zugang musste sich dort befunden haben, wo sich jetzt Erde und Gestein häuften. Wasser bedeckte zunehmend den Boden und hoch über sich sah Cariello das fahle Licht der Wintersonne hereinscheinen. Er fluchte. ‚Wie soll ich aus diesem feuchten Grab herauskommen, um der Welt von meinem Fund zu berichten? Wie komme ich überhaupt wieder lebend aus dieser Kapelle heraus?'

Sein Schädel dröhnte und sein Bein trug ihn nicht mehr. Es schmerzte erbärmlich. Cariello starrte nach oben. Er befand sich mehr als acht Meter tief unter Tage und bis zur Hüfte begraben in Schlamm und Erde … Und er hatte einen Fund gemacht.

Therese ist außer sich

Das möblierte Zimmer in Ravenna war schlicht und nur für einen Monat gemietet. Die überall aufgehängte nasse Kleidung gab ihm das Aussehen eines Feldlagers. Gummistiefel, Regenjacken und Pullover hingen am gekachelten Ofen. Ein aufgeklappter Schirm stand daneben. Grauer Nebel hing vor dem Fenster und die junge Bewohnerin hatte mehrere Lampen angezündet, die das Zimmer mit ihrem Licht erwärmen sollten, es jedoch nur noch fahler und trister wirken ließen.

Therese hatte den Kopf in die Hände gestützt und starrte in die Wolken, die sich erneut am Himmel zu türmen begannen, und den kaum erst erschienenen Sonnenschein des Morgens verjagten. Sie fühlte sich elend und erkältet.

Seit Wochen hatte sie an Ausgrabungen nahe der Basilika der Rabenstadt mitgewirkt. Cariello hatte sie überredet teilzunehmen, obwohl sie sich geschworen hatte, nicht mehr ihm zu arbeiten. Sie hatte nachgegeben und es bereits bereut, als er sie am Bahnhof abgeholt hatte. Ihr ehemaliger Professor hatte vor dem schlichten Gebäude gestanden und ihr reserviert zugenickt, die Lippen zusammengepresst, den Rücken steif und die Augen dunkel. Sobald er auftauchte, kribbelte es in ihrem Magen, aber die Schmetterlinge in ihrem Bauch blieben gefangene Insekten, die sich mit der Zeit in wütende Hornissen verwandelten. Sie suchte eine feste Beziehung, aber immer, wenn sie sich auf die Suche begab, tauchte Cariello auf. Cariello, mit Zornesfalten der Eifersucht, sobald er einen Mann in ihrer Nähe sah. Und Cariello, der ihr nie auch nur eine persönliche Frage stellte. Der immer den letzten Knopf seines Hemdes zuknöpfte und flamboyante Erklärungen einem vertraulichen Dialog vorzog. „Es wird Zeit, dieser Irrsinn hat ein Ende", murmelte sie grimmig.

Sie biss auf einen Stift, mit dem sie wirre Anmerkungen in ein Notizbuch geschrieben hatte. Ihre Unordnung spiegelte das Chaos in ihrem Inneren wider. Sie hatte ein Recht, Beachtung zu verlangen. Sie war intelligent und verlässlich und zog selbst in der Provinzstadt Ravenna mit ihrer blonden Lockenpracht die Blicke auf sich. Nur einer beachtete sie nicht. Cariello.

Wenn man sie und ihn bei den Ausgrabungen sah, vermutete jeder, sie seien ein Paar. Der Superintendent der Region hatte es sich am Morgen des Vortags nicht versagen können, Cariello in ihrer Gegenwart zu seinem ‚Fang' zu gratulieren. Er hatte süffisant gemeint, es würden ja sicher sehr ‚schöne' Grabungen werden. Therese hatte in ihrem Zorn nichts zu sagen gewusst. Und ihre Wut war noch gestiegen, als Cariello es für nötig gehalten hatte, den Superintendenten kühl darüber aufzuklären, dass er nicht pflege, mit seinen Mitarbeiterinnen und Studentinnen zu schlafen. Seine Augen hatten dabei den Mann in ihrer Eiseskälte zu einem Nichts reduziert. Und Therese hatte sich geschämt, einen Augenblick erfreut gewesen zu sein, dass man ihr eine Liebschaft mit Cariello unterstellte. ‚Du benimmst dich wie ein Schulmädchen. Warum, verdammt noch mal, hast du nichts gesagt und dabeigestanden, als hättest du weder einen Mund noch ein Gehirn?' Sie hätte sich ohrfeigen können und kämpfte zur gleichen Zeit mit den Tränen. ‚Du bist erwachsen. Du bist nicht mehr seine Studentin. Benimm dich endlich so.'

Ihr Telefon läutete und sie sah auf die Anzeige auf dem Bildschirm. Es war Cariello. „Wenn man vom Teufel spricht …" Sie stieß das blinkende Gerät weg. „Soll doch der erhabene Herr Professor seine West- oder Ostgoten allein ausgraben." Sie hatte seit Tagen im Schlamm gewühlt, umgeben von Nässe und Kälte. Immer im Regen und nur, um vor den Wassermassen zu retten, was nicht mehr zu retten war. ‚Cariello will mich sicher erneut zum Sacktragen anfordern.' Sie hatten seit Tagen Sandsäcke getragen. Therese steckte unwirsch ihre Haare zusammen. Natürlich wollte sie Ravennas Kirchen retten, aber nicht mehr mit Cariello. Sie kam sich vor wie ein unterbezahlter Bauarbeiter. Ein Maultier, dem man Karotten versprach und das ihnen nachlief.

Das Telefon hörte nicht auf zu blinken. Sie fluchte und drückte schließlich auf den grün leuchtenden Knopf. „Ja?"

Cariellos Stimme klang eigenartig gezwungen und wie aus weiter Ferne zu ihr. „Therese. Wo sind Sie? Können Sie zur Basilika kommen?"

Sie setzte sich auf und zog die Brauen zusammen. Ihre Stimme klang eisig, als sie antwortete. „Professor. Guten Morgen. Ja, ich habe gut geschlafen. Ich hoffe, Sie haben gut gefrühstückt und auch gut geruht." Sie war sich ihres beißenden Tons bewusst. Tränen traten in ihre Augen und sie beschloss, noch am gleichen Tag abzufahren. Sie würde sich nicht noch einmal lächerlich machen.

Ein Schweigen und dann ein Räuspern am anderen Ende der Leitung ließ sie innehalten. „Ich habe Sie gestern verärgert. Ich weiß. Verzeihen Sie mir."

Therese musste schlucken. Sie hatte nicht damit gerechnet, dass Cariello bewusst war, was er tat. Sie hatte vor einem Jahr froh reagiert, als er sie nach Venedig gerufen hatte, und er war ihr ebenfalls erfreut erschienen, sie dort in der Lagunenstadt zu treffen. Sie hatten zusammengearbeitet und waren sich nähergekommen. Und dann war er zu seiner üblichen Kühle zurückgekehrt. Ethisch korrekt. Distanziert. Er schlief nicht mit seinen Studentinnen. Sie bemerkte, wie ihr heiß wurde, aber versuchte, ruhig zu erscheinen. „Es ist mir egal, ob Sie sich entschuldigen. Ich habe genug von Ihrem Benehmen. Suchen Sie sich eine andere Aushilfskraft, ich bin dabei abzureisen."

Am anderen Ende der Leitung herrschte erneut das eigenartige Schweigen. Cariello hustete rau, dann antwortete er unerwartet zurückhaltend. „Ich dachte, Sie hätten das hier sehen wollen. Ich bin in eine alte Katakombe gebrochen. Leider kann ich mich nicht darum kümmern, sie zu vermessen und zu sichern. Das Sanitätspersonal besteht darauf, mich wegzubringen." Er fügte ein kurzes Lachen hinzu, um die Situation zu überspielen. Therese hielt inne. Sie hörte Cariello sein Zögern an. „Es ist nichts. Ein paar Steine, die auf mein Bein gefallen sind, aber es wäre mir lieb, wenn jemand hierbliebe, dem ich vertraue."

Therese zog die Stirn in Falten. ‚Soll ich mich freuen, dass ich ‚jemand' bin, dem er vertraut? Er bringt es noch nicht einmal fertig, mich um etwas in aller Form zu bitten.' Sie entschied, dass sie weder eine Person seines Vertrauens sein wollte noch sein Mädchen für Alles. Ihre seit dem Vortag brodelnde Wut ging mit ihr durch. „Ich bin nicht dazu da, zu springen, wenn Sie pfeifen. Ich habe die Nase voll davon, für Sie Sandsäcke zu schleppen, egal, ob es zu einer Kirche ist oder zu einer Katakombe. Für immer. Voll. Ich habe auch genug von Ihrem Schweigen, Ihrer Nichtachtung und Ihrem Hochmut. Verarzten Sie Ihr Bein, wie Sie wollen. Es ist mir egal."

Sie lauschte in den Hörer. Nichts. Es war Ruhe. Sie sah auf den Apparat. Die Verbindung war unterbrochen.

Tränen begannen, ihr übers Gesicht zu laufen und sie hätte sich ohrfeigen können. Sie hatte den bekanntesten Professor Italiens beleidigt und ihm eine Abfuhr erteilt. Eine lächerliche Abfuhr an einen Mann, der sie regelmäßig distanziert ignorierte, und in den sie schmerzhaft verliebt war. Ein Kloß setzte sich in ihrem Hals fest. Wenig später lief sie mit zusammengepressten

Lippen zum Bahnhof und fühlte sich dabei zugleich vernünftig und kindisch. ‚Es ist Cariello mit Sicherheit egal, was ich fühle und denke. Ich bestrafe ihn mit einer Abreise, die ihm nichts bedeutet. Es wird Zeit, das alles hat ein Ende.'

Es fing erneut an zu regnen.

Cariello ist außer Gefecht

Wind war aufgekommen und blies den erneut fallenden Nieselregen über den Kirchgarten. Er hing in Tropfen in den Buchsbaumhecken und den Gräsern. Alles wirkte grau und trostlos, umfangen vom Winternebel, der die Sonne abermals verschluckt hatte.

Cariello saß in lehmbeschmierter Kleidung neben dem Erdloch, aus dem man ihn mit viel Aufwand gezogen hatte. Er hatte die Notrufnummer wählen müssen, da niemand auf sein Rufen reagiert hatte. Sein Bein blutete und die dunkelrote Flüssigkeit mischte sich mit dem Schlamm, der seine Hose bedeckte und aus dem Gummistiefel quoll. Er sah nicht auf die Wunde, aber war sich bewusst, dass der Knochen offen lag und weiß unter der zerrissenen Kleidung hervorglänzte. Der Schmerz in seinem Bein und seiner Hüfte war beißend. Er nahm ihm den Atem und trieb ihm kalten Schweiß auf die Stirn.

Niemand von den Umstehenden sprach ihm sein Mitleid aus. Jeder ging seinen Aufgaben nach. Er, der sonst so flamboyante, souveräne Akademiker, war für einen Augenblick hilflos. Sprachlos. Gerettet wie ein aus einem Schlammpfuhl geborgenes Fahrzeugwrack. Man hatte ihn gefragt, was geschehen war, und seitdem ignorierte man ihn und sicherte vorerst die Grube. ‚Hoffentlich sieht mich niemand in diesem Zustand‘, dachte Cariello zähneknirschend. ‚Meine Kollegen würden jubilieren.‘ Erfolg brachte Neider mit sich und er hatte in den letzten Jahren viel Erfolg gehabt. Seine Bekanntheit schien in diesem Moment jedoch niemanden zu interessieren. Er war von einem angesehenen Professor innerhalb von Minuten zu einem Objekt der öffentlichen Notfallversorgung geworden, das man weiterreichte, aber mit dem man nicht sprach. Die Feuerwehr hatte sich um die praktische Frage seiner Bergung gekümmert. Die Polizei hatte den Ort abgesperrt. Sanitäter verbanden ihn. Aber niemand fragte auch nur nach seinem Namen. Ihn hatten im wahrsten Sinne des Wortes alle guten Geister verlassen. Sein Assistent litt seit Tagen an einer Erkältung, seine Studenten waren zum Frühlingssemester in ihre jeweiligen Hörsäle zurückgekehrt und nur Therese wäre da gewesen, um ihm zu helfen, aber seine Beziehung zu ihr hatte sich in den letzten Tagen dramatisch verschlechtert.

Er presste die Lippen zusammen. ‚Diese wunderschöne junge Frau hat jeden Tag treu an meiner Seite gestanden und hat versucht, mit mir die Ausgrabungen an den

Kirchen von Ravenna durch Sandsäcke vor dem Regen zu retten. Und ich kommentiere jeden Abend die Zahl der Säcke und die Höhe des Schlamms, ohne ein freundliches Wort oder Anerkennung für sie.' Er fluchte und seine Hände gruben sich in den ihn umgebenden Dreck. ‚Ich bin so ein gottverdammter Idiot. So ein Kretin, diese intelligente Frau so zu beleidigen und diesem Superintendenten zu vermitteln, es sei absurd zu vermuten, Therese könnte auf mich anziehend wirken. Wann ist mir das passiert, dass ich so ein Narr geworden bin? Ich hätte diesem machohaften Gockel etwas anderes antworten sollen.'

Er saß im wiedereinsetzenden Regen auf dem nassen Rasen und ihm wurde trotz der Decke, die man ihm gegeben hatte, so kalt, als ob seine Knochen gefrieren und seine Muskeln zu Eisklumpen würden. Ein unkontrolliertes Zittern erfasste seine Glieder, alles rings um ihn war feucht und klamm, selbst seine Lippen fühlten sich taub an. Zum ersten Mal seit Langem wurde er von Mutlosigkeit übermannt.

Er rang nach Luft und schüttelte sich, um den schwarzen Schleier zu verjagen, der sich über seine Augen zu legen begann. Es wäre ihm peinlich gewesen, bewusstlos zu werden. Er fragte sich, ab welcher Temperatur man die Kälte nicht mehr spürte und in der vermeintlich einsetzenden Wärme erfror. Alles war besser als das. Ein beißender Schmerz in seinem Bein rief ihn in die Realität zurück. Einer der Sanitäter hatte sich vor ihn gekniet und hantierte an seinem Gummistiefel herum. Der Mann versuchte, mit plastikbehandschuhten Händen eine Schiene anzulegen.

„Schmerzt das Bein?" Sein Ton war so professionell ruhig, dass er auch nach der Uhrzeit hätte fragen können.

„Nein", antwortete Cariello.

Im Vergleich zu dem, wie er sich anderweitig fühlte, tat das Bein gar nicht weh genug.

Ein Priester macht sich Sorgen

Die alte Basilika San Vitale lag grau und gewaltig im Schneeregen, der sich in bedrückender Tristesse über die Stadt ergoss. Das Wasser lief in Bächen an ihren tausendfünfhundert Jahre alten Mauern herab und ihre klobigen Formen ruhten wie ein Berg in dem sie umgebenden Chaos aus Schlamm, festgefahrenen Fahrzeugen und labyrinthischen Gassen. Sie erhob sich in drei hohen Etagen aus braunem Ziegel in einem weitläufigen Garten. Ihr achteckiges Gebäude hatte ursprünglich dem Glauben der Arianer gedient und hatte seinen Ursprung in der Herrschaft der mysteriösen Goten, die einst an dieser Stelle dem weströmischen Kaiserreich den Garaus gemacht hatten.

In ihrem prunkvollen, mit schillernden Mosaiken ausgestatteten Inneren stand ein hagerer Priester in schwarzer Soutane an einem der Fenster. Er fuhr sich über das eingefallene Gesicht und schien trotz seines fortgeschrittenen Alters von fieberhafter, fast jugendlicher Unruhe ergriffen. Er sah sich immer wieder um. Er war allein in der weitläufigen Sakristei, aber es schien, er befürchtete, beobachtet zu werden. Seine fahlen grauen Augen musterten ängstlich die weißen Marmorwände, den Korridor, und sogar den Raum hinter den Eichenschränken. Er spähte durch die hohen Holztüren und die Kälte, die durch sie hereinwehte, fuhr ihm unter die Soutane. Er trug ungewöhnlich derbes Arbeitsschuhwerk unter dem Gewand und zog den Stoff erneut darüber, um es zu verbergen. Aus dem Kirchenschiff drang Gemurmel herüber. Er stieß die Tür auf und lugte hinaus. Auch der Raum vor der Sakristei war noch immer leer. Giovanni Rante atmete auf.

Er kehrte zum Fenster zurück und stellte sich auf Zehenspitzen, um hinauszusehen. Im trüben Dämmerlicht des ausgehenden Tages lag der Garten vor der Basilika verlassen da. An seinem Ende standen jedoch mehrere Arbeiter und spannten Schutzbänder über die am Morgen eingestürzten Katakomben. ‚Sie tun das jetzt seit Stunden!' Rante rieb sich nervös die knochigen Hände. Die Kälte machte ihm zu schaffen, aber sein Puls raste trotz der eisigen Frische in glühendem Hämmern durch seine Adern. Er zwang sich, ruhiger zu werden. Seine Hände fingerten über den Rosenkranz. „Ave Maria, plena di gratia …"

Er presste die Lippen aufeinander, den Blick wie hypnotisiert auf den Garten gerichtet. „Es bleibt keine Zeit", murmelte er. „Warum gehen sie nicht? Was wollen diese Leute noch so spät am Nachmittag dort draußen?" Er äugte durch das andere Fenster ins Freie und sah auch dort Menschen auf den Schotterwegen zwischen den niedrigen Buchsbaumhecken des Parks. Der richtige Augenblick ließ auf sich warten. Wenn er Pech hatte, würde er in der Nacht und im Regen sein Glück versuchen müssen. Er stöhnte. „Wenn mir nur keiner zuvorkommt. Wenn nur keiner dort hinuntersteigt."

Seine erste Entdeckung von unterirdischen Gewölben in den Ruinen des Palastes des Gotenherrschers am anderen Ende des Gartens war einem Zufall geschuldet gewesen. Als man ihn als Pfarrer an die Basilika in Ravenna abgestellt hatte, hatte er getobt. Er hatte in Rom bleiben wollen, stattdessen hatte man ihn in die Provinz gesandt. Um sich von seiner Wut abzulenken, hatte er Baumaßnahmen an den alten Gemäuern um die Basilika vornehmen lassen. Und dann war er dabei auf eine Ungereimtheit der Vermessungen gestoßen. Und auf was für eine … Er lächelte trotz der Sorge, die ihn in diesem Augenblick quälte, und vergaß für einen Moment, den Garten zu observieren. Er dachte an den Teller, den er in der unterirdischen Kammer gefunden hatte. Dann schüttelte er sich. Es war nicht der Moment, um sich auf Lorbeeren auszuruhen.

Rante setzte sich auf eine kahle Holzbank an der geweißten Wand der Sakristei. Seit drei Stunden stand er nun am Fenster und stierte auf den Park vor der Kirche. Sein Rücken und seine Beine schmerzten. Aber noch immer waren Sanitäter, Bauarbeiter und Carabinieri zugange. ‚Wann habe ich den Garten endlich für mich allein? Wann komme ich an die Grube?' Er atmete tief ein. Wenn diese Panik, zu spät zu kommen, nicht wäre.

Er war auch in seinem Leben zu spät gekommen. Rante strich die Soutane zurecht und besah seine von dicken Adern durchzogenen, faltigen Hände. Die groben Nägel. Die grauen Haare auf den Handrücken. Sein Leben rann vorbei wie Sand durch eine Sanduhr. Seine Augen wurden schlechter und er sah nicht mehr, wer hinter ihm lief, wer aus den Fenstern schaute, wer im Garten war. Manchmal war er versucht, die Uhr anzuhalten, um der Zeit zu entkommen, die sein Leben auffraß. „Wenn ich nur an den Schatz heran käme ... Dann könnte ich dieses Dasein als Provinzgeistlicher hinter mir lassen", murmelte er. „Was hat mich nur verleitet, zur Kirche zu gehen? Meine verdammte Sucht, jemand Besonderes zu sein."

In seinem Dorf war der Pfarrer eine hochgeachtete Person gewesen und auch er hatte eine solche Person sein wollen. Deswegen war er Pfarrer geworden. Er lachte auf und sein Lachen klang heiser von den Wänden wider. Man grüßte ihn auf der Straße und in der Kirche, aber wenn er abends nach Hause kam, dann ging er in die kleine, kahle Pfarrunterkunft und niemand begrüßte ihn dort. Von der Liebe Gottes wurde das Bett nicht warm. Er konnte sich von seinem Gehalt nicht einmal einen anständigen Fernseher leisten und das, obwohl er Tag und Nacht zur Stelle war. „Wer immer in der Gemeinde krepiert, ruft Padre Giovanni", murrte er grimmig.

Er knetete die eiskalten Hände. Vieles hatte er seit Langem sein lassen. Er betete nicht mehr vor dem Essen, außer, er war zu Gast. Er sah sich unanständige Sendungen im Fernsehen an und lachte dabei. ‚Warum auch nicht? Ich erzähle jedem sterbenden Tunichtgut, dass er in den Himmel kommt, wenn er bereut. Warum soll gerade mir diese Gunst versagt sein? Ich kann später bedauern, was ich tue, wenn der liebe Herrgott denn darauf besteht', dachte Rante grimmig. Und nun plante er erneut einen Diebstahl. Sei es drum. „Gott hat auch Adam und Eva vergeben", murmelte er mit geducktem Kopf und hoffte, dass der liebe Gott ihm nicht zu genau zuhörte.

Er dachte seit Langem darüber nach, wie er sein alltägliches Leben an den Nagel hängen könnte. Er wollte eine Existenz im Sonnenschein. Wenn andere einen Schatz finden konnten, warum nicht er? Er hatte einen Historiker gefragt und dieser hatte ihm über einem Glas Wein in einer speckigen Bar die Geschichte des Schatzes der Goten erzählt.

„Die Geschichte ist nicht abwegig", hatte der kahlköpfige Mann ihm gesagt, während er ihn spöttisch gemustert hatte. „Nach der ersten bösen Plünderung Roms im Jahr 410 nach Christus haben die Goten unter ihrem Führer Alarich I. die Stadt mit einem ungeheuren Schatz verlassen. Jordanes, ein Historienschreiber, berichtet, der Schatz sei so groß gewesen, dass man nie wieder zu Menschengedenken einen ähnlichen gesehen habe. Und er hatte wahrscheinlich recht. Die Römer hatten in der ganzen Welt geraubt und geplündert. Jeder Triumphzug hat Gold und Edelsteine in die Tempel ihrer Götter gespült. Die Plünderung Jerusalems, die Plünderung Griechenlands, die Plünderung Syriens. Alles, was man tragen konnte, hat man nach Rom gebracht. Und von Rom haben es die wütenden Goten entführt. Die Goten unter dem sagenumwobenen Alarich, der schon wenige Monate nach seinem Raub an der Malaria starb und dessen diverse Nachfolger den legendären Schatz wo auch immer verbargen."

Rante hatte versucht, mehr zu erfahren, aber hatte kaum Erfolg gehabt. Der Mann hatte die eckigen Schultern gezuckt. „Jeder hat den Schatz damals gesehen, aber keiner weiß, wohin er verschwand. Man hat seitdem gerätselt, wo die unermesslich reiche Beute der Barbaren hingekommen sein könnte. Bah, Theorien gibt es viele …"

Rante kannte sie alle, diese Theorien, und er war nicht der Einzige. Er schniefte, wischte sich die triefende Nase und warf erneut einen Blick in den Garten. Schatzjäger aller Sorten und Arten hatten dem Hort nachgespürt. Erst waren dem Schatz kriegerische Heerscharen nachgezogen und hatten versucht, ihn den Goten zu entringen. Dann hatten kultiviertere Menschen mit Messstock und Büchern unter dem Arm die Spuren des Goldes verfolgt. Aber weder die einen noch die anderen hatten Glück gehabt. In der Schlacht bei Vouillé in Frankreich, in der die Goten den mächtigen Merowingern vor tausendfünfhundert Jahren weichen mussten, hatte man das Gold zuletzt gesehen. Und von da an blieb es verschwunden.

Rante ächzte. Sein Stöhnen klang unerwartet laut von den Mauern der kahlen Sakristei wider und er zuckte zusammen. ‚Ich werde unvorsichtig!' Er stand auf, schlurfte zur Vorhalle und warf erneut einen Blick in sie und von dort in die Kirche. Touristen schossen mit Blitzlichtgeräten Fotos in der Apsis. Er ignorierte sie. Er hatte keine Zeit, sich um die Einhaltung der Vorschriften zu kümmern. Er drehte sich um, erneut zum Fenster und spähte in den Garten.

Er zuckte seufzend die Schultern. Was hatte er nicht alles getan. Er hatte alle diese Orte besucht, an denen man den Schatz vermutete. Das war nach jener Nacht im Tunnel gewesen, als er einmal Blut geleckt und den ersten Teller gefunden hatte …

Es gab Stimmen, die den Schatz im Süden Italiens, in Cosenza, vermuteten. Dort, wo Alarich so plötzlich gestorben war. Andere suchten ihn in Frankreich in Rennes-le-Chateau. Oder aber man suchte ihn hier, in Ravenna.

Er, Rante, hatte nicht in Cosenza graben können. Er hatte im Frühjahr nur hilflos auf die Strudel des Flusses Busento geschaut, unter dessen dreckigen Fluten Alarich angeblich begraben lag. Er hatte im Sommer in Frankreich nichts gefunden, außer ein kleines Dorf. Einen Freund hatte er gefunden, aber keinen Schatz. Hier in Ravenna waren ihm jedoch auch im Herbst und Winter alle Gewölbe zugänglich. Hier war sein Reich. Alle Keller, alle Katakomben waren sein. Hier konnte er tagelang in Bibliotheken sitzen und vorgeben, Predigten vorzubereiten. An diesem Ort würde er den Schatz finden. Er musste ihn hier finden …

Rante spähte hinaus und zuckte zusammen. Sein Augenblick war gekommen.

Der Garten war menschenleer.

Rückkehr nach Padua

Padua lag malerisch zwischen Adria und Po-Ebene dahingestreckt, aber an diesem Nachmittag war seine Schönheit wie die des südlicheren Ravenna unter Nieselregen verborgen. Therese sah vor dem Zugfenster die ersten Häuser der Vororte vorüberziehen, gefolgt von Kleingärten, Buchten und Straßenzügen. Eine fahle

Wintersonne brach sich von Zeit zu Zeit Bahn und ließ die Menschen für den Augenblick eines Sonnenstrahls aufatmen. Ansonsten zeichneten die historischen Paläste und Kirchen verschwommene Silhouetten in den goldenen Dunst. Mit ihren Türmen und Erkern verliehen sie der Stadt trotz des rauen Februarwetters Charme. Therese tat das Herz weh, als sie die altbekannten Gassen aus dem Nebel auftauchen sah.

Der Zug verlangsamte seine Fahrt mit kreischenden Bremsen, als er in den Bahnhof einfuhr, und kam schließlich ruckend zum Halt. Therese erhob sich als Letzte, um ihn zu verlassen. Sie fühlte sich wie eine besiegte Kriegerin, gedemütigt und einsam. Ihr Koffer war zentnerschwer. Ein Schaffner machte ihr Komplimente und bot ihr Hilfe an. Sie winkte nur müde ab und fühlte sich, als wolle er sie verspotten. An diesem Nachmittag war sie bedeutungslos und blass, ihr Haar glanzlos und verwaschen und ihre Augen trist. Sie wollte keine Komplimente und noch weniger einen Spiegel. Ihr Gesicht musste rot und verheult aussehen und sie hätte sich vor Abscheu gegen sich selbst die Wangen zerkratzen mögen.

Sie war am Ende einer langen Geschichte angekommen. Am Ende einer langen Liebe, die sie schon vor Jahren hätte vergessen sollen. Ohne auf ihre Umgebung Acht zu geben, nahm sie den üblichen Bus zu dem Mietshaus, in dem sie wohnte. Sie stieg die Treppen hinauf bis unters Dach, schloss die hölzerne Tür auf und warf ihren Koffer auf das Bett ihres Studios. Mattes Sonnenlicht stahl sich durch das Glas des Wintergartens, in dem man ihre Küche untergebracht hatte. Sie wühlte sich durch die Haare und wischte mit dem Handrücken die Tränen ab. Sie war zurück. Da wo sie angefangen hatte. Eine verunsicherte, einsame junge Frau, die sich in der kleinen Unterkunft fühlte, als ob sie wie ein Tier im Käfig eingeschlossen wäre, verdammt in ihrem Appartement Runden zu laufen.

Sie setzte sich an den Küchentisch aus Spanplatten und stierte auf die verwelkten Pflanzen in seiner Mitte. „Ihr seht aus wie ich. Elend."

Nach einer halben Stunde des frustrierten Brütens griff Therese zum Telefon. Sie brauchte jemanden, der sie verstand.

Ein Professor in Nöten

Es roch nach Desinfektionsmittel und Äther. Schläuche hingen über dem Aluminiumgestänge neben ihm und alles war weiß oder hellblau. Man hatte ihm Krankenhauskleidung aufgezwungen, ihm den Schlamm abgeduscht und ihn geröntgt. Der Arzt hatte ihm die dunklen transparenten Bilder gezeigt. Der rechte Oberschenkel war gebrochen und die Hüfte geprellt. Ansonsten hatte der Mediziner nichts gesagt. Er hatte geschwiegen, als würde man nur den nahen

Angehörigen verraten, wie schlimm es wirklich stand, weil der Patient, die Wahrheit nicht vertrug. Cariello war wütend. Er zog sich an der Barriere des Krankenbettes in eine sitzende Position und fluchte so laut, dass man es am anderen Ende des Krankenhausganges hören konnte. Niemand reagierte und keiner kam. Die Krankenschwester war mit seiner Kleidung und dem Telefon verschwunden und sein Bein brannte unerträglich. Er hatte die Schmerztabletten, die sie ihm dagelassen hatte, in seinem Zorn mit einer Handbewegung vom Nachttisch gekehrt. „So muss sich Herakles gefühlt haben, nachdem er sich das Hemd des Nessos übergezogen hat."

Cariello riss an den schneeweißen Laken und konnte nicht zugeben, dass es nicht sein Bein war, das ihn aufregte, sondern die Tatsache, dass Therese auch nach sechs Stunden Wartens kein Lebenszeichen von sich gegeben hatte. Ein Gefühl der schmerzenden Beklemmung hatte seinen Brustkorb erfasst. Es war ihm selbst nicht bewusst gewesen, wie sehr Therese ihm in den letzten Wochen wichtig geworden war, und er war noch nicht einmal vor sich selbst bereit, es zuzugeben. Er haderte mit sich, ob er nach seinem Mobiltelefon verlangen sollte, aber war sich sicher, dass er die Sache nur schlimmer machen würde. Kleinbeigeben war nicht seine Stärke und Knurren und Wüten würde nicht helfen. Er war es nicht gewohnt, unfähig zu sein und sich nicht erheben zu können, und es war schwer zu verarbeiten, dass er weder unverletzbar noch unfehlbar war. Er trommelte mit der Hand auf die Bettdecke. „An der Universität werden so einige lachen, wenn sie davon erfahren, dass ich bei meinen Ausgrabungen wie ein Stein in eine Katakombe gestürzt bin. Und Therese ist es egal."

Noch während er in seinem Bett mit dem Schicksal haderte, öffnete sich die Tür des Krankenzimmers und eine hübsche junge Frau mit kurzrasierten schwarzen Haaren, einem großen roten Mund und charmantem Lächeln trat ein. Cariello sah sie an und konnte für einen Moment nicht glauben, wer vor ihm stand. Dann machte sein Herz einen freudigen Satz. „Chiara Ferro! Welcher gute Wind schickt mir die liebenswürdigste Carabiniere Italiens zu Hilfe?" Er bemühte sich trotz seiner Schmerzen um ein Lächeln.

Die junge Maresciallo war mit schwarzem Pullover und dunkler Jeans in Zivil gekleidet und nickte ihm lächelnd zu. „Was machen Sie für Sachen, Professor? Und wie sehen Sie aus, Sie das Sinnbild der Eleganz Italiens, so ganz in Binden gewickelt?" Chiara schmunzelte und ihre Zunge stieß spöttisch an ihre Zähne. „Eine gewisse junge Dame schickt mich, um nach Ihnen zu sehen und anzufragen, ob Sie noch am Leben sind. Wie geht es Ihnen?"

Cariello fühlte einen Stich in der Brust. Therese unterstrich, dass sie genug von ihm hatte, aber brachte es nicht übers Herz, ihn allein zu lassen. Sein Stolz hielt ihn davon ab, etwas zu erwidern, aber das Adrenalin strömte warm durch seine Adern. Es schien, man sah ihm seine Gefühle an.

Chiara wippte auf den Zehenspitzen, nahm einen Stuhl und setzte sich neben ihn. Ihr Gesicht wurde ernst. „Sie sind eine eigenartige Person, Professor. Wenn ich ein Mann wäre, hätte ich einer Frau wie Therese rote Rosen gesendet. Täglich. Sind Sie zu großartig und erhaben dafür?"

Cariello wurde flau im Magen. Er wusste, dass ihm Hochmut und Arroganz nicht fremd waren. Mit professoraler Würde versuchte er, abzulenken. „Chiara, tun Sie mir einen Gefallen. Es geht nicht um Therese und erst recht nicht um mich. Ich bin heute Morgen durch die Decke einer Katakombe an der Basilika San Vitale gebrochen. Dabei habe ich auf dem Boden der Grube einen urchristlichen Altar entdeckt. Über ihm hing ein metallener Reif und darunter stand ein vergoldetes Missorium, ein religiöser Prunkteller. Sie waren fast unter dem Schlamm begraben."

Chiaras Augenlider zuckten irritiert. Sie runzelte die Stirn.

Cariello sprach hastig weiter. „Ich mache mir Sorgen, Chiara. Ich habe niemanden von dem Fund erzählt, auch nicht Ihren Kollegen. Aber was, wenn jemand die Nacht nutzt und in die offene Katakombe steigt? Bitte. Ich vertraue der örtlichen Polizei nicht genug, um ihr Bescheid zu sagen. Das Ganze ist Millionen wert."

Chiaras Stimme wurde kühl und ihre heitere Miene verschwand. „Millionen?"

„Wenn es das ist, was ich denke, ist es ein ostgotischer Altarschatz. Bitte. Gehen Sie und sichern Sie diese Katakomben. Um Himmels willen, sichern Sie diese Grube."

Chiaras Augenbrauen hoben sich und ihr Mund wurde schmal. Cariello verstand, was sie dachte. Sie hatte gemeint, in einer Liebesgeschichte vermitteln zu können, aber er zeigte sich nur an seinen Ausgrabungen interessiert. Er hatte kein Wort über Therese gesagt und kein Wort des Dankes für sie geäußert. Chiara war den langen Weg von Venedig nach Ravenna gefahren, um eine Grube zu sichern.

Sie stand mit einer heftigen Bewegung auf und ihre Stimme wurde zum ersten Mal, seit er sie kannte, eisig. „Meine Kollegen von den Carabinieri und ich schauen uns das an. Danke, dass Sie uns informiert haben, Professor." Sie drehte sich um und verließ das Krankenzimmer, ohne sich noch einmal umzuwenden.

Cariello blieb allein in seinem Bett zurück - mit dem bitteren Geschmack der Verachtung Chiara Ferros auf der Zunge.

Sündenfall

„Die Kirchbehörden haben eine Einsturzstelle im Park zu sichern. Er ist bis auf Weiteres geschlossen. Bitte gehen Sie zurück in die Kirche." Giovanni Rante drängte die abendlichen Besucher zurück und schloss die Seitentür der Basilika hinter ihnen ab.

Dann eilte er über den Rasen zum Rand der schlammigen Grube, aus der die Rettungskräfte ein paar Stunden zuvor den neapolitanischen Professor gezogen hatten. Er blickte auf das Loch im Boden und blieb davor stehen. Er fragte sich betroffen, wie er in sie hinuntergelangen sollte. Die Ränder bestanden aus glitschigem Lehm und Wasser sickerte in Bächen die schwarzen Erdwände hinunter. So schlimm hatte er sich die Situation nicht vorgestellt.

Sein Herz verkrampfte sich. Er war beileibe kein kräftiger Mann und bedauerte in diesem Augenblick, dass er nie Sport getrieben hatte. Er war zwar dünn, aber nicht muskulös. Als Geistlicher lebte er sich in Bibliotheken und kirchlichen Zeremonien aus, nicht auf dem Fußballfeld. Dass er schlank war, kam daher, dass er kaum etwas zu sich nahm. Wenn er keine Konserven aß, aß er am Abend ein Stück Käse und Brot und am Morgen aß er das Gleiche. Viele seiner Kollegen hatten sich über ihn, den gebeugten Mann in der abgegriffenen schwarzen Soutane, lustig gemacht. Sie hatten gesagt, er sei ein Streichholz, das man beim Beleuchten von

Bibliotheken abgebrannt habe. Jahrelang hatte er mit dem Kopf in den Wolken gelebt, hatte Schach gespielt oder war zu klassischen Konzerten gegangen. In den Bibliotheken las er die Bibel oder, noch öfter in letzter Zeit, Geschichten über die Goten.

Rante ächzte und raufte sich die Haare. ‚Dieser Professor hat mich seit Wochen mit seinen Forschungen im Gelände der Kirche geängstigt. Was ihm geschehen ist, ist nur recht und billig. Aber was tue ich jetzt?' Er sah sich um, zitternd vor Kälte und schwitzend vor Angst. Was, wenn auch er abstürzte?

Cariello hatte in den Zeitungen Thesen über verborgene Krypten der Goten dargelegt und über unerforschte Gewölbe im Garten der Basilika gesprochen. Er hatte Rante Furcht eingeflößt. Cariello war der Wahrheit zu nahegekommen und zu viele hatten ihm zugehört. Es war nicht abwegig, nach den alten Untermauerungen der Gotengebäude zu forschen und sie unter den moderneren Strukturen zu vermuten, aber bisher hatte noch nie jemand außer Rante bei der Suche Erfolg gehabt. Rante hatte sich in schlaflosen Nächten gefragt, was wäre, wenn der berühmte Archäologe etwas finden würde, bevor er es entdeckte. Seit mehr als einem Jahr hatte er jede Minute seiner wachen Zeit der Suche nach dem Schatz Theoderichs gewidmet und der Akademiker war mit einem Stapel Genehmigungen und einem Schwarm von Journalisten dahergekommen. ‚Er hat im

Kirchgelände herumgesucht, als hätte er mehr Recht dazu als der Pfarrer der Kirche.'

Rante hatte alles getan, um Cariellos Arbeiten zu behindern, aber das war nicht leicht gewesen. Cariello war bekannt. Er war der Liebling des Publikums, des Bischofs von Ravenna und aller Zeitungsschreiber Italiens. ‚Das vorteilhaft ausgeleuchtete Bild dieses Gecken war in den Berichten über seine Forschungen größer als das Foto der Kirche, die er untersuchen wollte!' Rante knurrte abfällig. Auch die Scharen der Touristen hatten seit Cariellos Auftauchen in Ravenna erheblich zugenommen. Es war kein Zufall, dass die Besucher der Kirche versucht hatten, in den Garten zu gehen. ‚Und jeder schnüffelt im Park herum. Zumindest, bevor es angefangen hat, wie aus Kannen zu schütten.' Ein zynisches Lächeln schlich sich in Rantes faltige Mundwinkel.

Der ihm so verhasste Cariello hatte das verborgene Gewölbe gefunden und konnte noch nicht einmal etwas dafür. Er war sang- und klanglos durch die Decke gebrochen. ‚Das Bein des Professors hat übel ausgesehen. Dieser Schönling wird nicht so schnell wieder in Gruben klettern.' Rante grinste und schämte sich zugleich, als Geistlicher schadenfreudig zu sein. Mit Beklemmung wurde er sich bewusst, dass er an der Schwelle stand, kein Priester mehr zu sein, sondern ein straffälliger Dieb. Aber war er das nicht schon lange?

Rante wischte seine Skrupel beiseite und beugte sich über die Grube. Er hatte auf diese Gelegenheit, die sich ihm jetzt bot, gehofft. Er würde sie nicht verstreichen lassen und hatte keine Zeit zu verlieren. Eilig wandte er sich um und zerrte eine ausfahrbare Leiter, die die Rettungskräfte an der Kirchwand zurückgelassen hatten, zu dem Loch im Boden. Die Einbruchstelle war weitläufig abgesperrt worden. Er war allein. Die Kirche war bis fünf Uhr nachmittags geöffnet. Jetzt, Ende Februar ging die Sonne zu dieser Zeit unter. Es war gegen vier, er musste sich beeilen, wenn er noch etwas sehen wollte.

„Unbeobachtet. Endlich!" Rante bugsierte mit Mühe die schwere metallene Leiter in die Grube. Das nasse Erdreich an ihrem Rand gab beunruhigend nach. ‚Ich muss aufpassen, wenn ich nicht dem Professor ins Krankenhaus folgen will!' Er ächzte und griff vorsichtig nach freiliegenden Steinen, um sie beiseite zu räumen, aber auch sie gaben nach und folgten dem bereits hinuntergleitenden Schlamm in die Tiefe. Es blieb ihm nur eins: ein mutiger Sprung die Leiter hinab. Nur so konnte er unten die Erde durchsuchen und an die Gegenstände in den Katakomben kommen, ohne vorher alles zum Einsturz zu bringen.

Rante holte tief Luft. ‚Ich muss von Sinnen sein, in diese einstürzende Grube springen zu wollen. Leute sind bei weniger dummen Aktionen ums Leben gekommen.' Die eisige Abendluft schnitt ihm in die Lunge und eine

Sekunde blieb sein Herz stehen. Dann ließ er sich mit einem entschlossenen Satz nach unten gleiten.

Eine alarmierende Entdeckung

Als Chiara die Basilika San Vitale erreichte, fiel es ihr schwer, zu der eingestürzten Gruft zu gelangen. Die ostgotische Basilika und der Palast Theoderichs lagen innerhalb eines gesicherten Geländes, welches von hohen Mauern und Zäunen umgeben war. Die Natursteinwände waren oberhalb der Kniehöhe sauber gepflegt, unterhalb waren sie jedoch schlammbedeckt und glitschig. Plastikplanen, Sandsäcke und Abfall stapelten sich davor. Noch immer lief Wasser auf der gepflasterten Straße unter den höherliegenden Bürgersteigen entlang, als handele es sich um einen gelbbraunen Kanal mitten in der Innenstadt. Sie parkte ihren Wagen in sicherer Entfernung auf dem Fußweg und näherte sich der Einzäunung, in dem sie über Rinnsale und Abfall sprang. Sie war froh, ein paar alte Gummistiefel im Kofferraum gefunden zu haben. Alles in Ravenna war Morast.

Vorsichtig trat sie zu den Gitterstäben, die einzelne Mauerabschnitte verbanden, und versuchte, in der hereinbrechenden Dunkelheit etwas zu erkennen. Im vorderen Teil des Parks stand die hellerleuchtete Basilika mit den berühmten goldenen Mosaiken. Dahinter machte

Chiara ein kleineres braunes Ziegelgebäude aus. Sie vermutete, dass es sich um das Mausoleum handeln musste, welches man der Galla Placidia zuschrieb, der Schwester des jungen Kaisers Honorius, die die Goten bei ihrer Plünderung Roms zusammen mit den Schätzen entführt hatten. Zwischen Kirche und Mausoleum lag eine ausgedehnte Wiese und im hinteren Teil des Geländes kauerten die enormen, schmucklosen Steinfassaden einer Ruine. Es waren die, die man dem Palast Theoderich des Großen zuschrieb, auch wenn man in Wahrheit wenig über sie wusste.

Chiara hatte Mühe gehabt, sich zu erinnern, wer Theoderich der Große gewesen war. Sie hatte auf ihrem Telefon nachlesen müssen. Er war entgegen ihrer ersten Vermutung kein König gewesen. Auf dem Papier war er der Statthalter Italiens im Auftrag des oströmischen Kaisers Justinian, aber sein Beiname ‚der Große' besagte viel. ‚Es muss dem Kaiser in Byzanz gehörig Angst gemacht haben, Statthalter wie Theoderich in seinen Gebieten zu haben, vor allem nach dem, was Alarich kaum hundert Jahre zuvor Rom angetan hat. Als der Kaiser ihn nicht bezahlen wollte, hat er es aus Rache geplündert.' Chiara spähte durch die grünen Stangen der Absperrungen. ‚Hier, an diesem Ort, ist das Römische Reich zusammengebrochen und die Germanen haben begonnen, Rom zu beherrschen!'

Sie streckte den Kopf, aber konnte nur den aufgewühlten Boden neben den Gebäuden sehen. Das Wasser hatte sich einen verehrenden Weg durch den Park gebahnt. ‚Eine Herde Büffel oder eine Rotte Wildschweine hätten keinen größeren Schaden anrichten können als das hier.'

Sie trat zurück und sah über die Gasse. Sie war sich bewusst, dass sie an dem Zaun bei den Kirchmauern kaum auffiel. Aufgrund des Wetters hatte sie sich eine dunkle Regenjacke angezogen und die Kapuze über den Kopf gestülpt. Trotz der Bedenken Cariellos hatte sie ihre örtlichen Kollegen kontaktiert und wollte von ihnen gesehen werden. Ein mit Blaulicht kenntlich gemachter Dienstwagen traf in der Tat nur wenige Minuten später am Tor zu den Monumenten ein. Von dort fuhr er wieder an und hielt auf ihr Winken hin direkt neben ihr. Trotz ihrer dunklen Jacke war sie schnell zu identifizieren. Sie war die einzige Spaziergängerin bei diesem Wetter. Die übrigen Besucher hatten sich ins warme Innere der noch geöffneten Kirche gerettet.

Ihre Kollegen parkten ihr Fahrzeug so wie sie kurz zuvor auf dem Gehweg, um es nicht im Wasserstrom der Straße weggespült wiederzufinden. Ein junger Carabiniere in schwarzer Uniform stieg aus, gefolgt von einem noch jüngeren Kollegen.

„Maresciallo Chiara Ferro?"

„Guten Tag, Brigadiere. Danke, dass Sie so schnell reagiert haben."

„Wir haben zu danken. Die Aufsicht ist verständigt. Kommen Sie."

Man öffnete ihnen fast augenblicklich eine nahe Seitentür. Ein buckliger Mann mit schwankendem Regenschirm winkte sie herein. Seine Stimme war rau und vom lokalen Dialekt der Region Emilia verfärbt. Er verschluckte die Vokale und verkürzte die Worte, so dass es schwer war, seinem Singsang zu folgen. Er schlurfte ihnen voran. „Ich hab' Sie erwartet. Ihr Anruf hat mich beunruhigt. Sowas – um die Stunde und bei dem Wetter. Der Kirchgarten und das Mausoleum sind wegen des Wassers gesperrt. Nur die Kirche ist noch bis fünf offen. Der Professor war heute der Einzige, der sich im Garten aufgehalten hat. Er hat die Strukturen nach den Überschwemmungen prüfen wollen. Wie Recht er hatte, der arme Herr Professor. Schrecklich, was passiert ist. Schrecklich. Ich hab' sein Bein gesehen. Fast wäre er gestorben. Der Bischof ist informiert. Alles ist abgesperrt, alle Tore sind geschlossen. Hier kommt niemand rein. Seien Sie sicher. Niemand."

Er brabbelte weiter, aber Chiara hörte ihm bereits nicht mehr zu. Sie und die zwei Kollegen der örtlichen Carabinieri sahen das immense Loch im Boden und näherten sich. Bei der zunehmenden Dunkelheit war es schwer, seine Ausmaße zu erkennen. Der Boden unter ihnen war bis zu ihren Knöcheln mit Wasser vollgesogen. Sie hielt ihre Kollegen zurück. „Vorsicht. Das alles hier scheint mir instabil."

Die beiden Uniformierten eilten zu einem Gerüst in der Nähe und kamen mit Holzplanken wieder, die sie auf den Boden auslegten. Sie erwiesen sich zu Chiaras Erleichterung als intelligent und behände. Sie sagte nichts, aber entspannte sich etwas.

Der Brigadiere, dessen Namen sie noch nicht einmal kannte, reichte ihr helfend die Hand. „Gehen Sie langsam, Maresciallo. Wir wollen nicht, dass sie auch so schrecklich enden wie der arme Herr Professor." Er grinste.

Chiara musste lachen und griff seine ausgestreckte Rechte. Als sie auf die Planken trat, verging ihr jedoch das Lächeln. Sie musste nicht mehr hinunterklettern, um zu ahnen, dass man ihnen zuvorgekommen war. „Jemand hat sich an der Grube zu schaffen gemacht. Man hat Erdreich aus dem Loch geschaufelt und es lehnt eine Leiter drin." Trotz der Gefahr machte sie einen entschlossenen Schritt nach vorn. „Vielleicht ist noch jemand in der Katakombe!" Sie kniete sich auf die Planke und beugte sich über das Loch. Eilig leuchtete sie es mit ihrem Telefon aus.

Dann richtete sie sich mit einem Ruck wieder auf. „Es ist gähnend leer."

Angriff aus dem Hinterhalt

Es war totenstill in der Sakristei. Rante sah im spärlichen Licht der Notbeleuchtung an sich herab, die Augen weit und den nach Atem ringenden Mund geöffnet. Er war entsetzt. Schlamm bedeckte seine Hände, seine Kleidung und sein Gesicht. Seine Finger waren klamm und blutig. Er schaltete das Licht nicht an. ‚Besser niemand sieht mich oder bemerkt auch nur, dass ich hier bin. Wenn man mich so sieht, werde ich es schwer haben, zu erklären, wie es dazu gekommen ist.'

Er hatte das Blaulicht der Carabinieri im letzten Moment bemerkt und war in halsbrecherischer Eile aus der Katakombe geklettert. Die Leiter hatte im unsicheren Boden nachgegeben und die Erde am Grubenrand war unter seinen panischen Ruderbewegungen eingestürzt. Für einen Moment hatte er sich bäuchlings im Morast des Gartens wiedergefunden, aber immerhin hatte er es geschafft, sich zu retten. Schmutzig, nass und erfolgreich. Es hatte ihn unmenschliche Anstrengungen gekostet, die Schätze der unterirdischen Kapelle zu bergen. Fast eine Stunde lang hatte er die nasse Erde hinausgeschaufelt, soweit er sie hatte heben können. Am Ende hatte er bis zur Hüfte im eisigen Morast gestanden, in der Dunkelheit und begleitet vom beunruhigenden Geräusch hereinströmenden Wassers. Er hatte in unbändiger Hast die acht Ecken des kleinen, eingestürzten Raums durchsucht. Alles, was er gefunden hatte, waren die goldene Platte und ein metallener Reif. „Aber das ist doch schon mal nicht schlecht", murmelte er leise und lächelte.

Er besah mit seiner Taschenlampe seine schlammbedeckte Beute. Das Licht, welches aus der

Basilika hereindrang, war zu diffus und düster, um ihn die Einzelheiten seines Diebesgutes erkennen zu lassen. Die erste Missoriums-Platte hatte archaische Inschriften und Figuren getragen und ebensolche Inschriften und Symbole sah und fühlte er nun auf der zweiten. ‚Die beiden Teller gehören zusammen.' Rante schürzte die Lippen und ließ sich auf einen hölzernen Stuhl sinken. ‚Ich habe mir schon gedacht, dass es mehr als das eine Missorium geben muss, aber warum hat man zwei dieser Teller in verborgenen Kapellen deponiert? Beide tragen eine Inschrift. Vielleicht sollte ich versuchen, die Texte zusammenzubringen. Wenn ich Glück habe, enthalten sie eine Nachricht. Und dann erst dieser Reif. Eine Krone. Das hier ist nur ein weiterer Schritt zum Hort der Goten, aber ein großer. Dumm, dass ich die erste Platte nicht gut genug versteckt habe und sie gesehen wurde. Wir werden mit euch hier vorsichtiger sein, meine Lieblinge.'

Sein Blick huschte über die finstere Sakristei. Er war allein, aber es eilte. Die Carabinieri standen vor dem Gebäude und untersuchten die Grube im Garten. Ihm blieb nur eine Galgenfrist. Die Uniformierten suchten mit Sicherheit nach den Gegenständen, die er in seinen halb erfrorenen Händen hielt und wenn sie seine verschmutzte Kleidung sehen sollten, würde man ihn verhaften.

Er sprang auf und eilte zu einem Schrank, in dem er mehrere Soutanen aufbewahrte und wo er auch Schuhe und Strümpfe hinterlegt hatte. Er ließ immer wieder den

Blick umherschweifen. Wenn ihn nur die letzten Besucher der Kirche nicht sahen, seine Kollegen, die Ordnungshüter ... Er verbarg mit bebenden Händen die einen Meter große, silber-goldene Platte im Schrank. Dann wickelte er den Metallreif in ein Handtuch und schob ihn weit hinter die Kleidungsstücke an die Wand.

Sobald er fertig war, sendete er eine Nachricht von seinem Telefon und löschte den Verlauf der Meldungen, genauso wie die Nummer eines vorhergehenden Anrufs vom Nachmittag. ‚Besser, ich hinterlasse keine Spuren.‘ Hoffentlich würde sein Freund sich überzeugen lassen, nach Ravenna zu kommen ... Rante hatte erst nicht an dessen Erzählung geglaubt, aber es schien, er hatte recht. Er versteckte das Telefon und zog sich hastig im hinteren Teil der Sakristei um. Seine nassen Sachen stopfte er unter ein Bücherregal, um sie später zu holen. Dann nahm er mit fliegenden Fingern einen Lappen und wischte seine schlammigen Fußspuren vom Marmorboden.

Als er zurück zum Schrank mit den Soutanen trat, zuckte er zusammen. Er war nicht mehr der Einzige im Raum.

Auf dem Stuhl hinter der Tür saß einer seiner Ministranten, den Kopf gegen die Wand gelehnt und die schmutzigen Turnschuhe unter sich gezogen. Seine hübschen schwarzen Augen musterten ihn provokant. Auch der Junge hatte ein Telefon in der Hand. Es war der Gleiche, der ihn schon mit dem anderen Missorium gesehen hatte. Rante wurde von kalter Wut übermannt, die durch den Stress der vergangenen Stunden noch verstärkt wurde. Er konnte nicht mehr an sich halten, griff sich mit einem erbosten Aufschrei einen großen Altarleuchter und ging auf den Jungen los. „Was willst du hier zu dieser Stunde? Hast du kein Zuhause, unverfrorener Bengel?"

Zu mehr kam er nicht. Der Jugendliche sprang davon wie ein Hase.

Hinter Rante erklang eine knarrende, trockene Stimme mit einem starken Akzent, der ihm einen Schauer über den Rücken sandte. „Guten Abend, Padre. Ich sehe, Sie kümmern sich noch immer rührend um die Jugend und um die Güter der Kirche. Ich hoffe, Sie haben sie jetzt alle gefunden. Und Sie werden mir sicherlich mit Freude erzählen, was Sie alles entdeckt haben."

Rante fuhr herum und musterte sein Gegenüber. Er krächzte mit trockenem Mund und hämmerndem Puls: „Was wollen Sie?"

„Wir werden hinausgehen ins Kirchenschiff. Da, wo uns ein paar mehr Leute sehen können, wie zum Beispiel die Carabinieri, die im Garten auf der Suche nach Ihrer Beute sind. Dort, wo Sie sicher wollen werden, dass nur ich höre, was Sie zu sagen haben und jeder Sie sieht und dann sage ich Ihnen, was ich will."

Giovanni Rante spürte mit Entsetzen, wie man ihm eine Schlinge um den Hals legte. Er fühlte sich wie in einem Albtraum, als man ihn in dieser demütigenden Situation zur mosaikverbrämten Apsis der hellerleuchteten Basilika schob.

Auf der Jagd

Die Nacht war gekommen. Der Eisregen hatte nachgelassen, aber ein kalter Wind hatte sich erhoben und fuhr mit stechenden Messern unter die Kleidung der wenigen Passanten, die noch auf den Straßen Ravennas unterwegs waren. Chiara zog ihre Jacke fester um sich und folgte ihren Kollegen in die zentrale Wache der Carabinieri, um den diensthabenden Vorsteher über den Diebstahl der Objekte aus den Katakomben zu informieren. Die Wärme des Gebäudes und das behagliche Licht begrüßten sie, wie ein Zuhause in der Fremde. Ihr war kalt und sie war vom Regen durchnässt. Sie hätte viel für einen warmen Tee und eine Decke gegeben.

Der Luogotenente Ravennas hatte sichtlich ähnliche Gefühle wie sie. Er war vom heimatlichen Herd herbeigerufen worden und war dementsprechend verstimmt. Er saß hinter seinem massigen Schreibtisch und schnauzte seine kleinlauten Untergebenen an, die statt Chiaras die Last auf sich nahmen, zu berichten, was vorgefallen war. „Wie hat das passieren können? Der offene Bereich der Katakomben liegt im Inneren des abgesperrten Kirchengeländes. Wer hatte heute

Nachmittag oder Abend Zugang zu diesem Ort und warum hat es keine Überwachung gegeben?"

Sein fülliger Bauch schwang während seiner gebellten Worte hin und her und sein Doppelkinn wankte. Chiara starrte ihn an, fasziniert von der sich bewegenden Fülle. Sie war froh, dass er nicht auf sie fluchte. Sie hatte als Auswärtige nur Dank für die Alarmierung ihrer Kollegen und Narrenfreiheit zu erwarten.

Das Telefon auf dem Schreibtisch des Luogotenente läutete. Er zögerte, aber dann nahm er grimmig murrend ab. Als er wieder auflegte, waren seine feisten Züge noch düsterer und seine Brauen wanderten drohend über den Mond seiner Stirn. Er nickte Chiara zu. „Maresciallo. Ich weiß, Sie sind außer Dienst. Es tut mir leid, aber ich requiriere Sie in einem Notfall. Wir haben fast keine Leute zur Hand. Die meisten sind bei einer vom Regen unterspülten Brücke und dem daraus resultierenden Verkehrsunfall im Süden der Stadt. Lassen Sie sich eine trockene Uniform geben und nehmen Sie sich, wen Sie brauchen. Brigadiere Giuzio wird Sie begleiten." Er deutete mit dem Kinn auf den großgewachsenen Uniformierten neben ihr, den sie an der Kirche getroffen hatte. „Giuzio ist jung, aber mein fähigster Mann. Sie müssen zur Basilika zurück. In der Sakristei liegt ein Toter. Immerhin ist Ihr Metallteller wieder da."

Chiara starrte ihn mit offenem Mund an. Warum stahl jemand einen wertvollen Kunstgegenstand und ließ ihn kurz darauf in der Kirche zurück? Es kam ihr einen

Augenblick in den Sinn, dass der Tote der Dieb gewesen sein könnte und ein kunstversessener Kirchenverteidiger den Raub gesühnt haben könnte. Aber das war absurd …

Sie nickte wortlos und machte sich wie befohlen auf den Weg zurück, dorthin, wo sie sich noch vor einer halben Stunde aufgehalten hatten.

Giuzio brachte sie zuvor im Stechschritt zur Kleiderkammer und ging ihr dann voran zu seinem schwarzen Alfa Romeo Giulietta mit den roten Streifen und dem CC-Kennzeichen der Carabinieri. Er hielt ihr die Tür auf. „Es tut mir leid, dass der Luogotenente so bissig war. Er ist ein guter Mann."

„Ihr habt in den letzten Tagen viel zu tun gehabt?"

„Wir haben kein Auge zugetan. Und jetzt auch noch das mit der Basilika. Wenn das bekannt wird, bekommen wir wieder einen Rüffel und das, wo wir gearbeitet haben wie die Knechte."

„Es war nicht eure Schuld. Cariello hätte euch Bescheid geben sollen. Warum liegen solche uralten Schätze unter der Kirche?"

Giuzio ließ sich auf den Fahrersitz fallen und zuckte die Schultern, während er den Motor anließ. „Die Basilika San Vitale stammt aus dem sechsten Jahrhundert und zählt zu den bedeutendsten Kirchenbauten der frühbyzantinischen Zeit. Sie ist vor allem für ihre Mosaiken bekannt, aber wie es scheint, hütet sie auch noch andere Geheimnisse. Bei gutem Wetter haben wir Horden von Touristen in dem Gelände."

Chiara nickte wortlos. Es herrschte weiß Gott kein gutes Wetter. Der Regen peitschte gegen die Windschutzscheibe. Als sie erneut bei der nunmehr geschlossenen Kirche anlangten, waren denn auch weder Touristen noch sonst eine Menschenseele zu sehen. Es herrschte finstere, regenverhangene Nacht und nur ein blaublinkender Krankenwagen stand am Eingang des mächtigen Gebäudes. Der buckelige Kirchendiener, mit dem sie bereits zuvor gesprochen hatten, kam ihnen leichenblass und gestikulierend entgegen. „Da sind Sie endlich. Bitte. Schnell." Er brachte sie hastig in die Sakristei, wo sie eine Gruppe bleicher Kirchendiener und Angestellter in tiefem Schweigen erwartete. Auf dem Weg gingen sie an Reihen von Gestellen mit brennenden Kerzen vorüber. Der Abendgottesdienst war abgesagt worden, aber Gläubige mussten vor der Schließung der Basilika die Lichter zurückgelassen haben. Chiara vermutete, dass sie den Toten gesehen hatten, von dem der Luogotenente gesprochen hatte.

Die Sakristei, in die man sie führte, diente dazu, Messgewänder und liturgische Geräte aufzubewahren. Es roch betäubend nach Weihrauch. Im Inneren erwartete sie ein erschreckendes Bild. Der Tote war einer der Priester der Kirche. Er lag bäuchlings ausgestreckt auf dem Boden. Jemand hatte ihm eine Plastikschlinge um den Hals gewunden, die sich in sein Fleisch gegraben hatte. Man hatte sie barmherzig durchgeschnitten, aber seine blaue Gesichtsfarbe und die blutunterlaufenen Augen waren ein deutliches Zeichen dafür, dass sie ihn stranguliert hatte.

Ein junger Geistlicher stand neben dem Toten, zitternd und geschockt. „Wir haben Padre Giovanni am Hauptaltar hängend gefunden und ihn abgeschnitten, in der Hoffnung, ihn zu retten. Ich habe ihn hierher in die Sakristei getragen, um zu versuchen, ihn wiederzubeleben …"

„.. Das ist aber leider nicht geglückt", setzte ein älterer Notarzt hinzu, der mit verschränkten Armen an der Eingangstür lehnte.

Chiara nickte dem jungen Mann tröstend zu und trat zu dem Leichnam. „Glauben Sie, dass es ein Selbstmord war?"

Der Geistliche schüttelte stumm den Kopf und zeigte auf die Hände des Erhängten. Chiara beugte sich darüber und sah, was er meinte. Die Handgelenke waren so fest hinter dem Rücken aneinandergefesselt, dass der Priester sich nicht hätte allein erhängen können. Sie sah zu dem Notarzt und auch er schüttelte den Kopf.

Die eintreffenden Techniker von der Spurensicherung machten sich in ihren Schutzanzügen an die Arbeit und stellten Geräte und Lichter auf. Die Gerichtsmedizinerin folgte ihnen auf dem Fuß. Gedränge entstand in dem kleinen Raum und die Geistlichen wurden von Giuzio hinausgeführt. Chiara wollte ebenfalls hinausgehen, aber besann sich. Der Luogotenente hatte ihnen gesagt, der Teller sei wieder da. Sie sah sich um. „War nicht gesagt worden, einer der verschwundenen Gegenstände sei wiedergefunden worden?"

Der junge Priester zeigte von der Tür aus schweigend zu dem Toten auf dem Boden der Sakristei. Chiara trat zurück zu ihm und bemerkte, dass er in einer unnatürlichen Stellung auf den Terrakotta-Fliesen lag. Sie beugte sich zu ihm und besah ihn genauer. Der Mann war hager, grauhaarig und hatte das Gesicht eines alten Geiers. Seine Wange berührte die kalten Steine und ihr fröstelte bei dem Anblick. Seine Zunge schaute zwischen den Lippen hervor wie eine dunkle Eidechse. Chiara zog sich Schutzhandschuhe über und nahm den Mann vorsichtig bei der Schulter, um ihn anzuheben. Unter seiner schwarzen Soutane glänzte etwas. Sie kniete nieder und schaute unter den leblosen Körper. Was unter ihm schimmerte, war ein großer Metallteller. Man hatte ihn mit der Hüftkordel der Soutane an der Brust des Toten befestigt. Es war das gesuchte Missorium. Chiara zuckte zusammen. Das Metall war verbogen und zerschnitten. Scharfe Kanten verunzierten seine untere Hälfte. Ein Teil des Prunktellers fehlte.

Sie stand auf. Der Weihrauchduft der Sakristei stieg ihr in die Nase und mischte sich mit dem Geruch nach altem Mann und Erde des toten Priesters. Ihr Blick fiel auf seine Hände und sie sah den Dreck und die Schrammen daran.

‚Zumindest haben wir denjenigen, der in die Grube geklettert ist.'

Man berührte sie an der Schulter. Es war einer der Techniker, der mit dem Sichern von Fingerabdrücken beschäftigt gewesen war und auch die Sachen aus den Schränken der Sakristei zur Überprüfung wegbringen ließ. Er hielt ihr ein Bündel entgegen. Sie nahm es und sah hinein. Ein metallener Gegenstand lag in einen Lappen eingeschlagen darin. Sie nahm ihn, trat in die Vorhalle der Sakristei und besah den Inhalt im Licht. Es war nicht der fehlende Teil des Tellers, wie sie erwartet hatte, sondern eine Art rundes Band aus mehreren Lagen Gold. An ihm waren Ketten und ein Haken angebracht. Schlamm klebte daran und bröselte auf den Boden.

Sie drehte das Band vorsichtig von einer Seite zur anderen. „Das hier ist noch unbegreiflicher als das Wiederauftauchen des Missoriums. Das ist der Reif, von dem Professor Cariello gesprochen hat."

Giuzio trat zu ihr und schürzte die Lippen. „Der Mörder muss nur von dem Teller gewusst haben und das hier ist ihm entgangen."

„Oder aber, ihn hat das Band nicht interessiert?"

„Unsinn, das ist wertvoll."

Chiara war von der Feingliedrigkeit des goldenen Juwels beeindruckt. „Es scheint von Anfang an dazu gemacht worden zu sein, um über so einem Altar aufgehängt zu werden, wie der, über dem Cariello ihn gefunden hat. Hier ist ein Haken und hier sind Ketten."

Giuzio versank in die Betrachtung des Goldreifs in ihrer Hand und zog die Lippen kraus. „In Spanien hat man vor vielen Jahren einen Schatz ähnlicher Reife gefunden. Ich habe sie dort im Museum gesehen. Man schrieb, es seien gotische Weihekronen. Sie waren Geschenke der Könige an die Kirche."

„Du denkst, das hier sei eine solche Weihekrone?"

Giuzio zuckte mit gerunzelter Stirn die Schultern. „Ich habe dort in Spanien bei der Guardia Civil einen Kunstraubkurs belegt, da wurden die Kronen behandelt. Deswegen waren wir im Museum und haben sie angeschaut. Das war ein historischer Fall. Als die Araber um das Jahr 700 Spanien einnahmen, haben die christlichen Goten ihre Schätze vergraben und haben sie nicht wiederholen können. Ich glaube, man hat die Sammlung der Kronen bei Gartenarbeiten in einer Stadt mit unaussprechlichem Namen gefunden, Guarrazar oder so etwas. Und sie wurden zum großen Teil gestohlen ..."

Chiara sah ihn verblüfft an. Giuzio beeindruckte sie. Sie nickte. „Guarrazar, davon habe ich gehört."

Die Krone in ihrer Hand musste das Juwel sein, das Cariello auf dem Boden der Grube gesehen hatte. Und ihr Auftauchen schien ihr noch bizarrer als das

Missorium. Sie wollte den Reif beiseitelegen, aber dann fühlte sie, dass in dem Tuch noch etwas lag.

Kolonel Camarata kommt zu Hilfe

Francesco Camarata, Kolonel der Carabinieri, saß an seinem breiten Schreibtisch in den Anbauten der Festung Sant' Elmo in Neapel, die Stirn gerunzelt und die Haare zerrauft. Er trug einen grauen Wollpullover über der Uniformhose, da der hohe Raum Ende Februar kühl war, wenn auch nicht kalt. Das Wetter in der Stadt am Vesuv war wärmer als in Ravenna. Die Abendsonne schien durch die großen Fenster des Militärgebäudes und spielte in Strahlen und Schatten auf den Wänden seines weitläufigen Büros.

Der gedrungene Neapolitaner mit den grauschwarzen Haaren und dem griesgrämigen Gesicht grübelte. Chiara Ferro hatte ihn angerufen, um ihm vom Fehlen einer Krone und eines vergoldeten Missoriums aus einer Kirche in Ravenna zu berichten. Der Raub war erst vor wenigen Minuten entdeckt worden. Camarata arbeitete als Carabiniere im Kulturgutschutz, aber eigentlich tat er das in Neapel. Es gab eine spezielle Gruppe der Carabinieri dafür in Venedig, die auch mit Ravenna kooperierte. „Aber man kennt sich halt", seufzte er und langte nach der Tasse Kaffee, die er vor sich hingestellt hatte. Es war die zwanzigste an diesem Tag.

Zugegebenermaßen interessierte ihn der Fall und er wusste, dass Chiara seine Erfahrung benötigte. Die Leute in ihrem eigenen Dienstbereich waren zu jung und unerfahren. Es gab fast dreihundert Carabinieri, die im Kulturgutschutz arbeiteten und trotz ihrer Zugehörigkeit zum Militär dem Kulturministerium unterstanden, aber Camarata zählte zu den erfahrensten. Er hatte zudem zuvor im Morddezernat gearbeitet und wusste besser als so mancher der dortigen Offiziere, was zu tun war. Als Carabiniere war er mehrfach im Land versetzt worden und hatte auch in Ravenna gedient, bevor er nun seit Längerem in Neapel war. Aber das war Jahre her …

„Ein Missorium. Ts. Das ist speziell." Camarata hob die Brauen. Bei einem Missorium handelte es sich um eine große Platte aus Silber, Gold oder Elfenbein, die als Hauptstück eines antiken Prunkgeschirrs gedient hatte. Kaiser hatten sie an die Gouverneure ihrer Provinzen gesandt, um sie daran zu erinnern, wer ihr Herr war. Anlass ihrer Herstellung war in aller Regel der Jahrestag der Thronbesteigung des jeweiligen Herrschers und sie stellten denn auch normalerweise eben den dar. Wenn man in diesem Fall einen Begriff wie ‚normal' verwenden konnte. Es existierten nur noch extrem wenige Exemplare solcher Prunkteller. Zumeist hatte man das edle Metall eingeschmolzen und weiterverwendet, sobald der sich selbst verherrlichende Kaiser das Zeitliche gesegnet hatte. Das berühmteste Missorium, das Camarata bekannt war, war das des Theodosius, des römischen

Kaisers, der das Christentum zur Staatsreligion gemacht hatte.

Ein Missorium wurde wie eine Ikone in Kirchen aufbewahrt. Es erstaunte ihn daher nicht, dass man eins in der Basilika in Ravenna gefunden hatte. Dass es sofort nach der Entdeckung verschwunden war, erstaunte ihn jedoch schon. Er schüttelte grimmig den Kopf. „Was für eine Geschichte. Und Cariello hat es sich unter der Nase wegstehlen lassen." Er schmunzelte. Camarata kannte Cariello seit Jahren. „Er muss ja auch nicht immer Glück haben, unser erhabener Herr Professor."

Camarata hatte sich einen Stapel von Informationen über Missorien herausgesucht und wühlte durch die Dokumente, die sich vor ihm auf dem Tisch verteilten und von dort zu Boden glitten. Man hatte solche tellerartigen Platten in Spanien, Deutschland und England gefunden. Es gab nicht viele davon, die Runde war schnell gemacht. Camarata rieb sich die schmerzenden Schläfen. ‚Warum hat Chiara gerade mich und dann gerade so spät am Nachmittag angerufen?' Er war erschöpft und wäre gern nach Hause gegangen, zu einem umfangreichen Abendbrot und einem guten Glas Wein. ‚Laura wird es mir übelnehmen, wenn ich schon wieder zu spät nach Hause komme.'

Seine gedrungenen Finger trommelten auf den Tisch. Er verbot sich, noch weiter an die Weine des Südens zu denken und strich sich über den fülligen Bauch in dem vergeblichen Versuch, ihn in den Hosenbund zu stopfen.

Er sollte abnehmen, aber aus unerfindlichen Gründen tat er es nie.

Schließlich brummte er laut in den Raum hinein: „Was tun wir mit diesem Missorium? Hm? Interpol kontaktieren?" Er stand auf und durchwanderte sein Büro. Er wartete auf bessere Beschreibungen der gestohlenen Gegenstände. Dann würde er eine Suchanzeige herausgeben und heimgehen. Bis dahin nahm er sich noch einen weiteren Kaffee. Der Mülleimer floss über von Pappbechern und Kaffeesatz. Er ignorierte seinen Zustand geflissentlich.

Als sein Telefon klingelte, griff er eilig danach und war erfreut, dass wie erwartet Chiara am anderen Ende war. Ihre Nachricht waren jedoch nicht die, mit der er gerechnet hatte.

Chiaras Stimme klang aufgeregt. „Das Missorium ist wieder aufgetaucht. In zwei Teile geschnitten! Ein Teil lag neben einem toten Priester. Ein zweiter, kleinerer Teil, fehlt. Und der Reif, der gestohlen wurde, ist ebenfalls wieder da. Das Ganze ist bizarr. In dem Bündel mit dem Reif haben wir einen handgeschriebenen Zettel gefunden. Die Nachricht darauf ist unverständlich." Es knisterte, als suche sie nach einem Papier. Ihre Stimme erklang erneut. „*Ein Hellebardenträger hat mich geraubt und mich hier versteckt. Unschuldig. Unschuldig*", las sie vor.

„Wie?", brummte Camarata. „Wer ist unschuldig?"

„Ich kann Ihnen keine Erklärung dafür geben, Kolonel. Weder für den Mord an dem Priester noch für das Auftauchen des beschädigten Tellers und der Krone. Ich kann Ihnen auch nicht sagen, ob der Teller gerade eben erst zerschnitten worden ist oder schon vor Jahrhunderten." Chiara seufzte und wusste nur eines zu sagen. „Kommen Sie nach Ravenna, Kolonel. Bitte! Und besser, Sie kommen schnell."

Der Mann im Dunkeln

Es gab ihn also wirklich, den unbenutzten Brunnen im Hof von Rantes Haus. Sein Zugang war alt und brüchig und lag modrig riechend im Eck des Patios. Dem schlanken, dunkelgekleideten Mann, der ihn in Augenschein nahm, war heiß unter der Kapuze, die er übers Gesicht gezogen hatte, um nicht auf den Videokameras des Kirchgeländes erkannt zu werden. Trotz seiner durchtrainierten Figur stand ihm von der Anstrengung der letzten Stunden Schweiß auf der Stirn. Er fuhr sich mit dem Ärmel übers Gesicht. „Verdammter Pfaffe, worauf habe ich mich da eingelassen?"

Er zögerte, in den Brunnen zu steigen. Die Innenwände waren grün und glitschig von Algenbewuchs. Angesichts der Feuchtigkeit befürchtete er, abzurutschen und in den Schacht zu stürzen. ‚Wie der gebrechliche Rante dort hineingekommen sein soll, ist mir ein Rätsel.' Er versuchte, den Durchmesser zu schätzen. Der Schacht war weniger als einen Meter breit, aber das Licht seiner Taschenlampe traf erst in großer Tiefe auf Wasser. „Und das einzige Seil, das ich hatte, dient Rante jetzt als Halsschmuck", fluchte der Mann grinsend.

Im Innenhof des uralten Gebäudes, das den Brunnen verbarg, war es dunkel und kalt. Moos glitzerte nass auf den steinernen Mauern. Das verfallene Pfarrhaus hinter dem Kirchenkomplex und die enge Straße davor lagen wie ausgestorben. Kein Laut war zu hören, nur irgendwo in der Ferne rauschte Verkehr. ‚Ich sollte mich beeilen. Es wird nicht lange dauern und die Carabinieri werden das Haus Rantes suchen. Vielleicht hätte ich doch bei der Ermordung des Alten diskreter vorgehen sollen.'

Er schaute nach oben. Wolken hatten sich erneut in schwarzen Haufen angesammelt und wie jede Nacht in der letzten Zeit drohten Regen. Er hatte keine Wahl. Mit einer kräftigen Bewegung schwang er sich über den glitschigen Brunnenrand. Kälte schlug ihm entgegen. Steine zerkratzten ihm die Hände. Er ächzte. Langsam ließ er sich in den modrigen Schacht gleiten. Er verkeilte sich gegen die Wände und rutschte Stück für Stück nach unten, indem er entweder den Druck seiner Füße oder den seiner Rückenmuskeln nachließ. Moos hinterließ lange grüne Spuren auf seiner Kleidung und Spinnweben klebten schon nach wenigen Metern an seiner Kleidung.

Er fingerte über die eisigen Steine der Wände, auf der Suche nach der verborgenen Vertiefung, die Rante im

Todeskampf lallend beschrieben hatte. Er zuckte immer wieder zurück. Seine Finger waren verletzt. Er hatte sich an der Kordel geschnitten, mit der er den Priester auf den Altar der Basilika gehievt hatte. Trotz der Spritze hatte der Alte gestrampelt und gezuckt. Zudem hatte sein Mörder sich beim Zerschneiden des Missoriums die Handfläche verletzt. Die Kerzendochtschere, die er benutzt hatte, war so stumpf gewesen wie die Zähne eines toten Hundes, und das Metall hatte sich in alle Richtungen verbogen. Er bedauerte, dass er den Teller hatte zerschneiden müssen, aber er hätte die enorme Platte nicht im Ganzen aus der Kirche hinausbringen können, ohne aufzufallen. Der Halbmond des abgetrennten Teils des Geschirrs lag oben bei seiner Jacke. Gut versteckt, zwischen Brunnen und Mauer.

Er hoffte, er hatte keine Blutspuren in der Apsis hinterlassen. Er hatte beim Mord an Rante Plastikhandschuhe getragen, aber die scharfe Kante des zerschnittenen Tellers hatte sie zerrissen und ihm die Haut verletzt. In der Sakristei waren nur Reinigungstücher zur Hand gewesen, um seine Spuren zu beseitigen. Seine Finger hatten gebebt, so eilig hatte er den vergoldeten Teller und die Kordel von seinem Blut gesäubert. ‚Vielleicht hätte ich es wagen sollen, doch den Teller und nicht nur die beschmutzten Tücher nach draußen zu bringen.'

Der unfreiwillige Kletterer im Brunnen keuchte. Das Licht in dem engen Schacht über ihm wurde spärlicher und der Eishauch der Tiefe drang immer drohender von unten herauf. Es roch betäubend nach Algen und seine Knie verkrampften sich. Einen Augenblick glitten seine Füße auf den bemoosten Steinen ab und er sah sich bereits in die Tiefe stürzen. Im letzten Augenblick gelang es ihm, sich abzufangen und Halt zu finden. „Verdammter Priester. Wie hat sich der alte, verhungerte Kerl hier in diesen elenden Schacht herablassen können und woher wusste er überhaupt, dass es einen Hohlraum in der Brunnenwand gibt?"

Endlich fanden seine suchenden Finger in der Dunkelheit eine Vertiefung. Zu seiner Erleichterung trafen sie darin auf etwas Hartes. Er griff danach und zog den schweren Gegenstand mit Anstrengung aus dem Loch. Es handelte sich um das gesuchte Missorium. Der Teller lag bleischwer und glitschig vor Nässe in seiner Hand. Er umklammerte ihn, besorgt, dass er ihm entgleiten könnte. Soweit er es in der Finsternis sehen konnte, war der Teller groß, schwarz-silbern und verziert mit Goldeinlagen, wie schon der andere. Ein Öltuch war darum geschlagen und hatte das Metall vor der Feuchtigkeit schützen sollen, auch wenn er es kaum getan hatte. Rante hatte den Teller in der Tat da versteckt, wo er es ihm vor seinem Tod beschrieben hatte. Ein verkrampftes Lächeln trat dem Mörder auf die Lippen, gestört von dem Schweiß, der ihm die Jochbögen hinablief.

Er küsste sich die Fingerspitzen. Der Mord war perfekt über die Bühne gegangen. Und die entscheidenden Hinweise waren jetzt beide in seinem Besitz. Er würde den Gotenschatz finden … vorausgesetzt, es gelang ihm, wieder aus dem Brunnen herauszukommen. Seine Kräfte begannen nachzulassen. Er schaute nach oben. Ein rutschender Aufstieg von sechs Metern über moosbedeckte, nasse Steine erwartete ihn. Er hätte sich anseilen sollen. Gut, dass er täglich trainierte. Keuchend und stöhnend schob er sich zurück nach oben, dorthin, wo der bleiche Mond in diesem Moment durch die rauchschwarzen Wolken trat und in dem einsetzenden Sprühregen einen silbernen Regenbogen über Ravenna zeichnete.

Ein Wiedersehen in Ravenna

Als Camarata am Morgen nach dem Tatgeschehen aus dem kleinen Flugzeug stieg, das ihn aus Neapel gebracht hatte, runzelte er die Brauen und zog den Mantel fester um sich. In Neapel war es warm und sonnig gewesen, in Ravenna schüttete es Katzen und Hunde, wie man in Italien sagte. Und nicht nur das, es waren gefrorene Katzen und Hunde. Hagelkörner prasselten auf den Asphalt des Flughafens und prallten geräuschvoll auf die Außenhaut des Flugzeugs. Grauer Nebel lag über der einsamen Ödnis des Landeplatzes und gab ihm das Aussehen eines mysteriösen Sumpfgebiets. Die beängstigende Situation der Stadt war seit Tagen in der Presse und die Artikel logen ausnahmsweise nicht. Selbst die Landebahn war überschwemmt und hatte das Flugzeug bei der Ankunft ins Schlingern gebracht.

Auf dem Weg zur Ausgangshalle wurden die Schuhe der wenigen Passagiere durchweicht, als würden sie durch einen Bach waten. Camarata bedauerte seine teuren Ledermokassins, als er der Gruppe hinterherstapfte. Ihm rann Eiswasser in Mantelkragen und Nacken und er war erleichtert, als er sah, dass ein Kollege in dem kleinen Ziegelgebäude auf ihn wartete.

Der Uniformierte steuerte eifrig auf ihn zu und drückte ihm als Erstes einen Schirm in die Hand. „Was man zurzeit in Ravenna benötigt, sind Regenschirme und Gummistiefel, Kolonel."

„Und Schutzschilde gegen Hagel und Schnee." Camarata nahm seinen kordelverzierten Carabiniere-Hut ab und schüttelte die weißen Körner herunter, die sich auf dem Filz gesammelt hatten. Er nieste und holte ein Taschentuch aus der Manteltasche, froh, dass seine Frau an alles gedacht hatte. Er hätte es nicht für möglich gehalten, geradewegs vom sonnigen Süden in den tiefsten Winter zu fliegen und hatte sonst nie Taschentücher bei sich.

Sein Kollege lächelte förmlich und brachte ihn voller Respekt zum Dienstwagen. Das Fahrzeug heulte beim Anfahren auf und Bugwellen umspülten es bereits nach wenigen Metern bis zu den Seitenfenstern. Hagelkörner knirschten unter den hilflos durchdrehenden Reifen. Der Flughafen war umgeben von flachen Feldern, die vollkommen unter Wasser standen. Camarata drückte sich in den Sitz der Rückbank. Ihm wurde beim Anblick des vor seinem Fenster auftauchenden Schlammwassers angst und bange, aber ließ es sich nicht anmerken. „Bei euch wird der Klimawandel eher Wirklichkeit als bei uns, was? Erst bin ich letztes Jahr durch das geflutete Venedig gewatet und nun finde ich Ravenna unter Wasser vor", brummte er zum Fahrer. „Ihr solltet die Unterwasserkulturerbe-Abteilung verstärken, statt mich anzurufen."

Vor dem Fenster tauchten die ersten Häuser der Stadt auf. Was Camarata sah, war der angemessene bauliche Rahmen für biederes Provinzleben am Adriatischen Meer, kein Terrain für Überschwemmungs-Katastrophen in biblischem Ausmaß. Die Gärten standen jedoch Land unter, Café-Terrassen waren mit Sandsäcken gesichert und hier und da schauten die Spitzen von Palmen und Parkbänken aus dem Schlammwasser.

Er hatte gelesen, dass die Stadt eine große Geschichte hinter sich habe, aber im Moment schien es ihm, als hätte man sie aufgegeben. Sie war verlassen und versunken, die Straßen wegen der anhaltenden Überschwemmungen blockiert. ‚Wir hätten besser ein Boot benutzen sollen als den Dienstwagen.' Das Fahrzeug heulte und schlingerte beängstigend auf dem Weg in die Innenstadt. Camarata hoffte, dass der Motor durchhielt. Er hatte keine Lust, aussteigen zu müssen und bei dem Wetter zu Fuß weiterzugehen. Sie fuhren an alten Gebäuden und einem enormen Grabmal vorüber.

„Von hier, von Ravenna, ist Cäsar aufgebrochen, um den Rubikon zu überschreiten und Rom einzunehmen", klang die Stimme des Fahrers zu Camarata. „Hier lebten die von Germanicus gefangengenommene Frau des Cheruskerfürsten Arminius, Thusnelda, und ihr unglücklicher Sohn Thumelicus, der mit fünfzehn Jahren als Gladiator starb. Die großen Zeiten Ravennas waren das 5. und 6. Jahrhundert. Das dort ist das Grab von Theoderich." Er deutete das monumentale Gebäude, das hinter den Hagelschauern kaum zu sehen war.

Camarata nickte stumm. Er hatte gelesen, dass der weströmische Kaiser Honorius seinen Hof von Mailand hierher verlegt hatte. Von da an, hatte es geheißen, war Ravenna zweihundert Jahre die Hauptstadt des Weströmischen Reiches gewesen. Sie war einst der Nabel der Welt, aber heute war sie es definitiv nicht mehr. Was er sah, war eine verschlafene Provinzstadt. Abgesehen vom Regen war sie hübsch, befand er. Sehr hübsch, wenn man die Bugwellen vor dem Fahrzeug ignorierte, die ihn befürchten ließen, in einem Meer von Schlamm steckenzubleiben.

Als sie trotz aller Befürchtungen heil bei der Wache der Carabinieri ankamen, winkte sein Führer ihn hinein und brachte ihn im Sturmschritt zu einem Versammlungssaal.

Camarata stapfte triefend vor Nässe hinterher, durch weiß gekalkte Gänge und über quietschendes Linoleum. Er war erleichtert, als er ins Warme kam. Ein großes Lächeln aus einem breiten kirschroten Mund begrüßte ihn in dem weitläufigen Saal und eine schmale Gestalt, die ihm nur die Hälfte seiner Selbst schien, fiel ihm um den Hals. „Hola, wen haben wir denn da?" Er schmunzelte angesichts der stürmischen Begrüßung.

„Sie sind gekommen. Wir sind gerettet!" Das heitere Blitzen von Chiaras schwarzen Augen begleitete ihr Lachen.

Camarata war wesentlich höher gradiert als sie, aber die kleine Maresciallo war ihm eine liebe Freundin geworden. Nach den ersten herzlichen Umarmungen gab sie ihm ein Handtuch, um sich abzutrocknen und zog ihn mit leuchtenden Augen zu einem in der Mitte des Raumes stehenden Tisch. „Schauen Sie, Kolonel, Sie werden staunen!"

Auf dem Tisch lag, eingewickelt in von der Spurenermittlung abgestempeltes Seidenpapier, ein großes, rundes Objekt. Camarata trat näher und sah es sich an. Es war das Missorium. Chiara schlug die Papierseiten auseinander, gab ihm Handschuhe und zog ebenfalls Handschuhe an. Dann zeigte sie ihm mit bebenden Fingern das noble Stück.

„Meine Herren, Caramba!", brummte Camarata und rieb sich erst mit dem Handtuch durch die Haare und dann über das graue Stoppelkinn. Vor ihm lag eine große Platte aus purem Silber und Gold. In ihrer Mitte sah man einen bärtigen Mann auf einem Thron sitzen, neben ihm standen vier kleinere Personen und über ihm schwebten geflügelte Kinder. Die Augen des Sitzenden waren mit großen runden Pupillen dargestellt. Ein Heiligenschein umgab seinen Kopf und eine Toga seinen Körper.

Camarata legte das Handtuch beiseite und beugte sich über den Teller. Ein Gefühl von Ehrfurcht überkam ihn, das er jedes Mal fühlte, wenn er ein originales Fundstück berühren durfte. Er fuhr langsam mit den behandschuhten Fingern über die Abbildung und zuckte zusammen, als sein Finger die scharfe Kante des zerschnittenen Randstücks berührte. Er schlug das Seidenpapier weiter zurück, das einen Teil des Geschirrs verdeckte, und pfiff erstaunt. Wie bereits von Chiara erwähnt, fehlte der untere Teil des Missoriums. Trotz dessen hatte er nicht dieses Massaker erwartet. Es sah aus, als habe man eine Geflügelschere benutzt, um es brutal abzuschneiden. Die Ränder des beschädigten Tellers waren scharf und verbogen. Er ließ seinen Finger darüber gleiten und zerriss sich den Handschuh. Der Schnitt durch das Metall schien ihm neu zu sein. Er drehte die Platte vorsichtig hin und her. „Warum hat jemand dieses Missorium zerschnitten? Was für ein Verbrechen", brummte er kopfschüttelnd mit seiner tiefen Bassstimme.

Chiara zuckte heftig die Schultern.

Die Tür hinter ihnen öffnete sich geräuschvoll und ein beleibter Uniformierter betrat den Raum. Camarata sah an seinen Abzeichen, dass es sich um den Chef der Wache handelte, und ging ihm entgegen. Ein Strahlen erschien auf dem feisten Gesicht des Luogotenente, als er seinen Gast sah. Ein Kolonel kam nicht alle Tage vorbei. Er schüttelte Camarata lange und dankbar die Hand. „Petroselli. Ich freue mich, dass das Kulturministerium zugestimmt hat, Sie zu uns zu senden, Kolonel." Er schnaufte vor Zufriedenheit.

Als Angehöriger der Kulturgutschutzabteilung der Carabinieri unterstand Camarata nicht wie Petroselli dem Verteidigungs-, sondern dem Kulturministerium.

Die weißen Perlzähne des Luogotenente glänzten in seinem kleinen Mund und seine intelligenten Augen hatten Mühe, über die Rundungen seiner Wangen zu sehen. Er schien Camarata trotz seiner Korpulenz dienstbeflissen und sympathisch.

„Die Untersuchungen am Tatort dauern an", informierte er ihn förmlich. „Brigadiere Giuzio ist mit den ersten Verhören beschäftigt. Sie und Maresciallo Ferro könnten sich am besten zu ihm gesellen und die Verhöre in professionellere Formen lenken. Umso schneller wir wegen des fehlenden Stücks des Missoriums und wegen des Mordes etwas erfahren, umso besser. Dann können Sie auch gleich die Kirche und den Fundort der antiken Gegenstände besichtigen." Petroselli sprach das Wort

‚Missorium' mit Betonung aus als habe er es gerade erst gelernt.

„Gern. Ich stehe Ihnen zur Verfügung." Camarata drehte sich zu Chiara. „Bevor wir gehen: Hieß es nicht, man habe neben dem Missorium auch eine Weihekrone gefunden?"

Chiara nickte und führte ihn zu einem zweiten auf dem Tisch liegenden Paket. Es enthielt ein weiteres Wunderwerk der Kunst der Goten, einen feinziselierten Reif aus Gold. Er war geformt wie ein Band, besetzt mit Perlen und Granaten. Über dem Reif waren Blätter an Ketten angebracht. Kleinere Ketten hingen an der Krone herab und an deren unterem Ende hingen Edelsteine.

Camarata legte vorsichtig seine Finger darauf. Der Reif war kühl und hart. Wäre er allein gewesen, hätte er daran gerochen, so sehr gefiel ihm das Stück. Er seufzte und runzelte die Stirn. „Das ist byzantinisch-gotisch. So etwas ist von unschätzbarem Wert. Wieso lässt das jemand zurück? So eine Krone und so ein Teller kosten gut und gerne Millionen … Nie und nimmer hätte ich so etwas im Schrank vergessen. Man hat in Spanien solche Kronen gefunden. Sie sind ausgesprochen selten."

„Ich weiß", sagte Chiara mit funkelnden Augen. „Guarrazar. Man hat so etwas in Guarrazar bei Toledo gefunden."

Camarata warf ihr einen Blick zu und hob die Brauen. Sie schien etwas andeuten zu wollen.

„Giuzio und ich haben uns gestern das Gleiche gesagt wie Sie und haben nachgeforscht", erklärte Chiara und rieb sich über den kurzgeschorenen Kopf. „Man hat vor fast zweihundert Jahren sechsundzwanzig sehr ähnliche gotische Kronen im Garten von Guarrazar gefunden. Die meisten wurden gestohlen, erst vierzehn und dann später noch eine fünfzehnte. Wir haben einen Zeitungsartikel dazu im Internet gefunden. Laut einer Madrider Zeitung tauchte die letzte der gestohlenen Kronen angeblich vor fünf Jahren wieder auf. Und – jetzt halten Sie sich fest – mit der gleichen Bemerkung auf einem danebenliegenden Zettel wie die, die wir hier bei unserer Krone gefunden haben. Man solle einem Hellebardenträger vergeben … Wir haben die Zeitung angerufen. Giuzio kann Spanisch. Wir dachten, wir hätten eine Spur. Aber dann kam die Überraschung." Chiaras Stimme überschlug sich und ihr Gesicht glühte. „Man sagte uns, der Artikel sei ein Scherz gewesen! In Wirklichkeit fehlt die letzte Krone immer noch …" Sie hielt Camarata einen von einem Plastikumschlag geschützten Zettel entgegen.

Camarata nahm die Folie und besah ihren Inhalt. Er brummte in tiefem Bass aus dem Abgrund seines untersetzten Bauches: „Aber das kann doch unmöglich die gleiche Krone sein, wie die hier auf dem Tisch? Es hatte doch, wenn ich richtig verstehe, niemand Zugang zu der Katakombe. Wieso hat der Mörder dann diese Nachricht hinterlassen? Um uns an die fehlende Krone zu erinnern? Ist das ein Versteckspiel zum

Punktesammeln? Wer immer den Priester ermordet hat, er unterscheidet sich von den gewöhnlichen Bösewichten zumindest darin, dass er Humor hat."

Chiara schüttelte den Kopf. „Ich denke, der Zettel stammt nicht vom Mörder. Dieser hat die Krone, die zwischen den Soutanen in der Sakristei versteckt war, ganz einfach nicht gefunden. Und ein Spaßvogel scheint er ganz sicher nicht zu sein. Er ist beängstigend brutal vorgegangen, als er den Priester umgebracht hat. Er hat ihm mit einem Kabelbinder und einem hakenbestückten Seil aufgehängt und erwürgt. Eine Sache von Sekunden, aber mit beunruhigender Entschlusskraft ausgeführt. Und nehmen Sie die Zerstörung des Missoriums: Dem Kerl waren nicht nur der Wert des Goldes und ein Menschenleben gleichgültig, ein Kunstliebhaber war er auch nicht."

Camarata kratzte sich erneut am Kinn. „Wenn er das Gold nicht wollte, was hat er dann gewollt?"

Ein Professor braucht Hilfe

Die Laken waren weiß, die Wände waren weiß, selbst vor dem Fenster war es weiß. Er war im Reich der bösen Schneekönigin gefangen und ihr Schloss roch betäubend nach Desinfektionsmitteln. Cariello stöhnte. Man hatte sein Bein operiert und geschient. Er trug seitdem zwei Metallspangen in sich und eine ganze Auswahl von

Medikamenten dazu. Er war bis zum Bauch in Binden gehüllt und sein Bein war an einem Haken über dem Krankenhausbett aufgehängt. Man hatte ihm sein Telefon wiedergegeben, zumindest das war eine Erleichterung. Ansonsten hatte eine ältere, derbe Krankenschwester darauf bestanden, ihn an einen Tropf anzuschließen. Ihm war schwindelig von der Menge von Schmerzmitteln, die man ihm gegeben hatte. Cariello zog die Nase kraus, angewidert vom allseits präsenten Gestank nach antibakterieller Lösung … ‚Wenn diese Kurpfuscher einen erst mal in den Fängen haben, dann lassen sie einen nicht so schnell wieder frei.'

Er hatte gezögert, ob er seine Familie informieren sollte. Seine Mutter war in einem mehr als gebrechlichen Gesundheitszustand und verließ Neapel nicht. Seine Schwester wäre wahrscheinlich sofort gekommen … aber wollte er das? Er hatte ein gestörtes Verhältnis zu ihr. Anna war zumindest nach außen eine derbe, harte Person geworden. Sie war Archäologin wie er, aber ohne Höflichkeit, wenn auch weniger kühl und erhaben als er. Vor zwei Jahren hatte er sie mit Gewalt aus Palmyra in Syrien retten müssen. Sie hatte sich in der vom Krieg umtosten Wüstenstadt eingerichtet, um mitten im Bombenhagel antike Tempel zu retten. Nur kurz nachdem er sie schreiend und nach ihm schlagend aus ihrem Hotel gezogen hatte, war eine Bombe darin eingeschlagen. Sie hatte tagelang nicht mit ihm geredet. Dafür, dass er Gewalt gebraucht hatte, und dafür, dass er Recht gehabt und ihr das Leben gerettet hatte. Er liebte seine Schwester. Aber seit dem Verschwinden seines Bruders Avelardo und dem Selbstmord seiner Frau sprach sie kaum noch mit ihm. Sie gab ihm die Schuld für das, was damals geschehen war, und er konnte ihre Vorwürfe schwer von der Hand weisen. Eine Art von Sprachlosigkeit hatte sich zwischen ihnen eingestellt.

Trotzdem, in diesem Moment brauchte er Annas Zuspruch. Er hatte bereits vor einem Jahr in Venedig im Krankenhaus gelegen. Damals hatten mehrere Carabinieri, Therese und die halbe Weltöffentlichkeit an seinem Bett ausgeharrt - bei ihm, dem Retter der Schätze von San Marco. Jetzt wachte niemand an seinem Bett. Er war mutterseelenallein. ‚Ruhm ist vergänglich, eitler Schall und Rauch. Sic transit gloria mundi.'

Er versuchte, es sich in den Kissen bequemer zu machen, aber alles, was er erreichte, war eine Verschlimmerung seiner Schmerzen. Er hatte Lust, laut zu brüllen, aber verbiss sich das schlechte Benehmen. Man hatte ihm schon zu oft gesagt, dass er sich anmaßend benähme. Cariello sendete schließlich eine kurze Nachricht an Anna. „Liege im Krankenhaus in Ravenna. Bein gebrochen."

Mehr schrieb er nicht. Mehr Selbstmitleid gestand er sich selbst in diesem Zustand nicht zu.

Eine überraschende Zeugenaussage

Chiara und Camarata erreichten zur Mittagszeit die Basilika San Vitale, in der Giuzio und seine Kollegen bereits begonnen hatten, die Angestellten der Kirche zu verhören. Priester, Ministranten und Kirchendiener drängten sich in einer langen Reihe im Korridor, der zur Sakristei führte, und warteten darauf, angehört zu werden. Die Carabinieri hatten sich in einer Halle vor der Sakristei eingerichtet, um den Besucherstrom der Touristen im Hauptgebäude nicht zu stören. Giuzio, der das kleine Team anführte, lächelte erleichtert, als er Chiara mit Camarata kommen sah. Der schlaksige, blonde Mann mit dem hervorstehenden Adamsapfel und der Nickelbrille sprang auf, winkte sie herein und bat sie, sich zu ihm zu gesellen. Er grinste. „Wir fühlen uns etwas überfordert. Gut, dass Sie kommen."

Camarata platzierte sich breitbeinig in die Mitte des Raums, ließ seinen Blick über die Wände schweifen und nickte Giuzio schließlich zu. „Hübsch hässlich habt ihr's hier."

Giuzio hatte sich an einem kleinen Sperrholztisch installiert und Computer und Kamera daran befestigt. Ansonsten war der Raum spartanisch. Er salutierte: „Wir haben die Sakristei aus Respekt nicht benutzen wollen. Die priesterlichen Bekleidungen und die Bibeln werden dort aufbewahrt und man hat den toten Priester dorthin getragen. Sie gehört mehr oder weniger zum Tatort."

„Schon gut, schon gut", murmelte Camarata behäbig, ein unbeweglicher Klotz, im nassen Uniformmantel, den Hut in der Hand.

Die kleine Vorhalle, die Giuzio zum Verhörraum umfunktioniert hatte, war schlicht. Ihr Boden bestand aus Marmor, ansonsten war sie schmucklos, aber sie erfüllte ihren Zweck. Camarata setzte sich wie von ihm erwartet zu dem mageren Brigadiere, der seine Kolonelsabzeichen mit vor Bewunderung leuchtenden Augen ansah, aber eigentlich wäre er lieber etwas essen gegangen. Als Neapolitaner war er gutes Essen gewohnt und es war Mittag. Als er sich niedersinken ließ, knurrte sein Magen hörbar.

‚An sich sollte ich froh sein, seit dem Morgen nichts zu essen bekommen zu haben. Ich habe genug Speck auf den Hüften und sollte mich mäßigen.' Aber Camarata konnte nicht anders: Vor seinem inneren Auge erschienen Pizza und Pasta wie saftige Wachträume, gerade als der Nächste der Zeugen den Raum betrat. Mehrere Personen später war immer noch keine Stärkung in Sicht und er begann, an seinen Überlebenschancen in Ravenna zu zweifeln. Eine Pfütze stand auf seiner Zunge und er musste an Rinderfilet mit Thymian und an den Nero d'Avola denken, den er daheim in seiner Weinsammlung hortete …

Chiara und Giuzio schienen unberührt von solch profanen Gedanken. Sie saßen konzentriert dem jeweiligen Zeugen gegenüber, wach und arbeitsam auf den Spannplattentisch gelehnt, die Hand auf dem Aufnahmegerät und die Augen auf dem Angehörten. Es zeigte sich, dass die meisten wenig zu berichten hatten. Das traf auch für die beiden jungen Priester zu, die den Ermordeten gefunden hatten. „Wir haben den Kirchenraum betreten und sind von einer aufgeregten Touristin zum Altar gezerrt worden", sagte einer von ihnen. „Sie war eine der letzten Gäste des Tages. Der Bau ist wegen seiner goldenen Mosaiken berühmt und daher immer von Besuchern bevölkert."

Giuzio nickte. „Sicher, aber es ist mir unverständlich", sagte er und musterte die ihm gegenübersitzenden Geistlichen, „wie der Mörder es geschafft hat, den Padre am Altar zu erhängen, ohne von den Touristen oder von Ihnen gesehen zu werden. Bei all den Leuten ringsherum …"

Der jüngere der Geistlichen zuckte die Schultern. „Der Altarraum ist durch Arkaden vom Umgang der Kirche abgetrennt und daher etwas abgelegener, vielleicht hat das die Tat ermöglicht."

„Ein Moment der allgemeinen Unachtsamkeit vielleicht …", meinte der andere.

Camarata beobachtete die Szene und zog kopfschüttelnd die Brauen zusammen. Er war durch das Kirchenschiff hereingekommen. An den Altarraum schloss sich die Apsis an. In beiden befanden sich die spätantiken Mosaiken, für die die Basilika von San Vitale bekannt war. Jeder Besucher richtete seine Schritte zuerst in diesen Bereich - denselben, in dem man Rante erhängt hatte. Wenn ein Ort nicht ‚abgelegen' war, dann dieser. Die Apsis von San Vitale zeigte in goldener Pracht einen auf einer Himmelskugel thronenden, bartlosen Christus. Die Apsiswände darunter zeigten die bekannten Porträts des Kaisers Justinian und seiner berühmt-berüchtigten Frau Theodora in Begleitung ihres Hofstaats. Es gab keine drei Minuten am Tag, an denen dieser berühmte Raum leer war. Trotzdem hatte niemand etwas gesehen. Jemand hatte den Geistlichen dort erhängt und es schien ausgeschlossen, dass Rante sich selbst gerichtet haben könnte. Der Mörder musste entweder unerhörtes Glück gehabt haben oder aber ungemein geschickt sein.

Giuzio blickte hilfesuchenden zu ihm, aber er brummte nur mürrisch und musterte gedankenverloren die kahlen Wände. In seinem Inneren arbeitete es jedoch. ‚Was muss das für ein Mensch sein, der während der Besuchszeit und mit einer Gruppe von Carabinieri im Garten einen Priester an die sichtbarste Stelle der Kirche führt und ihm dort einen Kabelbinder um den Hals legt? Ein Größenwahnsinniger?'

Giuzio seufzte, als er keine Antwort erhielt, und fuhr in der Zeugenanhörung fort.

Der zweite Geistliche hatte die Geistesgegenwart besessen, die Entdeckerin der Leiche danach zu fragen, ob sie eine andere Person bei dem Ermordeten gesehen habe, aber sie hatte verneint. Er berichtete eifrig davon.

Mehr wusste auch er nicht. So sehr die Carabinieri auch fragten, keiner der beiden konnte sich erklären, wie Priester und Mörder ungesehen zum Altar gelangt waren. Die den Raum überwachenden Videokameras waren gerade an diesem Tag außer Betrieb gewesen. Rante selbst hatte sie offenbar zu Beginn des Nachmittags ausgeschaltet.

Als die beiden jungen Geistlichen gegangen waren, beugte sich Camarata zu Giuzio. „Was wissen wir eigentlich über den Toten?"

Giuzio holte diensteifrig einen roten Hefter mit Notizen hervor, froh, den hochgradierten Kollegen aus seinem Stupor erwachen zu sehen. „Der Ermordete hieß Giovanni Domenico Rante. Er stammte aus Lecce und war seit zwei Jahren in Ravenna tätig. Alle seine Mitarbeiter und Kollegen bestätigen ihm einen guten Leumund. Er war tiefgläubig, mitfühlend und arbeitsam. Es schien jedem der Befragten unglaubhaft, dass er Selbstmord begangen haben könnte."

Camarata knurrte: „Angesichts der Fesselung seiner Hände scheint das auch so gut wie ausgeschlossen, es sei denn, er wäre bei Houdini in die Lehre gegangen."

Giuzio sah ihn verwundert an, aber sagte nichts. Camarata war sich bewusst, dass er bärbeißig und grimmig wirkte. Je hungriger er wurde, desto unleidlicher war er.

Chiara und Giuzio befragten weiter jeden der Zeugen nach dem Missorium und der goldenen Gotenkrone, aber keiner hatte etwas gesehen. Auch sie begannen, müde zu werden und fröstelten in dem ungeheizten Raum. Als eine der letzten Personen wurde ein fünfzehnjähriger Ministrant hereingebeten. Er war ein hübscher, großer Junge mit tiefschwarzen Locken, der sich sichtlich unwohl fühlte. Er druckste herum, rang die Hände und schwitzte. Camarata, geistesabwesend und distanzierter von der Unterhaltung durch seinen quälenden Hunger, erkannte die Zeichen als Erster. Adrenalin schoss ihm von einer Sekunde zur anderen in den Nacken und er hatte noch nicht realisiert, was er dachte, als er schon donnernd mit der flachen Hand auf den Tisch gehauen hatte. Aufnahmegerät und Stifte machten einen Satz, Dokumente glitten raschelnd zu Boden. Auf Camaratas Stirn dräute sich das Donnerwetter tiefer Falten zusammen.

Der Junge schrak zusammen und zog den Kopf zwischen die Schultern.

„Genug mit dem Gefasel. Sag die Wahrheit!" Camaratas Augen glühten drohend und seine Stimme klang wie ein Bellen. Er hatte seinen Satz vage formuliert, da ihm unklar war, was der Junge verbarg. Sein Schuss ins Blaue traf jedoch ins Schwarze.

Der Jugendliche hörte auf, sich zu winden. „Ich konnte das ja nicht wissen", sagte er leise. „Das mit den Tellern."

Camarata holte tief Luft, aber ließ sich sein Erstaunen nicht anmerken. „Wie viele Teller waren es?", fragte er, als sei ihm von vornherein klar gewesen, dass es mehrere gab.

„Na zwei", sagte der Junge. „Der aus dem Kirchenschatz und der aus dem Garten."

Camarata war eine Sekunde sprachlos. Was enthielt der Kirchenschatz der Basilika? Eine Sammlung enormer Metallteller? Er realisierte, dass er jemanden hinzuziehen sollte, der die Kirche von Ravenna kannte. Sein eigenes Wissen lag mehr im Bereich der Kunsträuber und des von ihnen kaufenden Kunstmarktes. Wo zum Teufel war Cariello? Hatte man ihm nicht gesagt, er grabe etwas in Ravenna aus? Er beugte sich zu Chiara und raunte ihr ins Ohr. „Glauben Sie, dass wir Cariello kontaktieren können? Ich habe zu wenig Wissen über die Gotenteller Ravennas."

Chiara schüttelte unmerklich den Kopf. „Wenn, dann müssen wir zu ihm fahren. Er liegt im Krankenhaus", hauchte sie zurück.

Camarata bestätigte mit einem Fingerzeichen, dass er verstanden hatte, und fuhr mit der Befragung fort. Er blaffte den Jungen erneut an wie ein Bullterrier und beäugte ihn drohend, so als habe ihm Chiara im Flüsterton den entscheidenden Hinweis gegeben. Er wusste, dass sein grobes Gehabe beeindruckte. Ihm hatte schon so mancher gestanden, was er nie zu fragen gewagt hätte. „Wo hast du zum ersten Mal einen dieser Teller gesehen?"

Der Junge zuckte die Schultern und strich trotzig seine schwarzen Locken aus der Stirn. „Padre Giovanni hat ihn aus einem Schrank in der Sakristei geholt. Ich musste ihm immer mit dem ganzen Zeug assistieren. Meine Mutter besteht darauf, dass ich in der Kirche helfen soll. Wenn es nach mir ginge ..." Er schniefte vielsagend. Er zeigte auf die offene Tür zur Sakristei und auf einen darin sichtbaren dunklen Eichenschrank. „Er hatte den Teller dort unten in einem Schieber in dem Schrank. Als ich ihn gesehen habe und danach gefragt habe, hat er gesagt, er gehöre zum Kirchenschatz. Padre Giovanni war verärgert, dass ich ihn gesehen habe ..."

Camarata zögerte nicht lange. Er sprang auf, griff den Jungen am Arm und brachte ihn zu dem bezeichneten Möbelstück. Der Ministrant zeigte auf eine Schublade und Camarata öffnete sie mit einem entschlossenen Ruck. Er wurde enttäuscht. Sie war leer. Wenn sich etwas darin befunden hatte, so hatte es die Spurensicherung mitgenommen. Er ließ sich trotzdem von dem Jungen versichern, dass es genau dieser Schieber gewesen war, dann brachte er ihn zurück zu seinem Stuhl und drückte ihn wieder darauf nieder.

Mit grimmigem Gesicht warf sich er auf seinen Platz ihm gegenüber und stützte den Ellenbogen auf den Tisch, behindert von seinem dicken Bauch. „Weiter. Hast du den Teller im Schrank von Nahem gesehen? Wie groß war er? Was war darauf? Bist du dir sicher, dass es zwei Teller waren und nicht ein und derselbe?"

Der Junge streckte seine Arme aus und zeigte etwas mehr als einen Meter an. Das war ungefähr genauso groß wie der Prunkteller, den sie bei dem Toten gefunden hatten. „Darauf waren Reiter abgebildet. Aber genau habe ich ihn nicht gesehen. Padre Giovanni war sauer, dass ich geschaut habe, und hat ihn gleich wieder weggepackt. Er ist dann später noch mal losgegangen, um den Teller woandershin zu bringen."

Camarata versprach sich, die ganze Kirche auf den Kopf stellen zu lassen, um den ersten der beiden Teller zu finden. „Und – der zweite Teller?", blaffte er.

Der Junge zuckte erneut die Schultern, so als wolle er sagen, ‚was weiß ich' und ‚nicht meine Schuld'. Er hatte schöne Lippen und intelligente Augen. Camarata erschien er wie einer der Epheben der alten griechischen Bildhauer, zu ebenmäßig, um wahr zu sein, besonders im Vergleich zu seinem eigenen Satyrgesicht.

„Na, als es gestern so geregnet hatte, da ist doch der Garten flöten gegangen und es gab einen Unfall. Jemand hat sich was gebrochen, weil er da in das Loch gefallen ist, das sich gebildet hatte. Padre Giovanni ist hin, um zu helfen. Dann kam er wie blöd zurückgerannt und hat aus einer Abstellkammer eine Schaufel geholt. Ich habe ihn stundenlang hinter der Tür lungern sehen, immer den Garten im Blick. Zur Nachmittagszeit, so gegen vier, ist er dann raus. Er ist später wiedergekommen. Richtig übel dreckig. Er hatte seine Soutane ausgezogen und hatte da was drin. Ich hatte mich hinter der Tür auf einen Stuhl gesetzt, um zu schlafen. Das mach ich manchmal, wenn mich das hier mal wieder richtig langweilt. Und da hab ich ihn unabsichtlich gesehen. Wirklich, der reine Zufall." Die Augenlider des Jungen zuckten nervös. Es war offensichtlich, dass er log. „Padre Giovanni hat aus diesem Bündel noch so einen Teller geholt. Einen anderen, diesmal mit sitzenden Leuten drauf. Aber was er damit gemacht hat, weiß ich nicht. Er hat mich gesehen und ist wie eine Furie auf mich los. Es hätte nicht viel gefehlt und der Alte hätte mich verprügelt. Ich bin weg, nach Hause. Das war mir echt zu viel."

Sie hatten einen ersten nützlichen Zeugen gefunden und Camarata wäre ihm am liebsten vor Freude um den Hals gefallen.

Giuzio holte sein Telefon hervor und zeigte dem Jungen ein Bild des Missoriums, das sie gefunden hatten.

Der Junge nickte. „Das ist der zweite Teller, aber als ich ihn gesehen habe, da war er noch vollständig."

Chiara lehnte sich zu dem Jungen und schenkte ihm ihr allercharmantestes Lächeln. Sie tätschelte seine auf dem Tisch liegende Hand. „Du willst doch sicher den Carabinieri helfen, oder? Hast du eine Idee, wo diese Teller hingekommen sind? Einen haben wir gefunden, aber er ist zerschnitten. Wir suchen den ersten der beiden

Teller und das fehlende Stück des zweiten. Kannst du uns etwas dazu sagen?"

Sie schlug ihre großen schwarzen Rehaugen auf und zu und der Junge hätte sichtlich in diesem Moment so ziemlich alles getan, um den Carabinieri zu helfen, vor allem, wenn es sich bei den Carabinieri um Chiara Ferro handelte. Er errötete und kratzte sich eifrig nachdenkend am Kopf. Keiner der drei Carabinieri unterbrach ihn in seiner Grübelei.

Er räusperte sich. „Padre Giovanni hat den ersten Teller aus der Kirche weggebracht. Er hat gesehen, dass ich ihn beobachtet habe, und hat ihn deswegen rausgetragen. Wie ein Dieb. Da bin ich echt sicher. Was mit dem zweiten Teller ist, weiß ich nicht. Da war er ja dann tot, oder?"

Mehr wusste der Junge nicht zu sagen und Camarata schlug vor, dass er später zur Dienststelle kommen sollte, um zu versuchen, mit einem Spezialisten den ersten der beiden Teller nachzuzeichnen.

Als der Junge aufstand, um zu gehen, blieb er noch einmal stehen und drehte sich um. Seine hochaufgeschossene Gestalt in dem zu großen Pullover wiegte sich eine Sekunde hin und her. Er befeuchtete seine hübschen, vollen Lippen. „Mir fällt doch noch was ein. Auf den beiden Tellern stand immer unten was drauf. Ich konnte das nicht lesen, aber da waren

Buchstaben. Und ich bin mir echt sicher, dass die beiden zusammengehörten. Sie sahen sehr ähnlich aus."

Dann grüßte er, indem er in Film-Manier zwei Finger an einen eingebildeten Hutrand legte und verschwand.

Camarata sprang auf und schlug in die derben Pranken. „Und jetzt gehen wir was essen."

Das Bild auf dem Missorium

Das Krankenhaus, in das man Cariello gebracht hatte, Santa Maria delle Croci, war ein trister Bau aus den dreißiger Jahren. Es war außen gelb gestrichen und einige Teile seiner Mauern bestanden aus rohem Ziegel, an dem sich weißer Salpeter abgelagert hatte. Vor seinem Eingang staute sich noch immer das Wasser der Regenfälle und Holzplanken waren ausgelegt worden, um den Besuchern den Zugang zu ermöglichen. Sie glitzerten vom Eis, das sich in der Nacht darauf gebildet hatte. Die drei Carabinieri hatten beschlossen, sich nach dem ausgiebigen Mahl zu Cariello zu begeben und fanden den Bau dank Chiara zügig.

Camarata murrte, als er über die Planken balancierte und dabei knackend die zugefrorenen Pfützen unter ihm zerbrachen. „Die machen sich ihre Beinbruchopfer selbst. Haben die keinen Streusand?"

„Da sollte mal jemand die Carabinieri rufen …“, gluckste Chiara hinter ihm. Sie war besser beschuht und vor allem weniger beleibt. Sie lief ohne Probleme über das vereiste Holz und zu Camaratas Ärger trugen die Planken sie.

Die Dame, die sie am Empfang begrüßte, versuchte, sie auf die Besuchszeiten zu verweisen, ließ sich aber durch die Ausweise und die drei Uniformen beeindrucken. Sie zeigte ihnen schließlich selbst den Weg. Als sie anlangten, lag Cariello blass und von Binden umhüllt in seinem Krankenhausbett. Camarata warf einen Blick auf Chiara. Sie kaute auf ihren Lippen herum und ihm schien, dass sie Gewissensbisse fühlte, da sie Cariello am Vortag alleingelassen und sich in dem Trubel nicht mehr nach seinem Wohlbefinden erkundigt hatte. Cariello sah nicht aus, als fühle er sich gut. Er hatte dunkle Ringe unter den Augen und seine Lippen waren erschreckend blau verfärbt.

Er richtete sich auf, als sie sein Zimmer betraten. Cariello war allein und das zweite Bett im Raum leer. Er grüßte sie mit einem ironischen Lächeln, versucht, über seinen Zustand hinwegzutäuschen.

Camarata bedachte den sonst so eleganten und jetzt so ausgezehrt aussehenden Professor mit einem deftigen Schlag auf die Schulter. Ihm machte der Zustand des Akademikers Sorgen und er kannte ein ihm evident erscheinendes, sofort wirksames Allheilmittel. „Haben Sie gegessen, Cariello?“

Cariello winkte ab. Camarata verstand. Sein Essen stand unangerührt auf einem Nebentisch.

Er griff das Tablett und knallte es vor Cariello aufs Bett. „Schweinsleber alla Romagna. Gute Nahrung. Essen Sie. Wir brauchen Hilfe. Es gab einen Mord."

Cariellos Gesicht erhellte sich mit einem amüsierten Schmunzeln und er betrachtete das roh vor ihn platzierte Plastiktablett spöttisch. „Was für ein schönes Gefühl, geliebt zu werden." Seine schwarzen Augen funkelten und ein Hauch von Leben kehrte in sie zurück. „Wer ist denn der Glückliche?"

Camarata zeigte mit Autorität auf das Tablett und ließ sich auf einen Stuhl fallen, der unter seinem Gewicht zusammensank. Er gestikulierte auffordernd. Cariello begann schmunzelnd, das Mittagessen in sich hineinzuschaufeln, während Camarata ihn ins Bild setzte. Am Ende der Erzählung über den Mord in der Basilika war Farbe in Cariellos Gesicht zurückgekehrt.

Er ließ sich die Fotografien der Krone und des Missoriums zeigen und bestätigte, dass es die beiden Objekte waren, die er in den unterirdischen Katakomben des Kirchgartens gesehen hatte. Auch er sagte, dass das Missorium ursprünglich vollständig gewesen sei. Er runzelte die Stirn und eine tiefe Falte bildete sich über seiner markanten Nase. „In der kurzen Zeit, zwischen meinem Transport ins Krankenhaus und Chiaras

Eintreffen, muss jemand das Missorium zerschnitten und den Priester aufgehängt haben."

Camarata rieb sich das Kinn. „Erklären Sie mir eins, Professor: Warum hat der Mörder, er oder sie, diesen Prunkteller nicht mitgenommen? Er ist ein Vermögen wert."

Cariello zuckte die Schultern.

Camarata seufzte. Woher sollte Cariello das auch wissen? Er stand von dem wackeligen Krankenhausstuhl auf und setzte sich zu Cariello aufs Bett. Er öffnete das Bild des zerschnittenen Missoriums auf seinem Telefon und hielt es Cariello hin. „Was genau ist das?"

Cariello runzelte die Stirn. „Können Sie das heller stellen? Hier drinnen ist es genauso so düster wie draußen." Er nahm das Bild. „Das ist ein frühbyzantinisches Missorium - ein Prunkteller."

Camarata nickte ungeduldig. „So weit sind wir auch schon gekommen. Ich korrigiere: Wer ist das? Ein Heiliger?"

Cariello schüttelte den Kopf. „Ich denke, das ist ein Herrscher. Solche Aureolen sieht man auch auf den diversen Bildern in den Goten-Kirchen Ravennas." Er zog die Brauen nach oben und vergrößerte die Fotografie. „Das geschlungene Zeichen hier unter dem Thron ist Theoderichs Monogramm. Man kennt nur eine Münze mit seinem Bild und ein Mosaik in der Sant' Apollinare Kirche, welches laut Aufschrift Justinian zeigt, aber von dem man annimmt, dass es eigentlich den Gotenherrscher darstellt … Aber jetzt, wo ich das hier sehe … Vielleicht ist das nicht der Fall. Der Mann hier hat entgegen der Darstellung auf dem Mosaik einen Bart. Das ist unüblich für einen römischen Herrscher, aber für einen Goten vielleicht nicht? Vielleicht haben wir endlich ein echtes Bild von Theoderich vor uns. Einen weisen Theoderich im fortgeschrittenen Alter mit Bart und Aureole? Das wäre spektakulär … auch wenn das natürlich nur eine Hypothese ist. Der Schädel des Mannes hier sieht normal aus, während ich denke, dass Theoderich wie viele Goten einen künstlich verformten Schädel hatte. Aber gut …"

Chiara blies die Wangen auf. „Einen künstlich verformten Schädel?"

„Die Goten legten ihren Kindern enge Bänder um den Kopf, um ihre Stirn höher werden zu lassen. Ein Brauch, der bei vielen Völkern verbreitet war."

Camarata nickte und gab ihm ein Zeichen, fortzufahren.

„Der Teller zeigt vielleicht eine Zeremonie zum Jubiläum der Thronbesteigung, zu einer Hochzeit oder Ähnlichem. Außerdem sieht man hier vier kleinere Figuren."

Camarata murmelte: „Vielleicht die Familie Theoderichs?"

Cariello nickte. „Seine Enkel Amalrich oder Athalerich vielleicht und deren Mütter, Theodegotha und Amalasuntha, Theoderichs Töchter? Hier unter den

Personen sieht man etwas Rundes. Der größte Teil der Abbildung wurde abgeschnitten, aber auf einem vergleichbaren Teller, dem Missorium des Theodosius, sieht man an dieser Stelle eine liegende Frau, wohl die Fülle oder die Erde. Vielleicht befand sich hier ebenfalls eine allegorische Darstellung …"

Chiara hüstelte. „Sie sind so begeistert, Professor. Warum genau war Theoderich wichtig?"

Cariello machte eine ausladende Handbewegung, die sein weißes Krankenhauskissen auf den Fußboden beförderte. „Theoderich war ein Herrscher der Ostgoten, eines Germanenstamms. Aber im Lauf der Zeit sicherte er sich nach dem Zusammenbruch des Römischen Reiches - des Weströmischen Reiches, versteht sich - die Herrschaft über Italien, und dann auch über Gallien und Spanien als Regent für seinen westgotischen Enkel. Er war eine der bedeutendsten Persönlichkeiten der Völkerwanderungszeit und beherrschte halb Europa. Damals zogen hunderttausende Personen durch die Gegend, um vor Hungersnöten und den Hunnen zu fliehen, von den Römern für Heeresdienste Gebiete und Geld zu ergattern, und so weiter. Auch Theoderichs Goten. Theoderich siegte über Odoaker, der gerade den letzten römischen Kaiser abgesetzt hatte, und herrschte von da an über Westrom, und zwar von hier, von Ravenna aus."

„Er besiegte ihn in einer Schlacht?"

„Genaugenommen erschlug er ihn und seine Söhne hinterhältig bei einem Gastmahl. Er schlug Odoaker vom Kopf her in zwei Stücke und sein die Missetat begleitender Ausspruch, ‚der Kerl hat ja nicht einmal Knochen‘, ist legendär."

„Ein feiner Herr also."

Cariello schmunzelte. „Ein durchsetzungsfähiger Herr, der tat, was es brauchte, um zu herrschen. Ob Theoderich für den byzantinisch-römischen Kaiser über Italien regierte, oder aber König seines eigenen ostgotischen Reiches war, ist umstritten. Er ließ die Frage diplomatisch offen, um Krieg zu vermeiden. Eines ist sicher – er brachte Frieden nach Italien und war mächtig. Theoderich gilt als das Vorbild für die Figur des Dietrich von Bern in der deutschen Sage."

Chiara setzte sich auf den von Camarata verlassenen Stuhl und klappte erneut charmant die Augen auf und zu. „Dietrich von Bern? Professor, tun Sie mir Normalsterblicher den Gefallen und steigen Sie von Ihrem erhabenen Ross des Allwissenden."

Lachfalten erschienen um Cariellos Augenwinkel. „Verzeihen Sie mir meinen professoralen Hochmut. Dietrich von Bern spielt in einigen der ältesten germanischen Heldensagen, wie etwa der Nibelungensage, eine Rolle. Die Sagen bringen die historischen Tatsachen wirr durcheinander, aber zeigen eins – Theoderich hat die Gemüter bewegt und man hat noch lange von ihm gesprochen … In der Kirchengeschichte übrigens auch. Er distinguierte sich damit, dass er einen katholischen Papst hinrichten ließ. Theoderich war kein Katholik, sondern Arianer. Er zweifelte die Dreieinigkeit Gottes an und hat seine Thesen auch mit Gewalt vertreten. Die Arianer verneinen, dass Jesus und Gott gleich seien. Das verschaffte Dietrich von Bern in der Sage eine gewisse mysteriöse Berühmtheit durch die Legende von seinem schrecklichen Ritt zur Hölle. Er taucht hier und da wieder aus der Tiefe auf, als monströse Gestalt der wilden Jagd umgeben von Untoten."

Cariellos Lächeln ging in eine schmerzverzerrte Grimasse über, als Camarata aus Versehen an sein aufgehängtes Bein stieß. Camarata entschuldigte sich mehrfach und stellte sich wieder hin, aber Cariello beendete seine Erzählung und schwieg für eine Weile, die Stirn gerunzelt und die Lippen aufeinandergepresst.

Giuzio, der diskret im Hintergrund geblieben war, meldete sich mit seiner hellen Stimme zu Wort. „Warum könnte jemand ein Interesse daran haben, ein frühbyzantinisches Missorium Theoderichs zu zerschneiden, und warum sollte man nur einen Teil entwenden?"

Chiara warf an Cariello gerichtet ein: „Vielleicht meinte der Mörder, dass er eine so große Metallplatte nicht hätte unbeobachtet aus der Basilika tragen können? Es kann nicht um das Metall gegangen sein. Die Platte ist überall aus dem gleichen Material, Silber und Gold."

Cariello seufzte und ergriff erneut das Wort. „Ich halte es für wahrscheinlich, dass der Mörder vermeiden wollte, dass wir den unteren Teil des Missoriums zu Gesicht bekommen. Auf diesem ist oft eine Widmung oder ein Spruch geschrieben. Vielleicht hat etwas Wichtiges darauf gestanden?"

Erstauntes Schweigen senkte sich über den Raum.

Die Obduktion des Geistlichen

Der Gang des Leichenschauhauses war von grellweißem LED-Licht ausgeleuchtet, welches ihm die Atmosphäre von schlechten Science-Fiction-Filmen gab. Emaillierte Kacheln bedeckten Wände und Boden in frostiger Tristesse. Ein paar verkümmerte Zierfeigen dämmerten in verstaubten Töpfen dahin und jemand hatte mit Klebebändern Hinweise zum Waschen der Hände, zur Desinfektion der Gerätschaften und zum Ankauf von Skalpellen an die Wand geklebt. Ein weiterer Anschlag bot den Angehörigen gewaltsam zu Tode gekommener Opfer psychologische Hilfe an. Jemand hatte Fratzen darüber geschmiert. Es schien, das Angebot hatte wenig Gegenliebe gefunden.

Die Gerichtsmedizinerin, die Chiara und Giuzio begrüßte, war eine üppige Blondine mit ausladenden

Formen, der man einen Beruf wie den ihren nicht zugetraut hätte. Sie hatte etwas Herzliches, Warmes, und in gewisser Weise auch Grobes mit ihren vollen Lippen und der dunklen Männerstimme. Die beiden Carabinieri waren zu ihr gefahren, um bei der Obduktion des erhängten Priesters anwesend zu sein, aber fühlten sich nicht wohl dabei.

Die Pathologin beachtete ihre blassen Gesichter nicht und führte sie in den Autopsie-Saal, wo der zu begutachtende Tote nackt auf einem kahlen Metalltisch lag. Chiara sah ihn geschockt an. In seiner grauen Magerkeit sah Giovanni Rante nicht mehr priesterlich und auch kaum noch menschlich aus. Er war überall behaart und die langen knochigen Beine staksten aus der fleischlosen Hüfte, als sei er einer Hungersnot erlegen. Sein spindeldürrer Hals und Kopf erinnerten an einen kläglich verendeten Truthahn.

Chiara war ihrem Kollegen dankbar, als dieser seine Haltung der Medizinerin gegenüber klarmachte. „Wir sind Carabinieri. Nicht Ärzte. Wir müssen das hier nicht alles sehen, auch wenn unser Chef das meint. Wir setzen uns eine Weile da draußen vor die Tür und wir kommen dann schauen, wenn Sie was gefunden haben. Das genügt. In Ordnung?"

Die blauen Augen der Medizinerin funkelten belustigt. „Sie können wohl kein Blut sehen, Brigadiere?"

Giuzio ließ sich nicht einschüchtern, nur sein Adamsapfel sprang verräterisch auf und ab. „Wir haben gerade gegessen."

Er lieferte sich ein unerbittliches Blickduell mit der Ärztin, dann nickte diese grinsend. „Na, dann nehmen Sie mal draußen Platz. Ich schneide derweil los."

Giuzio biss sich auf den Lippen herum. „Sie müssen das dem Luogotenente nicht im Detail weitererzählen."

„Das hatte ich schon verstanden." Sie winkte sie aus dem Raum.

Chiara hatte kein Wort gesagt, aber atmete auf, sich einen Teil der Obduktion des Geistlichen ersparen zu können. Sie konnte sehr wohl Blut sehen, aber wenn die Obduktionsschere die Haut des Opfers zerschnitt wie ein Stück Stoff, wurde ihr regelmäßig schwarz vor Augen. Außerdem hatte sie ihren Chef in Venedig und ihren Ex-Mann anzurufen. Vor allem Letzteren. Sie hatte am Vorabend in einer der Kasernen der Carabinieri Unterkunft gefunden, aber machte sich Sorgen, da sie ihre zwei kleinen Söhne so Hals über Kopf in Venedig mit ihrem Mann allein gelassen hatte.

Der Luogotenente ihrer Heimatwache, Piccarelli, antwortete nach dem ersten Läuten und bestätigte ihre Abordnung nach Ravenna ohne Umschweife. „Grüßen Sie Kolonel Camarata von mir und sagen Sie ihm, er soll mal wieder vorbeikommen."

Im Anschluss rief Chiara ihren Ehemann an. Sie sagte immer, er sei ihr Ex-Partner, aber auf dem Papier waren sie verheiratet. Sie erhob sich und ging ein Stück weiter auf dem Korridor, um bei dem Gespräch allein zu sein. Ein Knoten der Beklommenheit bildete sich in ihrem Magen. Paolo war der Mann ihres Lebens gewesen. Ihre große Liebe. Wie waren sie so weit gekommen, nicht mehr miteinander zu sprechen und, schlimmer, sich zu meiden? Wenn sie an ihn dachte, an die ersten Treffen in den Studentencafés Roms, unter duftenden Feigenbüschen im Sommer, wurde ihr trist zumute. Jetzt vertraute sie dem Mann ihres Lebens nicht mehr. Sie hatte Angst vor seinen Worten und seiner Sucht, sich und ihr wehzutun. Ihre Hände bebten.

Sie hatte ihre Söhne Tizio und Vitale zum ersten Mal seit Ewigkeiten bei ihrem Vater gelassen, der dazu aus Rom nach Venedig gekommen war. Die Hälfte der vorhergegangenen Nacht hatte sie nicht geschlafen, weil sie sich deswegen Sorgen machte. Paolo war vor zwei Jahren in eine Schießerei geraten, sein Partner war getötet worden und er verletzt. Seitdem kämpfte er mit psychischen Problemen. Wie viele Fälle hatte es in letzter Zeit gegeben, in denen gestörte Väter oder Mütter ihre Kinder umgebracht hatten? Erstochen, vergiftet, verbrannt, weil die Eltern sich stritten oder sich in ihrem Leben unwohl fühlten. Sie hatte Angst.

Ihre Sorge wuchs, als Paolo sich nicht meldete. Sie erreichte nur den Anrufbeantworter und versuchte mehrfach, zu ihm durchzukommen, ohne Erfolg zu haben. Ihr Puls begann, schneller zu schlagen, und das grelle Licht des Korridors verstörte sie noch mehr als der in dem Gang herrschende süßliche Leichengeruch.

Sie rief ihre Nachbarin an und diese antwortete sofort. „Nanna, hast du die Kleinen? Mein Ex hätte sie heute Morgen zu dir zurückbringen sollen …"

Die raue Stimme ihrer bejahrten Nachbarin, mit der sie seit ihrem Einzug eine tiefe Freundschaft geschlossen hatte, klang beunruhigt. „Deine Söhne sind nicht hier aufgetaucht. Ich war den ganzen Morgen zu Hause. Ich habe dir eine Nachricht auf dem Band hinterlassen. Gott sei Dank, dass du endlich zurückrufst. Die Lehrerin hat auch angerufen, weil Vitale nicht erschienen ist."

Chiara spürte einen Stich in der Brust, dann drehte sie sich kurzentschlossen zu Giuzio um. Er saß in seiner Uniform lang und schlaksig auf der Bank vor dem Autopsie-Saal, vertieft in eine der abgegriffenen Zeitungen, die in Stapeln auslagen. „Giuseppe, ich bin gestern überstürzt aus Venedig abgereist. Ich habe mich nicht um die Unterbringung meiner Kinder kümmern können. Kannst du bei der Obduktion bleiben? Ich muss nach Venedig. Ich bin noch heute zurück."

Sie wartete nicht auf die Antwort, sondern stürmte mit schlagendem Herzen aus dem Gebäude. Sie hatte ihre Situation beschönigt. Bis nach Mestre, dem Vorort Venedigs, würde sie zweieinhalb Stunden im Auto benötigen und dann musste sie noch mit der Fähre in die Altstadt übersetzen. Sie würde, wenn überhaupt, in der späten Nacht zurück sein. Es war ihr egal. Ihr Herz schlug wie ein Tambourin.

Giuzio sah ihr verblüfft nach. Dann winkte ihn die Gerichtsmedizinerin in den Autopsiesaal. „Kommen Sie. Das müssen Sie sich ansehen."

Alte Kamellen

Jean-Francois Bergé saß im Flugzeug und sah hinaus auf die Bergketten, die unter ihm vorbeizogen. Ihre Gipfel glühten im orangeroten Sonnenlicht herauf. Schnee bedeckte ihre Anhöhen wie ein weißes Tischtuch, das hier und da von grauen Geröllfeldern unterbrochen war. Der breitschultrige, schon fast glatzköpfige Mann mit den dunklen Augen und der Brille kniff grübelnd die Lippen zusammen und ächzte. Er war weniger in Form, als es ihm lieb war, und sein Atem war kurz von der Aufregung, die ihn seit dem Vortag erfasst hatte. Er öffnete sein Hemd und hoffte, dass es niemand sah. Er konnte nicht mehr so lange sitzen, vor allem, wenn er so ungeduldig auf etwas wartete. Ihm war bewusst, dass er kein herausragender Mann war. Abgesehen von seiner Belesenheit in alten Geschichten war er ein arbeitsamer, verlässlicher, aber auch gewöhnlicher Mensch. Ein Monsieur-tout-le-monde, wie man in Frankreich sagte.

Ein Jedermann. Verheiratet. Zwei erwachsene Töchter, die jeweils eine Lehre zur Köchin machten. Alltäglich. Aber nun, plötzlich, würde sich alles ändern.

Er zog sein blaugestreiftes Hemd zurecht und schaute auf die Uhr. In einer halben Stunde würden sie in Ravenna landen. Es wurde Zeit. Er konnte die Ankunft nicht erwarten. Sein Blick wanderte zu seiner neben ihm schlafenden Ehefrau. ‚Sie hat es gut. Sie weiß von nichts und schläft.‘ Seine Frau hatte einen billigen Geschmack für zu viel Make-up, war rundlich und einfach, aber sie war ihm recht. Sie verstand ihn. Wenn sie ihn nur mit seinen alten Kamellen in Ruhe machen ließ, dann war ihm seine Ehe heilig. Diese alten Kamellen waren sein Lebensinhalt und solange das für sie in Ordnung war, war alles, wie es sein sollte.

Seit zwanzig Jahren war er besessen von der Geschichte des Schatzes der Goten. Und nun war er auf dem Weg, der Legende auf den Grund zu kommen. Der Anruf seines Bekannten am Vortag hatte ihn aus seinem Alltagstrott gerissen. Er ächzte erneut und trommelte auf die Lehne seines Flugzeugsitzes. Er hatte es eilig. Es gab viele Leute, die so wie er von diesem enormen Schatz besessen waren. Die Geschichte war zu schön und der Preis zu hoch. Wenn er nur nicht zu spät kam und Rante es sich nicht anders überlegte ...

Bergé seufzte. Er hatte Ameisen in den Gliedern. Als Südfranzose hatte er sich lange mit seiner Schatzsuche auf Rennes-le-Chateau spezialisiert. Eigentlich, und das gab er zu, war Rennes ein armseliges Nest, 40 km südlich der Stadt Carcassonne. Carcassonne war mit seinen alten Festungsmauern beeindruckend, Rennes war es nicht. Es lag auf einem Höhenzug inmitten der kargen, trockenen Landschaft des Razès. Klein, verlassen und verfallen. In dem Nest lebten keine dreißig Einwohner, auch wenn es zur Zeit der Goten angeblich dreißigtausend gewesen waren. Die Völker waren weitergewandert und hatten die trockene Gegend verlassen.

Bergé konnte verstehen, warum seine Frau böse geworden war, als er jedes Jahr erneut in diesem Landstrich hatte Urlaub machen wollen. Es gab nicht viel zu sehen. Das Landhaus der Villa Bethania, der Magdala-Turm und die Ruine des Schlosses d'Hautpoul. Aber diese waren es nicht gewesen, weswegen er nach Rennes gekommen war und weswegen all die anderen ‚Urlauber' mit ihren Metallsuchgeräten kamen. - Man sagte dem Dorf nach, der Ort zu sein, in dessen Nähe die Horden des toten Gotenkönigs Alarich II. einen Teil des Schatzes der Goten versteckt hätten, den sie an den Merowinger Chlodwig zu verlieren drohten. Irgendwo in den trockenen Hügeln der verschlafenen, karstigen Gegend sollte er liegen, der Schatz Roms.

Erst hatte niemand daran geglaubt, aber seit der eigenartigen Geschichte eines örtlichen Priesters, die seine Existenz zu beweisen schien, suchte man nach dem Hort.

Dieser Priester, ein gewisser Bérenger Saunière, hatte 1885 im Alter von 33 Jahren das Pfarramt von Rennes-le-Chateau übernommen. Ihm machte die Abgeschiedenheit des Ortes nichts aus. Er stammte aus Montazels, einem kleinen Ort in der Nähe, und war erfreut, wieder an den Stätten seiner Kindheit weilen zu dürfen. Er kümmerte sich um die Kirche Sainte-Madeleine, die man auf den Resten der Festung der Goten erbaut hatte.

Um 1891 kam Saunière dann auf mysteriöse Weise zu Reichtum. Er baute Villen, ließ seine Kirche restaurieren, wurde Großgrundbesitzer und empfing in seiner Pfarrei den französischen Kultusminister und den Cousin des österreichischen Kaisers. Saunière beschenkte auch andere Pfarrer der Gegend. So erhielt der Pfarrer Grassaud einen alten, kostbar verzierten Abendmahlskelch und Abbe Courtaulay aus Couiza eine beträchtliche Menge Münzen aus dem 6. und 7. Jahrhundert.

Das plötzliche Vermögen Saunières stammte der örtlichen Legende nach aus einem Schatzfund, auch wenn er es nie zugab. Er gab es nicht zu, aber es war nicht das erste Mal, dass man von einem in der Gegend gefundenen Schatz sprach. Bereits 1860 hatte ein Bauer auf seinem Feld bei Rennes-le-Chateau einen Goldbarren mit einem Gewicht von 50 Kilogramm gefunden. Ein weiterer Goldbarren, der 20 Kilogramm wog und aus grob eingeschmolzenen arabischen Münzen bestand, wurde in einem Waldstück nahe dem Dorf entdeckt.

Auch in neuerer Zeit hatte man hebräische Münzen aus der Epoche um die Geburt Christi gefunden. Man hatte immer geraunt, es gäbe zwölf verschiedene Horte um Rennes, in denen man den Schatz der Goten verborgen hätte. Und Saunière hätte nur einen davon gefunden …

Jean-Francois Bergé lachte abfällig. „Ich habe Jahre darangesetzt, die Gegend um Rennes zu durchforsten. Ohne Erfolg. Eine alte Münze hier, ein benutztes Hufeisen dort. Mehr habe ich nicht aufgestöbert und die anderen auch nicht."

Er besaß eine ganze Sammlung von Metallsuchgeräten und jedes Mal, wenn seine Frau ihn damit sah, wurde sie panisch. Das Stöbern nach Schätzen war verboten … Er hatte die Geräte trotzdem auch heute in seinem Gepäck im Flugzeug. Keiner der Sicherheitsbeamten am Flughafen hatte danach gefragt, als er sie eingecheckt hatte.

Bergé wusste, dass die unautorisierte Suche nach archäologischen Stätten und ihre Plünderung verboten waren. Wenn die Polizei ihn erwischen würde, dann würde er ins Gefängnis gehen. Er zuckte die Schultern. Er wollte gar nicht reich werden und er wollte nichts wegnehmen. Er wollte das Geheimnis lösen. Einmal in seinem Leben wollte er jemand sein, von dem die Zeitungen berichteten, dessen Tun die Schatzsucherklubs beschäftigen würde, so wie das Tun des Abbés Saunière. Er hatte vor, gleich bei den Behörden anzurufen, wenn er etwas fände, sagte er immer. Und das meinte er auch so. Zumindest in dem Moment, in dem er es sagte.

Er hatte Rennes-le-Chateau aufgegeben. „Sinnloses Rumgesuche, Zeitverschwendung". Seine Frau hatte erlöst genickt, froh den alljährlichen Urlaub in den verlassenen Geröllfeldern ad acta legen zu können.

Sie hatte es dann zu seiner Erleichterung toleriert, dass er gestern in Windeseile einen Flug nach Italien gebucht hatte. Die Tickets kosteten nicht viel und es war doch schön in Italien an der blauen Adria ... Von den Hagelstürmen hatte er ihr nichts gesagt und auch nichts von den Nachrichten über die anhaltenden Überschwemmungen. Seine Frau las keine Zeitung. Glücklicherweise.

Bergé seufzte.

Es war das zweite Mal, dass er bei seiner Suche vorankam. Diesmal würde es vielleicht das entscheidende Mal sein. Er war vor einer guten Weile schon einmal bei seiner Schatzsucherei fündig geworden, unglaublich fündig ... Wenn auch nicht dort, wo er gedacht hatte und wenn es ihn auch nicht reich gemacht hatte. Eher im Gegenteil. Es hatte ihn ein Vermögen gekostet und er hatte seitdem einen gefährlichen Verfolger, den er weder kannte noch loswerden konnte. Er änderte seitdem einmal monatlich sein Telefon und verschlüsselte seinen Computer. Er kam sich dabei lächerlich vor, aber hatte Angst.

Seitdem hatte er eine Spur. Eine Spur, die er weise verbarg. Von der er zu niemandem sprach.

„… Und nun habe ich auch den richtigen Verbündeten", schmunzelte er, während das Flugzeug zum Landeanflug ansetzte.

Das Rätsel der zwei Missorien

Der hübsche Ministrant, den die Carabinieri am Morgen verhört hatten, hatte sich am Abend mit seiner Mutter auf der Wache eingefunden. Er stand schlaksig und nervös in seinem übergroßen, blauen Pullover auf dem Korridor und trat verlegen von einem Fuß auf den anderen, bemüht, trotz seiner sichtbaren Sorge selbstsicher und erwachsen zu wirken. Camarata musterte ihn, während er mit der Mutter des Jugendlichen sprach. Die gedrungene Frau mittleren Alters wirkte mit ihren selbstgeschnittenen, nachgefärbten Haaren bieder und geschmacklos, aber war ehrlich außer sich über das Geschehene. Sie bestand ihm gegenüber mit Dringlichkeit darauf, dass alles getan werde, um den Mörder des Geistlichen zu finden.

Sie raufte sich die schwarzen Locken. „Wenn das Wissen meines Sohnes um diese Teller bekannt wird, könnte man versuchen, auch ihn umzubringen. Warum auch immer. Es ist mir egal, warum und wer. Schützen Sie meinen Jungen!" Sie stöhnte. „Es kann sein, dass mein

Junge, ohne es zu wissen, etwas beobachtet hat, nicht wahr? Er hat den Padre als Letzter lebend gesehen ..." Ihre Augen waren weit aufgerissen und sie bekreuzigte sich.

Der Jugendliche wand sich auf dem Stuhl, auf den sie ihn platziert hatte, peinlich berührt von der angsterfüllten Wortflut seiner Mutter. Es schien, er hätte es vorgezogen, dass sie nie von der Sache erfahren hätte. Camarata schwieg. Er teilte die Meinung der Frau, auch wenn er es nicht aussprach. Es konnte gut sein, dass der Jugendliche in Gefahr war.

Er ließ sich von dem Jungen noch einmal in allen Details erzählen, was er wusste, und hieß ihn dann, mit einem aus Bologna angereisten Experten mitzugehen, der ihn über das Aussehen der metallenen Prunkgeschirre befragen sollte. Der Junge setzte sich in ein Büro neben den Spezialisten und gemeinsam zeichneten sie von da an die Teller nach, Stück für Stück. Für den zweiten, beschädigten Teller hatte man bereits eine Zeichnung des oberen, aufgefundenen Teils angefertigt, um dann den unteren zu erarbeiten.

Der Junge, der Sergio Canali hieß, hatte sich erstaunlich viele Details der vergoldeten Platten gemerkt, angesichts der Tatsache, dass er sie angeblich nur so kurz gesehen hatte. Er saß mit weit geöffneten, aufmerksamen Augen neben dem Zeichner und kam immer und immer wieder auf eine neue Kleinigkeit zurück. Nur dann und wann musterte ihn der grauhaarige Spezialist, wohl besorgt, er könnte in seinem Eifer und mit jugendlicher Einbildungskraft Ausschmückungen hinzufügen.

Camarata trat nach einer Weile zu den beiden und schaute ihnen über die Schulter. Der Aussage des Jungen nach war auf dem ersten Teller eine Schlacht zu sehen und auf dem zweiten ein König.

Sergio wurde verlegen mit Camarata in seinem Rücken. Er steckte seine Hände in die Taschen seiner zerbeulten Sporthose und begleitete seine Beschreibungen mit Kaugummiblasen. Immer wieder fanden seine Hände den Weg in seine dichten Locken, bis diese schließlich abenteuerlich von seiner Stirn abstanden. Er erinnerte Camarata an seine eigenen Söhne. Selbst der Geruch der abgenutzten, überstrapazierten Sportschuhe Sergios, der zu ihm drang, kam ihm vertraut vor.

Je mehr das Bild auf den Zeichnungen sich in seinen Details herausschälte, desto facettenreicher wurde Sergios Aussage. Er dirigierte mit seinen schlanken Fingern die Zeichengeräte des Fachmannes. Es stellte sich heraus, dass der erste Teller nicht unbedingt eine Schlacht zeigte, sondern einen Berittenen, der in eine von Kriegern umringte Stadt einzog. Der Mann saß auf einem Pferd, ihm gegenüber stand ein Würdenträger. Die Krieger trugen lange Hellebarden und Schwerter, aber man sah keine Kampfhandlungen. Das Wort ‚Schlacht' hatte der Junge benutzt, da die Krieger bewaffnet waren, nicht aufgrund von Kampfszenen. Unter dem Reiter saß dem Jungen nach ein nackter Mann im Wasser. Auf

Nachfrage bestätigte er mehrfach, dass der Mann nackt gewesen sei und im Bad gesessen habe.

Der Polizei-Zeichner zog die Brauen nach oben und brummte: „Nackte Männer im Bad. Tolle Kunstwerke sollen das sein."

Sergio zuckte die Schultern und biss die Zähne zusammen. „Ich hab gesehen, was ich gesehen habe. Ich fand das auch lustig, dass man alles gesehen hat, Pimmel und so … deswegen habe ich mir das ja gemerkt."

Bei dem zweiten Prunkgeschirr, das einen Mann auf einem Thron zeigte, ging es bei der Rekonstruktion nur um den unteren, fehlenden Teil. Der Junge war der Meinung, es habe einen liegenden Mann gezeigt, über dem ein Ufo schwebte. Als man ihm zum Vergleich die liegende Frau zeigte, die man auf dem unteren Teil des ähnlichen Theodosius-Missoriums sah und die die Fülle der Erde zeigte, schüttelte er den Kopf.

„Der Mann, den ich gesehen habe, hat nicht solche … Hörner gehalten", sagte er. „Wenn Sie mich fragen, dann lag er einfach in seinem Bett und über ihm schwebte eine fliegende Untertasse. Unter ihm stand etwas geschrieben, wie schon auf dem ersten Teller. In einem amerikanischen Krimi hab ich sowas mal gesehen und da waren es Voodoo-Zeichen."

Der mit ihm arbeitende Experte, der normalerweise Gesichtsrekonstruktionen erstellte, zog erneut die Brauen nach oben und knurrte. „Badende Nackte und fliegende

Untertassen. Der Junge hat eine blühende Fantasie, Kolonel ...“

Camarata warf ihm einen warnenden Blick zu, den Mund zu halten. Aus einem Bauchgefühl heraus vertraute er der Aussage des Jungen. Seine offene Stirn, die ehrlichen Augen, das Abwandern seines Blickes, wenn er log ... das alles machte Sergio durchschaubar. Seine Beschreibungen waren zu detailliert und er bestand zu sehr auf ihnen, als dass er sie sich ausgedacht haben könnte. ‚Man besteht nicht auf einer unnötigen Lüge und der Junge sieht mir in die Augen, ohne zu zögern.‘

Es war still im Raum und man hörte nur die Worte Sergios und das Kratzen des mit dem Computer verbundenen Zeichenstifts, den der Spezialist bediente. Camarata vermerkte im Unterbewusstsein, dass die Schuhe des Jugendlichen löchrig waren, seine Hose am Knie zerrissen und sein Pullover so ausgewaschen, als habe er bereits einem älteren Bruder gehört. Seine Eltern schienen Geldprobleme zu haben. Die Frau im Korridor war nicht viel besser gekleidet ...

Als der Junge seine Aussage beendet hatte, nahm ihn seine wartende Mutter wieder in Empfang. Sie wendete sich zum Luogotenente und zu Camarata, der Sergio auf den weißen, kahlen Korridor begleitete. Ihre Augen glänzten von Tränen. „Ich hoffe, Sie wissen, was Sie tun. Ich habe Angst um meinen Sohn. Ich flehe Sie an, mir für seine Sicherheit zu garantieren.“ Sie meinte es sichtlich ernst und hatte panische Angst.

Camarata nahm ihre Hand. „Ich versichere Ihnen, dass wir Ihren Sohn bewachen werden, Signora."

Der Luogotenente sagte nichts, aber ließ eine Überwachung einrichten, kaum, dass der schlaksige Jugendliche aus der Tür war. Er nahm Camarata beiseite. Seine kleinen Augen funkelten zwischen den feisten Wangen und seine dicke Hand griff seinen Arm mit erstaunlicher Kraft. „Kolonel, wir sollten gut auf diesen Jungen achthaben. Hinter dem, was er sagt, steckt eine Menge, was er nicht sagt. Seine Mutter hat das genauso gespürt, wie wir." Trotz des lächerlichen Eindrucks, den er mit seinem Leibesumfang erweckte, war der Luogotenente genau wie Camarata ein erfahrener Mann.

Unter Beobachtung

Ein dunkel gekleideter Mann stand seit zwei Stunden unbeweglich im Nieselregen und behielt den Eingang der Wache der Carabinieri im Auge. Er lehnte hinter dem Stamm einer Eiche und wartete. Er rührte sich nicht und in der Düsternis schien er mit der rauen Rinde des Baumes zu verschmelzen. Ein Schatten in der Nacht. Seine Ruhe trog. Er kochte vor Wut. Wie er sich so hatte täuschen können? Der schlaksige Junge mit seinen schwarzen Kinderaugen hatte ihm das Gefühl gegeben, er würde nichts sagen. Sergio hatte nach den wenigen Scheinen gegiert, die er ihm gegeben hatte, nur um sie dann in die Sparbüchse seiner Mutter in der Küche gleiten zu lassen. ‚Als ob ich nicht wüsste, was in dem Jungen vor sich geht. Seine Mutter hat keine Arbeit mehr und der Vater ist schwer krank. Genau deswegen habe ich ihn ausgewählt. Diese ängstlichen Augen kenne ich, gezeichnet von der Furcht vor dem Verlust der Eltern, so wie meine es damals gewesen sind.'

Und nun hatte der Junge ihn trotzdem bei den Carabinieri verraten. ‚Das wird er mir büßen. Mit seinem Leben soll er es mir zahlen und ich werde sicherstellen, dass er in Zukunft den Mund hält ...

Chiara sucht ihre Kinder

Als Chiara in der hereinbrechenden Nacht in Venedig anlangte, lag ihre Wohnung in dem düsteren Mietshaus nahe den Kanälen verlassen. Nebel hing über der Stadt und die hell erleuchteten Fenster der Nachbarn spiegelten sich verschwommen auf der ruhigen Wasseroberfläche wider. Nur ihr eigenes Fenster hinterließ einen dunklen Fleck in der Reihe. Es gab weder eine Spur von ihrem Ehemann noch ihrer Kinder. Sie hatte immer und immer wieder bei Paolo angerufen. Sie hatte seine Eltern kontaktiert und ihre Nachbarin erneut befragt. Ohne Erfolg. Ihr Herz hämmerte bis zum Hals und die kalte Feuchtigkeit der Nacht kroch ihr unter den zu dünnen Pullover. Sie hatte keine andere Wahl, als von ihrer Wohnung aus zur Wache der Carabinieri zu gehen und ihre Kollegen zu bitten, eine Ortung des Telefons ihres Ex-Mannes vornehmen zu lassen. Sie tat es in Tränen und mit versagender Stimme.

Ihr Chef Piccarelli ließ sich nicht lange bitten und ihr Kollege Andanti half mit Eifer. Das Telefon fand sich bald. Paolo befand sich in einem kleinen, billigen Hotel im Castello-Viertel. Chiara machte sich auf den Weg dorthin, begleitet von Andanti. Sie hatten sich in den ersten Monaten ihrer Ankunft in Venedig innig gehasst und seitdem genauso innig zusammengerauft. Der kleine blonde Andanti war der Meinung, dass Hilfe nicht unangebracht sei, und strotzte vor cheva1ereskem Stolz, seiner hübschen Kollegin beistehen zu dürfen.

Als sie in tiefer Nacht und bei beginnendem Nieselregen in dem Hotel ankamen, saßen Chiaras Mann und ihre Söhne auf einem Plüschsofa im Aufenthaltsraum und schauten einen Trickfilm.

Chiara fuhr ein Schauer durch die Glieder. Sie hatte ihren Ehemann bei seiner Ankunft in Venedig nicht getroffen. Es war seit zwei Jahren das erste Mal, dass sie ihn sah. Er hatte sich verändert. Paolo war schmaler geworden. Älter. Graue Haare zeigten sich an seinen ehemals so schwarzen Schläfen. Er hatte einen harten, bitteren Zug um den Mund, aber sein römisches Kaisergesicht und seine stattliche Figur hatte noch immer den gleichen Effekt auf sie. Ihr Herz schlug schneller.

Paolo stand auf und stand ihr schweigend gegenüber. Groß und düster. Seine schwarzen Augen wichen den ihren aus. Er gab den Kindern ein Zeichen, dass sie mit ihr mitgehen sollten. Chiara nahm die Jungen in die Arme, das Gesicht von Tränen bedeckt. Die Kinder begannen jedoch laut zu weinen und hielten ihren Vater fest.

Paolos Lippen pressten sich zusammen. Er schob sie weg, zu Chiara hin, drehte sich um und ging auf sein Zimmer.

Das Ergebnis der Obduktion

Die Gerichtsmedizinerin gab ein eigenartiges Bild ab, wie sie dort vor Giuzio stand, mit ihren blonden Locken, die unter ihrem Haarschutz hervorquollen, den geschminkten Augen und dem glänzend roten Blut auf dem weißen Kittel. Sie wirkte wie die Protagonistin aus einem Horror-Film. Giuzio schauderte, als sie ihn in den Autopsie-Saal bat. Er zog den Kopf zwischen die Schultern. Die Medizinerin beeindruckte ihn fast genauso sehr, wie die zerschnittene Leiche des toten Geistlichen, zu der sie ihn führte. Er wagte kaum hinzuschauen und hätte es in diesem Moment vorgezogen, wenn Chiara bei ihm gewesen wäre. Was sollte er von einer Frau halten, die es sich zur Profession gemacht hatte, mit den Händen im Gedärm anderer Leute zu wühlen?

Die Medizinerin ging ihm voran und griff, ohne zu zögern, nach dem hageren Leichnam, der nackt und blutig auf dem kahlen Metalltisch lag. Sie drehte den offen klaffenden Körper um und zeigte Giuzio im Inneren der Haut des Armes Spuren auf der fahlen Epidermis. „Sehen Sie sich das an. Hier auf der Lederhaut bemerkt man das kaum, aber wenn Sie in das Untergewebe schauen, ist es ganz deutlich. Dem Mann ist vor seinem Tod eine Flüssigkeit injiziert worden. Jemand hat ihm etwas in den Arm gespritzt. Jemand, der wusste, was er tat."

Sie wollte die faltige Haut des Verstorbenen noch weiter umklappen, um Giuzio das Gewebe darunter zu zeigen, aber er lehnte eilig ab. Ihm wurde übel und in seinem Magen bewegte sich etwas, das er lieber nicht genauer identifizieren wollte. Der Fakt, dass sich die Haut umwenden ließ wie ein Stück Leder, schockierte ihn und er musste an Chiaras Bemerkung denken. „Ich habe immer das Gefühl, dass das dem armen Betroffenen wehtun muss. Egal, ob er tot ist", sagte er entschuldigend zu der Medizinerin.

Sie schmunzelte.

Er drehte sich vom Tisch weg, um nicht ohnmächtig zu werden. „Denken Sie, der Tote wurde vor seinem Ableben gelähmt oder gefoltert? Jemand hat ihm etwas injiziert und ihn erst dann aufgehängt?"

„Ich denke, der Mann wurde betäubt und als er bewusstlos wurde, hat man ihn aufgehängt. Er hat sich kaum gewehrt. Sie sehen das hier an den Händen ... Also falls Sie sich wieder hierher drehen würden." Er hörte, dass sie lachte, und drehte sich gehorsam zurück zum Autopsietisch. Sie hielt ihm das Handgelenk Rantes hin. „Das Opfer hat kaum an den Stricken gezogen, mit dem man ihm die Gelenke zusammengebunden hatte. Es war bewusstlos, als es erstickte und wenn es Zuckungen gab, dann war das eine Muskelreaktion und keine gewollte Verteidigung. Ich werde den Leichnam auf Giftstoffe testen lassen. Eine Verbindung von Benzodiazepine und Scopolamin wäre mein bester Kandidat. Das Opfer verliert die Kontrolle über sich selbst, sagt Dinge, die es nicht sagen wollte, und wird bei höherer Dosis bewusstlos."

Giuzio musterte den Toten. „Aber der Tod trat durch Ersticken ein?"

„Man zog einen Kabelbinder um seinen Hals und befestigte an diesem ein Seil, an dem beidseitig Haken verankert waren. Ein handelsübliches Gepäckseil. Das Opfer wurde erhängt und bekam keine Luft mehr. Das Hochheben dürfte nicht schwer gewesen sein. Trotz seiner Größe von 1,80 Metern wog dieser Mann nur fünfzig Kilogramm." Die kurvige Gerichtsmedizinerin griff Giuzio am Arm. „Hören Sie zu, Brigadiere. Die Medikamente, die ich im Verdacht habe, kauft man nicht einfach auf der Straße und man hat sie auch nicht zufällig

in der Hosentasche. Der Normalmensch kennt sich damit
nicht aus. Ich denke, dieser Mord hier wurde von einem
Profi ausgeführt. Der Tote hatte einen mächtigeren Feind
als seinen Nachbarn von nebenan ... Die Betäubung
benötigte das Wissen eines Arztes oder entsprach
obskuren Geheimdienstmethoden."

Giuzio nickte benommen, dankte und ging. Es
beeindruckte ihn, wie sehr der Anblick des Toten ihn aus
der Bahn warf. Ihm war schwarz vor Augen und sein
Hirn spielte ihm andere Bilder ein. Er hatte Probleme, die
Tür zu finden. ‚Am Ende haben wir alle eine
Heidenangst vor dem Tod', dachte er. ‚Kein Wunder,
dass das Versprechen vom Paradies und der
Wiederauferstehung so attraktiv ist. Es löst unser
Urproblem ...' Er war froh, als er wieder frische Luft
atmete, und machte, dass er zurück zur Wache kam ...

Ungewöhnliche Geschwister

Der neue Morgen zog mit strahlendem Sonnenschein
über Ravenna herauf, und verjagte den nächtlichen
Schneeregen. Die alten Häuser schimmerten in den
kleinen Gassen der Altstadt wie frisch gewaschen und
die majestätischen Tore der lange geschlossenen Kirchen
öffneten sich wieder. Die Sonne schien auch durch die
schmutzigen Krankenhausfenster von Santa Maria delle
Croci auf die Betten der Patienten, als wolle sie sie mit

aller Macht hinaus ins frühlingshafte Freie locken. Vom Eise befreit waren Strom und Bäche, sie hatten die Stadt überschwemmt und nun, endlich, wieder freigegeben.

Cariello trommelte auf seine Bettdecke, zog an den Laken und seufzte. Er langweilte sich seit dem Frühstück in seinen durchgelegenen Kissen.

Der ihn behandelnde Mediziner stand in weißem Kittel und mit gerunzelter Stirn vor ihm, die Krankenschwester neben sich und eine abwischbare Plastiktafel in der Hand. Er sah über den Rand seiner goldgerahmten Brille. „Sie können das Krankenhaus morgen verlassen. Seien Sie nicht so ungeduldig, Professor. Die Welt wird sich inzwischen auch ohne Sie weiterdrehen."

Cariello krauste die Nase und verzog mit schlecht verhohlener Wut den Mund. „Können Sie mich nicht heute gehen lassen? Sie haben mich bis zur Hüfte geschient und eingepackt. Was braucht es denn noch? Alles ist wieder festgeschraubt und zusammengenäht."

Der Mediziner hob die Brauen, sein Ton wurde stocktrocken. „Wollen Sie sich beschweren?"

Cariello lenkte eilig ein: „Ich bin Ihnen zutiefst zu Dank verbunden."

„Sie sollten vernünftiger sein. Ihr doppelter Bruch mit der Prellung der Hüfte ist keine Lappalie. Wir können Sie früher entlassen, aber die Klinik hat in diesem Fall aufgrund von Sicherheitsbedenken darauf zu bestehen, dass ein Familienmitglied Sie abholt."

„Ich habe kein Familienmitglied. Ich kann ein Taxi nehmen. Genügt das nicht?"

„Das tut mir leid für Sie. Ein Taxi genügt nicht, aber morgen ist ja auch noch ein Tag und da können Sie dann ein Taxi nehmen." Der grauhaarige Arzt drehte sich um und ging ohne weitere Worte hinaus.

Cariello knirschte mit den Zähnen. Er wollte aus der Krankenhaus-Atmosphäre entlassen werden. Sie trieb ihn zum Wahnsinn. Der Geruch nach Desinfektionsmitteln und der neben ihm langsam ablaufende Tropf gaben ihm das Gefühl seines unmittelbar bevorstehenden Ablebens. Ein stinkendes, weißes Memento mori, das ihn übellaunig werden ließ und ihm den Appetit verdarb. ‚Ob Chiara für mich einzuspringen würde? Oder Camarata? Oder soll ich Therese anrufen?'

Er wusste nicht, was er denken oder tun sollte, sein Gehirn schien von den Schmerzmitteln außer Kraft gesetzt. Während er unschlüssig und grimmig in seinem Bett lag, hörte er laute Stimmen auf dem Flur. Die Tür flog mit einem Knall auf und eine überschlanke, hochaufgeschossene Frau mit kurzen platinblonden Haaren und mehreren Piercings in der Unterlippe trat herein, wie begleitet von den Posaunen von Jericho, die alle Mauern niederblasen. Sie war in schwarzes Leder und Rockerschuhe gekleidet und trug lässig einen Rucksack über der Schulter, den sie mit der Hand voller silberner Ringe an seinem Platz hielt. Ihre Augen waren dunkel umrandet und ihre Nägel pechschwarz lackiert. Der Mund war mit einem dunklen Lippenstift betont, der ihr ein zwar attraktives, aber auch provokantes Aussehen verlieh.

Cariello starrte die junge Frau an, bis er begriff, dass es sich um seine jüngere Schwester handelte. ‚Das letzte Mal, dass ich sie getroffen habe, hat sie mir noch ähnlich gesehen‘, war das Einzige, was er denken konnte. Sonst war auch seine Gedankenwelt einen Moment sprachlos.

Die Krankenpflegerin, die Anna auf dem Fuß folgte, war rot im Gesicht und eine steile Zornesfalte hatte sich über ihrer Nasenwurzel gebildet. Wie schon am Vortag beim Besuch der Carabinieri bestand sie zankend auf dem Respekt der öffentlichen Besuchszeiten.

Anna ignorierte sie kaugummikauend, schloss die Tür vor der Frau und warf ihren Rucksack auf einen der Besucherstühle. „Hat es dich schon wieder erwischt, Bruder? Erst sieht man dich letzten Februar im Fernsehen von Kugeln durchlöchert, dann finde ich dich von Kopf bis Fuß in Gips gehüllt in diesem Ort am Ende der Welt. Versuchst du einen Karrierewechsel? Vom Archäologen zum Stuntman?"

Cariello hatte sich noch nie so sehr gefreut, seine Schwester zu sehen. Sie waren wie Hund und Katz, aber er liebte sie. In seinem angeschlagenen Zustand fühlte er zum ersten Mal seit Langem das Bedürfnis, sie an sich zu drücken. Er setzte sich mühsam auf und streckte ihr die

Arme entgegen. Anna zog die schwarzgemalten Brauen nach oben und ihre Augen weiteten sich erstaunt. Ihr Argwohn besiegte die Freude. Sie ergriff seine Hände und schüttelte sie.

Cariello musterte seine Schwester trotz ihrer distanzierten Reaktion schmunzelnd. „Ich bin vielleicht unter die Stuntmänner gegangen, aber du hast dich zur Rockerbraut verwandelt. Hat sich dein Frisör geirrt oder wolltest du dich von der Ähnlichkeit mit deinem Bruder befreien?"

„Letzteres", sagte seine Schwester grinsend und setzte sich. Sie überschlug die langen Beine und lehnte sich lässig zurück, dann sah sie sich eine Weile schweigend in dem kahlen Zimmer um. Sie hatten schon immer Schwierigkeiten gehabt, miteinander zu sprechen.

Cariello brach schließlich das Schweigen. „Ich muss hier raus. Man will mich nur in Begleitung eines Angehörigen gehen lassen. Würdest du deinem Bruder zur Flucht verhelfen?"

Anna nickte wortlos und erhob sich. Cariello drückte den Knopf an seinem Bett, der die Krankenschwester herbeirufen würde. Er hatte ein Familienmitglied gefunden.

Der Schatz

Die Wache wirkte wie ein Bienenstock. Eifrige
Geschäftigkeit hatte sich seit dem frühen Morgen der
Korridore bemächtigt. Der Hochwassernotstand hatte
nachgelassen und der größte Teil der Carabinieri war
vom Luogotenente Petroselli angewiesen worden, den
Mörder des Priesters von San Vitale zu suchen. Die Sache
war überall in der Presse und man machte ihm Druck
von oben. Es roch nach Kaffee und dem Schnee, der sich
in der Nacht als dünne Schicht über den Schlamm der
Straßen ausgebreitet hatte, und den die Carabinieri auf
ihren Stiefeln mit sich hereintrugen. Camarata und
Petroselli hatten sich mit dem Grafiker aus Bologna
zusammengesetzt. Vor ihnen auf dem einfachen weißen
Tisch des Versammlungsraums der Wache lag die digital
verbesserte Zeichnung der beiden Missorien, die mit
Hilfe von Sergio Canali angefertigt worden waren. Die
Skizzen waren erstaunlich aussagekräftig.

„Eine Begutachtung von Kennern frühbyzantinischer
Missorien würde natürlich noch mehr Informationen
bringen", meinte der gemütliche Zeichner. „Ich habe
dazu nochmal im Internet gelesen. Es scheint, dass solche
Kaiserdarstellungen oft mit genormten Symbolen
versehen wurden ..."

„Ich habe einen zur Hand und er ist schon im Bilde."
Camarata griff zu seinem Telefon und rief im
Krankenhaus Santa Maria delle Croci an. Er hatte sich zu

früh gefreut und erfuhr zu seiner Verwunderung, dass Cariello entlassen worden war. „Er hat gestern ausgesehen, als wäre er für Monate ans Krankenlager gefesselt. Wie hat er es allein aus dem Bett geschafft?"

Noch während er die Frage stellte, klopfte es hinter ihm an der Tür. Der Besucher wartete keine Antwort ab und öffnete. Camarata blieb der Mund offenstehen. Vor ihm standen der von ihm Gesuchte und eine junge Frau, die wirkte, als sei sie eine Hard-Rock-Sängerin vor einem abendlichen Konzert. Cariellos Aussehen stand in auffallendem Kontrast zu seiner Begleitung. Er trug einen grünen Regenmantel und schmutzige, zerfetzte Gummistiefel. Er musste direkt aus dem Krankenhaus zur Wache gekommen sein. In der Klinik hatte man offenbar keine andere Kleidung für ihn gehabt als die, mit der er in die Grube gestürzt war. In der Hand hielt Cariello rechts und links eine metallene Krücke, sein Bein und seine Hüfte waren von einem weißen Plastikkorsett umschlungen. Trotz seiner Blässe lächelte er. „Verzeihen Sie die Aufmachung, Kolonel. Ich habe keine Minute verlieren wollen, um zu Ihnen zu eilen. Ich will auch Missorien suchen …"

Camarata stieß ein brüllendes Bassgelächter aus, wälzte sich aus seinem Stuhl und begrüßte Cariello mit einer Umarmung und Schlägen auf den Rücken, die bei diesem schmerzerfüllte Grimassen hervorriefen. Dann huschte sein Blick zu Cariellos Begleitung. Seine Augen weiteten sich. Die platinblonde, kurzhaarige Frau in schwarzem

Leder verblüffte ihn. Sie hatte gleichmäßig geschnittene Züge und eine Mannequin-Figur, aber wirkte mit der schwarzen Schminke auf den Lippen und den Piercings bizarr. Kaugummikauend nickte sie ihm zu, wie eine Darstellerin aus einem Gangsterfilm. Er hatte selten so klare, dunkle Augen so provozierend dreinschauen sehen.

Cariellos Blick huschte über den Raum, offenbar auf der Suche nach Chiara.

‚Chiara ist die Einzige, von der er sich mitleidige Worte und Ermutigung erhoffen kann‘, dachte Camarata. ‚Gefühlsduselei ist zu meiner Schande nicht meine Stärke, aber wenn ich in so einem Zustand bin wie er, dann brauche ich meine Frau und eine Hühnersuppe.‘ Er sah, dass Cariellos Züge ausgezehrt waren und seine Augen dunkel umrahmt. ‚Von der Rockerbraut an seiner Seite wird das Mitleid nicht kommen. Sie scheint in ihrer provokanten Kälte noch nicht einmal zu realisieren, dass es nottäte.‘ Und das, wo es selbst ihm alten Brummbär auffiel, dass Cariello den ihm angebotenen Stuhl ratlos besah. Es schien, er hatte keine Ahnung, wie er seine geschiente Hüfte ohne die Hilfe von mindestens zwei Pflegern in das Sitzmöbel bugsieren sollte.

Cariello erwiderte Camaratas unausgesprochene Frage mit einem gezwungenen Lächeln. „Sie raten richtig, meine Schwester ist ein unwahrscheinlicher Kandidat für den Posten als Krankenpflegerin. Worauf habe ich mich nur in meinem Leichtsinn eingelassen, hm?"

Seine Begleitung warf ihm einen eisigen Blick zu.

‚Schwester?' Camarata runzelte die Stirn. ‚Die schwarzgeschminkte Blondine kann unmöglich eine Krankenschwester sein ...' Er trat zu Cariello und wollte ihm helfen, aber noch während er in seiner Behäbigkeit rätselte, wie, öffnete sich eine seitliche Tür und Giuzio und Chiara traten herein. Chiara war am Morgen wieder aus Venedig zurückgekehrt. Als sie Cariello sah, erschrak sie erst, aber fiel ihm dann um den Hals. Cariello wurde noch blasser, aber ließ sich von der junge Maresciallo entgegen seiner üblichen Gepflogenheiten lange in den Arm nehmen.

Camarata seufzte. ‚Es scheint ihn doch schlimmer erwischt zu haben, als ich gedacht hatte. Unser eleganter Professor ist ernsthaft angeschlagen.'

Cariello bemühte sich, die Fassung zu wahren, drehte sich schließlich zu den Anwesenden um und zeigte auf die Rockerbraut neben sich. „Darf ich vorstellen, meine Schwester Anna ..."

Es herrschte einen Moment Sprachlosigkeit, vor allem bei denen, die ihn seit Längerem kannten. Dass diese Anhängerin der Grunge- und Szene-Malerei Cariellos Schwester sein sollte, war schwer vorstellbar. Die beiden hätten nicht unterschiedlicher sein können.

Die junge Frau überbrückte den Moment, indem sie ihren Bruder mit einer brüsken Bewegung zum Tisch schob, und sich dazu herabließ, ihn zu fragen, ob er Hilfe zum

Setzen benötigte. Sie reichte ihm ihren Arm und auch Chiara sprang herbei und half ihm, freundlicher als Anna, sich auf einem Stuhl niederzulassen. Das gebrochene Bein vor sich ausgestreckt und steif wie ein Stock, ob der verletzten Hüfte, sank Cariello nieder.

Camarata wartete nicht ab, bis er sich installiert hatte, sondern legte ihm mit triumphierender Geste die Zeichnung der Missorien vor.

Cariello seufzte. „Schau, schau. Dafür hat sich mein Leidensweg aus dem Krankenhaus heraus doch gelohnt, Kolonel." Ein schmerzverzerrtes Schmunzeln huschte über seine Lippen und er vertiefte sich in die Bilder.

Der Erlöser

Der morgendliche Himmel Ravennas färbte sich frühlingshaft in erstem Hellblau. Ein rosaroter Streifen zeigte sich im Osten und der Rauch der Schornsteine stieg dicht und scharfgeschnitten aus den verwinkelten mittelalterlichen Dächer. Die Silhouette eines Mannes zeichnete sich wie ein Scherenschnitt gegen diesen Hintergrund ab. Er stand auf einer erhöhten mittelalterlichen Loggia, die zu einem kleinen Hotel gehörte, das sich nahe der Basilika San Vitale befand. Sie gewährte durch ihre feinziselierten Arkaden einen exzellenten Blick auf die alte Kirche und das war auch der Grund, warum der Mann trotz der frühen Stunde auf ihr ausharrte. Die Luft war noch frisch, aber da, wo er stand, war der Balkon windgeschützt und die ersten barmherzigen Sonnenstrahlen wärmten seine schmerzenden Glieder.

Der Abstieg in den eisigen Brunnen vor dem Pfarrhaus hatte ihm viel abverlangt und die Muskeln in seinem Nacken waren noch immer verkrampft. Er rieb sich den Hals und sah dabei auf das Kirchgelände. Seit zwei Stunden stand er auf dem Balkon, den Blick auf die Carabinieri und Techniker gerichtet, die noch immer um den Kirchgarten herum beschäftigt waren, wohl wissend, dass sie ihn nicht sehen konnten.

Sie suchten etwas, was schon nicht mehr in der Basilika zu finden war und ein spöttisches Hochgefühl erfüllte ihn bei dem Gedanken. Er hatte seit Langem von dem Fund geträumt, der nun in seinem Zimmer lag. Die beiden Prunkteller würden ihm als Wegweiser dienen. Er war vierzig Jahre in der Wüste herumgeirrt, aber jetzt war er dem Paradies einen Schritt näher.

Als seine Familie gestorben war, war sein Lebensinhalt erloschen gewesen. Er war verwaist und entwurzelt der Fremdenlegion der Franzosen beigetreten und hatte bei Geheimdiensten und im Krieg gedient. Immer hatte er sich am falschen Platz gefühlt, ein Kollaborateur und Abtrünniger. Er hatte Ziele unterstützt, die nicht die seinen waren, und hatte Kriege gefochten, die er nicht für vertretbar hielt. Das alles war vorbei. Er würde nicht mehr Soldat der Menschen sein. Er würde dem Reich Gottes auf Erden dienen. Seine Adern pulsierten wie Hammerschläge, er hätte schreien und brüllen mögen, aber lächelte nur stumm.

Er hatte seine Eltern als Kind nicht verstanden, aber in ihrer Aufopferung und in ihrem unerschütterlichen Glauben hatten sie ihn beeindruckt. Heute verstand er, dass sie recht gehabt hatten. Als er kaum zehn Jahre alt gewesen war, waren sie dem Versprechen des Paradieses gefolgt und hatten alles aufgegeben. Sie hatten sich einer Gruppe angeschlossen und waren in den Wald gezogen. Als Kind war ihm ihr Messias genauso wie ein Ammenmärchen erschienen, wie der böse Wolf und die sieben Geißlein. Er und seine beiden jüngeren Geschwister hatten mit ihnen und den anderen in abgeschiedenen Häusern im Wald oder im Gebirge gelebt und gebetet. Sie hatten auf den Tag gewartet, an dem die Gerechten wiederauferstehen würden und an dem der Erlöser käme. Manchmal war es ermüdend gewesen, aber eines hatte ihn immer begeistert. Sie alle waren verbunden gewesen mit dem Höheren, mit ewigen Mächten und in ihren Adern floss das Blut der Auserwählten. Sie waren auserkoren und es hatte sich gut angefühlt. Man hatte ihm immer wiederholt, wie besonders er sei.

Aber dann eines Tages, als die Jahrtausendwende gekommen und gegangen war, ohne dass etwas geschah, waren seine Eltern nach Hause gekommen und hatten davon gesprochen, den Messias herbeibringen zu müssen. Sie und viele andere machten sich daraufhin ,auf den Weg'. Er war damals sechzehn und weigerte sich, das süße Getränk zu trinken, das sie ihm eines Abends hinstellten. Seine Geschwister tranken es bis auf den letzten Tropfen. Später war er davon aufgewacht, dass das Haus brannte.

Seine Eltern und seine Geschwister kamen zu Frühlingsbeginn am Tag der Tagundnachtgleiche im ersten Jahr des neuen Jahrtausends ums Leben. Sie waren zum Messias gegangen, weil er von allein nicht kam. Er hatte Mühe gehabt, sich davon zu erholen.

Jahre später hatte er verzweifelt und betrunken an einem Bahnsteig gesessen, zerbrochen an der Welt, ohne Glauben und Halt. Er hatte keine Verbindung mehr zum Höheren gehabt und war der Schmutz am Schuh der Welt gewesen. Ein alter Obdachloser neben ihm hatte seinen Tiraden zahnlos grinsend zugehört und hatte ihm eine Frage gestellt, die sein Leben verändert hatte. „Was erwartest du? Die Welt war immer so und wird immer so bleiben. Das Einzige, was helfen könnte, wäre, dass der Erlöser wirklich käme. Darauf warten sie seit zweitausend Jahren und deine Familie hat auch darauf gewartet. Aber wenn er hier um die Ecke käme, würdest du ihn noch nicht mal erkennen. Wer ist denn eigentlich dein Messias? Weißt du, wie man ihn identifiziert?"

Das war sein Wendepunkt gewesen. Von dem Tag an hatte er in hunderten von Büchern nachgelesen und geforscht. Wer war der Messias und was musste man tun, damit er kam?

Er hatte erkennen müssen, dass es so viele Meinungen zum Erlöser gab wie Schriften, aber immerhin, die Juden, die Christen und die Muslime waren alle überzeugt, dass er kommen würde, nur wann und wie … daran schieden sich die Geister. Es gab ein einziges sicheres Erkennungszeichen und darin zumindest waren sich alle einig. Der Messias war der Vorsehung nach derjenige, der dem Tempel Salomons in Jerusalem seine Schätze zurückbringen würde.

In diesem Moment hatte er begriffen.

Er begriff, dass der Messias darauf wartete, sich in einem Menschen zu inkarnieren, so wie sich Gott in Jesus inkarniert hatte. Der Messias war jener, der den Tempelschatz besaß und ihn nach Jerusalem brachte. Wer auch immer das sei.

„Jeder Stiefel, der mit Gedröhn einhergeht, und jeder durch Blut geschleifte Mantel wird verbrannt und vom Feuer verzehrt werden", murmelte der Mörder Rantes. Er streckte sich und sah zur Basilika. „Ich werde die Hülle des Höheren sein. Das Höhere sei in mir, der Jüngste Tag und die Apokalypse. Ich bin der Reiter der vier Pferde aus dem Buch der sieben Siegel. Ich werde der Messias sein. Ich habe keinen Namen mehr, bis du mir einen gibst, oh Herr. Kein Heimatland, keine Nächsten und nur ein einziges Ziel."

Die alte Gotenreligion erfüllte ihn auf seiner Mission mit Kraft. Die Goten waren, wie auch die Muslime, der Meinung gewesen, dass Christus ein Mensch gewesen war, und nicht eine Version von Gott, wie die katholischen Christen. Man konnte daher als Mensch der neue Messias werden. Als Mensch, wie er selbst. Er summte ein langgezogenes, feierliches Kirchenlied in die Ruhe des Morgens hinein. Er war wie Samson, der Säulen zum Einsturz brachte, und wie David, der Goliath zerschmetterte. „Nichts ist neben Dir, unser Erlöser, in den Tagen des Gesalbten, und keiner ist Dir ähnlich, unser Befreier, wenn Du die Toten belebst."

Er hatte gemeint, er habe sich von der Gemeinde losgesagt, als er jenes Getränk damals nicht ausgetrunken hatte, aber nun war er sich sicher, dass er sie nie verlassen hatte. Sein Vater hatte ihn, ohne es zu wollen, davon überzeugt, dass er als sein Sohn der gesuchte Auserwählte sein konnte. Derjenige, der den Schatz des Tempels nach Jerusalem zurückbringen würde und damit das Heil für alle Religionen und Menschen. Hieß es nicht in der Bibel, dass die ‚Letzten die Ersten sein würden'? War er nicht der Letzte, der Überlebende?

Er würde sich in den Messias verwandeln, wenn er seine Mission zu einem erfolgreichen Ende gebracht haben würde. Und es war ihm egal, dass der Messias manchen Prophezeiungen zufolge keine Gewalt gebrauchen würde. Wer kannte schon im Detail Gottes Willen ... Er griff nach seinem Telefon und wählte eine Nummer.

Nach einer Flut wohl kalkulierter Drohungen vereinbarte er mit der Person am anderen Ende ein Treffen. Eines hatte er beim Kriegshandwerk gelernt: Er wusste, wie er zum Ziel kam.

Erklärungen

Cariellos Brauen waren gehoben, seine Stirn gerunzelt und seine Augen fest auf die Zeichnungen gerichtet. Es herrschte Stille im Raum, während seine langen, feingliedrigen Finger über die Papiere huschten, und die Carabinieri warteten, was er zu sagen hatte. Die andächtige Konzentration wurde respektlos von Anna gebrochen, die ihm über die Schulter gesehen hatte, und sich nicht um die Verehrung der Obrigkeit für ihren berühmten Bruder scherte. „Wenn ihr mich fragt, sieht man hier die Einnahme einer römischen Stadt", sagte sie kaugummikauend, und schlug mit ihren Silberringen auf die erste der beiden Zeichnungen. „Rechts sieht man Römer im Chlamys und links reitet ein Germane mit seinem Heer ein, da ist die typische Germanenfibel an seiner Kleidung."

Camarata beugte sich nach vorn. „Woher wissen Sie das? Kennen Sie sich auch mit solchen Tellern aus?"

Anna kippelte mit ihrem Stuhl und überschlug die langen, in Leder gezwängten Beine, indem sie den Fuß aufs Knie legte. „Natürlich. Ich bin Archäologin und unter anderem spezialisiert auf Byzanz. Die Zeichnung erinnert mich an ein Prunkgeschirr, das man in Russland aufbewahrt. Die meisten Missorien wurden eingeschmolzen, es gibt nicht mehr viele. Mir sind aus dem Hut nur drei bekannt - das des Theodosius in Madrid, das von Kertch in der Petersburger Eremitage und das von Valentinian in Genf. Es gibt sicher noch ein, zwei andere ... Metall ließ sich immer wieder zu Münzen und Waffen umschmieden, deswegen haben nicht viele Metallkunstwerke der Antike überlebt. Das hier ist gute Arbeit. Die Gesichter schauen zwar alle nach vorn direkt auf den Betrachter, aber der Körper ist gedreht und das Pferd ist in Bewegung. Zu gotischen Zeiten war das moderne Kunst ..." Ihre Kaugummiblase zerknallte und sie legte ihre Füße auf einen Stuhl.

Camarata räusperte sich und schaute sie mit seinen Bulldoggenaugen lange an. Die Frau schien trotz ihres schlechten Betragens kompetent zu sein. ‚Was habe ich auch sonst von der Schwester Cariellos erwartet?' Die ungewöhnliche Aufmachung Annas verwirrte ihn. Ihm schoss für einen Moment der Gedanke durch den Kopf, dass sie in einer Untergrundmission unterwegs sein könnte und deswegen so bemalt war, aber verwarf den Gedanken. „Und welche römische Stadt ist das?"

Cariello ergriff das Wort, bevor seine Schwester antworten konnte, und tat es mit einer zerschmetternden Autorität, die ihr das Wort verbot und ihr düstere Schatten der Wut übers Gesicht schickte. Seine Stimme war schneidend. „Versuchen wir es doch mit dem Jahr 410 und der Einnahme von Rom durch den Goten Alarich I. Alarich war einer der Vorgänger Theoderichs. Seine Truppen plünderten Rom, mehr aus Hunger als aus ursprünglicher Absicht. Die zweite Plünderung Roms im Jahr 455 erfolgte durch die Vandalen, nicht durch die Goten, und ihre Erfolge werden daher wohl eher nicht auf einem gotischen Teller dargestellt werden. Alarich hat damals drei Tage lang Rom geplündert."

Chiara beugte sich über den Tisch. „Die erste Platte könnte die Plünderung Roms zeigen. Und was zeigt die zweite?"

Cariello und seine Schwester sahen sich kurz an und griffen gleichzeitig nach der Zeichnung des zweiten Missoriums, dessen, das beschädigt worden war. Cariello überließ das Papier seiner Schwester, aber wurde bleich vor Wut, dass sie sich in seine Arbeit einmischte. Anna bemerkte seine zuckenden Nasenflügel und schob die Darstellung zurück in die Mitte zwischen ihnen, um seinem Groll zu entgehen.

Camarata konnte die Szene nicht glauben. Wenn er Anna und Adalgiso Cariello nebeneinander sah, wie sie aufmerksam die Papiere begutachteten, fiel die Familienähnlichkeit auf. Die gleichen feingeschnittenen Brauen, die schmalen geraden Nasen, die breite ebenmäßige Stirn. Er wunderte sich, warum sie so unterschiedlich gekleidet waren und so kühl miteinander umgingen, als stritten sie sich, aber fand weder den Grund, noch wagte er, nach ihm zu fragen.

Cariello trommelte auf den Tisch. „Auf dem ersten Missorium sieht man die Einnahme Roms und darunter einen Mann im Wasser. Auf dem zweiten sitzt ein Herrscher auf seinem Thron, während zu seinen Füßen ein Mann liegt, umgeben von undefinierbaren Gegenständen. Vielleicht handelt sich in beiden Fällen um die Geschichte des Alarich. Der untere Teil der Teller zeigt in diesem Fall den toten Heerführer, erst in seinem Grab im Busento und dann zu Füßen Theoderichs, sozusagen als sein Vorgänger, auf dessen Legitimität er sich stützt?"

Seine Schwester bewegte zweifelnd den Kopf und zog die Brauen zusammen.

Cariello seufzte. „Ich weiß. Die Zeichnungen sind sehr ungenau. Gegenstände, Schriftzeichen und Symbole sind nur angedeutet. Ich bräuchte die Originale, um wirklich zu verstehen, was abgebildet ist. Aber die Geschichte von Alarich wäre zumindest plausibel."

Als er Chiaras fragenden Blick sah, erklärte er sich. „Alarich I. war ein gotischer Heerführer, der zur Endzeit des römischen Reiches für den Kaiser Honorius arbeitete, aber mit ihm im Streit lag. Er wollte Versorgung für seine Truppen und Gebiete zugesprochen bekommen. Nach längeren Streitigkeiten kam es im August 410 zur ersten Plünderung Roms. Die enormen Schätze, die Alarich aus der Stadt schleppte, haben ihm wenig genutzt, da Hunger herrschte und er wohl eigentlich Getreide vorgezogen hätte. Fakt ist, dass er das Gold trotzdem mitgehen hieß. Wo es hingekommen ist, ist bis heute ungeklärt. Zum einen wollten die Goten von Rom aus nach Karthago im heutigen Tunesien übersetzen und verloren in einem Sturm mehrere Schiffe. Man kann also einen Teil der Schätze auf Schiffswracks vermuten. Zum anderen starb Alarich, wohl an Malaria, kurz nach der Plünderung der Metropole, und man soll ihn zusammen mit dem Schatz unter dem Fluss Busento begraben haben. Diese Szene ist möglicherweise auf diesem Missorium dargestellt: Alarich in seinem Grab unter dem Fluss."

Anna prustete laut und kippelte vor und zurück. Sie krauste spöttisch die Lippen.

Cariellos Gesicht wurde erneut finster. „Ich sage möglicherweise. Vielleicht sollten die Teller die Herrschaftsansprüche Theoderichs und seine Verbindung zu allen Gotenstämmen unterstreichen. Alarichs entfernter Nachfolger, Alarich II., war Herrscher der Westgoten und Ehemann von Theoderichs Tochter. Theoderich herrschte nach dessen Tod über das gesamte Gotenreich, Westen und Osten. Frankreich, Italien, Spanien. Die Missorien können daher die Geschichte darstellen, um die Verbindung zwischen Alarich und Theoderich zu unterstreichen."

Chiara pfiff durch die Zähne. „Der Mörder des Priesters Giovanni Rante hat den Teil des Missoriums abgetrennt, der den toten Alarich und seine Schätze im Grab unter dem Fluss Busento zeigt?"

„…und möglicherweise eine Inschrift, die mehr dazu offenbarte."

Camarata brummte laut: „Wenn es dem Mörder nicht auf die einzelnen Teller angekommen ist, die Millionen wert sind, dann kann der Grund gut und gern sein, dass er auf einen viel größeren Schatz hofft. Ich habe gestern über ihren Dietrich von Bern nachgelesen, Cariello …"

„… der dafür berühmt ist, angeblich mit den Nibelungen angebandelt zu haben, die den berühmten Schatz der Nibelungen in einem Fluss versenkt haben sollen, ich weiß. Im Rhein, nicht im Busento … Aber Sie können ja gern beide Flüsse trockenlegen." Cariello lachte trotz der angespannten Atmosphäre.

Chiara schlug aufgeregt auf den Tisch. „Könnten diese beiden Teller Schatzkarten sein und den Hinweis enthalten, wo man graben muss, um den Schatz der Plünderung Roms zu finden? Im Busento?"

Cariello wiegte den Kopf. „Wer weiß. Vorsicht mit Schätzen. Es ist nicht sicher, was der Schatz, den man angeblich mit Alarich begrub, umfasste. Der Geschichtsschreiber Jordanes spricht nur von großen Grabbeigaben, aber nicht davon, dass er mit allem, was er erobert hatte, beigesetzt wurde. Und warum sollte bitte auch Alarichs Nachfolger, Ataulf, das gesamte gerade erst zusammengeplünderte Hab und Gut der Goten in einem Fluss begraben? Ich an seiner Stelle hätte Alarichs Leichnam etwas davon beigegeben, aber den Rest mitgenommen. Ataulf tat dies wohl tatsächlich und zog sogar noch einmal nach Rom zurück und plünderte es erneut. Außerdem ist es fraglich, ob die Goten tatsächlich so einen Ort wie den Busento als Versteck wählten. Der Busento, unter dem Alarich liegen soll, ist nicht der Amazonas. Im Sommer ist er relativ schmal und flach. Wenn man wertvolle Güter darin begraben hat, dann zumindest nicht den gesamten Schatz der Goten. Bedenken Sie – was die Goten aus Rom weggetragen haben, war enorm. Schon das berühmte silberne Fastigium der Lateranbasilika, eine Art silberner Kirchenaltar mit Statuen darauf, wog über 600 Kilogramm. Die achtzehn Statuen von Christus und den Aposteln darauf wogen über eine Tonne. Das berühmte Inventar des Liber Pontificalis zählt zudem goldene und silberne Kelche, Leuchter, Abendmahlspatene und so weiter auf. Die Goten mögen ja an Alarich gehangen haben, aber so sehr, ihm alles das mit ins Grab zu geben?"

Chiaras Augen funkelten. „Und, wo denken Sie, dass der Schatz vergraben liegt, Professor?"

„Ich habe nicht behauptet, dass es hier irgendwo einen Schatz gäbe." Cariello blickte lehrerhaft, fuhr dann jedoch fort: „Aber falls der Schatz nicht oder nur teilweise mit Alarich begraben, und sein größter Teil gerettet wurde, und das scheint mir wahrscheinlich, dann könnte er noch bis auf Theoderich und dessen Nachkommen übergegangen sein. Man sprach nämlich noch lange von einem ungeheuren Hort der Goten. Eine Legende ist besonders bekannt. Die Goten wurden im Jahr 507 nach Christus von den fränkischen Merowingern unter König Chlodwig in der Schlacht von Vouillé vernichtend geschlagen. Wo Vouillé liegt, weiß man heute nicht mehr, aber es muss nicht weit von Carcassonne in Frankreich gelegen haben. Der Schwiegersohn Theoderichs, Alarich II., verlor dabei sein Leben, vom streitbaren Chlodwig selbst dahingemetzelt." Cariello deutete ein Durchschneiden des Halses an. Die Carabinieri hingen konzentriert und in Gedanken bereits bei der Schatzsuche an seinen Lippen. „Die Goten mussten ihre Hauptstadt Toulouse aufgeben. Sie wurde von den Franken erobert und geplündert. Erst vor den Mauern des besser verteidigten Carcassonne kam der merowingische Vormarsch zum Erliegen. Nach den Worten des Historikers Prokopius von Cesarea begann Chlodwig mit der Belagerung Carcassonnes, da er wusste, dass der ‚heilige' Schatz dort aufbewahrt wurde ..."

„Und dann – hat Chlodwig ihn erobert?", fragte Camarata.

Cariello schüttelte den Kopf. „Zu aller Erstaunen hielten die Goten das stark befestigte Carcassonne. Chlodwig musste die Belagerung nach der Ankunft eines von Theoderich gesandten Heers abbrechen und sich zurückziehen. Prokopius berichtet, dass Theoderich nach der Beendigung der Belagerung die Schätze, die in der Stadt Carcassonne lagen, einsammelte und eilig Richtung Ravenna zurückmarschierte. Der fünfjährige Sohn des erschlagenen Alarich II., Amalrich, wurde nach Spanien gebracht, wo er unter einem Vormund herrschte und nach dem Tod seines Großvaters Theoderich König wurde. Nach anderen Legenden soll ein Teil der in Carcassonne eingelagerten Schätze auch nach Rhedae, dem heutigen französischen Rennes-le-Chateau, gebracht worden sein. Wie auch immer - Prokopius sagt, dass nach Theoderichs Tod dessen zweiter, in Ravenna regierender Enkel Athalarich die Schätze, die aus Carcassonne stammten, voller Ehrlichkeit an seinen Cousin Amalrich nach Spanien senden wollte, um eine kriegerische Allianz der Ost- und der Westgoten gegen die Franken zu erreichen … Ob er das wirklich tat und was von all dem stimmt, ist unsicher. Es gibt auch Legenden, der Schatz sei nach Athalarichs Tod noch in Ravenna gewesen und man hätte beabsichtigt, ihn nach Byzanz zu bringen …Aber gefunden hat ihn keiner."

Cariello machte die Erklärung trotz aller Schmerzen in seinem Bein sichtlich Vergnügen. Seine schwarzen Brauen zuckten erheitert, er schien erfüllt von dem gleichen Jagdfieber, das auf die Gesichter seiner Zuhörer geschrieben stand.

Seine Schwester verdarb ihm mit einem trockenen Zwischenruf den Spaß. „Man hat also den Schatz der Goten entweder im Busento oder in Ravenna oder aber in Rennes-le-Chateau zu suchen. Der Rhein ist auch noch im Gespräch. Viel Spaß. Metallsuchgeräte werden an der Rezeption ausgegeben." Dann fügte sie weniger zynisch hinzu: „Als der Feldherr des byzantinischen Kaisers Justinian, Belisar, Ravenna Jahre nach Theoderichs Tod einnahm, fand er reiche Beute, aber keinen Schatz. Ob man ihn vergeudet hat, oder versteckte, ist schwer zu sagen. Sicher ist, man fand keinen Hort in Ravenna, genauso wenig wie in Rennes-le-Chateau. Es gibt die Legende, dass in Rennes ein Priester urplötzlich reich geworden sein soll. Bei genauer Betrachtung hält sich sein Reichtum jedoch in Grenzen. Er kann ein paar Münzen oder Goldbarren gefunden haben oder hat die Geschichte nur verbreitet, um ein paar krumme Geschäfte zu verdecken. Mehr nicht. Auch in Cosenza fand eine Familie am Busento eine Münzsammlung, aber nicht wirklich einen Schatz. Hier in Ravenna ist meines Wissens noch keiner plötzlich reich geworden, wenn man von Pfarrer Giovanni Rante absieht, der ja laut der Zeitungsberichte, die ich heute Morgen gelesen habe, auf dem besten Wege gewesen zu sein scheint."

Anna schickte sich an, provokativ ihren Kaugummi unter den Tisch zu kleben. Der Luogotenente der Station griff, ohne zu zögern, mit seiner fetten Hand nach der ihren und lenkte den Kaugummi auf ein Papier.

Cariello verzog das Gesicht. Er wurde durch seine jüngere Schwester bloßgestellt und es gefiel ihm sichtlich nicht im Mindesten. Er warf ihr einen glühenden Blick zu und sie verzog Nase und Mund in einer frechen Geste. Für einen Moment brachte der stumme Kampf der beiden Geschwister die Luft in dem kleinen Versammlungsraum zum Knistern, dann entspannte das Lachen Chiaras die Situation.

„Anna. Ich wusste nicht, dass Professor Cariello eine so ungewöhnliche Schwester hat, aber wir sind entzückt, Sie endlich kennenzulernen. Vielen Dank für Ihre Hilfe. Was schlagen Sie vor? Wir suchen einen Mörder und ein fehlendes Missorium, oder besser anderthalb. Wenn diese Teller eine Schatzkarte enthalten, mal hypothetisch angenommen, wo fangen wir an? Ich denke, wir können davon ausgehen, dass der Mörder dem Schatz nachjagt und sich dorthin begibt, wo er ihn vermutet. Wenn er von dem Teller die Hinweise auf Alarich abgetrennt hat, können wir dann davon ausgehen, dass er Alarichs Grab im Busento sucht?"

Cariello fiel Chiara entgegen seiner Gewohnheit ins Wort. Seine Stimme klang rau und verärgert. „Fangen Sie den Kerl doch einfach und pfeif auf die Schatzjägerei. Irgendwo muss der Mörder auf einer der Videokameras der Kirche registriert sein, der Geschäfte ringsherum, der Straßen. Ich glaube, damit haben Sie mehr Aussicht auf Erfolg, als damit, den Busento umzuleiten oder die Hügel um Rennes-le-Chateau umzugraben. Das haben schon viele versucht."

Chiara nickte. Trotzdem ließ sie sein Ton verärgert die Stirn runzeln.

Anna klatsche in die Hände und ignorierte dabei ihren Bruder. Sie blitzte Chiara an. „Ich wollte schon immer Cosenza besichtigen, den Busento sehen und das Grab des Alarich suchen. Ich denke, ich mache mich auf den Weg. Vielleicht nehme ich ein paar Wünschelruten und Tarotkarten mit. Es geht gleich morgen früh los …"

Das Gesicht Cariellos hätte wütender nicht sein können. Camarata musste sich ein Schmunzeln verbeißen. ‚Jetzt bereut er, dass er dieses verrückte Familienmitglied in eine ernsthafte Polizeiangelegenheit verwickelt hat.'

Chiara lehnte sich über den Tisch und fasste Annas Hand. „Wenn Sie das wirklich tun würden, dann lasse ich Sie nicht allein fahren. Ich finde Ihnen jemanden, der Sie begleitet!"

Camarata sah zu Cariello. Dessen Augen schossen Blitze. ‚Vor allem anderen ärgert es unseren abenteuerlichen Professor tödlich, dass er nicht selbst fahren kann.'

Sergio

Sergio Canali war ein intelligenter Junge von fünfzehn Jahren. Er hatte Erfolg in der Schule und übernahm verantwortungsvolle Aufgaben in der Kirchgemeinde. Er wollte Rechtsanwalt werden, wie sein Vater es gewesen war, bevor er einen Schlaganfall erlitten hatte. Im Moment jedoch wollte er vor allem das Geld zusammensparen, um seine Mutter aus der Misere zu retten. Er saß auf einer Mauer im Hof ihres grauen Mietshauses, dort, wo warme Heizungsluft austrat und wo er sich aufhalten konnte, ohne in der Kälte des im Schatten liegenden mittelalterlichen Patios zu frieren. Seine Brauen waren zusammengezogen, seine Stirn gerunzelt und er schwang die Beine mit den abgegriffenen Hosen und Turnschuhen vor und zurück.

Padre Giovanni war tot. Aufgehängt am Altar. Der Pfarrer, den er seit zwei Jahren in jeder Messe begleitet hatte, war stranguliert worden. Der sonderliche, hagere Geistliche mit der nuschelnden Stimme, über die er sich so oft mit seinen Kameraden lustig gemacht hatte, lebte nicht mehr. Und es war seine Schuld. Er spürte Übelkeit in sich aufsteigen. Er hatte seit dem Augenblick, indem man ihm von dem Mord erzählt hatte, begriffen, dass er einen schrecklichen Fehler begangen hatte. Er bereute es, aber wusste nicht, wie er aus der Situation herauskommen sollte. Mit heftigen Bewegungen rieb er sich die hämmernden Schläfen und biss sich auf die Lippen, bis es wehtat.

Der Dienst in der Kirche hatte ihn gelangweilt, aber das hieß nicht, dass er nicht an Hölle und Fegefeuer glaubte. Und wenn er in sich ging, dann hätte er sich selbst in einen kochenden Kessel voller Teer verbannt. Er hatte für ein paar Euro einen Priester verkauft, so wie Judas den Christus. Er fuhr sich durch die rabenschwarzen Locken. Warum hatten ihm seine Eltern nicht die Zustimmung gegeben, in einem Supermarkt auszuhelfen, statt ihn als Ministranten abzustellen? Dann hätte er für sich selbst sorgen können und hätte nicht diesen Handel eingehen müssen ...

Sergio blies unentschlossen Luft durch die Nase. Er hatte die Carabinieri informiert. Zum Teil zumindest. Zum größeren Teil hatte er den Mund gehalten. Er fragte sich, ob das klug war. Weder das Reden noch das Schweigen schien ihm eine gute Lösung. Er unterdrückte sein Zittern und schlug sich heftig die Arme um die Schultern. Etwas vibrierte in seiner Jackentasche. Es war sein kleines billiges Telefon. Er zögerte erst, aber dann nahm er ab.

Verbündete

Am Nachmittag trat die Sonne wie eine Heilsvision aus der nebeligen Düsternis der Wolken. Nach Wochen voller Regen zeigte sich der Vorbote des Frühlings strahlend am Himmel und machte den Menschen Hoffnung. Die Straßen von Ravenna erwachten aus ihrem Albtraum. Die Passanten verweilten auf den Bürgersteigen und diskutierten. Die Schulen öffneten trotz des angekündigten Schnees und Sandsäcke wurden vorsichtig beiseitegeschoben. Leben kehrte in die verwüsteten Geschäfte zurück, aus denen man beschädigte Möbel und Waren hinaus auf die Bürgersteige trug.

Anna saß in einem der provisorisch wieder geöffneten Straßencafés und hielt ihr blasses Gesicht in die Sonne, die Beine überschlagen und einen Kaugummi im Mund. Ihre Aussehen zog die Aufmerksamkeit der Vorübergehenden auf sich und auch der Kellner konnte seinen Blick nicht von ihr wenden. Chiara musterte die platinblonde Gestalt, die vor ihr saß. So bizarr Anna war, so schön war sie unter den dunklen Kajalschmieren, den Piercings und dem tiefschwarzen Lippenstift. Ihre Wangenknochen waren erhaben, ihre Augen geformt wie Mandeln und ihre Lippen voll. Ihre Finger waren feingliedrig und nur der pechschwarze Lack auf den Nägeln störte ihre Eleganz.

Chiara lächelte. „Ich hätte nie und nimmer erwartet, dass unser eleganter Professor so eine Schwester hat wie dich. Alle Achtung! Du hast deinen Bruder in der Wache ganz schön aus der Fassung gebracht. Vertragt ihr beide euch?"

Annas Lippen verformten sich zu einem Grinsen. „Sahen wir aus, als würden wir uns vertragen?" Als sie Chiaras fragenden Blick sah, lachte sie auf. „Addo ist kein Monster. Er ist mein Bruder. Aber meine Herren – kann er mich nerven. Addo denkt, er sei der intelligenteste

Mensch, der diese Erde beschreitet. Und er denkt, er müsse mich beschützen. Ich bin neununddreißig. Ich brauche seinen Schutz nicht. Wenn es nach ihm ginge, würde er wie in indischen Zeitungen Heiratsanzeigen aufgeben, um mich unter die Haube zu bringen und glücklich zu machen."

Chiara spielte verlegen mit einem Stift. „Wenn er denkt, du solltest heiraten, um glücklich zu sein, warum ist er dann selbst nicht verheiratet?"

Anna spuckte ihren Kaugummi mit einer provokanten Grimasse aus und griff nach dem Martini, den man ihr brachte. „Addo hat sich vor ein paar Jahren in eine Schönheit mit blonden Locken verliebt, hat sie geheiratet und hat sich selbst – und sie – so lange gemartert, bis das arme Mädchen eine Klippe hinuntergesprungen ist. Ich hoffe, du hast kein Auge auf ihn geworfen. Wenn ja, wirf es auf jemanden anders. Addo ist im Privatleben eine Qual." Annas Augenlider zuckten, als sie das sagte und sie schien nicht vollkommen ehrlich zu sein.

Chiara musterte sie. Sie hatte solches Verhalten schon öfter in Verhören gesehenen. Je lauter und schallender etwas verkündet wurde, desto mehr verbarg sich dahinter. Und meistens war das, was man verbarg, etwas, das schmerzte.

Als Anna ihren Gesichtsausdruck bemerkte, krauste sie die Nase. „Was ist eigentlich mit dieser Botticelli-

Schönheit, die Addo eine Weile lang begleitet hat? Weißt du etwas über sie?"

Chiara nickte und wurde noch verlegener. Sie hätte nie gewagt, Details über Cariellos Privatleben auszuplaudern. Auch sie war gegenüber dem Charme Cariellos nicht immun, aber hatte ihn als Thereses große Liebe abgehakt. Freundinnen betrog man nicht. Sie wunderte sich insgeheim über die Bezeichnung, die Anna für Therese gewählt hatte. Thereses Haar war dunkelblond, nicht rötlich und ihr Gesicht war leidenschaftlicher als das der Venus des Florentiners. „Therese ist eine Freundin von mir", sagte sie. „Und nein – sie hat nichts mit deinem Bruder."

Anna musterte Chiara wortlos. Das Schweigen zog sich hin. Um dem Druck zu entgehen, räusperte Chiara sich. „Ich hatte eigentlich daran gedacht, Therese zu fragen, dich nach Cosenza zu begleiten. Wenn du nach Alarichs Schatz suchen willst, kann sie dir besser helfen als ich. Sie ist Archäologin. Eine Carabiniere ist da vielleicht nicht die Richtige …"

Anna stutzte und lachte auf. „Ich wollte nicht nach Alarichs Schatz suchen. Ich suche nach den beiden Missorien. Die gibt es zumindest tatsächlich, im Gegensatz zum hypothetischen Gotenschatz. Ich denke nur, wenn der Mörder den Schatz sucht, dann wird er vielleicht dort im Busento suchen. Es schien, die Teller enthielten so etwas wie eine Karte zum Grab unter Wasser, nicht wahr?"

Chiara nickte.

Anna trank den Martini in einem Zug aus. „Gut. Wo treffe ich Botticellis Venus? Ist sie hier in Ravenna oder treffe ich sie an Alarichs Grab?"

Chiara lächelte. „Du sagst mir, welchen Zug du nimmst, und sie steigt unterwegs zu. Ich bezweifle, dass sie den Treffpunkt an Alarichs Grab finden würde ... Soweit ich mich erinnere, weiß keiner, wo es liegt."

Ein bizarres Institut

Das Hadar-Dafna-Hochhaus am Shaul-Ha Melech Boulevard 39 war ein hässliches, graues Gebäude, welches das Institut für Aufklärung und besondere Aufgaben in Tel-Aviv beherbergte, auch wenn das nicht an seiner Tür geschrieben stand. Eine kleine Gruppe seiner Mitarbeiter saß zu später Stunde in einem seiner abgedunkelten Räume und sah sich an die Wand projizierte Fotografien an. Aus Europa waren schlechte Nachrichten hereingekommen und sie alle waren verpflichtet worden, länger im Büro zu bleiben.

Das Bild des drahtigen, sportlichen Mannes in schwarzer Fitnesskleidung, das vor ihnen aufleuchtete, war ihnen allen bekannt. Sein Kopf war kahlgeschoren, seine Augen stechend grau, der schmale Mund derb. Er war gute zwei Meter groß und überragte auf dem Foto die Menge der

Touristen, die einer ihrer Kollegen an Italiens Adriaküste abgelichtet hatte.

„Ein ehemaliger Kontaktmann von uns, Dan Kierkegaard", sagte eine eisige Männerstimme in die Stille des Raums. „Seine Familie kommt aus den Niederlanden und hat lange in der Schweiz gelebt. Schon seine Eltern waren problematisch. Bizarre Radikale. Halb Christen, halb Juden, ein bisschen Messianer und größtenteils Verrückte. Sie haben sich bei einem Gruppensuizid zusammen mit zweien ihrer Kinder umgebracht und der überlebende Sohn, Kierkegaard, leidet seitdem unter psychologischen Problemen. Er war bei der französischen Fremdenlegion, aber man hat ihn unehrenhaft entlassen, nachdem er eines Tages ausgerastet ist und was vom Kommen des Jüngsten Tages herumgebrüllt hat. Er hat um sich geschossen und mehrere Anwesende verletzt. Später hat er für jeden gearbeitet, der bezahlt hat. Auch für uns. Leider. Er war eine Weile sehr nützlich, aber seitdem taucht er regelmäßig bei allen Arten von Weltuntergangs-Sekten auf. Und jetzt das … Solche Leute sollte man unschädlich machen und das schnell. Wenn man Kierkegaard nicht stoppt, gibt es bald noch mehr Tote als einen alten Geistlichen in Ravenna."

„Immer langsam", wurde er von einer autoritär wirkenden weißhaarigen Frau unterbrochen. „Ich erinnere mich an viele Fälle, in denen Agenten oder Kontaktleute des Institutes außer Kontrolle geraten sind, aus welchen Gründen auch immer. So etwas bringt immer Probleme mit sich. Trotzdem sollten wir einen kühlen Kopf bewahren. Kierkegaard operiert auf eigene Faust, aber wir haben durchaus ein Interesse an dem, was er tut."

„Pff", machte der erste Sprecher, ein ernst dreinsehender älterer Mann, zynisch. „Wir haben ein Interesse an seinem Tun? Der Mann ist unkontrollierbar. Eine tickende Zeitbombe. Er hat einen alten Priester in seiner Kirche erwürgt und an den Altar gehängt. Man sollte etwas tun, bevor er einen Präsidenten ermordet oder Bibliotheken niederbrennt, bloß, weil er denkt, das wäre Gottes Wille. Er war unser Kontaktmann. Wir können nicht einfach so zusehen. Wir sind kein Golfclub, sondern der Mossad. Und auch in unserem Tätigkeitsfeld gibt es moralische Grenzen und Verantwortung ..."

Gemurmel ging durch den Raum.

„Geben wir ihm Zeit, uns zu dem zu führen, was er aufzuspüren versucht, und entledigen wir uns seiner, wenn der Moment gekommen ist ...", sagte die weißhaarige Frau kühl. „Das, was Kierkegaard sucht, ist das Leben vieler Menschen wert. Und wenn es sein muss, hunderter oder tausender ..."

Keiner wagte, ihr zu widersprechen.

Dan Kierkegaard

Der kahlköpfige Mann, über den man in der abendlichen Sitzung im Innersten des Mossad gesprochen hatte, saß in seinem kleinen Hotelzimmer in Ravenna. Er hatte sich bei seiner Ankunft mit einem unauffälligen amerikanischen Namen eingeschrieben - Pässe besaß er viele - und hatte soeben seine Rechnung bezahlt, um seine Unterkunft am folgenden Tag zu verlassen. Er wusste nicht, dass man in Tel Aviv über ihn sprach, aber es hätte ihn auch nicht interessiert. Etwas Anderes beschäftigte ihn mehr als die Feindschaft seiner ehemaligen Arbeitgeber.

Der Teller, den er seit dem Vortag in seinem Besitz hatte, lag schimmernd und glitzernd vor ihm auf dem schlichten Tisch. Er hatte ihn mit Silberreiniger gesäubert und hatte das scharfrandige Halbrund des zweiten Tellers danebengelegt. Aber nach all der Mühe und der aufgebrachten Zeit verstand er ihre Inschriften nicht … Er, der hoffentlich bald Gottgesandte, war ratlos.

Das Metall war mit Kreisen, Figuren und Worten bedeckt. Kierkegaard knirschte mit den Zähnen. „Was zum Teufel bedeutet das?" Seine Augenbrauen zogen sich zusammen und tiefe Falten bildeten sich über seiner Nase. Was er auf den Platten erblickte, war zweideutig und er hatte in der Vergangenheit mehr Informationen zusammengetragen, indem er Bücher gelesen hatte, als dadurch, dass er auf diese Teller starrte. Er deduzierte vom Betrachten der Abbildungen, dass der ihm wichtige Teil des Schatzes der Goten wohl unter dem Busento lag, aber fürchtete, dass seine Schlussfolgerung von Legenden und Wunschdenken beeinflusst war.

Er glaubte der Messias-Prophezeiung, aber nicht jedem Gerede von Schätzen. Die Idee von unglaublichen Reichtümern, die der Gemeinsterbliche finden könnte und die ihm von da an das Arbeiten ersparen würden, gefiel jedem. Warum jedoch sollten die Goten all ihr Hab und Gut unter einem Bergflüsschen versteckt haben, statt davon zu profitieren? Er kratzte sich am Kinn. „Aber wer weiß. Die Pharaos lagen auch in Bergen von Gold begraben, warum nicht Alarich?" Wenn der Schatz irgendwo lag, dann brauchte er mehr als ein paar vage Hinweise von seit Langem verstorbenen Geschichtsschreibern, um ihn zu finden.

Kierkegaard hatte seit einem Jahr in Ravenna nach dem magischen Schatz des zweiten Tempels von Jerusalem gesucht, den die Römer bei der Einnahme der Stadt im Jahr 70 geraubt und dann ihrerseits an die plündernden Goten verloren hatten. Der angehende Kaiser Titus hatte Jerusalem eingenommen und den Tempel Salomons im Schlachtengetümmel niedergebrannt. Danach hatte er dessen Schätze nach Rom gebracht. Aber wo waren sie nun? Hier in der Rabenstadt kam er nicht weiter. Wenn der Busento nicht die Lösung war, was dann?

„Die Missorien müssen einfach den Schlüssel zum Rätsel enthalten!" Kierkegaard schnaubte und schlug mit der

Hand auf den Tisch. Was, wenn die Teller einfach nur Altarschmuck waren und keinen Code verbargen? Hatte er Rante unnötigerweise ermordet?

Er beugte sich wie schon so oft zuvor über die Kopien der uralten Erzählungen der Chronisten, die er neben sich auf dem Tisch ausgebreitet hatte. Zwei Texte enthielten Indizien, wo der unermesslich wertvolle Schatz der Plünderung des antiken Roms hingekommen sein könnte.

Einer der beiden Schreiber war der Gote Jordanes, der Jahre nach Theoderichs Tod für drei Tage das seitdem verlorene Werk des Geschichtsschreibers des Königs, Cassiodorus, gelesen hatte und es – wie verlässlich auch immer - aus dem Gedächtnis zusammengefasst hatte. Jordanes schrieb über den Tod des Gotenherrschers Alarich I. im Jahr 410 und den Verbleib des Schatzes:

> *Dann wandten sie den Fluss Busentus in der Nähe der Stadt Consentia von seinem Lauf ab - dieser Bach fließt mit seinem gesunden Wasser aus dem Fuß eines Berges in der Nähe dieser Stadt - und führten eine Gruppe von Gefangenen in die Mitte seines Bettes, um einen Ort für das Grab auszuheben. In den Tiefen dieser Grube bestatteten sie Alarich, zusammen mit vielen Schätzen, und leiteten das Wasser dann wieder in seinen Lauf.*

Das bedeutete, dass wertvolle Teile des römischen Schatzes unter dem Fluss lagen.

Der zweite Text stammte von Prokopius von Cesarea. Dieser Geschichtsschreiber des oströmischen Kaisers Justinian schrieb im Jahr 550, ungefähr zur gleichen Zeit wie Jordanes, eine Geschichte der Kriege der Goten auf. Darin berichtete er über die Ereignisse um den Tod des Nachfolgers Alarich I., Alarich II., in der Schlacht bei Carcassonne im Jahr 507. Prokopius erwähnte dabei, dass der Schatz zu diesem Zeitpunkt noch fest in der Hand der Goten gewesen sei:

Die Franken, die bei diesem Einsatz die Oberhand gewannen, töteten unzählige der Westgoten und ihren Herrscher Alarich. Dann nahmen sie den größten Teil Galliens in Besitz und belagerten Carcasiana mit großer Begeisterung, weil sie erfahren hatten, dass der königliche Schatz dort lagerte, den Alarich der Ältere in früheren Zeiten als Beute genommen hatte, als er Rom eroberte. Teil von diesem waren auch die Schätze Salomos, des Königs der Hebräer, ein sehr bemerkenswerter Anblick. Denn die meisten seiner Stücke waren mit Smaragden geschmückt und sie waren von den Römern in der Antike aus Jerusalem entführt worden.

Als Theoderich mit der Armee der Goten anlangte, ergriff die Franken Angst und sie brachen die Belagerung ab. […] Er bemächtigte sich des Schatzes, der in der Stadt Carcasiana lag, und marschierte damit in Eile zurück nach Ravenna …

Kierkegaard stöhnte.

Prokopius sagte deutlich, dass der aus Rom geplünderte Schatz des Tempels Salomons nicht unter dem Busento lag, sondern nach Ravenna gebracht worden war. Seit einem Jahr weilte er jedoch in Ravenna, um dieser Spur des Tempelschatzes nachzuforschen, ohne mehr gefunden zu haben als die Missorien.

Mittlerweile fragte er sich, ob es nicht möglich wäre, dass der Palästinenser Prokopius sich irrte. Man sagte, Prokopius habe noch Augenzeugen befragen können, aber wie oft irrten Zeugen und wie oft erzählten sie Märchen vom Hörensagen? Was, wenn die Goten den Tempelschatz in das Grab Alarichs gelegt hatten und er nicht mehr unter den Gegenständen war, die man aus Carcassonne gerettet hatte? ‚Prokopius ist ja schließlich nicht selbst dabei gewesen.'

Und nun – inmitten dieses bereits erweckten Zweifels – kam die Nachricht, die er auf den Missorien las. Auf den Tellern standen Inschriften, umrahmt von einer Zier-Bordüre von Ringen und Symbolen, die daraufhin deuteten, dass der heilige Schatz tatsächlich im Busento lag. Er hatte nachforschen müssen, bis er darauf gekommen war, in welcher Sprache die Aufschriften verfasst waren. Es war Gotisch, die älteste überlieferte germanische Schriftsprache. Sie wurde von den Goten eingeführt und starb mit ihnen wieder aus. Trotzdem hatte er den Inhalt der Zeichen und vor allem der Bilder erraten können. Das hoffte er zumindest.

„Tsss." Er rieb über seinen kahlen Schädel. „Ich werde hinfahren … aber eine Schatzkarte ist das bisher nicht. Nur ein schwaches Indiz."

„*Ruhend in der Tiefe*", stand auf dem ersten Teller, unter dem Mann im Wasser. „*Umgeben von Gottes Gaben*", stand auf dem zweiten, zerschnittenen Teller, der einen Liegenden zeigte.

Kierkegaard seufzte. ‚Gottes Gaben, Gottes Gaben … – Das muss es einfach sein.' In der Tiefe, im Wasser, lag der Schatz des Tempels. Er atmete tief durch. „Gott ist mir, seinem Gesalbten wohlgesinnt. Er sendet ein Zeichen. Mehr darf ich nicht erwarten. Die Weisen sagen ausdrücklich, dass man nicht fragen dürfe, wann der Messias komme. Er kommt, wenn es Zeit ist, und erschafft den Tempel und öffnet das Himmelreich. Das heißt, dass ich Geduld haben muss. Entweder werde ich die Welt erlösen oder aber sie in die Apokalypse führen. Zumindest werde ich alles tun, um den Wunsch meiner Eltern zu erfüllen."

Seine Textsicherheit in Torah, Talmud, Koran und der Bibel war seit seiner Kindheit verblasst. Er war als Spezialagent ausgebildet worden. Er kannte sich mit Abhörgeräten, Mordwaffen und militärischen Operationen aus. Wäre sein Vater nicht so ein Religions- und Geschichtsfanatiker gewesen und hätte ihn nicht pausenlos mit Wissen vollgestopft, als er ein Kind war, wäre er keinen Schritt vorangekommen.

Kierkegaard stand auf und schüttelte seine steifen Glieder. Er hatte lange an der Entschlüsselung der Teller gesessen und seine Augen schmerzten. Papiere lagen überall. Es wurde Zeit, er packte seine Sachen. Die Abbildung von Wasser auf dem Teller und die Darstellung des Toten auf einem von ihnen hatten ihn überzeugt. Er hatte im Busento zu suchen, auch wenn er nicht genau wusste, wo.

Er knetete seine Hände bis seine Fingergelenke knackten. Bevor er Ravenna verließ, hatte er sich noch eines Problems anzunehmen, aber von da an würde ihm nichts mehr im Weg stehen.

Die Reise zum Busento

Anna saß an die schäbige Wand des Zuges gelehnt, der rüttelnd und ächzend in Richtung Kalabrien rollte. Sie presste ihre schwarz bemalten Lippen aufeinander und legte ihre langen, in Leder gekleideten Beine demonstrativ auf die Bank gegenüber. Sie wollte keine Reisebekanntschaften und sie hasste Smalltalk. Ihr Blick war auf die vorüberfliegende Landschaft geheftet. Es regnete von Zeit zu Zeit und wenn der Zug den Bergen näher kam, schneite es. Der Schneeregen klatschte gegen das Zugfenster und glitt in Schlieren an ihm herab. Sie vermied, die kalte Scheibe anzufassen.

In ihr sah es genauso frostig und trist aus, wie draußen. Sie hatte ihren Bruder fast ein Jahr nicht gesehen und alles, was sie ihm geboten hatte, war eine Szene und ein Streit. Und jetzt fuhr sie nach Cosenza, nur weil er gern dorthin gefahren wäre und um ihm zu beweisen, dass sie etwas besser konnte als er. ‚Wann werde ich endlich frei und höre auf, mich um seine Meinung zu scheren?'

Sie griff nach dem Reiseführer, den sie vor der Abfahrt am Bahnhof erstanden hatte. Cosenza befand sich am Fuß des italienischen Stiefels. Sie war noch nie dort gewesen und es wäre ihr nicht eingefallen, in die Langeweile der Kleinstadt in der Mitte Kalabriens zu fahren, hätte es nicht diesen Fall mit den gestohlenen Missorien gegeben. Cosenza existierte allerdings seit dem 4. Jahrhundert vor Christus und laut dem Führer lag neben Alarich eine überraschende Anzahl hochgestellter Personen in der Stadt begraben.

Der molossische König Alexander I. war angeblich seit mehr als zweitausend Jahren bei der Stadt bestattet, nachdem er in einer Schlacht erschlagen worden war. Heinrich, Sohn Friedrich II. von Staufen, war ebenfalls dort bestattet, nachdem ein Sprung mit seinem Pferd in einen Abgrund sein Leben beendet hatte. Er hatte sich mit seinem Vater überworfen, war an Lepra erkrankt und hatte schließlich Selbstmord begangen. „Armer Junge und armes Tier", murmelte Anna.

Isabella von Aragon war in der Stadt vom Pferd gestürzt, schwanger und vom Kreuzzug erschöpft, auf den sie ihren Mann begleitet hatte. Ihr Fleisch lag in Cosenza und ihr Skelett in irgendeiner Grube in Paris, wo die französischen Revolutionäre es einige hundert Jahre später nach der Plünderung der königlichen Begräbniskirche in Saint-Denis hingeworfen hatten. Anna zog die Nase kraus. ‚Hoffentlich kommt man nie auf die Idee, mein Fleisch von den Knochen zu schaben, bevor man mich unter die Erde bringt.' Sie seufzte. ‚In Cosenza herrscht anscheinend ein ungesundes Klima, aber wo liegt jetzt das Grab dieses legendären Alarich, der so kurz nach der Plünderung Roms in der Stadt das Zeitliche gesegnet haben soll?'

Der Zug hielt zum hundertsten Mal auf einem der Bahnhöfe an, die die Zwischenstopps der Strecke bildeten. Anna war bereits einmal umgestiegen, aber nun fuhr sie, wenn alles gut ging, im gleichen Wagen weiter. Sie seufzte und blätterte nachlässig in dem Führer, den sie auf ihre Knie gelegt hatte. Während sie die Seiten studierte, wurde die Abteiltür aufgeschoben und eine junge Frau trat herein. Ihr blondes Haar und ihre Schultern waren von Schneeflocken bedeckt und ihre Wangen schimmerten rosig von der Kälte. Der Zug stand in Rom und Therese war zugestiegen.

‚Botticelli', stellte Anna nüchtern fest und fixierte den Neuankömmling grimmig. Das also war die Frau, auf die ihr Bruder seit Jahren ein Auge geworfen hatte. ‚Zu gutaussehend', urteilte sie verbissen. Ihre Hände umkrampften das Buch auf ihrem Schoß und sie zog ihre

Schultern nach oben, wie ein Igel, der seine Stacheln aufstellt. Sie fühlte sich befangen und hässlich und konnte weder so heiter Lächeln wie die selbstsichere Blondine, noch war sie so schlicht und offen.

Therese musterte sie. Mit ihrem platinblonden kurzen Haar und dem schwarzen Lippenstift war Anna leicht zu erkennen. Therese warf ihren Rucksack auf die Bank und streckte ihr die Hand entgegen. „Ich bin Therese. Du bist Anna, richtig?"

Anna ließ sich Zeit, bevor sie Thereses Hand ergriff. „Sie wollen auch einen Gotenschatz finden?", meinte sie eisig. Ihr Blick durchbohrte ihr Gegenüber feindselig.

Therese lachte verunsichert und ließ sich auf die mit Kunstleder bezogene Zugbank fallen. „Ich fahre mit, weil Chiara mich gebeten hat. Sie ist eine liebe Freundin und ich schulde ihr noch mehr als einen Gefallen. Was den Gotenschatz betrifft: Ich habe nachgelesen und es scheinen schon wahre Hundertschaften den Busento durchpflügt zu haben. Wenn wir nicht mit ganz großem Gerät kommen, fürchte ich, werden wir auf schlammiges Wasser starren, seufzen und wieder nach Hause fahren." Ihre hellgrauen Augen funkelten und Lachfältchen schlichen sich in ihre Augenwinkel.

Anna zuckte die Schultern. „Mir ist das egal, ich helfe nur aus, aber Sie haben ja sicher einen Plan. Was sagen denn die Schreiberlinge, wo dieser Alarich liegen soll?

Ich bin Archäologin, aber mein Gebiet ist Syrien, Palästina und der Jordan, nicht der Busento …"

Therese legte ihre Jacke ab und richtete sich in dem Abteil ein. Sie holte einen Stapel Papier aus ihrem Rucksack und versuchte dabei sichtlich, die feindselige Haltung Annas zu ignorieren. Sie hielt sie ihr hin. „Die Legende sagt, dass Alarich sich nach der Plünderung Roms im Jahr 410 nach Karthago einschiffen wollte, dem heutigen Tunis. Es gab in Rom nicht genug zu essen für seine Truppen. In Tunesien lagen die Kornkammern Roms. Ein Sturm zerstörte jedoch viele seiner Schiffe. Es ist unklar, wie weit sie kamen, und ob die Goten die Schiffe überhaupt bedienen konnten. Alarich drehte um, und belagerte auf der verzweifelten Suche nach Nahrung Cosenza, wie schon zuvor Rom, und starb dort überraschend an Malaria. Von da an wird es unklar. Der Historiker Jordanes behauptet, man habe römische Sklaven gezwungen, den Fluss Busento umzuleiten, Alarich und den Schatz im Flussbett begraben, und dann den Fluss wieder in sein Bett gelenkt. Die Sklaven seien sodann umgebracht worden und die hungernden Goten seien nach Norden weitergezogen."

Anna schnaufte spöttisch. „Die Glaubwürdigkeit der Story geht gegen Null?"

Therese zuckte die Schultern. „Der einzige Geschichtsschreiber, der etwas zu wissen scheint, ist Jordanes und er schreibt, Alarich ruhe unter dem Sand des Busento."

Anna nickte und winkte ab. „Wie auch immer. Wenn die lokale Bevölkerung einen Schatz unter dem Sand oder dem Wasser vermutet hätte …"

„… hätte sie alles getan, um ihn zu finden." Therese nickte. Sie musterte die schwarzen Lederschuhe Annas, die diese nicht von der Bank neben ihr genommen hatte, aber sagte nichts.

Anna kaute noch sichtbarer ihren Kaugummi. Ihre Stimme klang trotzig. „Aber wenn Jordanes irrt, wieso hätten die Missorien, die Rante in der Kirche in Ravenna gefunden hat und die frühestens zu Theoderichs Zeiten geschaffen wurden, da sie ihn zeigen, noch hundert Jahre später eine Aufschrift getragen, die besagen könnte, dass der Schatz im Wasser liege?"

Therese zuckte die Schultern und ging nun ebenfalls zum ‚Sie' über. „Sie haben die Teller gesehen, nicht ich, Anna. Ich habe keine Ahnung, was auf ihnen geschrieben stand." Sie schüttelte den tauenden Schnee aus ihren Locken und von ihrem hellen Pullover und lehnte sich zurück. Sie ließ Anna nicht aus den Augen.

Anna murrte. „Es war bei den Germanen allgemein üblich, Schätze im Wasser zu versenken. Daher erstaunt mich die Behauptung Jordanes' als solche nicht. Man hat in Dänemark und anderswo Unmengen von Waffen und enormen Musikinstrumenten im Wasser gefunden. Die Luren, große Hörner, die man aus den Bog-Seen zog, sind fast zwei Meter lang. Man fand in Jütland goldene

Töpfe, Menschenopfer, Waffenhorde und den Kessel von Gundestrup, ein riesiges Becken aus Silber. Auch in der Nibelungensage, die Theoderich den Großen erwähnt, wird ein Schatz im Fluss begraben. Der Rhein ist wesentlich größer als das Rinnsal des Busento und woher der Reichtum kam, sagt die Nibelungensage nicht. Wir kennen die Aufschrift der Missorien nicht. Vielleicht steht dort mehr als nur ‚liebe Grüße von Alarich' … Vielleicht steht dort Busento, vielleicht aber auch Rhein, und wir sitzen im falschen Zug."

Anna schlug ihren Reiseführer zu. Sie hatten erneut an Fahrt gewonnen. Im Nachbarabteil saß ein fetter Priester. Ein jüngerer Mann hatte sich neben ihn gesetzt und schien zu schlafen. Eine Mutter mit einem kleinen Jungen hatte sich den beiden gegenüber platziert.

Der Wagen ruckte und schwankte. Sie sah aus dem Fenster. Es hatte angefangen, zu schneien. Flocken umtobten die vorbeifliegenden Gebäude. Sie fuhren in den Süden Italiens und es schneite. Und sie hatten keine Ahnung, ob sie sich nicht umsonst nach Cosenza begaben, während der Mörder vielleicht nach Deutschland fuhr.

Oder wohin auch immer ihm die Missorien den Weg wiesen …

Rettung in letzter Sekunde

Cariello versuchte seit einer halben Stunde vom Hotel, in dem er untergebracht war, zu dem Café zu gelangen, in dem er jeden Morgen zu frühstücken pflegte, seit er in Ravenna war. Die Krücken, auf die er sich stützte, schnitten ihm jedoch in die Hände und rieben blutige Blasen an seinen Handflächen. Die Schmerzen in seiner Hüfte hatten seit dem Vortag stetig zugenommen und er stöhnte. Anna war am Morgen abgereist - in Richtung Süden. Er schüttelte den Kopf. „So ein Unsinn. Warum soll dieser mysteriöse Mörder den Gotenschatz ausgerechnet im Busento suchen, wo schon alle Welt auf den schlammigen Bach gestarrt und aufgegeben hat."

Es wurmte ihn, untätig in Ravenna zurückgeblieben zu sein. Es war nicht seine Art, anderen das potenzielle Feld der Ehre zu überlassen, auch wenn er laut verkündet hatte, dass es Zeitverschwendung sei, nach Cosenza zu fahren. Und wenn er ehrlich sein wollte, wurmte es ihn auch, dass seine Schwester abgereist war, statt ihm wenigstens ein paar Tage beizustehen. ‚Und dann auch noch in Begleitung von Therese. Die beiden werden sich über mich den Mund zerreißen.'

Das Café, zu dem er wollte, lag vor ihm im fahlen Licht der Morgensonne. Selbst das kleine Etablissement schien ihm in diesem Moment unerreichbar. Es waren noch etwa fünfzig Schritte, aber diese waren angesichts seiner geschienten Knochen ein Marathon. Es roch nach Kaffee und Brioche. Ihn quälte der Hunger, aber sein Bein und seine Hüfte pulsierten im lähmenden Schmerz. Es war ohne Zweifel unklug, trotz der mehrfachen Brüche spazieren zu gehen, aber er hatte einen leeren Magen und weigerte sich, um Hilfe zu bitten.

Die malerische Gasse vor ihm war menschenleer. Ihr Pflaster glitzerte, bedeckt von Reif und beschienen von einer grellen Morgensonne, die das Weiß dort, wo sie es erreichte, in langen Streifen aufleckte. Ein paar Tauben spazierten um die verbliebenen Pfützen herum, die sie trotz der Eisdecke, die sie überzog, vermieden. Die letzten Tage hatten sie allem, was Wasser war, gegenüber misstrauisch werden lassen. Niemand war zu sehen, außer einer alten Dame mit einem kleinen weißen Hund, die schlurfend an ihm vorüberging. Sie beachtete ihn nicht und hätte Cariello auch nicht helfen können. Sie hatte selbst Mühe, die Pflastersteine zu überqueren, ohne zu fallen, und stützte sich noch schwerer auf ihren Stock als er sich auf seine Krücken.

Cariello sah die Straße entlang und sinnierte über die absurde Idee, sich ein Taxi zu rufen, um die letzten Meter zurückzulegen. Der Frost biss ihm in die Nase und seine Finger wurden klamm.

Am Ende der Gasse lag der Kirchenkomplex von San Vitale, Ort seines unglücklichen Sturzes. Sein Blick glitt unabsichtlich darüber und blieb an einer schlanken Silhouette hängen. Ein schlaksiger Junge stand an eine der Mauern des Kirchengeländes gelehnt. Sein schwarzes lockiges Haar glänzte in den Strahlen der Sonne, in die er sich gestellt hatte. Seine übergroße, ausgewaschene Daunenjacke wärmte ihn offenbar kaum. Mit heftigen Schlägen seiner Arme um seine Schultern versuchte er, sich aufzuwärmen. Er schaute auf die Straße, in die die Gasse mündete, und die an der Mauer der Basilika entlangführte. Er schien auf jemanden zu warten.

Cariello verweilte, auf seine Krücken gestützt, an einer Laterne. Der Schmerz war noch stärker als sein Hunger. Einen Augenblick versuchte er, nach den langen Tagen des Regens die Sonne zu genießen, aber das lähmende Stechen in seiner Hüfte vergällte ihm die Freude. Er beobachtete den Jungen, in Ermangelung einer besseren Beschäftigung, gequält vom Pochen in seinem Bein, das er zu ignorieren versuchte.

Eine befremdliche Szene ließ ihn genauer hinsehen. Ein Mann näherte sich dem Jugendlichen längs der Kirchenmauer. Er war groß, muskulös und hatte eine schwarze Kapuze über den Kopf gezogen. Mit einer kurzen Handbewegung grüßte er den Wartenden, der vor ihm zurückwich. Das Zurückweichen und das bizarre Verhalten des Neuankömmlings erregten Cariellos Aufmerksamkeit. Der Mann warf einen Blick um sich, einen weiteren hinter sich und einen hinter den Jungen. Er erweckte den Eindruck, als wolle er sich versichern, dass er mit dem Kind allein sei.

Cariello wurde sich bewusst, dass man ihn aufgrund der Laterne nicht sah, an die er gelehnt stand. Er zog sich noch weiter dahinter zurück und verfolgte das Geschehen an der Kirchmauer. Schon Sekunden später weiteten sich seine Augen überrascht. Etwas Metallisches blitzte in der Hand des Mannes.

Cariellos Herzschlag raste von einem Augenblick zum anderen in wildem Hämmern. Adrenalin schoss ihm in die Adern. Der Mann hatte ein Messer gezogen und stieß damit in Richtung des Jungen, der sich mit einem Schrei des Entsetzens in die abschüssige Gasse zu ihm hin zu retten versuchte. Der Angreifer folgte dem Jugendlichen. Er stieß ihn nach wenigen Metern mit der Linken gegen die Wand eines Hauses und hielt ihn dort wie mit einem Schraubstock gegen die Steine gepresst, das Messer erhoben und bereit, zuzustechen.

Der Junge umklammerte die Rechte des Mannes in dem verzweifelten Versuch, die Waffe abzuwehren. Sein Angreifer war jedoch um ein Vielfaches muskulöser. Das Gesicht des Jungen wurde immer röter und verzweifelter. Cariello warf hastig einen suchenden Blick um sich, aber noch immer war keine Menschenseele zu sehen. Der Kellner des Cafés, das zwischen ihm und den Kämpfenden lag, war ins Innere des Gebäudes verschwunden und die Terrasse lag wegen der kühlen Temperaturen leer.

Cariello erkannte, dass er, gestützt auf seine Krücken und gefangen in einer Plastikschiene, die einzige Hoffnung des Kindes war. Er entschied sich schnell. Mit unbeholfenen humpelnden Sätzen näherte er sich den

Kämpfenden, hob die rechte Krücke an deren Fußende über den Kopf und schleuderte sie, so heftig er konnte, in Richtung des Bewaffneten. Es verblüffte ihn selbst, dass er trotz der erheblichen Entfernung den Hinterkopf des Mannes traf. Der Vermummte wurde gegen die Wand geschleudert. Der Schlag setzte ihn nicht außer Gefecht, aber war stark genug, dem Jungen Zeit zur Flucht zu geben. Wie eine Gazelle sprang er davon, die Gasse hinunter und an Cariello vorbei.

Cariello hörte ein leises: „Danke!" Die Stimme des Jungen bebte vor Schock.

Sergio hatte nicht mit Cariello gerechnet. Dieser fasste ihn im Vorbeispringen am Arm und beförderte ihn mit Schwung in das Café, vor dem er nun stand. Er trieb ihn voran, hinter die Theke und hieß ihn mit einer herrischen Geste, niederzukauern. Dann fuhr er herum, um zu sehen, ob der Bewaffnete ihnen folgte.

Ein Schatten erschien vor der mit Sichtschutz verglasten Tür des Cafés. Die dunklen Umrisse verharrten eine Sekunde davor, doch die Tür, die sich hinter den Flüchtenden geschlossen hatte, öffnete sich nicht. Niemand trat herein. Einen Augenblick hatte Cariello das Gefühl, dass düstere Augen sich durch das Milchglas hindurch in die seinen bohrten. Dann verschwand der Schatten. Das Milchglasfenster war erneut leer.

Er holte Luft und lockerte seine angespannte Verteidigungshaltung. Der Schmerz in seiner Hüfte und in seinem Bein erinnerte ihn augenblicklich daran, dass er besser keinen Sprint eingelegt hätte. Er sah sich trotzdem in dem mit Gästen gut gefüllten Café um. Eine Vielzahl von erstaunten Augen war auf ihn und den Jungen geheftet. Totenstille war eingetreten. Mit einer Geste entschuldigte er sich und holte, schmerzgequält und gegen die Theke gelehnt, sein Telefon aus der Tasche.

Er tippte die Nummer ein, die ihm unter den Umständen nützlich erschien und die er sofort zur Hand hatte. Er wendete sich zu dem Jungen. „Wie heißt du?"

„Sergio", sagte er und erhob sich langsam.

„War das ein Verwandter?"

Der Junge schüttelte noch immer unter Schock den Kopf. „Ich muss die Carabinieri sprechen", sagte er. „Bitte – können Sie sie anrufen und nach einer Maresciallo mit Namen Ferro fragen?"

Cariello schaute den Jugendlichen verblüfft an. Dann reichte er ihm wortlos das Telefon. Chiara Ferro war am anderen Ende der Leitung.

Das Grab im Busento

Als Therese in Cosenza hinter Anna aus dem Zug stieg, war es bereits Nacht. Sie hatten entgegen ihrer Erwartungen in Neapel umsteigen müssen und zusätzlich durch einen Schneesturm Zeit verloren. Das kleine Betongebäude des Bahnhofs der Provinzstadt begrüßte sie einsam und verlassen. Gleißende Neonbeleuchtungen spiegelten sich trist auf dem nassen Pflaster wider. Die Pfeiler, die die Decke trugen, waren mit Graffiti beschmiert, wie auch die meisten der blechernen Nahverkehrszüge auf den Gleisen. Nur ein älteres Paar stieg mit ihnen aus. Ansonsten war es still.

Die beiden jungen Frauen griffen ihre Rucksäcke und traten auf die nasse Straße. Anna zeigte nach links. „Dort hinter dem Bahnhof fließt der Crati. Der Busento fließt etwas weiter oben mit ihm zusammen. Ich habe eine Pension direkt am Zusammenfluss der beiden Flüsse gebucht. Gleich neben Alarichs Kadaver, sozusagen."

Sie lief los und Therese folgte ihr notgedrungen. Sie gingen durch die braunen Ziegelsteinstraßen der mittelalterlichen Stadt hinauf bis zur Alarich-Brücke, Anna im Stechschritt voran und Therese mit zusammengezogenen Brauen und aufeinandergepressten Lippen hinterdrein. Therese hatte sich seit dem Zusammentreffen mit Anna über diese gewundert. Cariellos Schwester war eisig, abweisend und hochmütig. Aber wo Cariello mit seinem Charme und seiner flamboyanten Ironie seine Arroganz wieder ausglich, wurde sie bei Anna durch grimmige Provokation schlimmer gemacht. Therese runzelte die Stirn. ‚Was habe ich ihr getan, dass sie mich so unleidlich behandelt?'

Es war feucht, aber die Luft war lauer als in Ravenna. Die Bürgersteige lagen sauber, wenn auch einsam vor ihnen. Als sie den Zusammenfluss der beiden Gewässer erreichten, war der Ausblick auf die berühmte Stätte ernüchternd. Die Flüsse waren züchtig von hohen, modernen Mauern eingerahmt, bloße Rinnsale auf dem Boden eines wohlgeordneten Bachbettes, das vielleicht im Frühjahr mehr Wasser führte, aber im Moment zu Fuß durchquert werden konnte. Im Gegensatz zu Ravenna hatte die Schneeschmelze in Cosenza noch nicht eingesetzt. Der legendenumwobene Fluss Busento war ein schmutziges Rinnsal.

„Ich sehe die Grotte mit dem Grab regelrecht aus der Tiefe des Gewässers auftauchen", spottete Anna zynisch. Ihre lange biegsame Gestalt zeichnete sich gegen den dunklen Nachthimmel ab. „Da sind wir den ganzen Tag gefahren und ich muss leider feststellen, dass mein Bruder recht hatte. Der Busento ist ein bedeutungsloses Bächlein."

Therese seufzte, bemüht Optimismus zu bewahren. „Wir sollten davon ausgehen, dass der Busento früher nicht im Inneren der Stadt lag und nicht hier in den Crati floss. Der Tod Alarichs ist 1600 Jahre her. Ich schlage vor, nachzuforschen, wo das originale Flussbett lag. Es ist wahrscheinlich, dass es sich kilometerweit entfernt von hier befindet. Bei Flussläufen und bei Küsten ist es regelmäßig so, dass sie sich verschieben. Troia war eine

Küstenstadt und liegt heute im Inland, genau wie Ravenna."

Anna blies spöttisch die Luft aus und lehnte sich auf das metallene Geländer der Brücke. „Die Frage ist, sollen wir hier im Dunklen auf den Mörder von Rante lauern oder gehen wir etwas essen?"

Therese musterte Annas eisige Grimasse erbost und spürte die gleichen Gefühle in sich aufkommen, die sie gegen Cariello hegte. Während sie jedoch Schwärmerei und Verliebtheit an Letzteren banden, war das bei seiner Schwester nicht der Fall. Anna und ihr Hochmut konnten ihr gestohlen bleiben. Sie drehte sich um und ging. Von Weitem leuchtete das grüne Neon-Schild einer Trattoria herüber. Sie richtete ihre Schritte dorthin und trat in das kleine, triste Etablissement. Es war zu ihrer Erleichterung noch geöffnet. Sie hatte Hunger und war müde.

Ein alter Mann stand hinter dem Tresen. Ein warmherziges Lächeln huschte über sein Gesicht, als er sie zu so später Stunde in seine Bar treten sah. Therese mochte ihn sofort. Sie grüßte und setzte sich auf einen der hohen Barhocker an die Theke. Wenige Sekunden später saß auch Anna neben ihr. Stillschweigend und einen Hauch weniger grimmig als zuvor.

Therese strahlte den Alten an. „Ich weiß, wir sind spät dran, aber haben Sie noch etwas zu essen für uns?"

Der Greis nickte und seine faltigen Lippen ließen von Tabak und Rotwein gebräunte Zähne sehen. „Tramezzini mit Nduja, Sardella, Salami von schwarzen Schweinen, Caciocavallo Podolico, Pecorino Strongolese ..." Sein Dialekt war stark und er murmelte die Worte undeutlich zwischen den Zähnen hervor. Seine Stimme war vom Rauchen rau und klang wie aneinanderreibende Zahnräder. Therese hatte Mühe, ihn zu verstehen. Sie schaute fasziniert auf seinen eingefallenen Mund.

„Nduja?", wiederholte sie fragend.

„Rote Schweinswurst, die man aufs Brot streicht."

„Sardella?"

„Das Gleiche mit Fisch."

„Caciocavallo und Pecorino sind auch hier in Cosenza Käse?"

Der Alte nickte und sein Lächeln wurde breiter. „Ausländer?"

„Fast", sagte Therese schmunzelnd.

Der Greis verschwand im Hinterzimmer und kehrte nach einer Weile mit einer Platte belegt mit Wurst, Käse, Broten und Tomaten wieder. Daneben stellte er eine Flasche Wein, die er vorher mit seinem Ärmel abwischte. „Siamisi - Terre Di Cosenza", sagte er grinsend. „Dreizehn Prozent Alkoholgehalt. Langsam trinken."

Er stellte zwei enorme bauchige Gläser neben die Flasche und goss seinen beiden Gästen ein. Anschließend war die Flasche zu zwei Dritteln leer. Weder Therese noch Anna beschwerten sich. Er goss sich den Rest der Flasche selbst ein und prostete ihnen zu. „Was machen zwei junge Damen aus dem Norden zu dieser Zeit in Cosenzas Straßen?", nuschelte er.

„Wir suchen den Schatz des Alarich." Annas Tonfall war staubtrocken.

Der Alte wuschelte sich durch sein spärliches weißes Haar und antwortete mit einem lauten Lachen, das einen Mund voller Zahnlücken zeigte. Seine kleinen schwarzen Augen blitzten vor Erheiterung. „Auf Alarich", sagte er und hob erneut sein Glas. Dann skandierte er mit seiner rauen, brüchigen Stimme, der man den häufigen Weingenuss anhörte, das Gedicht Platens, das Carducci ins Italienische übersetzt hatte: „Nächtlich am Busento lispeln bei Cosenza dumpfe Lieder. Aus den Wassern schallt es Antwort, in den Wirbeln klingt es wider." Er kicherte.

„… Und den Fluss hinauf, hinunter, zieh'n die Schatten tapfrer Goten, die den Alarich beweinen, ihres Volkes besten Toten", fügte Anna hinzu und zog eine zynisch-abfällige Grimasse.

Therese warf ihr einen Blick zu. Sie hatte nicht erwartet, dass sie sich mit Poesie auskannte. Hungrig griff sie sich die Brote und den Käse. Als sie in die rote Wurst biss, traten ihr Tränen in die Augen. „Wuhu. Die ist heftig", hauchte sie, nach Atem ringend.

„Nduja!" Der Alte grinste und nahm einen enormen Schluck aus seinem Glas.

Anna lehnte sich über die Theke. „Mal ehrlich. Das Grab des Alarich gibt es doch gar nicht, oder?"

Der Alte zog eine Grimasse und grinste noch breiter. Falten zerfurchten sein von lichten schneeweißen Haaren umrahmtes Gesicht. „Irgendwo wird er schon begraben liegen, dieser Alarich … Mein Enkelsohn ist da mehr versiert als ich. Er hat als Junge immer im Flussbett gebuddelt. Einmal hat er ein altes Schwert gefunden. Man hat ihm gesagt, es sei aus der Zeit der Kreuzzüge. Alarichs Schatz hat er nicht gefunden, aber er sagt, dass er eine gewisse Idee hat, wo man suchen müsste. Der Fluss führte ursprünglich nicht hier entlang. Er floss ein gutes Stück weiter oben in den Crati." Er deutete aus dem Lokal hinaus in eine unbestimmte Richtung in der Nacht.

Therese nickte. Sie hatte es vermutet. Kaum ein Fluss floss zweitausend Jahre durch das gleiche Bett. Alarichs Grab lag möglicherweise noch nicht einmal mehr unter Wasser …

Im Café in Ravenna

Cariello saß dem schlaksigen Jungen, dem er gerade das Leben gerettet hatte, gegenüber, einen Kaffee und ein spätes Frühstück vor sich, das gebrochene Bein ausgestreckt, den Mund gefüllt mit Brioche und Creme. Seine schwarzen Augen musterten Sergio ernst. Der

Junge saß in seinem abgetragenen übergroßen Pullover und der alten Daunenjacke wie ein Häufchen Unglück vor ihm.

Cariello schwieg. Er wartete auf Chiara, aber ihm schoss so einiges durch den Kopf, das er Sergio fragen wollte. Vor allem anderem, warum der vermummte Mann versucht hatte, ihn zu töten … Sein Blick wanderte von Zeit zu Zeit zur Tür. Als der kurzgeschorene Kopf der kleinen Carabiniere auftauchte, atmete er auf. Chiara hatte nicht lange auf sich warten lassen. Ihr schwarze Uniform stand offen und sie hatte ihr Barett in der Hand. Offensichtlich hatte sie sich kaum Zeit genommen, sich ordentlich anzuziehen und betrat das kleine Café mit den roten Samtstühlen im Sturmschritt, Giuzio auf den Fersen. Als sie Cariello sah, trat sie zu ihm und umarmte ihn. Dann wandte sie sich mit blitzenden Augen dem Jungen zu.

Sergio rang nervös die schmalen Hände. Er hatte nicht erwartet, dass sein Retter ein Freund der Carabiniere sei.

Chiara ließ ihm keine Zeit für Ausflüchte. Ihr Gesicht färbte sich dunkel vor Zorn. „Sergio, vor deinem Haus steht eine Wache der Carabinieri, um dich zu beschützen, und du kletterst über das Dach nach draußen. Was soll das?"

Der Junge blickte betreten zu Boden.

Sie setzte sich mit Giuzio an den Tisch und ließ sich von Cariello erzählen, was passiert war. „Alle Achtung,

Professor", meinte sie dann. „Sie sind noch mit gebrochenen Knochen unschlagbar."

„Ich hatte gehofft, Ihnen den Mörder gebunden und gefesselt liefern zu können, aber die heutigen Krückstöcke sind leichter, als sie früher einmal waren. Mit einer Eisenkrücke aus Tarenter-Stahl wäre der Kerl mir nicht entkommen", lächelte Cariello.

„Die Produzenten sind, soweit ich weiß, noch immer unter Zwangsverwaltung. Bevor die wieder Krücken produzieren ..." Chiara grinste. Dann verschwand ihr Lächeln und sie blickte den Jungen prüfend an. „Und wenn du uns verraten würdest, woher dein Angreifer dich kennt und warum er denkt, es wäre besser, du würdest aufgeschlitzt an der Kirchmauer liegen ...?" Ihre Stimme klang ungewöhnlich scharf.

Sergios Wangen röteten sich und er wagte nicht, aufzusehen. „Ich habe den Dienst in der Kirche gehasst. Ich wollte lieber Geld machen. Meine Eltern sind solche Knauser." Cariello warf ihm einen drohenden Blick zu. Sergio blinzelte und berichtigte sich schuldbewusst. „Sie haben nicht viel ... Meine Mutter ist arbeitslos, mein Vater krank. Also habe ich rumgefragt, ob nicht jemand nahe der Kirche Arbeit hätte. Und da war so ein Typ ..." Er machte eine vielsagende Kopfbewegung in Richtung der Kirchmauer.

Cariello trommelte mit der flachen Hand auffordernd auf die Tischplatte. „Machen wir Nägel mit Köpfen … Wie sieht der Mann aus. Alter? Nationalität? Haarfarbe?"

Sergio zuckte die Schultern. „Italiener ist er nicht. Er radebrecht in einer Mischung von Italienisch und Englisch mit mir. Und er ist echt groß. Zwei Köpfe größer als ich."

„Das habe ich gesehen …"

„Der Mann hat keine Haare, aber er ist so ein südländischer Sportstyp. Braungebrannt, schwarze Haar- und Bartschatten, graue Augen. Der Typ hängt hier schon seit gut einem Jahr rum. Den muss doch noch jemand anders gesehen haben als ich. So ein Muskelberg …" Sergio breitete die Arme aus, um die Schulterbreite des Mannes anzudeuten.

Giuzio mischte sich ein. „Was für eine Arbeit hat dir der Mann aufgetragen?"

„Er hat mich gefragt, ob ich schon mal in der Kirche Geheimtüren gesehen hätte, abgeschlossene oder verschüttete Gänge, irgendwas Seltsames. Und dann hat er mich gebeten, ihm einen Plan aller Ecken und Türen und Löcher zu zeichnen, die ich aufspüren könnte. Ich hab ihm jede Woche ein paar neue Zeichnungen gegeben und dann Geld bekommen. Nicht viel, ehrlich gesagt. Aber besser als nichts für die paar Kritzeleien …"

„Wegen der Zeichnungen hat er Rante nicht umgebracht", seufzte Chiara. „Was hast du ihm erzählt? Die Sache mit den Prunktellern?"

Sergio nickte kleinlaut.

„Du bist es gewesen, der ihn angerufen hat und der ihm von dem Teller erzählt hat? Von beiden Tellern?"

Erneut nickte Sergio und fixierte den Boden. „Als ich Padre Giovanni vor zwei Tagen in der Grube habe verschwinden sehen, hab ich den Typen angerufen und er hat mir zweihundert Steine für die Info gegeben."

„Du meinst zweihundert Euro?", fragte Cariello.

Sergio bejahte.

„Hast du ihm auch von der Krone erzählt?" Cariellos Blick bohrte sich in den des Jungen.

Dieser blickte erstaunt. „Von welcher Krone?"

Giuzio schob ihm seinen Notizblock zu, in dem er sich Stichpunkte aufgeschrieben hatte, und legte ihm einen Bleistift daneben. „Können wir vielleicht auch in den Besitz der wertvollen Information kommen, auf welcher Telefonnummer man den Mörder von Padre Giovanni anrufen kann?"

Sergio schrieb ihm die Nummer auf, die Giuzio sofort zur Nachverfolgung an seine Kollegen weiterleitete. „Vielleicht kann man den Mann noch lokalisieren", seufzte er. Als seine Kollegen ihn kurz darauf zurückriefen, hatten sie den kleinen Apparat bereits geortet – in der Mitte eines Kanals.

Giuzio fluchte und Sergio zog ängstlich die Schultern nach oben.

Im nahen Bologna sprang indessen ein Mann in letzter Minute in ein Flugzeug, das in den Süden Italiens unterwegs war.

Er würde genau wie Anna und Therese in Cosenza übernachten.

In Cosenza

Therese und Anna hatten sich in einer bescheidenen Pension eine Bleibe gesucht und befanden sich am Morgen nach ihrer Ankunft in deren kahlem Frühstücksraum, den Blick in den Nieselregen vor dem Fenster vertieft. Die Sonne kämpfte mit den grauen Wolken um Vorherrschaft und ab und an fiel ihr gleißendes Licht auf die nasse Straße vor dem alten Gebäude, nur um dann erneut zu verschwinden. Von dort, wo Therese saß, konnten sie das schlammige Wasser des Busento sehen. Es war ein deprimierend alltäglicher Anblick.

Sie hatte sich entschlossen, keine Bemühungen zu unternehmen, Anna zu hofieren. Sie hatte das genug mit ihrem Bruder getan und befand, dass ihr die lang aufgeschossene Hardrockerin mit den Gazellenbeinen genau wie dieser gestohlen bleiben konnte. Es war daher Anna, die den ersten Schritt zur Versöhnung tat und sich im Frühstücksraum zu ihr setzte. Sie hatte ihren Teller mit Brot und Früchten überladen, aber stellte ihn nur vor sich und rührte nichts an. Sie musterte Therese schweigend. Anna hatte sich über Nacht verändert. Sie trug keinen schwarzen Lippenstift mehr und ihre Augen waren ungeschminkt. Sie sah dadurch menschlicher aus.

„Bist du mit meinem Bruder zusammen?", murmelte sie zwischen zwei Schlucken Kaffee. Es war ihr anzusehen, dass sie die Frage Überwindung kostete und Therese fragte sich, wieso. Anna sah ihr nicht in die Augen und hielt die Kaffeetasse fest umklammert.

Therese warf ihr einen frostigen Blick zu. „Nein."

„Ich habe dich mit ihm in Neapel gesehen. Vor zwei Jahren."

„Dann hast du ein gutes Gedächtnis. Ich habe bei ihm studiert. Und ja – dein Bruder hat den nötigen Charme, um eine Frau von seinen Vorzügen zu überzeugen, aber sobald man überzeugt ist, macht er einen Schritt rückwärts. Wie Katz und Maus. Sei mir nicht böse, aber ich hoffe, ich muss deinen Bruder nie wiedersehen." Therese leerte mit einem großen Schluck ihren Milchkaffee aus, um die aufsteigenden Tränen zurückzudrängen. Sie hatte nicht vor, sich vor der erhabenen Schwester Adalgiso Cariellos eine Blöße zu geben.

Anna hob den Blick und ihre Augen leuchteten auf einmal. Sie legte ihre lange, feingliedrige Hand auf die ihre. „Dann sind wir Freundinnen?"

Therese schaute sie verblüfft an. Mit dieser Reaktion hatte sie nicht gerechnet.

Annas Augenlider zuckten, sie wandte sich ab und starrte aus dem Fenster. In ihr arbeitete es. Schließlich fuhr sie sich heftig durch die platinblonden kurzen Haare und schürzte die Lippen. „Ich liebe meinen Bruder, aber es ist schmerzhaft, einen Menschen wie ihn ins Herz zu schließen. Er kann sensibel sein und fürsorglich, aber dann wieder einschüchternd arrogant und kalt. Du hast Recht, Abstand zu halten. Das ist das Beste, was man tun kann. Ich gehöre leider zu seiner Familie und muss ihn von Zeit zu Zeit sehen, aber bereue es stets. Addo zu sehen, ist wie einen Zahn gezogen zu bekommen. Da muss man durch, aber es ist fürchterlich …"

Therese schwieg. Sichtlich war sie nicht die Einzige, die ein Problem mit Cariello hatte. Sie fragte sich, welche Geschichte seine Familie haben mochte. Anna schien ihr ehrlich in ihren Grundfesten erschüttert. Ihre vollen Lippen bebten.

Nach einer Weile räusperte Therese sich. „Hast du mit ihm darüber geredet?"

Anna zuckte die Schultern. Auch ihr standen eine Sekunde Tränen in den Augen, aber sie schüttelte sich und verbarg ihre Gefühle hinter einer harten Geste. „Wir sollten aufbrechen. Irgendwo in einem dieser Täler hier um Cosenza liegt ein toter Gote und harrt unser mit Ungeduld. Ich habe mir die Telefonnummer des Enkels unseres gestrigen Bekannten geben lassen. Er wartet hier in der Nähe auf uns und ist bereit, für einen Obolus unser Führer zu sein. Ich habe ihm gesagt, dass wir Archäologen sind und er freut sich, uns in die Schleichwege der Gegend einzuweihen. Wir sind spät dran." Sie schob ihren unberührten Frühstücksteller von sich und stand auf. Therese wunderte sich, dass Anna den Führer angestellt hatte, ohne sie zu fragen, aber sagte nichts, um die zerbrechliche neubegründete Freundschaft zwischen ihnen nicht in Gefahr zu bringen.

Wenige Minuten später traten sie auf die Straße.

Bergé macht sich bekannt

Cariello saß am Morgen nach dem Angriff auf Sergio Canali erneut in dem Café, in dem er mit dem Jungen und den Carabinieri geredet hatte. Er hatte den vergangenen Nachmittag im Bett verbringen müssen, um seinem schmerzenden Bein eine Ruhepause zu erlauben. Jetzt hatte er sich mit Mühe erneut zu seinem üblichen Frühstückstisch begeben und saß seit drei Stunden an ihm. Ihm grauste vor dem Rückweg ins Hotel und vor der Langeweile seiner vier Wände. Jede Bewegung schmerzte ihn. Er hatte den Eindruck, dass mit jedem Tag die Steifheit seiner Seite zunahm und der Schmerz mit ihr. Zum Kaffee hatte er mehr Tabletten gegessen als Brioche. Trotzdem störte ihn das zu erwartende Nichtstun noch mehr als sein Bein.

Vor dem Fenster des Cafés war die Sonne erneut durch die noch immer über Ravenna hängenden Wolken gebrochen. Es war wärmer geworden. Strahlender Sonnenschein belebte die Terrasse, die sich zunehmend mit Gästen füllte. Es ging auf zwölf zu.

Cariello beschloss, zu bleiben und zu Mittag zu essen. Er schob sich von seinem Stuhl an der Bar im Inneren des kleinen Etablissements hoch und hinkte, gestützt auf seine Krücken, zu den Plätzen im Freien. Als er aus der Tür trat, übersah er die Leine eines Hundes, den einer der Gäste mitgebracht hatte. Aufgrund seiner steifen Hüfte unfähig, sich abzufangen, taumelte er auf die Tische zu seiner Linken.

Er fluchte, entschuldigte sich und griff um sich, auf der Suche nach Halt. Das Chaos, das er verursachte, war beträchtlich, bis ihn eine eiserne Hand am Kragen fasste und ihm wieder auf die Beine half.

Sein Retter war ein grobschlächtiger Mann mit einfachen Zügen und Doppelkinn, der ihn gutmütig mit einem Schwall französischer Worte bedachte. Cariello, der in

Paris studiert hatte, erkannte den breiten Dialekt des Südfranzosen. Er bedankte sich lächelnd in der Sprache Voltaires. Der dicke Mann strahlte ob seiner bescheidenen Samaritertat, als hätte er Cariello das Leben gerettet und wurde ausufernd herzlich. Er klopfte Cariello mehrfach lachend auf die Schulter und wenig später saßen die beiden Männer gemeinsam am Mittagstisch, jeder gleichermaßen erfreut, Gesellschaft zu finden.

„Ich bin als Tourist hier", schnaufte der stiernackige Franzose. „Jean-Francois Bergé." Er griff Cariellos Hand und schüttelte sie, bis die Knochen knackten. Cariello versuchte, seine Finger aus dem sie umfangenden Schraubstock zu befreien, aber hatte wenig Erfolg. Sein Gegenüber war zu begeistert, Bekanntschaft zu schließen. „Meine Frau ist auch hier, aber sie hat es satt, immer um die San Vitale Kirche zu zirkeln. Sie ist nicht so kulturell. Also zumindest nicht stundenlang. Sie ist einkaufen gegangen."

Cariello schmunzelte und musterte den untersetzten Franzosen erheitert. „Aber Sie sind ein Fan von Mosaiken?"

Bergé schüttelte den Kopf. „Ich suche den Schatz der Goten." Er hielt inne, als er den geschockten Ausdruck in Cariellos Gesicht sah.

„Sie suchen was?" Cariello wunderte sich, dass ein Schatzsucher mit seinen Absichten hausieren ging und noch mehr, welche das waren.

Das Bauerngesicht Bergés wurde blasser und er machte eifrige Gesten mit der Hand. „Keine Sorge. Das ist nur ein Hobby von mir. Es soll einmal einen Schatz gegeben haben, den die Goten bei der Plünderung Roms entführt haben. Nichts Ernstes …" Er winkte ab.

Cariello zögerte, dann ließ er sich auf das Spiel ein. „Wo suchen Sie den Schatz denn?" Er hob die Brauen und seine Augen funkelten vorgeblich enthusiastisch.

„Bisher in Frankreich", sagte der Franzose, erleichtert, dass sein Gegenüber wieder freundlicher dreinschaute. „Aber ich erwäge Diversifizierung. Es gibt mehrere Orte, wo der Schatz sein könnte. In Frankreich oder in Italien. In Italien könnte er hier sein oder aber in Cosenza."

Cariello schürzte die Lippen. Der Zufall, einen Jäger des Gotenschatzes bei der Basilika zu treffen, schien ihm zu unwahrscheinlich. Er fragte sich, woher dieser Mann kam. „Aber so ein Schatz geht doch nicht einfach verloren. Wie groß ist er denn?"

„Groß!" Bergé strahlte und holte mit den Armen weit aus. „Viele Leute suchen ihn. Das ist eine Leidenschaft von mir." Er zwinkerte entschuldigend. „Jeder hat seinen Spleen."

Cariello lächelte ermutigend und nickte zustimmend. „Ich verstehe. Und warum sind Sie in Ravenna? Welcher

203

Hinweis könnte Sie hier zum Schatz führen?" Cariello war gespannt auf die Antwort.

Bergés Gesicht glänzte breit. „Ich denke, der Schatz wurde nach einer Schlacht, in der man ihn zum letzten Mal gesehen hat, entweder hierher nach Ravenna gebracht oder aber in die Razès bei Rennes-le-Chateau. In Rennes habe ich seit Jahren gesucht. Zeitverschwendung. Ich denke daher, Ravenna muss es sein." Er beugte sich über den Tisch und flüsterte vertraulich: „Jetzt habe ich hier einen Kontaktmann. Einen Priester. Der wollte mich treffen und wir wollten gemeinsam an der Sache arbeiten. Er hat einen wichtigen Hinweis gefunden, aber ich erreiche ihn nicht. Ich habe ihn jetzt seit drei Tagen immer wieder angerufen. Ich habe in der Kirche nachgefragt, in der er arbeitet, aber keiner will mir etwas sagen."

Cariello schwante Böses. „Wie heißt der Mann denn?"

Er war nicht erstaunt, von Bergé den Namen Rantes genannt zu bekommen.

Das Geheimnis der Höhle bei Cosenza

Anna und Therese waren seit Stunden unterwegs. Der jugendliche Enkelsohn des Trattoria-Besitzers hatte sie durch malerische Täler und Bergdörfer geführt, weit weg von der Stadt. Von einem uralten Dorf zum anderen, bewaffnet mit Militär-Karten, Messgeräten und Geschichtsbüchern. Sie waren den Fluss Busento hinaufgelaufen, den Bach Jassa und vor allem den Caronte. Vor ihnen lag der grünbewaldete Apennin und der Monte Scuderio, an dem der Busento entsprang.

Die Täler, die sie durchquerten, waren pittoresk. Weiße Kalkfelsen schoben sich zu Schluchten und Engpässen zusammen, bedeckt von dunklen Wäldern und alten Bäumen. Aus jeder Klamm floss ein Rinnsal und gluckste im Geröll unter ihren Schuhen mit erfrischender Klarheit. Es war Sonnabend und Gruppen von Wanderern waren auf den gleichen steinigen Pfaden unterwegs wie sie. Die Sonne war herausgekommen und tauchte die romantischen Täler in wärmendes Licht. Nebelschwaden hoben sich aus den Schluchten.

Es war nur wenig Wasser im Bett der Flüsse. Therese tippte ihren Führer an. Der junge Mann, der Fabrizio hieß, kannte sich in der Gegend aus, wie in seiner Westentasche. „Warum fließt hier kaum Wasser? Es muss doch schon Schneeschmelze sein. In Ravenna sind wir dieses Jahr fast untergegangen."

Der schwarz gelockte junge Bergsteiger deutete auf die Schluchten vor ihnen. „Dort oben gibt es einen Staudamm. Man hat ihn vor ein paar Jahrzehnten gebaut, um die Frühlingshochwasser abzufangen und Elektrizität zu erzeugen. Vorher gab es hier mehr Wasser. Der Damm ist nicht groß, aber effektiv."

Anna musterte die malerische Gegend. „Wieso denkst du, dass das Grab Alarichs hier sei und nicht bei Cosenza?"

Ihr drahtiger Führer hielt an und setzte seinen Rucksack auf die weißen Geröllsteine zu seinen Füßen. Er holte eine Karte heraus und wedelte damit. „Altes Schatzjägerwissen. Es gibt Leute hier in der Gegend, die beschäftigen sich mit nichts anderem. Schon 1747 organisierte der Dekan von Cosenza eine erste Forschungskampagne, die Hunderte von Arbeitern am Zusammenfluss von Busento und Crati beschäftigte. Nach vier Tagen ununterbrochener Arbeit musste der gute Mann erkennen, dass der Zusammenfluss in der Antike anderswo lag. Seitdem sucht man, wo sich der richtige Ort befinden könnte. Alexandre Dumas, der zu seiner Zeit kurz nach einem Erdbeben durch Cosenza kam, hat hunderte Leute im Flussbett graben sehen, das durch das Beben trockengefallen war. Man hat das gesamte Bett umgewühlt und nichts gefunden … und hat weitergesucht. Zur Zeit der Faschisten brach sogar ein regelrechtes Goldfieber aus."

Fabrizio lachte und sein attraktives, braungebranntes Gesicht strahlte in der Sonne. Er schob seine Bergsteigerbrille auf die Stirn und zeigte auf das sie umgebende Tal. „Zur Nazizeit war man sehr auf dem Germanen- und Gotentrip. Im Sommer 1937 begannen die faschistischen Behörden mit Ausgrabungen an der Stelle, die von einer französischen Rutengängerin

‚lokalisiert' worden war." Fabrizio grinste und verdrehte die Augen. „Die weitsichtige Dame glaubte, den Ort des Grabes von Alarich einige Kilometer von Cosenza entfernt im Tal des Busento entdeckt zu haben. Immerhin fand man dort die Überreste eines menschlichen Skeletts, aber das hätte wer weiß wer sein können, vom Neandertaler bis zum abgestürzten Bergsteiger aus dem Alpinclub. Nichtsdestotrotz - im November ist dann tatsächlich Himmler, der Leiter der SS, hierhergekommen, um sich die Sache zu besehen. Er ist enttäuscht wieder abgefahren. Das mit dem Hellsehen ist nur großartig, wenn es funktioniert ..."

Anna musterte die Karte in der Hand Fabrizios und das Tal vor ihnen. „Und seitdem hat man aufgegeben?"

Fabrizio lachte und schüttelte die Locken. Die über seinen Rücken geschlungene Bergsteigerausrüstung klapperte fröhlich. „Iwo. Nicht, wenn es um einen Schatz geht. Ich suche doch auch." Seine schneeweißen Zähne blitzten. „Wir alle suchen nach den Schätzen des Alarich. In den sechziger Jahren behauptete man, dass sich das Grab unter dem Boden der kleinen Kirche von S. Pancrazio am Ufer des Busento befinde. Man hat dort sofort wie im Film den Boden aufgerissen und wieder nichts entdeckt. Die arme Kirche sah aus wie ein Schlachtfeld. Und dann kam die neuste Theorie: Man hat auf einem Hügel mit dem Namen Rigardi, an der Brücke von Alimena nahe dem alten Dorf Mendicino, am Bach Caronte, dem Zufluss des Busento dort vorn", er zeigte vor sie, „eine Höhle entdeckt. An der Wand des Hohlraums ist ein Kreuz von etwa acht Metern eingraviert. Cicala, ein Wissenschaftler hier aus der Gegend, hat das Kreuz als geheimen Hinweis interpretiert. Der Ort heißt ja Rigardi – wie ‚Riguardi', also ‚schau hin mit Respekt'. Er behauptete, das Grab Alarichs sei gegenüber der Höhle mit dem Kreuz, am Zusammenfluss des Baches Alimena mit dem Bach Caronte zu suchen. Es gibt dort in der Tat mehrere Grotten in der Felswand. Und wenn ihr mich fragt – dumm wäre es nicht, das Grab in einer Höhle, statt unter dem Fluss zu suchen."

Anna runzelte die Stirn. „Du meinst, das Grab liegt nicht im Fluss?"

Fabrizio zuckte die Schultern. „Die Geschichtsschreiber sagen, alle Leute, die das Grab im Fluss gruben, seien getötet worden. Da wäre es doch schon geradezu lächerlich, wenn dann genaue Hinweise zu seiner Auffindung im Geschichtsbuch stünden. ‚Dort und dort, im Flussbett, wo sich die Zuflüsse treffen'. Ich fress einen Besen, wenn die Grabstätte unter dem Fluss liegt, statt daneben."

Anna blies verblüfft die Luft aus. „Man hat einfach andere Flüsse genannt und neben ihnen statt darunter gegraben? Es war nicht im Busento beim Crati, sondern neben Alimena und Caronte?"

Fabrizio zuckte die Schultern. „Das sind Zuflüsse des Busento und es ist das Tal daneben."

Therese hob die Augenbrauen. „Meinst du, das Kreuz in der Höhle ist ein Fingerzeig auf das Grab von Alarich?"

Fabrizio grinste. „Das Kreuz in der Höhle ist angeblich laut unseres lokalen ‚Hellsehers' kein christliches Zeichen. Er behauptet, damals hätten die Goten noch die Sonne verehrt und es stelle die Sonne dar. Daher sei es ein Hinweis auf das Grab des Goten. An der gegenüberliegenden Felswand befindet sich in der Tat der Eingang zu einer größeren Höhle. In ihr verbergen sich die Überreste eines uralten Felsenaltars und eine enorme Menge Sand aus dem Fluss. In dieser Höhle soll das echte Grab sein und nach Vermutungen herbeigerufener jüdischer Forscher liegt dort vielleicht sogar die Menora und die Bundeslade, die zum Schatz aus der Plünderung Roms gehört haben sollen."

Therese lachte. „Woher weißt du das?"

„In der hiesigen Zeitung hat einer von ihnen mal einen Artikel dazu verfasst. Wüstes Zeug und viel Esoterik. Die Sachen kamen angeblich mit Alarich aus Rom nach Kalabrien und wurden hier mit ihm begraben. In der Höhle wurden Graffitis gefunden, von denen eines eine stilisierte Menora darstellen soll, während das andere angeblich eine Rune ist. Es ist eine Art Karo mit langen Enden wie der Buchstabe inguz im Runenalphabet ... hat der weise Forscher geschrieben. Aber ehrlich – ich habe mir das angesehen, das mit den Zeichen ist an den Haaren herbeigezogen."

„Hat die Rune eine Bedeutung?", fragte Anna.

Fabrizio zuckte die Schultern. „Wer weiß schon, was Runen bedeuten … Das mit den Runen und Menoras glaube ich nicht, aber den Altar gibt es, auch wenn ich nicht weiß, wie alt er ist. Da gehen wir jetzt hin."

Er nahm seinen Rucksack auf und schritt ihnen voran ein enges Tal hinauf. Sie folgten einer kleinen Straße, welche von hohen steilen Felsen umgeben war. Sie bildeten eine Schlucht wie aus einem Abenteuerfilm. Fabrizio deutete nach einer Weile nach oben. „Dort ist die Höhle."

Anna und Therese hielten inne und sahen nach oben. Die Felsen schienen unerklimmbar.

Cariello wundert sich

Cariello hatte Camarata eine Nachricht gesandt, um ihn zu dem Café zu rufen, in dem er mit Bergé saß. Der brummige Kolonel traf zu Fuß ein, ächzend, außer Atem und mürrisch. Nur seine funkelnden schwarzen Augen verrieten sein Interesse an dem, was Cariello ihm angedeutet hatte. Dieser hatte den Franzosen in der Zwischenzeit vom Tod des Priesters unterrichtet. Bergé war leichenblass und schaute dem Carabiniere, der sich zu ihnen gesellte, ängstlich entgegen.

„Monsieur Bergé, erzählen Sie doch bitte dem Kolonel, was Sie mir erzählt haben …“, sagte Cariello lächelnd und noch immer betont umgänglich. Er schlug die langen Beine übereinander und nickte seinem Gegenüber freundlich zu.

Der stiernackige Franzose reagierte benommen. Da auch Camarata Französisch sprach, begann er jedoch nach einigen banalen Grußworten in seiner eigenen Sprache zu berichten. „Rante ist seit einiger Zeit ein Brieffreund von mir. Ich sage Brieffreund, aber wir haben uns letzten Sommer zufällig getroffen und dann per E-Mail ausgetauscht. Wir haben uns in Rennes-le-Chateau kennengelernt. Rante suchte nach dem Gotenschatz, genau wie ich.“

„Sie sind Freunde geworden?“

„Wir haben uns auf Anhieb verstanden. Rante hat mit mir bei Rennes an einem Berg herumgesucht, den man den Alarich-Hügel nennt. Wir haben nichts gefunden. Er hat mir jedoch später im Vertrauen berichtet, er habe hier in Ravenna Hinweise entdeckt und hat mich hierher eingeladen.“

Cariello nickte. „Und deswegen sind Sie gekommen?“

Bergé wiegte den Kopf von rechts nach links. „Ich habe etwas gebraucht, um mich zu organisieren, aber vor zwei, nein, drei Tagen rief Rante gegen Mittag an, völlig außer sich, und sagte, ich solle sofort kommen. Ich bin los, wie von der Tarantel gestochen. Schon am nächsten

Morgen saß ich mit meiner Frau im Flugzeug. Hier bin ich. Rante hätte mich vom Flughafen abholen sollen … aber er ist nicht aufgetaucht. Ich bin, wie es scheint, zu spät gekommen."

Camarata musterte den Franzosen grimmig, die buschigen Augenbrauen tief über den Augen zusammengezogen. „Rante ist ermordet worden. Warum sollte ich Ihnen glauben, dass Sie nicht der Mörder sind? Rante hat etwas gefunden. Sie waren neidisch. Sie haben ihn umgebracht."

Bergé zuckte zusammen und leckte sich nervös die Lippen. Schweiß glänzte auf seiner Stirn. Mit dieser Wendung hatte er sicherlich schon gerechnet. Seine Augen huschten über die Straße vor dem Café, als suche er einen Fluchtweg. Sein Blick wanderte von Cariellos geschientem Bein zu der beeindruckenden Uniform des Carabiniere. Zu welchem Schluss er kam, war offensichtlich. Camarata war trotz seiner Leibesfülle wendiger und besser in Form als er selbst und hatte die gesamte Staatsmacht auf seiner Seite. „Ich schwöre … ich kann Ihnen das Flugticket zeigen", stammelte er schließlich und schüttelte ängstlich den Kopf.

„Hat Rante etwas von einem Prunkteller erwähnt?", unterbrach ihn Cariello, als habe er die Worte Camaratas nicht gehört. Er befürchtete, dass die bulligen Drohgebärden des Kolonels Bergé zum Schweigen bringen würden.

Der Franzose hatte Mühe, sich zu sammeln. Er brachte es lediglich fertig, erneut den Kopf zu schütteln. Camaratas unbedachter Angriff hatte seinen Wortfluss versiegen lassen. Als dieser nicht von ihm abließ und ihn weiter mit seinen Bulldoggenaugen fixierte, ergriff er jedoch schließlich erneut das Wort, gepresst und verängstigt. „Alles, was Rante bei seinem Anruf interessierte, war, dass ich Spanisch kann. Wir wohnen nahe der spanischen Grenze", hauchte er.

„Spanisch?", brummte Camarata. „Warum soll ihn das interessiert haben? Rante suchte den Schatz in Spanien?"

Auch Cariello zuckte die Schultern. „Das hat Ihnen Rante am Telefon gesagt? Sie sollen kommen, weil Sie Spanisch können? Das ist kein Grund, der mich innerhalb von Stunden ins Flugzeug befördert hätte …" Seine Brauen zogen sich zusammen und seine schwarzen Augen funkelten. „Er hat von einer Krone gesprochen, nicht wahr?"

Bergé zog die Schultern hoch, als wolle er sich verstecken. Sein Kopf bebte und bewegte sich zu einem schwachen Nicken. „Ich hatte ihm immer mit Kronen aus einem Schatz in Spanien in den Ohren gelegen. Er hat eine gefunden."

„Guarrazar …", sagte Cariello.

Bergé bejahte ängstlich und verblüfft.

„Guarrazar?", brummte Camarata. Chiara hatte das Wort bereits erwähnt.

Cariello fixierte Bergé. Dieser hob widerstrebend zu einer Erklärung an. „Ich sehe, Sie wissen schon davon … 1858 fanden Bauern bei Toledo in Spanien im Garten des Örtchens Guarrazar goldene Weihekronen und Hängekreuze. Die Kronen waren angeblich im siebten Jahrhundert von den gotischen Herrschern der Gegend vor den anrückenden Arabern versteckt worden. Es sollen ursprünglich sechsundzwanzig Kronen gewesen sein. Die meisten wurden von ihrem Finder geplündert und verkauft. Eingeschmolzen. Zerhackt. Aber einige haben die Zeiten überdauert. Die Kronen konnten durch an ihnen angebrachte hängende Buchstaben den Namen von verschiedenen Königen zugeordnet werden. Eine Krone stammte von Theoderich. Das habe ich einer Zeichnung aus der damaligen Zeit entnommen, und Rante interessierte das sehr."

Camarata fischte in seiner Tasche und holte die Kopie eines Zettels heraus. Er schniefte, putzte sich die Nase und las vor. „*Ein Hellebardenträger hat mich geraubt und hier versteckt. Unschuldig. Unschuldig …* Sagt Ihnen dieser Text etwas?"

Bergé nickte zu Cariellos Verwunderung. „Im Schatz von Guarrazar befand sich eine besonders wertvolle Krone, die durch ihre Aufschrift dem gotischen König Suinthila zugeordnet wurde. Sie ist wie alle anderen eine Weihekrone. Sie wird aufgehängt, über dem Altar. Verstehen Sie?"

Camarata nickte und Bergé fuhr fort. „Die Krone von Suinthila war von allen erhaltenen Kronen die schönste. Sie war verziert mit Edelsteinen aus Sri Lanka, mit Smaragden und Granaten. Man hatte sie nach ihrem Fund in der königlichen Rüstkammer in Madrid aufbewahrt, bis sie 1921 gestohlen wurde. Seitdem sucht man sie. 2015 wurde in einer spanischen Zeitung ein Artikel veröffentlicht, der besagte, man habe die Krone unter den Mauern der königlichen Rüstkammer wiedergefunden. Mit diesem irren Spruch auf einem Papier dabei, der nichts besagt. Das Museum ist ein modernes Gebäude. Wer soll dort diese Krone eingemauert haben und wer wäre jener Hellebardenträger …? Rante und ich haben lange darüber diskutiert, weil er den Artikel für bare Münze genommen hatte und mich aufgeregt anrief, als er ihn im Internet fand. Er dachte, man habe damals Suinthilas Krone wirklich wiedergefunden."

Bergé leckte sich besorgt über die Lippen und Cariello hatte das Gefühl, dass der Franzose nicht die ganze Wahrheit sagte. Seine Stimme zitterte.

Bergé bemerkte seinen Argwohn und hob beteuernd die Hände. „Aber die Krone fehlt. Man hat sie nicht gefunden … Der Artikel war am 28. Dezember veröffentlicht worden, am Tag der Unschuldigen, an dem man in Spanien dumme Scherze macht. El dia de los inocentes. Er war nur ein Schabernack. Begreifen Sie? ‚Unschuldig, unschuldig' … Wie ‚April, April'."

Cariello nickte trotz seiner Zweifel. Bergés Auskunft deckte sich mit dem, was sie schon wussten, aber was sollten sie von dieser eigenartigen Geschichte um die Krone aus Madrid halten? Warum hatte sich Rante für den Schatz von Guarrazar interessiert?

Camarata hielt Bergé die Kopie des Zettels hin, den sie bei der Krone aus der Basilika gefunden hatten. „Ist das Rantes Handschrift?"

Bergé nickte. „Ich kenne sie gut. Das ist seine."

„Das erklärt einiges … Und das", fragte Camarata, öffnete sein Telefon und hielt Bergé ein Bild der im Garten der Basilika Ravennas gefundenen Krone hin, „ist das die Krone Suinthilas?"

Bergé schüttelte, ohne Zögern und ohne genau hinzuschauen, den Kopf. „Die Krone Suinthilas trug die Buchstaben des Namens des Königs an Ketten unter dem Reif wie Anhänger. Die Krone hier auf ihrem Foto ist eine gotische Weihekrone und sie hat Anhänger. Aber es ist nicht die gestohlene Krone Suinthilas."

Cariello wunderte sich, dass sich Bergé dessen so sicher war. Wieweit kannte sich Bergé mit diesen Juwelen aus und warum musste er noch nicht einmal auf den Zettel sehen, um zu wissen, dass die Krone in Ravenna nicht die verschwundene Krone aus Madrid war?

Camarata ächzte und schob sich auf dem kleinen Caféhausstuhl zurecht. Auch sein Gesicht war von Misstrauen gezeichnet. „Machen Sie mich schlau. Warum hinterlässt Rante zusammen mit der von ihm in Ravenna aufgefundenen Krone diesen Zettel?"

Bergé zuckte verängstigt die Schultern. Er antwortete erst nach einer guten Minute. „Weil beide Kronen aus dem gleichen Material geschmolzen wurden - dem Gold des Schatzes von Rom?"

Bergé war sichtlich froh, als Camarata ihm schließlich erlaubte, das Café zu verlassen. Ihm zitterten die Beine, als er aufstand, sich noch einmal verneigte und die Straße hinuntereilte. Der Mord an Rante und das Verhör durch Camarata hatten ihn sichtlich erschüttert.

Cariello sah ihm nach und runzelte die Stirn. „Sie hätten ihn freundlicher behandeln sollen, Kolonel. Der Mann ist ein Schwätzer und hätte uns noch so manches erzählen können."

Camarata knurrte. „Diplomatie ist nicht meine Stärke. Aber Sie haben recht, Professor. Er hat uns nicht die ganze Wahrheit gesagt."

„Er hat uns vor allem eines nicht gesagt: Wer der Verfasser der Notiz gewesen ist, die in der Madrider Zeitung behauptet hat, man habe Suinthilas Krone wiedergefunden."

Hinterhalt

Unter Annas Füßen setzten sich Steine in Bewegung. Wo immer ihre Hände Halt suchten, griff sie nur in trockenes Gras, das nachgab und ihr mit einem Schwall Erde entgegenkam, oder nach Felsgestein, das zerrüttet vom langen Winter zerbrach. Die Sonne blendete sie und der Blick nach oben schmerzte ihr in den Augen. Therese kletterte vor ihr, mit bebenden Beinen und keuchend wie sie. Die Felswand war grellweiß und trotz des Februartages erhitzt. Das Eis der Nacht kam ihnen in kleinen Gerinnseln als Wasser entgegen. Sie folgten einem verfallenen Kletterpfad, der an einigen Stellen nur noch aus Geröll bestand. Fabrizio stand bereits über ihnen in hundert Metern Höhe über dem Tal und legte geknotete Schlingen in die Spalten im Fels, um sie und sich selbst zu sichern. Auch er war angespannt und rief kurze abgehackte Kommandos nach unten, ohne sie aus den Augen zu lassen. Der Aufstieg im Felsen war durch die Wetterverhältnisse gefährlicher, als er vorausgesagt hatte.

Alle drei waren außer Atem, als sie schließlich am bescheidenen Eingang der Karsthöhle anlangten, die ihnen Fabrizio zu zeigen versprochen hatte. Er nahm ihnen die Seile und Haken ab und lachte, sichtlich erleichtert. „Wir sind da. Glückwunsch an unseren jungen Bergsteigernachwuchs."

Anna wischte sich Schweiß und Dreck vom Gesicht. „Ich glaube nicht, dass ich das zu meinem Lieblingssport auserküren werde."

Therese atmete schwer. „Heute Nacht träume ich von Gerölllawinen."

Der Höhleneingang, der vor ihnen lag, war eng und kaum mannshoch. Ihr weißer Karststein sah rau und unbearbeitet aus. Sie stiegen durch das Eingangsloch ins Innere. Fabrizio reichte ihnen Taschenlampen und deutete auf eine Felsformation an der rechten Seite der Grotte. „Das hier ist der sogenannte Altar, von dem ich gesprochen hatte."

Anna zog die Nase kraus. Der Altar bestand aus mehreren aus der Wand geschnittenen Stufen. Nicht mehr. Verstaubter, roher Stein. „Das ist ein alter Opfertisch, aber ich finde ihn nicht gerade königlich."

Fabrizio beleuchtete die Wand darüber, an der man staubige Einschnitte und Zeichen sah. „Und das hier sind die vielbeschriebenen Gravuren. Die soll eine Menora sein, die andere eine Rune. Mir sieht das alles zu neu aus, um aus der Völkerwanderungszeit zu stammen."

„Eine Menora, das hier?", Anna lachte. „Da ist jemandem die Fantasie durchgegangen." Was sie sah, war moderne Kritzelei, aber selbst als diese ging sie nicht als Menora durch. „Eine Menora ist ein Leuchter mit sechs oder sieben Armen", sagte sie. „Das hier ist ein IH, das sind die ersten beiden Buchstaben des Namens von Jesus in

Griechisch. Ein häufig in der christlichen Kirche benutztes Symbol. Und das daneben ist ein Papstkreuz. Sie sind wohl keine großen Kirchgänger in der Gemeinde der jungen Bergsteiger?"

Fabrizio zuckte die Schultern. „Wenn ich ehrlich bin, weiß ich nur, dass eine Menora eine Art Kerzenständer ist."

Anna verzog den Mund. „Die antike Menora wurde angeblich mit Bauanleitung vom lieben Herrgott selbst von Moses geschaffen. Sie ist in der Bibel im Detail beschrieben. *‚Du sollst auch einen Leuchter aus feinem Gold machen, Fuß und Schaft in getriebener Arbeit, mit Kelchen, Knäufen und Blumen.'* Kennt ihr das nicht?"

Therese nickte, Fabrizio schüttelte den Kopf. „Ich hab's nicht so mit dem Bibelstudium."

Anna wippte provokant auf den Zehen vor und zurück. „Solltest du mal versuchen. Da liest man so einiges, was man dort nicht vermutet. Pädophilie, Masturbation, Ehebruch und Katastrophen. Alles, was ein erfolgreiches Buch braucht."

„Und Bauanleitungen?" Fabrizio grinste.

Anna nickte. Auch ihre Laune wurde besser. Die frische Bergluft vertrieb ihre Trübsal vom Morgen. „Die Menora wurde nach einer ersten Zerstörung neu geschaffen und stand im Tempel in Jerusalem, als die Römer die Stadt unter dem späteren Kaiser Titus im Jahr 70 unserer Zeit plünderten. Sie ist so ungefähr einen Meter sechzig groß, hat einen mehrstufigen Sockel und hat wohl auch astrologische Funktionen erfüllt. Es heißt, Alarich habe sie bei der Plünderung Roms mitgenommen."

„Und wenn man dem Artikel in unserer Stadtzeitung glauben darf, liegt den Israelis etwas daran, sie wiederzubekommen?" Fabrizio schmunzelte.

„Da kannst du Gift drauf nehmen." Anna half ihm, die Seile einzuholen. „Aber dazu müssten sie auch erst Alarichs Grab finden, wenn der Leuchter denn wirklich dort drinnen liegen sollte."

Sie wurden von einem Ausruf Thereses aus ihrer Debatte gerissen. „Hier war jemand!" Therese war durch den tiefen Sand zur Mitte der Höhle gegangen, in der sie ein Loch entdeckt hatte. Es war gute drei Meter tief und frisch gegraben. „Es ist jemand vor uns da gewesen und hat nach dem Grab gesucht."

Anna ließ das Seil fallen und ging zu ihr. Sie leuchtete in die Vertiefung. Alles, was sie sah, waren Sand und grauer, dreckiger Staub, aber keine Spur von Schatz oder Grab. „Ist das der berühmte Busento-Sand, unter dem der edle Gotenkönig ruhen soll?", fragte sie spöttisch.

Bevor Therese ihr antworten konnte, wurden sie durch einen ohrenbetäubenden Knall und ein darauffolgendes sprudelndes Geräusch erschreckt. Das Gurgeln klang dumpf und hohl aus dem hinteren Teil der Höhle und wurde beunruhigend schnell lauter. Fabrizio sprang nach vorn und richtete seinen Lichtstrahl nach oben in das dunkle Innere der Grotte, um zu erkunden, was vor sich ging. Er kam nicht weit. Ein tosender Strudel schlammigen Wassers kam wie ein geiferndes Monster aus der Decke der Höhle geschossen.

Therese schrie auf, warf sich zur Seite und versuchte, sich an der Wand hinter dem simplen Altar in Sicherheit zu bringen. Anna, die dem Höhleneingang näher stand, sprang mit einem gewagten Hechtsprung ins Freie und seitlich nach rechts auf den Pfad, der sie nach oben geführt hatte. Für Fabrizio, der in der Mitte der Grotte gestanden hatte, war jede Hoffnung auf Rettung vergeblich. Er wurde von der Macht des Wassers nach draußen geschleudert, hinab ins Tal. Anna sah seinen Körper in unfreiwilligen Wendungen durch die Luft schießen, bevor er auf den Felsen unter ihr zerschmettert wurde.

Sie klammerte sich mit hämmerndem Puls an die Wand, an den rauen Stein gedrängt, den Abgrund zu ihren Füßen und neben sich einen reißenden Wasserstrom, der mit fauchendem Brüllen aus der Höhle herausdonnerte. Ihr Blick war abwechselnd entsetzt auf ihren toten Führer gerichtet und auf das Wasser, das den Hang hinabtoste, und alles mit sich riss, was ihm in den Weg kam. Steine, Bäume und Erdreich folgten dem Körper des jungen Bergsteigers nach.

Erst mehrere Minuten später begann das Wasser nachzulassen. Es strömte langsamer aus der Grotte, wurde schlammiger und versiegte schließlich. Stille trat ein. Lastende, einsame Stille, die jedoch nicht lange dauerte - erneut erklangen Detonationen und kurz darauf tönten entsetzte Schreie aus dem Tal herauf.

Anna, die sich mühsam aufgerichtet hatte und zur Höhle zurückkehren wollte, um Therese zu helfen, zuckte zusammen und blickte nach unten. Eine Flutwelle kam die Straße unter ihr entlanggeschossen. Wie ein Tsunami schoss sie durch den Wald und ergriff geparkte Fahrzeuge und Wanderer wie Spielzeug. Sie war schlammig und reißend und füllte die ganze Breite der schmalen Schlucht. Wer immer sich im Tal befand, für den gab es kein Entkommen. In Sekundenschnelle wurde alles zermalmt. Wurzeln, Schlamm und Äste tobten im Strudel des Malstroms, der auch die Leiche Fabrizios mit sich riss.

Anna fühlte einen eisigen Schauer über ihren Rücken huschen. ‚Jemand hat den Staudamm zerstört, von dem Fabrizio gesprochen hat.' Der Damm musste durch eine mehrfache Sprengung absichtlich gebrochen worden sein. ‚Aber wie kommt es, dass der erste Schlag direkt durch die Decke dieser Höhle gebrochen ist?' Ihr wurde mit Schrecken klar, dass das kein Zufall gewesen sein konnte. Sie sprang zurück ins Innere der Höhle, das Herz bis zum Hals hämmernd, und besorgt, dass sie Therese ebenso tot vorfinden würde wie Fabrizio.

Zu ihrer Erleichterung kniete Therese jedoch bedeckt von Schlamm auf dem Boden. Vor ihr gähnte das Loch im Boden, das sie wenige Minuten vorher so abschätzig betrachtet hatten. Es war um ein Vielfaches größer geworden. Das Wasser hatte es freigespült. Und es verbarg in der Tat ein Grab.

Sergio hat Angst

Sergio saß in seinem schlichten Zimmer, dessen Wände mit Filmplakaten und Werbungspostern bedeckt waren. Er bevorzugte Filme in denen jugendliche Helden böse Monster oder Untiere besiegten, gerade weil er selbst ein paar Heldenkräfte hätte gebrauchen können. Der Boden war bedeckt mit Büchern und Papier. Buntstifte, Schulsachen und Kleidung lagen überall.

Er hatte von seinen Eltern striktes Ausgangsverbot bekommen und ein Wagen der Carabinieri stand gut sichtbar vor der Tür ihres Mietshauses. Seine Eltern brauchten sich keine Sorgen zu machen. Er hatte nicht die mindeste Absicht, noch einmal über das Dach ins Freie zu klettern. Der Messerangriff hatte ihm genügt. Ihm war noch immer übel von der Panik, die er empfunden hatte. Es war das erste Mal in seinem jungen Leben gewesen, dass er einen Schock erlitten hatte. Wenn der Professor aus Neapel nicht gewesen wäre …

Der schlaksige Junge kramte erneut, wie schon mehrmals zuvor, unter seinem Bett nach einem an dessen Holzgestell geklebten Gegenstand. Es war sein kleines rotes Telefon. Ein billiges Ding zur einmaligen Benutzung. Unregistriert und mit limitierter Aufladung.

Eine Sprachnachricht blitzte auf der Anzeige. Er starrte auf die Zeit, zu der sie gesendet worden war.

Zehn Uhr fünf.

Er hatte den Kahlkopf am Vortag um zehn Uhr getroffen. Er musste ihm die Nachricht sofort nach dem missglückten Messerangriff hinterlassen haben. Bevor der Mörder Padre Giovannis sein eigenes Telefon in den Kanal geworfen hatte.

Sergio hatte Stunden gebraucht, bevor er es gewagt hatte, nach dem Telefon zu sehen. Jetzt wagte er es nicht, auf den Knopf zu drücken und die Nachricht abzuhören, aber seine Gedanken kreisten unaufhörlich darum. Er konnte sie nicht mehr ignorieren. Langsam hob er das Telefon zum Ohr und drückte auf den Knopf.

Eine raue Stimme erklang. „Ich werde deine Mutter aufschlitzen, wenn du den Mund aufmachst, kleine Kröte. Wenn ich die Carabinieri bei Rantes Geheimzimmer sehe, stirbt sie. Ganz langsam."

Ein Klicken ertönte. Der Ausländer hatte aufgelegt.

Ein ungleicher Kampf

Anna und Therese starrten Seite an Seite in die tiefe, vom Wasser ausgespülte Aushöhlung. Ihre

Wände waren mit groben Schlägen aus dem Felsen gemeißelt worden. Treppen führten in das Grab hinab, das wesentlich tiefer war, als sie vermutet hatten. Auf seinem Boden stand grauer Schlick. Die Feuchtigkeit darin versickerte mehr und mehr und vor ihren Augen enthüllte sich langsam die volle Größe des Zugangs zu der rätselhaften Höhle. ‚Wir haben das Grab gefunden‘, dachte Anna. ‚Aber um welchen Preis. Der arme junge Bergführer hat uns heraufgebracht und seine Freundlichkeit mit dem Leben bezahlt.‘

Noch ehe sie sich angesichts der sie umgebenden Katastrophe entschließen konnten, trotzdem in die Tiefe zu steigen, erklang hinter ihnen eine raue Stimme mit starkem schnarrendem Akzent. „Ich würde Ihnen nicht raten, auch nur einen Schritt dort hinein zu tun, bevor ich es Ihnen erlaube."

Ein großer Mann mit einer Pistole in der Hand versperrte mit seinen breiten Schultern den Höhleneingang. Er stand im Gegenlicht, so dass sie nur seine Umrisse ausmachen konnten. Nur die Waffe konnte Anna deutlicher sehen, als ihr lieb war.

„Sie sind schnell. Ich hatte gehofft, nach der Zündung der Granate genug Zeit zu haben, hier herunterzukommen und das Ergebnis meiner

Bemühungen zu begutachten, aber schon habe ich Gesellschaft. Ich sehe, Sie sind nur noch zu zweit?"

Therese und Anna betrachteten den Mann schweigend, fieberhaft auf der Suche nach einer Lösung, die ihnen ermöglichen würde, lebend aus der engen Höhle zu entkommen. Er war groß, muskulös und in einen hautengen schwarzen Radsportanzug gekleidet. Über seiner Schulter hingen Kletterseile und Karabiner. Sein braungebrannter Schädel war kahl und eine Sonnenbrille war darauf geklemmt. Das Gesicht war hart und hakennasig. Ein entschlossener Zug umgab seine Augen. Sie waren sich beide bewusst, dass der Mörder Padre Giovannis, Fabrizios und der Leute im Tal keinen Augenblick zögern würde, auch ihr Leben zu beenden.

Er zeigte mit der Waffe auf Anna, die ihm mit ihrer Lederkleidung wohl die gefährlichere unter ihnen beiden schien. „Du da – steig in das Grab. Nimm das dort", er zeigte auf die Lampe, die Therese in der Hand hielt. „Leuchte mir ein bisschen Alarichs letzte Ruhestätte aus."

Anna zögerte, dann griff sie das Licht und stieg die glitschigen Stufen hinab. ‚Wenn mein Bruder wüsste, in welche Situation wir uns gebracht haben. Er würde mir sagen, dass er mich gewarnt hat und es würde mich zur Weißglut treiben. Aber zumindest würde er uns zu Hilfe eilen. Verdammt, Addo. Warum hast du dir gerade jetzt das Bein gebrochen?' Ihr Herz hämmerte und Angst saß ihr im Nacken.

Anna hatte Mühe, nicht auszurutschen und musste sich an der Wand festhalten. An sich war sie neugierig, aber die Furcht erstickte ihre Neugier. Sie konnte sich nicht über den Moment der Entdeckung freuen. Vorsichtig sah sie sich um. Über ihr klaffte ein Loch in der Höhlendecke, durch das noch immer Wasser und Schlick tropften. Unter ihr lag Düsternis, umgeben von grauen Steinwänden, und die grobgehauenen Stufen. Zu ihrem Erstaunen brach die Sonne durch die Öffnung in der Decke und leuchtete ihr den Weg heller als die Lampe in ihrer Hand. Noch bei ihrem Weg nach unten wich angestautes Wasser aus dem Treppenaufgang. Es musste Risse im Stein unter ihr geben.

War das der Zugang zum Grab des mythischen Heerführers der Goten?

Anna fand sich nach einem Dutzend Stufen vor einem enormen Stein wieder, der den Zugang zum eigentlichen Grab versperrte. Sie kannte diese Art von Konstruktionen und lehnte sich vorsichtig, aber fest dagegen. Er glitt im sandigen Schlick erstaunlich leicht zu Seite. Dahinter lag eine finstere Höhlung, die so hermetisch geschlossen gewesen war, dass der Fußboden in ihr trocken aussah.

„Los. Geh rein!", schnarrte der Mann mit der Pistole von oben. Er neigte sich in den Eingang der Treppe und konnte sichtlich nur noch mit Mühe ihren Weg verfolgen.

Anna fragte sich, warum er nicht selbst herunterkam. ,Wahrscheinlich fürchtet er, dass Notrettungsdienste und Helikopter kommen, um den Leuten im Tal zu helfen. Er muss Angst haben, dass man ihm den Rückweg abschneidet, und lässt deshalb mich vorgehen. Oder er fürchtet, dass die Grotte durch das Wasser instabil geworden ist.' Anna ließ den Strahl ihrer Lampe über das Innere der Höhlung gleiten und realisierte mit Erleichterung, dass die aufgetürmten Steine so mächtig waren, dass sie sich nicht verschoben hatten. Die massive Struktur würde nicht so leicht nachgeben. Ihre Füße versanken im Sand, aber ansonsten konnte sie bequem stehen. Sie befand sich in einem geräumigen Vorraum.

Dabei dachte sie vor allem an eines: Der Mann mit der Waffe konnte sie nun aufgrund der Biegung der Treppe nicht mehr sehen. Vor sich konnte sie nicht viel erkennen, ein weiterer Stein versperrte ihr den Weg ins Allerheiligste. Aber sie hielt sich nicht mit der Erforschung des Felsens und des eigentlichen Grabraumes auf. Ihr Leben war ihr lieber als alle Gotenschätze. Sie wollte nicht enden wie diejenigen, die das Grab Alarichs geschaffen hatten.

Sie drehte sich um und versuchte, einen Plan zu schmieden. Alles, was sie hatte, waren Steine und Schlamm. Sie kannte Therese nicht, aber hatte den Eindruck, dass die Botticelli-Venus ihres Bruders nicht nur Locken, sondern auch ein Gehirn besaß. Was ihr in den Sinn kam, war gewagt, aber der einzige Plan, den sie hatte. Sie löschte ihre Lampe, schlug kurzentschlossen mit einem losen Stein gegen die Wand und stieß einen Schrei aus. Dann ließ sie ihre Stimme in ein Wimmern übergehen, das schließlich verstummte. Sie lauschte.

„F… idiot", hörte sie den Bewaffneten von oben in Englisch fluchen. „Was ist los, ist was passiert?"

Stille.

„Hey, kommen Sie hoch, Sie Idiotin."

Stille. Lange Stille.

Dann hörte Anna zögernde Schritte.

Wie sie gehofft hatte, war es Therese. Der Bewaffnete hatte sie nach unten gesendet, um nachzusehen, was geschehen war. Sie wartete, bis Therese auf ihrer Höhe war, kam hinter dem Eingang des Grabes hervor, in dem sie sich verborgen hatte, und legte ihr die Finger auf die Lippen. Therese zuckte zusammen, aber verstand sofort. Nach einem kurzen Austausch von Gesten im Halbdunkel der engen Grotte stieß auch Therese einen Schrei aus und schwieg dann. Sie verbarg sich auf Annas Zeichen hin im Vorraum des Grabes. Anna selbst versteckte sich mit rasendem Puls hinter dem mächtigen Megalithen, den sie beiseite geräumt hatte.

Es schien eine Ewigkeit zu dauern, bis sie die Schritte des Kahlkopfes die Treppe herunterkommen hörten. Schritt für Schritt. Abwartend. Zögernd.

Sie wagten nicht zu atmen.

Therese kauerte auf dem Boden und grub beide Hände in den Boden, um ihrem Angreifer nassen Sand ins Gesicht zu schleudern. Anna hielt einen Stein über ihren Kopf, bereit, zuzuschlagen. Eine dunkle Schattengestalt tauchte auf der Treppe auf. Es war nur ein Umriss in der Dunkelheit. Anna zögerte keine Sekunde und schlug zu. Ein wilder

Wutschrei und ein dumpfer Laut zeigten ihr an, dass sie den Schädel des Mannes getroffen hatte. Zu ihrem Entsetzen schlangen sich jedoch die Hände des Mörders fest um ihren Hals. Verzweifelt rang sie um Luft. Sie versuchte, nach ihm zu treten und im Halbdunkeln auszumachen, wo sich die Pistole des Angreifers befand. Sie konnte nichts sehen.

Jemand sprang hinter sie. Es war Therese. Sie rieb mit brutaler Entschlossenheit Sand in die Augen ihres Peinigers. Dieser stöhnte auf, aber ließ nicht von Anna ab. Stattdessen hielt er Anna mit der Rechten gegen die Wand gepresst und griff Therese mit der Linken am Arm. Diese konnte in dem engen Treppenaufgang nicht ausweichen und seine Finger umfassten ihr Handgelenk wie ein Schraubstock. Anna hatte nicht erwartet, dass er so viel Kraft aufbringen könnte, sie beide in so kurzer Zeit niederzuringen. Mit einer unmenschlich wirkenden Anstrengung schleuderte er sie jedoch beide von sich fort in die Dunkelheit gegen den Eingang des Grabes. Eine Sekunde später fanden sie sich erneut im Angesicht seiner Pistole wieder.

„Schluss mit lustig. Entweder ihr schiebt den Stein beiseite, oder ich knalle euch ab", keuchte er wütend. Er wischte sich Sand und Blut vom

Gesicht. Seine weißen Zähne blitzten wie die Reißzähne eines wütenden Wolfs.

Sie hatten verloren. Es blieb ihnen im Moment nichts übrig, als gemeinsam zu versuchen, den Stein zu bewegen. Gelähmt von Panik gehorchten sie. Sie hatten Mühe, den Felsbrocken im Halbdunkel aus seinen Verankerungen zu heben. Ihre Hände glitten von der feuchten Oberfläche ab und die Kanten verletzten ihre Haut. Der Platz in dem Höhlengrab war eng und der Stein schwer. Erst nach langen Anstrengungen bewegten sie ihn schließlich mit Keilen und Hebeln, die ihr Angreifer ihnen zuwarf, durch den Schlick Zentimeter für Zentimeter beiseite. Und dann plötzlich glitt er nach rechts.

Das Grab Alarichs lag offen vor ihnen.

Kühler Empfang

Das Flugzeug landete mit einer halben Stunde Verspätung in Bologna. Die zwei Männer und die wesentlich ältere Frau verließen die Maschine mit Abstand. Man hätte nicht vermutet, dass sie sich kannten, ja seit Jahren Kollegen waren. Sie hatten wenig Gepäck dabei, ihre Gesichter waren verschlossen und sie schwiegen. Ihr Schritt war zielgerichtet.

Der Botschafter und sein Personal erwarteten sie in der Ankunftshalle. Er hielt sich mit Begrüßungen und Kommentaren zurück, nickte nur und wandte sich um. Mit schnellem Schritt ging er der kleinen Gruppe zu einem schwarzen Kleinbus mit verdunkelten Scheiben voran. In seinem Inneren drückte er den dreien kommentarlos Dokumente und Pistolen in die Hand.

„Sie wissen, wo er ist?", fragte die ältere Frau mit dem scharfgeschnittenen, ärgerlichen Gesicht. Ihre grauen Augen musterten ihr Gegenüber feindselig.

„Im Süden. Er war gestern noch hier. Er ist den örtlichen Carabinieri durch die Lappen gegangen, aber ich denke, wir haben zuerst in Ravenna Arbeit zu erledigen", antwortete der Diplomat und stieg auf den Platz neben dem Fahrer.

Hillel Kleitman, der Botschafter Israels in Italien, war ein Mann, der in den diplomatischen Kreisen in Rom gefürchtet war. Er verbreitete die Angst, die man ihn angewiesen hatte, zu verbreiten. Man kannte ihn als Bluthund. Er setzte die italienische Regierung und den Vatikan unter Druck, wann immer man dieses Drucks bedurfte und so wie man es von ihm erwartete. Kleitman war oft im

Fernsehen und in der Presse zu sehen. Man kannte ihn, ohne dass er diese zweifelhafte Berühmtheit persönlich schätzte.

In einer größeren Versammlung der diplomatischen Gesandtschaften in Rom hatte er vor aller Augen ein diskutiertes Vorschlagspapier in einem extra herbeigeholten und etikettierten Papierkorb versenkt. Er hatte sogar auf die Tische seiner Verhandlungspartner gespuckt. Wie man es von ihm erwartete. Er war gefürchtet und auf eine aggressive Art und Weise geschickt. Er versprach sich eine baldige Versetzung zu den Vereinten Nationen. Man war zufrieden mit ihm. Er bekam, was er wollte und was man von ihm verlangte. Das Drohwort Antisemitismus schloss viele Münder, die ihnen sonst wegen gewisser Machenschaften in den besetzten Gebieten Israels hätten gefährlich werden können.

Ora Hadas, die Frau, die die Delegation des Mossad leitete, musterte den schwarzhaarigen Diplomaten übellaunig. Sie kannten sich, aber sie mochten sich nicht. Hadas war erbarmungslos, Kleitman tat, was er tun musste, aber im Grunde seines Herzens blieb er Diplomat und hatte Grenzen. Und wenn er in seiner Arbeit mit dem Mossad an solch eine Grenze gelangte, war er nicht hinreichend untertänig. Hadas mochte selbstständig denkende Menschen nicht. „Sie glauben, die Lösung der Angelegenheit liegt in Ravenna?", zischte sie.

„Das glaube ich", antwortete Kleitman lakonisch. Auch er hatte seine Nachforschungen angestellt und er war nicht weniger begabt darin als Kierkegaard und die Leute des Mossad. Mehr sagte er nicht. Bevor er Ora Hadas einen Vorsprung gab, biss er sich lieber auf die Zunge. Wenn er hätte wählen müssen, wäre es ihm schwergefallen, zu sagen, ob ihm Kierkegaard oder Hadas mehr zuwider waren. Er seufzte lautlos. ‚Kierkegaard ist wenigstens irre. Hadas tut das, was sie tut, mit voller Absicht.'

Flucht

Das antike Grab war ein grob in den Fels gehauener Raum. In seiner Mitte befand sich eine steinerne Bank, die dazu gedient hatte, den Leichnam des Toten aufzubahren. Therese wagte nicht zu atmen. Grab und Bahre waren leer. Kein Leichnam, kein Schatz, noch nicht einmal die Spuren der bescheidensten Grabbeigaben schmückten den Raum. Er war nass, schlammig und gähnend leer. Wasser tropfte geräuschvoll von der Decke, ansonsten war es totenstill. Der Mörder, der sie gefangen hielt, stand hinter ihnen. Sie hörte sein rasselndes, wütendes Atmen.

Plötzlich hörte sie auf den Treppen des Grabes Rufe. „Ist da jemand? Melden Sie sich. Bergrettungsdienst ...“

Ihr Herz machte einen Sprung. Man hatte ihre noch immer auf der Felswand hängenden Kletterseile gesehen.

Ihr kahlköpfiger Angreifer, der stumm und grimmig das leere Grab beäugt hatte, begriff noch schneller als sie. Er hatte keinen Schatz zu erwarten, aber musste fürchten, festgenommen zu werden. Er stieß Anna beiseite und sprang in enormen Sätzen die Treppe hinauf.

Anna schrie: „Halten Sie den Mann. Er hat den Damm gesprengt.“

Therese ging noch weiter. Sie dachte an den toten Fabrizio, griff einen am Boden liegenden Stein und setzte dem Zweimetermann nach. Zwei Schüsse krachten jedoch umgehend und ließen den Fels um sie her splittern. Jemand riss sie an der Jacke zu Boden.

Es war Anna. „Bist du des Teufels. Sei froh, dass er weg ist und wir noch leben.“

Therese machte sich los, sprang auf und rannte nach oben. Das Adrenalin peitschte sie vorwärts, ungeachtet dessen, dass sie wusste, wie leichtsinnig ihr Handeln war. ‚So schnell entkommt mir der Kerl nicht.'

Der Mann erreichte den Zugang zur Höhle vor ihr und fand sich dort vor zwei verdutzten Mitgliedern des Bergrettungsdienstes wieder, die ihn mit offenen Mündern anstarrten. Therese wollte den beiden etwas zurufen, aber der schwarzgekleidete Verbrecher sprang bereits wie ein Blitz an ihnen vorbei auf den kleinen steinernen Altar an der Wand und von dort zur Höhlendecke. Er hielt sich an mehreren Vorsprüngen fest, zog sich mit trainierter Behändigkeit nach oben und verschwand durch das Loch, das der brechende Damm in die Decke der Höhle gerissen hatte.

Therese sah seine Beine nach oben verschwinden, bevor sie etwas tun konnte. Sie fühlte eisige Beklemmung in sich emporsteigen.

Der Geist von Ravenna war erneut entkommen.

Der Bischof ist erbost

Cariello machte sich am nächsten Tag mit einem Taxi auf den Weg, um dem Bischof von Ravenna einen morgendlichen Höflichkeitsbesuch abzustatten. Er hätte die Ausgrabungen um San Vitale fortführen sollen, aber durch sein gebrochenes Bein würde sich die Arbeit verzögern. Er wollte sich entschuldigen und beim Herrn des Kirchenkomplexes um Aufschub bitten.

Der Dom und der anliegende Bischofspalast waren ein hässliches barockes Gebäudeensemble, das die Touristen weniger aufsuchten als die berühmten gotischen Kirchen der Stadt. Diesmal begrüßte Cariello jedoch unerwartet lebhafte Geschäftigkeit. Vorhof, Treppen und Innenräume der Kirche und des angrenzenden Bischofspalasts wimmelten von schwarz gekleideten Leibwächtern. Ein Helikopter kreiste über allem und heulende Polizeimotorräder umzirkelten sie. In sicherem Abstand wohnte er dem Abgang einer Gruppe von Männern und Frauen bei, die in dunklen Anzügen durch einen Nebenausgang das Gebäude verließen. Das Ganze erweckte den Eindruck eines bewaffneten Überfalls. Er hätte sich nicht gewundert, den Bischof von Ravenna nackt und an die Heizung gefesselt wiederzufinden, als er schließlich zu ihm vordrang.

Der Prälat saß jedoch bekleidet und frei, wenn auch erschüttert in seinem Büro, als er eintrat. Wut zeichnete sein sonst so ehrwürdiges Gesicht. Die Adern auf seiner Stirn waren geschwollen und seine Lippen so fest aufeinandergepresst, dass sie weiß wirkten.

„Was für einer eigenartigen Szene habe ich hier beiwohnen dürfen, Monsignore? Ist Ihnen etwas passiert?", fragte Cariello, als er auf seine Krücken gestützt in den Raum humpelte.

„Und Ihnen, und Ihnen? ...", fragte geistesabwesend der Erzbischof mit Blick auf Cariellos schlammbespritzte Beinschiene. Der untersetzte grauhaarige Mann mittleren Alters schüttelte den Kopf und warf die Hände in die Luft. Erst versuchte er noch, sich zu beherrschen, dann machte er seinem Ärger gestikulierend Luft. „Sie haben da draußen gerade eine hochkarätige Delegation der israelischen Regierung gesehen, Botschafter inklusive. Diese Leute sind hier mit Pomp aufgekreuzt und haben mich geradeheraus beschuldigt, ich würde die Menora verbergen, diesen Leuchter, Sie wissen schon … das Original, wohlgemerkt!" Der Bischof hatte Schaum auf den

Lippen und sein Gesicht färbte sich beunruhigend rot. Er war außer sich.

Cariello stutzte, dann brach er in schallendes Gelächter aus. „Ich glaube, der Mossad ist ausnahmsweise einmal nicht besser informiert als wir. Das ist beruhigend ...!"

Der Bischof zog fragend die Brauen nach oben und hieß ihn mit einer Geste, sich zu setzen.

Nachdem Cariellos sich in einen Stuhl bugsiert hatte, erklärte er dem Bischof, was er vermutete, was passiert war. „Die Israelis wollen wissen, wo die Menora ist. Sie war angeblich Teil des Schatzes, den Alarich aus Rom plünderte. Dass der Leuchter ursprünglich in Rom war, beweist eine Darstellung auf einem Triumphbogen, der nahe dem Kolosseum steht und die Parade der siegreichen römischen Truppen zeigt, die gerade Jerusalem erobert und zerstört haben. Sie tragen den Schatz im Festzug mit sich. Die Juden haben die Zerstörung ihres Tempels, des zweiten Tempels wohlgemerkt, im Jahr 70 durch Titus, nie verwunden. Sie war der Beginn der Diaspora, der dann sechzig Jahre später nach dem Bar-Kochba-Aufstand in dem Verbot des Zutritts der Juden zu Jerusalem kulminierte. Die Juden hatten den Römern mit ihren Revolten und Guerillaangriffen das Leben zur Hölle gemacht und diese rächten sich. Seitdem gibt es Bemühungen, die Menora wiederzufinden. Heute werden diese vom israelischen Geheimdienst unterstützt, da die Menora essenzieller Bestandteil jüdischer Gottesverehrung ist. Sie ist ein Symbol des jüdischen Glaubens. Man hat daher an vielen Orten nach ihr gesucht. Der Tiber wurde betaucht und, wenn sie sich erinnern, hat man den Vatikan beschuldigt, den Leuchter zu verbergen. Der Papst hatte bereits die Ehre, Herrn Netanjahu dazu empfangen zu dürfen … ähem … müssen. Seien Sie froh, dass Ihre Delegation unter diesem Niveau blieb und die Zeitungen noch nichts von Ihrem Glück wissen."

Der Bischof riss die Augen auf. „Und wie kommen diese Leute auf die Idee, dass gerade meine Kirche den Schatz von Rom haben soll, wenn ich Sie richtig verstehe, dass es darum geht? Ich weiß von nichts …"

Cariello beugte sich vor und blickte dem Bischof in die Augen. „Sie wissen von nichts, Monsignore, aber der Pfarrer von San Vitale, Giovanni Domenico Rante, scheint etwas gewusst zu haben. Und jetzt ist er tot und der israelische Botschafter steht vor Ihrer Tür. Ich glaube, ich werde mich überwinden und meine Ausgrabungen doch schneller als beabsichtigt wieder aufnehmen."

Der Bischof bekreuzigte sich. „Ich helfe Ihnen, wo ich kann, Professor. Ich lasse mich weiß Gott von keinem Botschafter einschüchtern, noch nicht einmal von diesem schwarzhaarigen Bluthund, der sich betragen hat, als müsse ich ihm zu Diensten sein. Und was immer Sie auch Schatz nennen, es bleibt in meiner Kirche."

Ein Wiedersehen

Als Therese nach einer langen Reise im Zug wieder mit Anna am Bahnhof von Ravenna ankam, war sie zu Tode erschöpft. Die erschütternden Ereignisse an den Höhlen von Cosenza hatten sie Kraft gekostet. Sie hatten dem alten Mann in seiner tristen Trattoria die Nachricht vom Tod seines Enkelsohnes überbringen müssen. Fabrizios Kopf war auf den Steinen des Felshangs zerschmettert worden und die Flutwelle des Staudamms hatte ihn mitgeschleift. Fabrizio hatte schlimm ausgesehen, als sie ihn erreicht hatten, und sie waren betroffen gewesen, ihn so wiederzusehen. ‚Erschüttert und beschämt, ihn in dieses Abenteuer hineingezogen zu haben', dachte Therese.

Zusammen mit ihm waren sieben Menschen ums Leben gekommen, die das Wasser mit sich gerissen hatte. Ein Dutzend anderer war schwer verletzt worden, unter ihnen ein siebenjähriges Kind, das noch immer in Lebensgefahr schwebte. Die Erinnerung daran fraß Therese auf und saugte ihr die Kraft aus den Adern.

Die Nachricht von der schrecklichen Tragödie in der Schlucht bei Cosenza füllte landesweit die Nachrichten. Der Corriere della Sera brachte Sondersendungen und die Bilder waren in jedem Bahnhofsgebäude auf den Bildschirmen zu sehen. Der Mann, der mit mehreren außergewöhnlich starken Tiefenladungen die Höhlendecke durchbrochen hatte, die den Damm hielt, und damit den Tod all dieser Menschen verursacht hatte, wurde mit internationalem Haftbefehl gesucht. Eine Zeichnung seiner Züge, die nach den Beschreibungen von Therese und Anna angefertigt worden war, zirkulierte in den Medien. Es war derselbe, den Sergio Canali als den Mörder Rantes beschrieben hatte.

Therese fühlte sich benommen. Sie fragte sich, wie es zu dem allen gekommen war. Hatten sie eine Verantwortung für das, was der schatzsuchende Mörder in Cosenza getan hatte? Seufzend stieg sie hinter Anna aus dem Zug.

Die Carabinieri Ravennas waren von ihrer Rückkehr informiert worden und Chiara stand begleitet von Camarata am nächtlichen Bahnsteig. Chiara musste nicht fragen, wie es ihnen ging. Ihre erschöpften und betroffenen Gesichter sprachen Bände.

Anna hatte sich erneut mit schwarzem Kajal und Lippenstift dekoriert. Therese bemerkte den ängstlichen Blick der hochaufgeschossenen jungen Frau, als sie am Bahnhof nach ihrem Bruder Ausschau hielt. Cariello war jedoch nicht zu sehen. Nur die beiden Carabinieri.

„Wir haben Ihrem Bruder nicht gesagt, dass Sie aus Cosenza zurück sind", sagte Camarata zu Anna, der ihren Blick ebenfalls bemerkt zu haben schien. „Ich hoffe, Sie verzeihen uns. Der Professor ist seit seiner Entlassung aus dem Krankenhaus ständig auf den Beinen, oder vielleicht sollte ich besser auf den Krücken sagen. Ich habe ihn heute Mittag getroffen. Er hatte Mühe, die Nachrichten über die Geschehnisse in Cosenza zu verarbeiten. Ihr Bruder hat sich Sorgen gemacht ... Um Sie beide ... Ich fürchte, es ging ihm nicht gut, und ich denke, dass er Fieber hatte. Wir dachten, es ist besser, wir bringen Sie von hier zu ihm, statt ihn so spät am Abend noch einmal durch die Gegend zu jagen."

Das Gesicht Camaratas war ernst und fahl.

Therese nickte ihm verständnisvoll zu. „Auch Sie scheinen nicht viel geruht zu haben, Kolonel."

Camarata zuckte müde die Schultern. „Das ganze Land ist mobilisiert in der Suche nach diesem kahlköpfigen Mörder. Hier in Ravenna haben die Telefone nicht stillgestanden. Eine Sondersitzung jagt die andere. Unsere Ministerien sind zum Überkochen angeheizt durch den Druck der Medien, die über das Drama in Cosenza in allen Einzelheiten berichten und im Sekundentakt Bilder der Opfer und eilig anberaumter Gedächtnisgottesdienste senden."

Chiara seufzte. „Die Affäre ist auch intern überheizt durch diplomatische Verwicklungen mit einer Delegation aus Tel Aviv, die uns Sorge bereitet."

Therese runzelte die Stirn. „Aus Tel Aviv?"

Anna lachte bitter auf. „Sagen Sie nicht, es geht um die Menora?"

Chiara nickte. „Kommt, wir erzählen euch die Details auf dem Weg."

Die beiden Carabinieri begleiteten Therese und Anna zu einem wartenden Dienstfahrzeug. Therese ließ ihren Blick schweifen. Als sie Ravenna verlassen hatte, hatte es noch halb unter Wasser gestanden. Nun waren die Straßen wieder freigeräumt und sie kamen ohne Mühe voran, selbst wenn die Sandsäcke noch bereitgehalten wurden. Die Schneeschmelze war nicht vorüber und es hatte sogar an einigen Orten in den Alpen erneut geschneit. Trotzdem - die Stadt wirkte im sanften Schein der abendlichen Lichter unvergleichlich schöner als im strömenden Regen.

Sie fuhren direkt zu dem kleinen Hotel nahe der Basilika von San Vitale, in dem Cariello untergebracht war. Er saß, umgeben von drei Kissen und seinen Krücken, in der Bar des Etablissements und hob verblüfft die Brauen, als sie eintrafen. Er grüßte seine Schwester mit einem Hauch kühler Verlegenheit. Als er Therese sah, fiel seine Reaktion noch befangener aus. Seine Augenlider zuckten und seine Nasenflügel weiteten sich. „Therese! Sie sind auch wieder da …" Seine Augen schienen dunkler und verschlossener zu werden.

„Ich bin wieder da." Thereses Rücken wurde steif und alles in ihr brannte. Sie sprach betont frostig. „Es ist nicht für lange. Ich bin nur hier, um zu helfen, die Sache mit den Prunktellern zu einem guten Ende zu bringen." Sie wendete sich um und griff Anna am Arm. „Anna hat mir das Leben gerettet. Sie haben eine mutige Schwester, Professor, und es war mir eine Ehre, die letzten Tage mit ihr verbracht zu haben. Sie haben sicher von unseren Erlebnissen gehört."

Anna reagierte unerwartet emotional und drückte Therese an sich. Der Anblick des toten jungen Bergsteigers im Tal der Apenninen und der Gedanke an die zerschmetterten Körper der Wanderer, die man aus den Waldlichtungen getragen hatte, saßen ihnen noch in den Knochen. Therese hatte zusammen mit einem Helfer vom Bergrettungsdienst stundenlang um das Leben eines kleinen Jungen gekämpft. Solche Ereignisse vergaß man nicht.

Cariello bebte ob ihrer Geste. Seine Augenbrauen zuckten und er versuchte mühsam, aufzustehen.

Er wurde von Camarata wieder in die Kissen gedrückt. „Bleiben Sie, wo Sie sind, Professor. Auch Ihre letzten Tage waren nicht ohne Aufregung. Überlassen Sie den Rest der Ermittlungen den Carabinieri."

Chiara schob Anna und Therese in zwei Sessel, die sie um den Tisch Cariellos zog und setzte sich ebenfalls. „Von den Geschehnissen in Cosenza redet die ganze Welt - von dem Unglück und von der Entdeckung. Das Grab Alarich I. ist von so vielen Leuten gesucht worden und ihr findet es so mir nichts dir nichts in zwei Tagen!"

Therese schüttelte den Kopf. „Strenggenommen hat es der Mörder Rantes gefunden. Die in Frage kommende Höhle war den Einheimischen schon lange bekannt, aber erst diese kriminelle Missgestalt ist auf die aberwitzige Idee gekommen, es mit Gewalt freizuspülen."

„Und einen Gotenschatz haben wir auch nicht gefunden." Anna lächelte bitter. „Das Grab war zwar unter Busento-Sand begraben, wie von Jordanes beschrieben, aber es muss bereits vor langer Zeit geplündert worden sein. Es war gähnend leer. Unser Ruhm wird sich in Grenzen halten und der Schock überwiegt die Freude bei Weitem." Sie überkreuzte ihre langen, in schwarze Lederhosen gekleideten Beine.

„Gibt es eine Spur zu dem Mörder?", murmelte Cariello.

Camarata zuckte die Schultern. „Die beste Spur haben Sie uns durch den Hinweis auf den Erzbischof von Ravenna und die israelische Delegation geliefert. Wir haben in diese Richtung ermittelt und siehe da, ein Mann mit Namen Dan Kierkegaard ist vor einem Jahr von Tel Aviv kommend nach Italien eingereist. Laut unserer eigenen Geheimdienste ist der Mann zwar Niederländer, aber auch ein Kontaktmann des Mossad. Er ist möglicherweise immer noch im Land. Er steht im Verdacht, in seiner Jugend radikalen religiösen Gruppierungen angehört zu haben. Er glaubt laut unseren Geheimdienstleuten, dass wer die Menora besitzt, der Messias sei. Und er ist den Israelis wohl jetzt genau wie uns ein Dorn im Auge. Die Beschreibung, die wir von diesem Kierkegaard haben, könnte auf unseren Schurken passen. Der Mossad sucht nach seinem schwarzen Schaf ...“

„Alle Achtung“, meinte Anna. „Dann denken Sie, der Kerl könnte Rante wegen dieser Geschichte mit der angeblich im Schatz Alarichs versteckten Menora umgebracht haben? Das ist absurd! Der Gotenschatz umfasste alle Reichtümer Roms, die Güter aller Tempel und kaum gegründeten Kirchen, Tonnen von Gold und Silber - und der Mann jagt einem Leuchter hinterher?“

Cariello lachte mit zynischer Ironie. „Einem Leuchter, den man in der Bibel beschreibt und dem man magische Kräfte nachsagt. Es heißt, der Schatz des Tempels brächte den Messias herbei. Und das würde zumindest erklären, warum der Mörder am Gold der Prunkteller nicht interessiert ist. Es geht ihm nicht ums Geld und auch nicht um ihre Bedeutung als antike Kunstwerke."

Camarata schüttelte den Kopf. „Der Junge, der die Missorien vor dem Mord an Rante gesehen hat, hat darauf keine Prägungen eines siebenarmigen Leuchters gesehen. Es gibt nach meiner Ansicht keinerlei Anhaltspunkt, dass sich die Menora hier in Ravenna oder in Cosenza befände."

Cariello nickte. „Sie kann auf einem Schiffswrack liegen oder eingeschmolzen worden sein. Der Mord ist von einem Vabanque-Spieler verübt worden, der auf eine alte Legende wettet und dem ein menschliches Leben dabei nichts bedeutet."

Chiara sah Anna und Therese an. „Als ihr diesen Mann dort bei Cosenza in der Höhle gesehen habt, hattet ihr da den Eindruck, dass er geistig gesund ist?"

Anna lachte auf. „Gesund? Ist es gesund, Staudämme zu sprengen und Leute mit Pistolen in alte Gräber zu scheuchen? Er ist brutal und ohne jeglichen Skrupel. Das kann ich bestätigen. Wenn ich euch richtig verstehe, Chiara, ist er ein radikaler Fundamentalist. Ein Gläubiger des Jüngsten Tages, der es satthat, auf das versprochene Zeichen zu warten und es sich einfach selbst herbeizaubern will?"

Cariello sprach leise, als er erneut das Wort ergriff. „Dieser Kierkegaard könnte ein Anhänger eines sogenannten Doomsday Kultes sein. Wenn der Jüngste Tag, auf den diese Kulte so sehr hoffen, nicht kommt, dann begehen die Anhänger zuweilen Unsagbares. Weltuntergangskulte werden auch Apokalyptik oder Millenarismus genannt. Sie sagen entweder Katastrophen vorher oder versuchen, sie herbeizuführen, um die Welt zu zerstören. Die Gläubigen geben beim Warten auf den Jüngsten Tag so viel auf, dass sie ab einem gewissen Zeitpunkt nicht mehr zurückkönnen. Einer der bekanntesten Fälle ist der der Sonnentempler in der Schweiz. In vier voneinander getrennten Massakern kam es zum Tod von 74 Menschen, teils ermordet, teils von eigener Hand getötet. Diese Leute, die ihr Leben und das ihrer Kinder für den Unsinn gaben, meinten, den Rosenkreuzern anzugehören und nach einem Zwischenhalt auf dem Sirius wiederaufzuerstehen, weil sie ewig seien."

Camarata winkte brummend ab. „Solche Fälle gibt es immer wieder. Die Davidians lieferten sich 1993 eine wochenlange Schlacht mit den amerikanischen Behörden bei der Belagerung ihrer Siedlung in der Nähe von Waco in Texas. 82 Mitglieder kamen zu Tode, einschließlich vieler Kinder und ihres

Anführers David Koresh. Beim Massaker von Jonestown in Guyana, in dem die Mitglieder der Vereinigung des Peoples Temple 1978 Mord oder Selbstmord begingen, war es noch schlimmer. Über 900 Menschen kamen dabei ums Leben, einschließlich fast dreihundert Kindern. Die haben sich einen ganz privaten Jüngsten Tag gebastelt. Mit Zyankali."

Stille senkte sich über die kleine Gruppe.

„Ich würde gern wissen, was dieser Kierkegaard jetzt tun wird", sagte Therese mit hohler Stimme. „Die Prunkteller scheinen ihn nach Cosenza gelockt zu haben. Dort hat er nichts gefunden. Wird er in Cosenza oder in Ravenna weitersuchen? Nach alledem, was geschehen ist? Und wie weit wird er dabei noch gehen?"

Camarata sah sich nach dem Kellner um. Die Unruhe fraß ihn sichtlich auf. Auf dem Tisch vor Cariello stand ein Glas Rotwein, das Camarata seit ihrer Ankunft musterte wie ein Verdurstender. Mit den Tränensäcken unter den Augen und den tiefen Falten wirkte er auf Therese zu Tode erschöpft. Noch bevor er die Aufmerksamkeit der Bedienung auf sich lenken konnte, klingelte sein Telefon.

Er nahm ab und lauschte angespannt in den Hörer, aus dem eine aufgeregte Stimme zu hören war. Als er wieder auflegte, hatte sich sein derbes Gesicht verfinstert und der Wein war vergessen. „Ich glaube, ich kann euch sagen, wo unser Mörder ist und wo er jetzt nach dem Schatz sucht ... Der Franzose, mit dem Sie vor zwei Tagen so nett über Gotenkronen gefachsimpelt haben, ist ermordet worden, Professor. Seine Frau hat gerade seinen Leichnam entdeckt. Gehäutet und verstümmelt."

Er stand auf. Sein bleiches Gesicht sprach Bände. Er und Chiara verabschiedeten sich und hasteten zur Tür.

Bergés Frau

Vor der in der Nacht hellerleuchteten Wache der Carabinieri war die Hölle los. Als Camarata und Chiara anlangten, fuhren bereits mehrere Dienstwagen mit heulenden Sirenen in verschiedene Richtungen davon. Eilig aus anderen Städten hinzugezogene Einsatzkräfte stürmten die Treppen hinauf zum Erfragen von Anweisungen und hinunter, um sie auszuführen. Uniformierte und Vermummte befanden sich überall. Als sie in die Büroräume traten, kam ihnen Ugo Petroselli, der übergewichtige Luogotenente, entgegen. Trotz der kühlen Temperaturen der Nacht stand ihm Schweiß auf der Stirn und er war leichenblass. „Wir richten Straßensperren und Passkontrollen ein", schnaufte er. „Es eilt. Jedermann ist an Deck. Diesmal entkommt uns der Kerl nicht."

„Fahren wir zum Tatort?", fragte Chiara.

„Gleich. Sie sollten erst mit der Frau dieses Franzosen reden. Man hat mir gesagt, Sie sprächen Französisch?"

Camarata nickte, Chiara relativierte ihre Kenntnisse mit einer begrenzenden Handbewegung. Petroselli winkte ihnen, ihm zu folgen.

Die Ehefrau Bergés war eine kleine, füllige Person mit kurzen rotgefärbten Haaren. Man sah ihr an, dass sie aus kleinbürgerlichen Verhältnissen stammte: Ihr Lippenstift war zu rot und ihre Kleidung zu billig. Ihre Mascara war verschmiert und bedeckte ihre Wangen mit schwarzen Streifen. Sie schluchzte mit den Händen vor den Mund gepresst. Eine ältere Carabiniere saß neben ihr und versuchte, sie zu beruhigen.

„Sie ist vor einer halben Stunde hier aufgetaucht, völlig außer sich", flüsterte Petroselli seinen Kollegen auf Italienisch zu. Dann begrüßte er, lauter sprechend, die Frau des Opfers. Sein

Französisch war rudimentär. „Frau Bergé. Ich bringe Ihnen unsere Spezialisten. Sie sprechen Ihre Sprache besser als ich." Er nickte Camarata zu.

Camarata setzte sich schwer ächzend der weinenden Frau gegenüber. Sein derbes Gesicht ließ keine Regung des Mitgefühls erkennen, nur nüchterne Amtlichkeit. Er hatte Angst, dass, wenn er der Frau sein Beileid aussprechen würde, sie für den Rest der Nacht hysterisch und unansprechbar werden könnte. „Mein Name ist Camarata. Ich bin Kolonel der Carabinieri. Ich habe vor zwei Tagen mit Ihrem Mann gesprochen. Wissen Sie, warum er hier in Ravenna war?"

Die Frau schluchzte auf und starrte ihn einen Moment benommen an. Dann nickte sie. „Wegen dieser irrsinnigen Geschichte von einem Schatz. Er hat seit Jahren den Hort der alten Goten gesucht. Als ob er nichts Besseres zu tun gehabt hätte! Ich habe ihm immer gesagt, dass er sich eines Tages Ärger einhandeln würde. Immer mussten wir in langweilige Orte fahren und dort tagelang herumsitzen, schauen, beobachten, Leute ausfragen. Man wurde ganz argwöhnisch bei diesem Zeug. Ich dachte, das sei alles Unsinn, aber man hat meinen Mann umgebracht, Kommissar. Umgebracht!"

Sie brach erneut in Tränen aus, klammerte sich an den Spanplattentisch und rang nach Luft.

Chiara, die sich neben Camarata und Petroselli gesetzt hatte, legte ihr die Hand auf den Arm, um sie zu beruhigen. Ihre dunklen Augen waren voller Mitleid. „Wir können den Mörder Ihres Mannes nur finden, wenn wir alle Details kennen", sagte sie in gebrochenem Französisch. „Bringen Sie es über sich, uns von Anfang an zu erzählen, was Ihren Mann hier nach Ravenna geführt hat?"

Die Frau nickte und versuchte, sich zusammenzureißen. In dem kahlen Neonlicht des Verhörraums wirkte ihr Gesicht fahl. Sie rang ein Taschentuch in den Händen und machte den Rücken steif. „Ich verstehe. Ich beginne von vorn. Mein Mann suchte zum Zeitvertreib einen historischen Schatz. Einen ganz bestimmten, von den Goten, die vor den Franken in Frankreich geherrscht haben. Letztes Jahr hat er bei einem unserer Urlaube in einem Dorf im Süden Frankreichs einen älteren italienischen Geistlichen kennengelernt. Der Mann war so mager ... Das hätten Sie sehen müssen. Aber er hat sich sofort mit meinem Mann verstanden und die beiden haben die ganze Zeit unseres Aufenthalts über zusammengesessen, wie aneinander geschmiedet, immer mit den Augen auf Schatzkarten und den Nasen in Büchern. Ich war Luft."

Camarata unterbrach sie. „Der Ort hieß Rennes-le-Chateau?"

Die Frau nickte. Ihre Stimme klang schärfer. „Das ist so ein Ort, wo man den Gotenschatz sucht. Ich kann Ihnen versichern, dass mein Mann ihn dort nicht gefunden hat. Aber ich kenne jeden öden Wanderweg der Gegend, jede Bar und jedes verfallene Grundstück." Sie schniefte unter Tränen. „Vor ein paar Tagen hat mein Mann eine Nachricht von diesem Geistlichen erhalten." Sie holte ein Telefon heraus, das mit seinen Militär-Aufklebern einem Mann zu gehören schien. Sie schaltete es an und legte es vor die Carabinieri. „Ich kenne das Passwort meines Ehemannes. ‚Alarich' war nicht schwer zu erraten."

Die Carabinieri beugten sich zu dritt über den Bildschirm. „*Habe entscheidende Spur. Brauche Kronen. Habe zweiten Teller und Nummer drei*", stand dort geschrieben.

„Was heißt Nummer drei? Und warum spricht er von mehreren Kronen?", fragte Chiara.

„Das mit den Kronen kann ich erklären, auch wenn wir dann wohl Ärger bekommen", seufzte die Frau Bergés.

Camarata musterte sie stumm und nickte ihr auffordernd zu.

Sie holte tief Luft. „Mein Mann hat vor ein paar Jahren in Spanien gearbeitet. Wir wohnen unweit der spanischen Grenze, er spricht die Sprache gut." Sie schluchzte auf. „Ich meine, er sprach sie gut." Sie stöhnte, rieb über ihre gerötete Stirn, aber riss sich zusammen. „Kurz und gut, er war oft in Madrid. Ein Freund hat ihm dort die Gelegenheit gegeben, einen Artikel zu schreiben, über sein liebstes Thema – die Schätze der Goten. Der Artikel war ein Scherz, aber meinen Mann hat es gefreut ..."

Camarata schwante, um welchen Artikel es sich handelte. „Guarrazar?", fragte er.

Die Frau sah ihn erstaunt an. „Sie wissen davon? Ja, er schrieb in dem Artikel, man habe eine gestohlene Krone aus dem Hortfund von Guarrazar wiedergefunden. Mein Mann hat mir das erst ein paar Monate später erzählt. Als er mir gestanden hat, was dann passierte."

Die Frau hatte nun die ganze Aufmerksamkeit der Carabinieri. Man hätte eine Stecknadel fallen hören können. Ihre kleinen blauen Augen musterten die Ermittler, dann rang sie sich dazu durch, weiter zu berichten. „Wie zu erwarten war, hat er mehrere

Nachrichten interessierter Leser erhalten. Man hat ihn gefragt, wo man die Krone sehen könne, wie man sie denn gefunden hätte. Und so weiter. Viele Leute haben den Artikel für bare Münze genommen. Und dann hat mein Mann eines Abends einen Anruf bekommen. Woher dieser Anrufer unsere Telefonnummer hatte, war nicht herauszufinden. Wie auch immer - er war aggressiv. Er sprach Englisch und mein Mann kann kaum Englisch. Ich kann es gar nicht. Ich erinnere mich, als wäre es gestern gewesen. Wir saßen am Abendbrottisch und mein Ehemann erhielt diesen Anruf. Erst hat er ganz normal gesprochen, dann ist er immer bleicher geworden. Man hat ihn bedroht."

Die kleinen verwaschenen Augen der Frau musterten die Carabinieri ernst und sie wirkte nicht mehr provinziell und verstört. Sie schien sich im Klaren zu sein, wovon sie sprach. „Der Mann am anderen Ende der Leitung hat meinem Ehemann rundheraus gesagt, dass er ihm die Krone aus dem Scherzartikel verschaffen solle, sonst würden wir alle ‚abgeknallt'. Unsere beiden Töchter zuerst. Er wusste, wo wir wohnten, und kannte die Namen unserer Kinder. Die normalen Leute wussten noch nicht einmal, wer den Artikel geschrieben hatte, und die Nachrichten für den Autor, also meinen Mann, wurden anonym weitergeleitet."

Camarata lehnte sich über den Tisch. „Wie hat Ihr Mann reagiert?"

„Er wurde panisch. Der Anrufer war zu gut informiert. Mein Mann hat gestammelt, dass der Artikel ein Spaß gewesen sei. Er erwähnte eine angebliche Nachricht. Sie besagte so etwas wie, dass ein Hellebardenträger die Krone versteckt habe, und wiederholte zweimal das Wort ‚unschuldig'. Der Scherzartikel war am Tag der Unschuldigen veröffentlicht worden, dem dia de los inocentes. Dieser Tag erinnert an die Abschlachtung der Kinder in Bethlehem, aber heutzutage ist das ein Tag, an dem man in Spanien Scherze macht, wie anderswo am ersten April. An diesem Tag werden in Spanien traditionell falsche Artikel in der Presse veröffentlicht. Verstehen Sie?"

Camarata nickte.

„Aber der Anrufer hat das nicht verstanden. Er war kein Spanier. Er hat nicht von meinem Mann abgelassen. Am nächsten Tag lag eine tote Katze auf unserer Schwelle. Dann hat jemand unsere Töchter nach der Schule angesprochen und ihnen ein Paket mitgegeben. Es lag ein Ohr darin. Ein menschliches Ohr! Die Polizei hat das ernst genommen, aber hat nicht viel tun können. Das ging eine ganze Weile so. Und dann geschah noch etwas anderes …"

Die Frau begann, sich vor und zurück zu wiegen. „Als mein Mann wieder in Madrid war, hat er die Sache den Leuten von der Zeitung erzählt, in der er den Artikel veröffentlicht hatte. Und die haben gesagt, es habe noch weitere Personen gegeben, die ihn kontaktieren wollten. Ein alter Herr sei vor allem mehrfach vorbeigekommen und habe darauf bestanden, ihn zu sprechen. Die Zeitungsleute hatten ihn weggeschickt, aber hatten seine Telefonnummer aufbewahrt. Mein Mann hat diesen Greis ausfindig gemacht. Er hat gehofft, er könnte ihm einen Hinweis auf unseren Erpresser geben. Aber das war es nicht, was der Alte wollte …"

Cariello ist verlegen

Nach dem Abgang der beiden Carabinieri saß Cariello steif in seinem Sessel in der kleinen schummrigen Bar seines Hotels, dass er Therese fast leidtat. Ihr aristokratisch distanzierter Professor war plötzlich mit den zwei jungen Frauen konfrontiert, die sein Leben in Aufruhr brachten, und hatte sichtlich nicht damit gerechnet, beiden auf einmal gegenüberzusitzen. Für einen Augenblick herrschte lastendes Schweigen.

Therese brach es schließlich und räusperte sich, als wäre alles in bester Ordnung und als wisse sie von nichts. Sie versuchte, freundlich zu lächeln. „Sie haben mir nie Ihre Schwester vorgestellt, Professor. Haben Sie noch weitere Geschwister?"

Ein finsterer Blick aus glühenden Augen traf sie. „Einen Bruder." Cariello musterte sie und Anna grimmig und schweigsam.

Anna lachte angesichts seiner Lähmung bitter auf. Ihre Stimme klang provozierend und schneidend. „Keine Angst, Bruderherz. Ich habe ihr nichts von dir erzählt und habe keine der dunklen Geheimnisse unserer Kindheit ausgeplaudert." Sie lehnte sich über den Tisch, klopfte spottend auf seine Hand, stand auf und wendete sich zum Gehen.

Therese fühlte sich beschämt, Cariellos Bewegungsunfähigkeit auszunutzen. Trotzdem stand sie auf. Sie hatte Angst, mit ihm allein zurückzubleiben und ihr Herz schlug bis zum Hals. So nah war sie seinen Emotionen noch nie gewesen und plötzlich war sie sich nicht mehr sicher, was sie wollte. Wollte sie Cariello noch nahe sein? Dass der erhabene Professor von Weltruf zum

Normalsterblichen herabsank, machte ihr Angst.
Sie spürte, dass Cariello kochte vor Wut, aber
gleichzeitig in seinen Grundfesten erschüttert war.
Und sie bereute ihre Kälte ihm gegenüber.

Sie sah zu Anna. „Wo übernachtest du? Ich habe
noch bis zum Ende des Monats ein Apartment hier
in Ravenna gemietet. Willst du bei mir schlafen? Es
gibt ein großes Kanapee."

Anna lächelte und ihr zuvor so provokant eisiges
Gesicht schien wie verwandelt. „Es wäre mir eine
Freude."

Cariello erhob sich mit Mühe aus seinem Sessel
und stand ihnen in seiner ganzen Größe gegenüber.
Er versuchte, die beißenden Schmerzen in seiner
Hüfte zu ignorieren und sah stattlich aus, wie er da
in dem gedämpften Licht der Bar stand,
breitschultrig, dunkeläugig und steif wie ein
Gardeoffizier. „Ihr verbündet euch gegen mich, ja?"
Er versuchte zu lächeln, aber das Lächeln drang
nicht in seine Augen vor. „Bevor Anna Ihnen alles
über mich erzählt, Therese, lassen Sie mich Ihnen
versichern, dass ich meine Schwester verehre. Ich
bin erleichtert, dass die Sache in Cosenza glimpflich
abgegangen ist. Ich hätte mir nie verziehen, wenn
einer von Ihnen beiden etwas geschehen wäre und
ich Sie so allein dort hinunter in den Süden hätte

fahren lassen, ohne Schutz einem Mörder ausgeliefert …"

Therese musterte ihn und Erheiterung kam in ihr auf. Cariello war besorgt, dass sie beide ihn allein lassen könnten. Sie und Anna. Er schien dies als Machtverlust zu empfinden. Sie lächelte. „Keine Sorge. Wir sind mit dem Mörder auch ohne Sie fertiggeworden, Professor. Schlafen Sie gut. Wir sehen uns sicher in den nächsten Tagen, bevor ich wieder abreise. Wenn nicht, sende ich Ihnen zum Abschied eine kurze Nachricht."

Anna hakte sich bei ihr unter und zog sie mit sich.

Cariello blieb zurück. Mit lähmenden Liebesschmerzen in den Adern. Die beiden Frauen seines Lebens drohten ihn zu verlassen … Und er war unfähig, sich der Frage zu stellen, was er dagegen tun sollte.

Überraschende Enthüllungen

Das Licht, das aus dem Verhörbüro der Carabinieri drang, leuchtete einsam über die langen Korridore. Es war fast Mitternacht und die Wache war verwaist. Wer im Dienst war, war auf der Jagd nach dem Mörder Rantes. Nur in einem kleinen

Raum mit kahlen Wänden saßen noch immer fünf Personen mit fahlen, angestrengten Gesichtern. Es waren die vier Carabinieri und die Frau Bergés. Was die untersetzte Französin zu berichten hatte, war explosiv.

Sie sprach rau und leise und rang dabei angespannt die Hände. „Der Greis, zu dem mein Mann sich in Madrid begab, wusste nicht, wer uns bedrohte. Er hatte mit der schrecklichen Stimme am Telefon nichts zu tun. Es gab einen anderen Grund, warum er meinen Mann als Autor dieses Scherzartikels kontaktiert hatte. Er wollte ihm etwas verkaufen." Sie holte tief Luft und fuhr sich über das gerötete, vom Weinen verschwollene Gesicht. „Der Mann besaß sie, die echte Krone Suinthilas. Die, von der mein Mann in seinem Artikel fabuliert hatte … und die der Erpresser von uns haben wollte."

Erstauntes Gemurmel entfuhr den Carabinieri.

Camarata brummte: „Er bot Ihrem Mann eine Gotenkrone zum Kauf an?!" Damit hatte er nicht gerechnet.

Bergés Frau sah ihn an und nickte. „Soweit mein Mann es mir erzählt hat, hatte der Vater des Greises die Krone 1921 aus dem Hortfund von Guarrazar gestohlen, aber er tat es nicht aus Gier. Er war Restaurator in dem Museum, in dem man die

Krone aufbewahrte und ein Sammler, ein verrückter Fanatiker der Geschichte der Goten, so wie mein Mann. Er hat den Reif nicht wegen Gold und Edelsteinen gestohlen, sondern wegen eigenartiger, eingeritzter Zeichen … Er hatte sie beim Reinigen des Juwels entdeckt. Eine Art von sehr alter Patina aus Harz hatte sie überdeckt. Jemand hatte versucht, sie zu verbergen, und hatte das Kleinod zudem abgeändert. Die Anhänger an ihm waren jünger als die Krone selbst."

Camarata runzelte die Stirn. „Das heißt die Krone war nicht von diesem, diesem …" Er suchte nach dem Namen. „Suinthila?"

„Die Anhängsel geben den Namen des Gotenkönigs Suinthila als den Stifter der Weihekrone an, aber der Reif selbst stammt, wie es scheint, nicht von ihm. Suinthila lebte lange nach Theoderich. Der Restaurator meinte jedoch, der Reif stamme eigentlich aus Theoderichs Zeiten. Mein Mann hat mir die Geschichte immer wieder vorgekaut. Damals interessierte mich das kaum. Aber jetzt – ich denke, das kann wichtig für Ihre Ermittlungen um seinen Tod sein, nicht wahr?" Die geröteten Augenlider der Frau zuckten.

Die Carabinieri nickten schweigend.

Sie wiegte sich vor und zurück und fuhr fort. „Das ist noch nicht alles, was der alte Spanier zu erzählen hatte." Sie räusperte sich, bemüht, trotz ihrer verschwollenen Nase ruhiger zu atmen. „Der Mann besaß eine weitere Krone. Der Schatz von Guarrazar hatte ursprünglich sechsundzwanzig goldene Kronen umfasst. Ein großer Teil wurde von dem Finder, einem vierzigjährigen Arbeiter, in Stücke zerlegt und unter der Hand verkauft. Ein Teil wurde von den spanischen Behörden entdeckt und kam nach Madrid ins Museum. Zehn Kronen jedoch hatte ein Freund des Entdeckers nach Paris verkauft, an die französische Regierung. Diese hat sich später entschieden, fast alle Kronen wieder an Spanien herauszugeben. Nur dass das nicht aus gutem Willen geschah …"

Die Frau versicherte sich mit einem Blick, dass die Carabinieri ihr zuhörten. Sie waren ganz Ohr. Camarata wunderte sich, dass sie so gut über die Passion ihres Mannes unterrichtet war. Im Stillen bewunderte er die Kraft dieser einfachen, billig gekleideten Frau, die tapfer versuchte, mit dem Tod ihres Mannes fertig zu werden.

Bergés Frau nahm einen Schluck Wasser, aber ihre Stimme zitterte nichtsdestotrotz. „Nachdem die spanische Regierung vom illegalen Verkauf des Schatzes von Guarrazar erfahren hatte, forderte sie die Rückgabe der Kronen von Frankreich. Lange tat sich nichts und Frankreich stellte sich taub. Erst 1941 verhandelte die Franco-Diktatur erneut mit ihm, mit dem Vichy-Regime. Zwischen den beiden Regierungen wurde eine Vereinbarung getroffen, aufgrund derer sieben der zehn Kronen von Guarrazar zurückkehrten. Im Gegenzug erhielt die französische Regierung Bilder von Velázquez, El Greco und Goya. Heute hat das Cluny-Museum in Paris noch drei Kronen und ein paar Anhänger. Der Rest kam nach Hause, nach Spanien."

Camarata nickte. „Und warum geschah das nicht aus gutem Willen?"

„Die Sache ist mehr als merkwürdig. Soweit ich weiß, hätte Frankreich nie und nimmer einen so wertvollen Schatz herausgegeben, selbst nicht gegen die Goyas."

„Aber die Vichy-Regierung wurde gezwungen?"

Bergés Frau nickte. „Von Heinrich Himmler. Mein Mann erzählte mir, dass Franco den Oberbefehlshaber der SS im Oktober 1940 empfangen hatte. Neben politischen Angelegenheiten kam Himmler mit dem ausdrücklichen Auftrag von Adolf Hitler, sich mit ‚okkulten' Themen zu befassen. Hitler war überzeugt, der Besitz des magischen Schatzes der Goten würde ihm den Sieg im Krieg verschaffen."

„Himmler suchte nach dem Hort der Goten?"

Erneut nickte Bergés Frau. „Er besuchte dazu das archäologische Museum in Madrid und studierte dort eine Karte der gotischen Invasionen. Er suchte etwas und bat den Direktor des Museums um mehrere Kopien …"

„Was suchte er?"

„Ich weiß es nicht und zweifle, ob es überhaupt jemand weiß. Vieles blieb geheim. Fakt ist - Himmler zwang Frankreich, sieben der gestohlenen Kronen zurückzugeben. Sechs gehörten von da an Madrid, der siebten Krone war jedoch ein anderes Schicksal bestimmt. Diese siebente Krone sollte von Madrid nach Berlin gehen."

„Himmler hatte diese Krone für sich ausgesucht?"

Bergés Frau nickte und ihre Augen glänzten beklommen. „Als der Vater des Greises, mit dem mein Mann sprach, diese Krone schweren Herzens zur Versendung nach Deutschland vorbereitete, erlebte er eine Überraschung. Er entdeckte erneut Zeichen unter einer antiken Patina. Sie befanden sich nur auf dieser einen Krone und die Symbole ähnelten denen, die er auf der anderen Krone gefunden hatte. Der, die man Suinthila zuschreibt. Der Vater des Greises hielt die Krone daraufhin zurück, statt sie zu versenden. Er meinte, die beiden Kronen würden eine geheime Nachricht enthalten."

„Woher wusste Himmler überhaupt von den Zeichen?"

Bergés Frau zuckte die Schultern. „Es ist unklar, wie die Deutschen das wissen konnten, aber vielleicht hatten sie genauso wie die Spanier gute Restauratoren. Der katastrophale Verlauf des Krieges ließ sie die Krone vergessen, während die Spanier dachten, sie wäre versendet worden. Und so hatte der Vater des Greises die siebte Krone noch immer in seinem Besitz, als der Krieg endete …"

Gebannte Stille hing über dem Raum. Bergés Frau hüstelte und zögerte, bevor sie weitersprach. „Mein Mann hat dem Greis beide Kronen abgekauft", sagte sie schließlich und senkte schuldbewusst die Augen. „Für ein Vermögen. Er musste einen halsbrecherischen Kredit aufnehmen, um sie zu bezahlen, und hat sie trotzdem für nicht ein Hundertstel ihres wahren Wertes bekommen. Sie waren Diebesgut und ich war außer mir, auch wegen des Geldes … Aber wie auch immer, bis heute Mittag lagen sie im Koffer in unserem Hotel."

Camarata schlug knallend mit der Hand auf den Tisch, stöhnte auf und fuhr sich übers Gesicht. Petroselli tippte eilig Nachrichten an seine Leute in sein Telefon. Chiara biss sich auf die Lippen. Man suchte nicht mehr nur einen Mörder, sondern auch zwei goldene Kronen.

Der Luogotenente warf Camarata und Chiara einen vielsagenden Blick zu und legte sein Telefon beiseite. Sein Ton war nüchtern, als er sich an die Frau wandte. „Ich denke, Sie haben die Kronen gesehen, Madame Bergé. Wie sahen sie aus und was wusste Rante von ihnen?"

„Rante?"

„Der Geistliche, den Ihr Mann in Rennes kennengelernt hatte."

Die Frau seufzte und rang erneut die Hände. „Ich habe nur ein gezeichnetes Bild der Kronen. Man nennt den zweiten Reif auf dieser Zeichnung die Krone Theoderichs. Die Illustration wurde angefertigt, als man die Kronen im 19. Jahrhundert gefunden hat." Sie kramte in ihrer Handtasche und holte einen zerknüllten Zettel hervor. Sie glättete ihn und legte ihn auf den Tisch.

„Ich habe das Bild in den Sachen meines Mannes gefunden. Er hatte es mitgebracht, um es dem Geistlichen zu zeigen. Er vertraute ihm nicht und hatte Angst, ihn mit den echten Kronen in der Hand zu treffen. Mein Mann hat gesagt, der Geistliche habe die dritte Krone und jetzt hätten sie die ‚getrennte Dreieinigkeit'. Jetzt würden sie das Rätsel lösen."

Chiara suchte auf ihrem Telefon ein Bild der Krone heraus, die Rante gefunden hatte. Sie legte es neben das Bild der Kronen aus Madrid.

„Zusammengefügt ergeben die drei Kronen angeblich eine Nachricht", sagte die Französin leise. „Mein Mann meinte, die zwei Kronen aus Guarrazar und die dritte Krone von Rante gehörten zusammen. Auf dem Bild sieht man das nicht, aber es gibt Inschriften in ihrem Metall. Er glaubte, alle drei Kronen seien von Theoderich und stammten ursprünglich aus dessen Grab …"

Die Leiche Bergés

Als die drei Carabinieri weit nach Mitternacht vor dem altertümlichen Hotel in einer Seitengasse der Altstadt ankamen, in dem man den Leichnam Bergés gefunden hatte, war die Spurensicherung bereits abgeschlossen. Giuzio kam ihnen entgegen, in einen weißen Schutzanzug gekleidet und eine

Atemmaske vor dem Mund. Er zog sie herunter und wischte sich den Schweiß ab. Weißer Dampf stieg vor seinem Mund auf, als er ausatmete. „Es ist kein schöner Anblick, der Sie da erwartet, Luogotenente. So was habe ich, seit ich Carabiniere bin, noch nicht gesehen. Ich weiß, das ist noch nicht lange, aber die Gerichtsmedizinerin ist derselben Meinung. Man hat den Mann langsam und qualvoll in Stücke geschnitten. Man hat ihn gefoltert. Wer so etwas tut, kennt keine Grenzen. Ein Scheusal ist das, was wir da jagen. Abartig …" Er fuhr sich mit dem Ärmel übers blasse Gesicht, sichtlich erschüttert.

Petroselli nickte schweigend und betrat gefolgt von Camarata und Chiara das Gebäude. Sie zogen sich an der bescheidenen Theke der Rezeption Schutzanzüge an und begaben sich die Treppe hinauf in Bergés Hotelzimmer. Die Gerichtsmedizinerin hatte auf sie gewartet. Sie wollte den Körper nicht abtransportieren lassen, bevor die Ermittler ihn gesehen hatten. Ihre übermäßig geschminkten Augen sahen sie ernst unter der weißen Atemmaske an. Sie deutete wortlos auf die Szene der Hinrichtung Bergés.

Das schlichte Zimmer mit den cremefarbenen Gardinen und den weißen Laken war über und über mit Blut beschmiert. Es herrschte Chaos.

Kleidung, Bettdecken, Vorhänge lagen übereinandergeworfen. In der Mitte stand das Bett, das zum Marterinstrument umfunktioniert worden war.

Der Tote war kreuzförmig mit ausgestreckten Armen an den metallenen Bettrahmen gefesselt worden. Sein Anblick erinnerte in seiner makabren Szenerie an einen gemarterten Christus. Der Mörder hatte die Kabel des Fernsehers benutzt, um ihn mit professionellen Seemannsknoten festzubinden. Bergés Augen waren aus ihren Höhlen gedrückt worden und hingen als unselige Anhängsel auf seinen Wangen.

Der rechte Arm war blutig. Als Camarata sich näherte, sah er, dass er in akribischer Weise gehäutet worden war. Sein Blick glitt zur Hand des Ermordeten – auch die Fingernägel hatte man herausgezogen. Bergé hatte einen Knebel im Mund. Camarata beugte sich vorsichtig darüber. Etwas an dem Mund des Mannes war eigenartig. Er schob die Lippen nach oben. Die Zähne fehlten. Der Mörder war systematisch vorgegangen. Ein Folterknecht ohne Hemmungen und Gnade. Bergé hatte in seiner Qual auf das Bett uriniert.

„Eins ist sicher", sagte Camarata mit trockener Stimme. „Was auch immer Bergé wusste, sein Mörder weiß es jetzt auch."

Die Lücken der Geschichte

Camarata hatte genug von Ravenna. Die angeblich so liebliche Provinzstadt an der Adria erwies sich als Ort aus einem Horrorfilm. Er trat aus dem Hotel, in dem Bergé niedergemetzelt worden war, und begann, ziellos die Straßen der nächtlichen Altstadt hinaufzuwandern. Verloren in quälenden Gedanken und Vorwürfen, die Augenbrauen zusammengezogen und die Schultern verkrampft. Wie hatte es sein können, dass der Mörder ohne Mühe von einem Ort Italiens zum anderen fuhr, mordend und raubend, und dass sie ihm nicht das Handwerk legen konnten, bevor er erneut zuschlug? Selbst wenn Kierkegaard beim Geheimdienst gewesen war – er war nicht unsichtbar.

Camarata seufzte. ‚Vielleicht bin ich einfach zu alt für diesen Beruf. Ich bin seit Tagen auf den Beinen und habe kaum ein Auge zugetan, ohne in diesem Fall voranzukommen. Statt die Missorien wiederzufinden, laufe ich nur Katastrophen hinterher. Dieser gutmütige, biedere Franzose hat mir offen gesagt, dass er den Schatz der Goten suchte und Rante kannte, und ich hatte nichts anderes zu tun, als ihn des Mordes zu beschuldigen. Stattdessen hätte ich ihm zuhören sollen. Cariello allein hätte mit seiner diplomatischen Art mehr herausbekommen als mit meiner elefantengleichen Unterstützung.' Er fühlte sich schuldig und sehnte sich danach, alles hinzuwerfen und nach Neapel zurückzufahren. ‚Laura und die Kinder sind jetzt schon lange im Bett. Und ich wandere ratlos durch eine mir fremde Stadt. Ich war mir zu sicher, dass ich mit meiner Erfahrung und meinem hohen Grad etwas beitragen könnte. Dabei bin ich nutzlos.'

Sie hatten drei gotische Weihekronen und anderthalb spätantike Prunkteller verloren. Es gab zehn Tote, von denen zwei gefoltert worden waren, und als ob das nicht genügt hätte, hatten sie auch noch einen diplomatischen Zwischenfall mit Israel am Hals.

Camarata ging mit gesenktem Blick durch die nächtlichen Gassen, ohne auf seine Umgebung zu achten. Der Frost biss ihm in die Haut, bis ihm Nase und Finger schmerzten. Er klappte den Kragen hoch und vergrub die Hände in den Manteltaschen. Irgendwo in der Ferne heulte ein

Krankenwagen und er musste sich zwingen, nicht nervös zu werden. Nicht alle Tote dieser Stadt fielen in seine Verantwortung …

Es roch nach Kaminfeuer trotz der Tatsache, dass es weit nach Mitternacht war. Er fragte sich, wer jetzt noch anfeuerte, aber sog die Luft ein. Sie roch nach Winterabenden im Kreis der Lieben. Nach Sorglosigkeit und Schutz.

Erst nach einer guten Weile bemerkte er, dass er sich nahe der Unterkunft Cariellos befand. Er fühlte das Bedürfnis, mit jemandem zu reden, und trat kurzentschlossen in das kleine Hotel, unsicher, was er von Cariello wollte und in der Erwartung, die kleine Hotelbar leer vorzufinden. Insgeheim wusste er, was ihn vorwärtstrieb: Es war sein unerschütterliches Vertrauen in das Wissen des Professors.

Zu seiner Erleichterung saß Cariello noch immer dort, wo er ihn Stunden zuvor verlassen hatte. Er war allein und vor ihm standen zwei leere Flaschen Rotwein. Es war fast zwei Uhr morgens und der Kellner hinter der Bar war mit seinem Telefon beschäftigt, digitale Ungetüme zu jagen. Er reagierte nicht, obwohl Camarata an ihm vorüberging.

Cariello war bleich und stumm. Auch er sah nicht auf, als Camarata zu ihm trat. „Alle Achtung", ächzte Camarata, als er sich neben ihn niedersinken ließ. „Sie haben einen Zug drauf heute Abend." Er lachte derb und hieb Cariello auf die Schulter. „Die Frauen, was?"

Cariellos Gesicht verzog sich zu einer mürrischen Grimasse. Seine Augen blieben finster, als er Camarata grüßend zunickte.

„Ich habe mir Bergé angesehen", brummte Camarata, zur Genüge mit seiner eigenen üblen Laune beschäftigt. „Der Mörder hat ihn in Stücke geschnitten. Richtiggehend in Stücke ... Bergé hatte zwei Gotenkronen im Gepäck ... Hätten wir das geahnt. Sie sind verschwunden ..." Er seufzte und musterte den schweigenden Cariello. „Erzählen Sie mir von Theoderich, Professor. Es ist spät und ich würde gern eine Gute-Nacht-Geschichte hören. Hütet der mystische Theoderich mit der wilden Jagd den Schatz der barbarischen Goten?" Er lachte auf, ohne Fröhlichkeit und mit einer zynischen Note der Bitternis in der Stimme. „Ich glaube, man hat mir im Schulunterricht nicht viel von den Goten erzählt. Bei mir gähnt von 476 nach Christus, Ende des Römischen Reiches und Absetzung des Romulus Augustulus, bis zu den Kreuzzügen ein totales Loch."

„Das geht den meisten Leuten so", murmelte Cariello trocken. „Haben Sie Zeit gehabt, sich die gotischen Kirchen Ravennas anzusehen?"

„Nicht viel. Ein Blick hier und da."

„Gehen Sie in die Kirche Sant Apollinare Nuovo. Ein Wunderwerk der Spätantike. Herrliche Mosaike. Eines von ihnen zeigt einen Palast. Wenn Sie genau hinsehen, fällt Ihnen in dem 1500 Jahre alten Mosaik eine Hand auf. Nur das. Eine freischwebende Hand auf einer der Säulen des Arkadengangs. Es gibt vier solche Hände auf dem Mosaik. Vier Hände ohne Körper."

Camarata zog die Brauen nach oben. Er hatte noch immer das Bild des massakrierten Bergé vor Augen und keine Lust auf abgeschnittene Körperteile. „Ich werde hingehen. Verraten Sie mir, was es mit den körperlosen Händen auf sich hat?"

Die Falten um Cariellos Augen wurden tiefer und zeigten einen Schimmer Spott. „Als der ursprüngliche Künstler in der Kirchendekoration den Palast Theoderichs abbildete, bildete er auch Theoderich und seinen Hofstaat ab. Wozu auch sonst ein so stattliches Mosaik? Aber als man das Gotenreich vernichtete, löschte man Theoderich aus dem Kunstwerk. Fragen Sie mich nicht, warum man etwas so Offensichtliches vergaß wie die

Hände der abgebildeten Figuren. Vielleicht hatte man keine weißen Mosaiksteine mehr, um die Säulen, die sie kreuzen, zu ‚reinigen'. Fakt ist – es gibt keine Abbildungen Theoderichs mehr. Nur eine einzige Münze und ein Bild, das man umgewidmet hat. Sie haben in der Schule nicht viel über die Goten gelernt, weil man die Erinnerung an sie mit Sorgfalt ausgelöscht hat."

„Jetzt sagen Sie mir nicht, das tat man, weil man sauer war, dass der Schatz weg ist?" Ein Lächeln huschte über Camaratas derbe Züge.

Cariellos bisher grimmig düsteres Gesicht begann sich aufzuhellen und er lebte auf. „Das waren interessante Zeiten damals, wissen Sie. Da wäre ich gern dabei gewesen." Seine Augen funkelten im Halbdunkel der Bar. „Stellen Sie sich vor – das größte Reich der Welt, das Römische Reich, bricht zusammen. Bumm!" Cariello schlug so laut in die Hände, dass der Kellner hinter der Theke zusammenzuckte und aufschaute. „Der letzte jämmerliche Kaiser Westroms, der sechzehnjährige Romulus Augustulus, wird in Ravenna abgesetzt. Bumm! Der Thüringer Odoaker, ein simpler Barbare von Attilas Hof, schnappt sich den Thron. Ein Zeitalter geht zu Ende. Germanen erobern Italien. Und nicht nur das - auch Spanien, Deutschland, Karthago. Die Völker wandern.

Wurzeln, Zugehörigkeiten, Sprachen werden durcheinander gewürfelt. Eine neue Welt entsteht. Theoderich besiegt Odoaker, aber das ändert nichts. Auch er ist ein Germane. Das große Rom ist am Ende. Und es ist für alle sichtbar. Was für ein Erdbeben …" Cariellos Nasenflügel zuckten in Begeisterung. „Als Theoderich stirbt, erobert Ostrom in Eile und in blutigen Kämpfen Italien zurück. Die Gotenherrschaft wird als tiefe Schmach empfunden und man versucht, sie auszulöschen und das untergehende Reich noch zu retten."

Camarata nickte. „Wenn ich mich recht erinnere, vergeblich … Nur Ostrom überlebte in Byzanz."

Cariello nickte. „Der Fakt, dass ein Barbare das mächtige Rom erobert und beherrscht, war nicht das Einzige, was man Theoderich übelnahm. Auch die Religion war Streitobjekt. Das Christentum war aufgekommen. Am Anfang waren es nur missionierende Juden, die durch die orientalische Welt zogen und von Jesus als dem jüdischen Heilsbringer redeten. Aber als Jerusalem im Jahr 70 fiel, war es nicht mehr attraktiv, den Juden ein neues Königreich und den Messias zu versprechen. Judäa war Vergangenheit. Die Christen trennten sich und wollten von da an lieber Römer sein. Das war vor dem Fall Roms, versteht sich. Sie schrieben ihre Texte um und gingen dorthin, wo die Macht war … Und sie erreichten 313, dass man ihnen erlaubte, ihren Glauben ungehindert auszuüben. Und zur Zeit Alarichs und Theoderichs – zur Zeit der Goten - hatten die umtriebigen Christen bereits die Macht übernommen. Aber es blieb die Frage, wer diese Macht ausüben würde. Man war dabei, Gott neu zu definieren und sich darauf zu einigen, an etwas völlig Neues zu glauben."

„So als könnte man den Himmel neu erfinden."

Cariello nickte. „Jupiter wurde abgeschafft und Jesus nahm seinen Thron ein." Seine Augen blitzten und er griff Camaratas Arm. „Die Goten haben einen unverzeihlichen Fehler begangen, Kolonel. Sie hatten eine andere Meinung als die, die am Ende den Sieg davon getragen haben bei der Neudefinition Gottes. Und es hat ihnen nicht geholfen, dass der Gotenkönig auf ihrer Seite war. Sie waren Arianer. Ein Verbrechen gegen den neuen, wahren Allmächtigen …"

Camarata erleichterte es, den Geschichten Cariellos zuzuhören und er begann, seine üble Laune zu vergessen. Er brummte gutmütig: „Ich habe schon von Arisch gehört, aber Arianisch?"

Der Raum um sie war totenstill, nur ab und an hörte man ein Fahrzeug auf der Gasse vor dem Hotel vorüberrollen. Camarata griff sich die

Weinflaschen vom Tisch und goss sich den Inhalt der schwereren in ein leeres Glas, das er sich von einem Nebentisch hangelte. Es wurde nur halbvoll. Er fragte sich, wie betrunken Cariello war. Er wirkte nach den zwei Flaschen eher belebt, als berauscht.

Cariello beachtete sein Manöver nicht. Seine markanten Wangen hatten sich rosiger gefärbt. „Der Streit scheint uns heute so lächerlich, dass wir dreimal nachlesen müssen, um zu verstehen, worum es ging. Aber damals wurden falsche Antworten auf Fragen wie: ‚War Christus der Eigentümer seines Hemdes?', mit dem Scheiterhaufen bestraft. Und bei den Arianern ging es um die Frage: ‚Wer war Jesus '? War er der – menschliche – Sohn Gottes, oder war er fleischgewordener Gott?"

„Ah", seufzte Camarata und trank den Wein aus. „Ich glaube, ich kann folgen. Es geht darum, ob der Sohn, der Vater und der Heilige Geist eins sind oder drei, richtig? Die heilige Drei-Einigkeit."

Cariello nickte. „Die Bibel sagt, dass es nur einen Gott gibt und man keinen anderen neben ihm haben soll. Wohin also mit Jesus? Theoderich war der Meinung, Jesus sei verehrungswürdig, aber eben kein Gott, so wie es der Weise Arius lehrte, der Erste der Arianer. Und wie es im Übrigen auch die Muslime sagen. Zum Unglück der Goten hatte man sich im berühmten ersten Konzil von Nicäa 325 jedoch bereits auf einen Text für die Bibel geeinigt und alle abweichenden Schriften vorsorglich verbrannt. Und mit dieser Bibel definierte man auch Jesus. Die Mehrheit beschloss die Dreieinigkeit. Und da kommen diese sturen Goten und wollen das alles wieder aufrollen. Deswegen hat man den ketzerischen Theoderich auch aus religiösen Gründen auszulöschen versucht."

„Man hat Teile der Bibel verbrannt? Aha. Wie viel stimmt davon dann eigentlich?"

Cariello lächelte. „Religion ist immer auch Politik. Sie lesen in der Bibel, was man will, das Sie lesen. Man hat in Nicäa die Wahrheit per Gesetz festgelegt. Das hieß vor allem eins: Man schaltete Gegner aus und sicherte sich die Macht. Und von da an ließ man keine Diskussion mehr zu. Und als man nur noch eine Meinung zu haben hatte, da sank das helle Abendland ins dunkle Mittelalter und in die Wirren der Glaubenskriege." Cariello schnalzte mit der Zunge. „Wenn man sich nur immer daran erinnern würde, dass es nicht gut ist, allen denen, die eine andere Meinung haben, den Mund zu verbieten …" Er winkte dem Kellner zu und ließ eine weitere Flasche Wein bringen und ein besseres Glas für Camarata.

Camarata seufzte erfreut. Er brauchte Stärkung. „Und die Goten haben sich gerächt und ihren Schatz versteckt?"

Cariello zuckte die Schultern. „Wir wissen nicht, wo Theoderichs Palast lag. Wir wissen nicht, wo man den König begrub. Und wir haben auch keine Ahnung, wo der Schatz geblieben ist und warum er fehlt … Aber lassen Sie uns doch einmal versuchen, es herauszufinden ... schon um Ihrem wildgewordenen Mörder zuvorzukommen." Cariellos Gesicht war von einem düsteren Enthusiasmus beseelt und der Rotwein, den er getrunken hatte, schien ihm nichts auszumachen.

Camarata brummte: „Zumindest zum Thema der heiligen Dreieinigkeit kann ich etwas beitragen. Das war das Wort, das Bergé benutzte, als er von den Kronen sprach. Die getrennte Dreieinigkeit … Ich denke, wir sollten uns beeilen, diese Kronen wiederzufinden. Theoderich hat uns, wenn wir Glück haben, ein Rätsel in ihnen hinterlassen."

Er nahm einen großen Schluck von seinem Wein, der das Glas fast leerte. Dann stand er auf und klopfte Cariello noch einmal auf die Schulter. „Liebeskummer sollte man nicht ersäufen, Cariello, sondern auskosten. Es ist besser verliebt zu sein als gefühlstot." Er nickte ihm zu und stapfte wieder hinaus in die Nacht.

Der Tempel Salomons

Es war noch früh am Morgen, aber Camarata befand sich bereits auf dem kleinen Flughafen Ravennas. Er gähnte müde und wippte auf den Zehenspitzen auf und ab. Die Tränensäcke unter seinen Augen waren ausgeprägter als sonst und er hatte sich beim Rasieren geschnitten. Ihm fehlte Schlaf.

Wind blies ihm um die Ohren und er musste von Zeit zu Zeit seine Carabinieri-Schirmmütze mit der roten Flamme festhalten. Es war kaum jemand zu sehen. In dem Gelände kamen kaum Linienflüge an, aber er wartete auch nicht auf einen solchen. Er wartete auf ein Regierungsflugzeug mit einer hochrangigen Delegation aus Rom. Für zehn Uhr war ein Treffen der italienischen Regierung mit dem Botschafter Israels vereinbart, demselben den der Bischof Ravennas zwei Tage vorher hatte empfangen müssen. Der vereinbarte Treffpunkt war ein Konferenzhotel am Stadtrand. Camarata hatte den Austausch mit der Botschaft Israels eher befremdlich gefunden. Man hatte ihm die Bedingungen des Treffens diktiert, als habe er Befehle entgegenzunehmen.

Der Flugplatz mit seiner einzigen Landebahn war noch ruhig und eine Schar Krähen hatte sich kreischend darauf niedergelassen. Ihr Geschrei klang winterlich frostig zu ihm herüber. Morgennebel hing über den Auen. Camarata hatte sich an der nur sporadisch geöffneten Flughafenbar einen Kaffee geben lassen und wärmte sich die Hände daran, während er über den Platz und die ihn umgebenden weißbereiften Felder sah. Nichts hinderte seinen Blick. Wenn er sich auf einen Stuhl gestellt hätte, wäre er der höchste Punkt der Gegend gewesen.

Eine Reihe kleiner Cessnas war auf einer der Wiesen aufgereiht und ein älteres Plakat warb für Fallschirmsprünge. Der Beton vor dem Ziegelgebäude des Flughafens war an vielen Stellen repariert und noch immer standen Pfützen darin, die über Nacht gefroren waren. Die jüngsten Überschwemmungen hatten den Zustand des Platzes nicht verbessert.

Ein Brummen kündigte das Ende seines Wartens an. Als das kleine Flugzeug landete, fühlte Camarata eine Last auf seine Schultern sinken.

‚Wenn man mir nur freie Hand gelassen hätte …
Politiker haben immer andere Interessen als die des
Landes im Sinn und in Italien sind es sowieso jeden
Tag andere. Sie sorgen sich um ihre Beliebtheit und
ihre Wähler, der Rest ist ihnen egal.' Camarata
hasste es, wenn er nicht sagen durfte, was er für
richtig hielt. Er war gewöhnlich ehrlich und
geradeheraus. Diplomatie und Schmeichelei waren
nicht seine Stärken. Beim Tauziehen mit Politikern
ging es immer schlecht für ihn aus. ‚Wenn sich
Leute mit viel Macht in Dinge mischen, von denen
sie nichts verstehen …' Er warf den Kaffeebecher
weg und ging gehorsam zur Landebahn, um die
hohen Damen und Herren in Empfang zu nehmen.

Zu seiner Verwunderung lag die Leitung der
Delegation in den Händen der gerade erst
ernannten Innenministerin persönlich. Sie war eine
bejahrte, spindeldürre Frau mit bissigem Gesicht
und scharfgeschnittener Nase. Ihre blauen Augen
schossen Blitze, als sie durch ihre hochhackigen
Pumps behindert die Flugzeugtreppe
herunterkletterte und Camarata besah. „Sie haben
diesen Professor dabei?" Ihre Stimme war rau und
befehlend, wie jemand, der in langen Sitzungen zu
viele Zigaretten geraucht hatte.

Camarata, der nur von Giuzio begleitet wurde,
zuckte abwehrend die Schultern, schob seinen

Bauch voran und versteckte sich hinter den Kordeln und Dekorationen seiner Uniform. „Ich wusste nicht, dass er dabei sein sollte."

„Na aber sicher", meinte die Ministerin. „Wir sind Politiker. Wir haben doch keine Ahnung!"

Camarata starrte sie verblüfft an. Mit Ehrlichkeit hatte er nicht gerechnet und die Worte der Frau machten sie ihm unerwartet sympathisch. Er wandte sich zu Giuzio und sandte ihn los, um Cariello zum Hotel des Treffpunkts zu bringen.

„Fassen Sie mir die Sache zusammen, Kolonel", blaffte die weißhaarige Ministerin und ging trotz ihrer hohen Hackenschuhe im Sturmschritt neben ihm in Richtung der wartenden Dienstwagen. „Wir haben zwei Morde und einen Kunstraub in Ravenna und Sie denken, ein messianischer Fanatiker steckt dahinter?"

„… und hinter dem gebrochenen Damm in Cosenza und den Todesfällen dort, einschließlich dem eines Kindes."

Sie nickte und runzelte die Stirn. „Ich habe es gelesen. Schlimm. Und warum treffen wir uns hier in Ravenna und nicht in Cosenza?"

„Der Botschafter Israels und eine Delegation der israelischen Regierung sind hier. Und wir denken, dass auch der Mörder hier ist …" Camarata schnaufte. Der Stechschritt der Innenministerin brachte ihn außer Atem.

Sie langten bei den verdunkelten Fahrzeugen an, die man ihnen zur Verfügung gestellt hatte und die vor dem Maschendrahtzaun des Flughafens warteten. Die Ministerin blieb stehen, während ihre Begleitung weiterging. Für eine Sekunde war sie mit Camarata allein. Ihr Tonfall änderte sich. „Und – dieser Schatz der Goten, ist der auch hier?", fragte sie leise.

„Wenn ich das wüsste. Bisher sind wir einem Mörder nachgejagt. Zum Schatzsuchen hatten wir noch keine Zeit …" Camarata lächelte, dann fügte er hinzu: „Wenn einer weiß, ob es einen Schatz gibt und wo, dann ist es Cariello."

Die Ministerin nickte und stieg ohne weitere Worte in das Fahrzeug, dessen Tür man ihr ehrerbietig aufhielt und die man genauso ehrerbietig hinter ihr schloss.

Sie langten eine halbe Stunde später am Treffpunkt an, einem modernen Hotel mit Namen Cube, das seiner Bezeichnung vollends gerecht wurde. Es lag in einer Industriegegend nahe den Autobahnen. Alles war neu, quadratisch und unpersönlich. Das Zusammentreffen mit dem Botschafter Israels war geheim gehalten worden. Man hielt daher trotz der Sorge um die Sicherheit der hochrangigen Beteiligten den Trubel auf einem Mindestmaß. Trotzdem standen auf allen Korridoren des hellerleuchteten Hotels Leibwächter und Carabinieri.

Als sie in den weißen, fensterlosen Versammlungssaal traten, saß der Botschafter, Kleitman, am Kopfende des schwarzen Versammlungstisches. Sein Gesicht war verschlossen, seine Schultern steif und sein Benehmen eisig. Er trug einen teuren grauen Anzug, sein schwarzes Haar war sorgsam frisiert und vor ihm lag ein Stapel Dokumente. Eine Gruppe von Personen saß am Kopfende um ihn angeordnet. Eine ältere Dame erkannte Camarata vom Briefing, das er von der Agentur für externe Information und Sicherheit, der AISE, erhalten hatte, als Nummer zwei des Mossad.

Die Innenministerin blieb am Eingang stehen und rührte sich nicht. Sie erwartete sichtlich, dass Kleitman aufstehen würde, um ihr entgegenzukommen. Er schien nicht die Absicht zu haben, dies zu tun. Camarata lief ein Schauer der Panik über den Rücken. Die Atmosphäre war feindselig und unangemessen, als befänden sie sich nicht in ihrem eigenen Land, sondern wären zu

Gast. Normalerweise kam ein Botschafter zum Minister des Landes, in dem er akkreditiert war, und nicht andersherum.

Unregelmäßige Schrittgeräusche erklangen hinter ihnen. Es war Cariello, der auf Krücken gestützt, aber in einen noblen Maßanzug gekleidet, eintraf. Die Beinschiene war über den Stoff seiner Hose gelegt und gab ihm ein abenteuerliches Aussehen. Sein charismatisches Kinn und die dunklen Brauen flößten den herbeieilenden Wachen Respekt ein und sie ließen ihn nach einem kurzen Blick zu Camarata passieren.

„Frau Ministerin. Was für eine Ehre," rief Cariello wohltönend in den Saal. Sein warmer, professoraler Bariton trug weit durch den Raum. Er griff respektvoll die Hand der Innenministerin und deutete einen Handkuss an. „Darf ich zu Ihrer Ernennung gratulieren? In Ihren Händen ist das Land sicher behütet. Meine Hochachtung."

Ein zufriedenes Lächeln belohnte seine Schmeichelei. Camarata beneidete ihn um seine Kunst, schamlos Komplimente auszuteilen. Ihm kam in solchen Moment kein einziges über die Lippen. Er beneidete ihn auch dafür, dass er mit einem einzigen Blick in den Saal die Situation begriffen hatte. Ein Machtspiel war im Gange, in dem Kleitman versuchte, sich durch sein hochmütiges Benehmen einen Vorteil am Verhandlungstisch zu verschaffen. Cariello schmeichelte der Ministerin, um ihr den Rücken zu stärken.

Er drehte sich sodann zu der schweigenden israelischen Delegation und ließ einen Schwall ebenso eleganter wie unverständlicher hebräischer Worte hören.

Der Botschafter hob die Brauen, zögerte, aber erhob sich schließlich. Er kam ihm argwöhnisch entgegen. „Sie sprechen Hebräisch, Professor?

Cariello lächelte. „Ich habe viele Jahre meines Lebens damit verbracht, eine gewisse Felsenfeste im Judäischen Gebirge auszugraben, Eure Exzellenz."

„Das waren Sie?", meinte Kleitman beeindruckt und seine ganze Haltung änderte sich, als hätte ihn ein Zauberstab berührt.

„Wie wäre es, wenn wir uns setzen würden?", schlug Cariello vor und nutzte die unverhohlene Bewunderung des Botschafters aus. „Ich habe mir vor ein paar Tagen unglücklich das Bein gebrochen. Ich denke, wir brauchen etwas Zeit, um das zu bereden, was uns allen auf der Seele brennt …"

Als die Innenministerin zwei Stunden später das Hotel verließ, musterte sie Cariello mit erhobenen Brauen und sichtlichem Respekt. Er hatte die Situation vorerst gerettet. Trotzdem klang ihre Stimme scharf, als sie sich im weiß glänzenden Foyer an Camarata wandte. „Habe ich das richtig verstanden, dass der israelische Staat jegliche Verantwortung für seinen früheren Mitarbeiter ablehnt, aber trotzdem mit einem Skandal droht, wenn wir ihm nicht die Menora aushändigen?"

„Sie sind eine Anti-Semitin, wenn Sie es nicht tun." Cariello, der an ihrer anderen Seite humpelte, grinste. „Ich bewundere diese Israelis. Sie sind die Einzigen, die die Courage haben, mit so viel Frechheit eine Verhandlung zu führen, dass man sich schämt, nicht auch sein Portemonnaie und seine Krawatte über den Tisch gereicht zu haben." Seine Augen funkelten amüsiert.

„Aber Sie schlagen doch nicht wirklich vor, dass wir einem anderen Staat Kunstgegenstände aushändigen, die auf italienischem Boden entdeckt werden?", fragte die Ministerin empört.

Cariello brach in schallendes Gelächter aus, seine schmalen Lippen zuckten erheitert. „Frau Ministerin. Bravo. Wehren Sie sich! Und keine Sorge. Im Moment gibt es nichts, was wir aushändigen müssten. Die gute Nachricht ist, dass der Mossad nicht weiß, wo der Gotenschatz ist. Die Schlechte ist, dass wir auch keine Ahnung haben, wo wir ihn suchen sollen!"

„Erklären Sie mir eins, Professor", sagte die Ministerin und blieb stehen, eine majestätische alte Dame in kornblauem Kostüm. „Warum denken diese Leute, dass der Mörder die Menora sucht? Was würde er damit wollen?"

Cariellos Nasenflügel zuckten. „Wie Sie wissen, sind drei der großen Weltreligionen abrahamischen Ursprungs. Judentum, Christentum und Islam. Sie berufen sich auf denselben Gott und haben gemein, dass sie alle drei das Kommen des Messias ankündigen. Der Gottgesalbte soll mit dem Jüngsten Tag eintreffen. Wie man ihn erkennt und wann er kommt, ist strittig, aber ein sicheres Zeichen soll die Rückkehr des Tempelschatzes nach Jerusalem sein. Kierkegaard ist Messianer und Weltuntergangsgläubiger, scheint es. Er sucht nicht nach Gold. Er meint, er ist der Messias und will die Menora als Beweis."

Die Ministerin starrte ihn an und schluckte. „Nicht weniger als das? Der Messias. Glauben Sie das?"

Cariello lächelte. „Was? Dass der Messias ein verrückter Mörder ist? Nein."

Die Ministerin schüttelte den Kopf und Lachfalten schlichen sich auch in ihre Augenwinkel. „Soll nicht eigentlich Jesus wiederkommen?"

Cariello zuckte die Schultern. „Das ist ein weites Feld und die Religionen sind sich nicht einig. Ob Christus wiederkehren wird oder ein zweiter, neuer Erlöser, ist nicht klar. Für die Muslime ist Christus nur ein Gesandter, so wie Mohamed, und der Erlöser könnte jeder Mensch sein. Für die Christen ist der Messias Christus und eine Materialisierung von Gott. Für die Juden ist es nur wichtig, dass er aus dem Stamme Davids kommt, aber ansonsten ist er auch für sie ein Mensch. Und vor ihm kommt der Anti-Messias, unser Anti-Christ. Aus dem Stamme Dan."

Camarata, der bisher geschwiegen hatte, schnaufte überrascht. „Dan? So wie Dan Kierkegaard?"

Cariello schaute ihn stirnrunzelnd an. „Daran hatte ich noch gar nicht gedacht … richtig. Wie *Dan* Kierkegaard."

Camarata schüttelte sich. Er war im Inneren bereits dabei, einen Plan zur Suche der Menora zu schmieden. Er würde alles tun, um zu verhindern, dass sich ein Krimineller zum Messiastitel verhelfen konnte.

So wie auch die Delegation Israels, die im Hotel zurückgeblieben war. „Finden Sie heraus, wo ich diesen Professor unter vier Augen sprechen kann", murmelte der Botschafter seinem Sekretär zu. Er tat es leise, um seine Worte vor seinen Landsleuten zu verbergen. Er teilte die Ansichten und Absichten des Mossad nicht, auch wenn er nichts gegen ihn tun konnte. Er benahm sich als Bulldogge, drohte und beleidigte, wenn es gebraucht wurde, aber im Inneren hatte ihn das Schicksal der in Cosenza von dem brechenden Damm getöteten Menschen berührt. Er hatte selbst einen siebenjährigen Sohn.

Er wollte Kierkegaard so schnell wie möglich Einhalt gebieten und hatte nichts übrig für den wildgewordenen Radikalen, welchem Ziel auch immer er nachstrebte. Der Mann gehörte gestoppt. Mit oder ohne Fund der Menora … Wenn auch besser mit als ohne.

Sein Sekretär verstand, nickte und begab sich eilig aus dem Raum, auf den Fersen Cariellos.

Entführung

Es war düster und die Straßenbeleuchtungen brannten noch. Kälte hatte sich über die Stadt gelegt. Um den Mond hatte sich ein Hof gebildet, der ihn im Dunst verschwimmen ließ. Der Wetterdienst sagte für den Abend Schnee voraus. Vor Sergios Mund stand Dampf. Es musste unter null sein.

Er nickte wie schon am Vortag den Carabinieri zu, die in ihrem Wagen saßen und sein Haus bewachten, und machte sich auf den Weg zur Schule. Seine Tasche war zu schwer. Er zog den Riemen seufzend auch über die zweite Schulter. Die Tasche nur auf eine Schulter zu hängen war ihm lieber, da er sich damit angesagter fühlte, aber ihm tat nach ein paar Schritten der Rücken weh. Er bog in die kleine gepflasterte Gasse ein, die ihn zum Schulgebäude bringen würde. Ein brummendes Geräusch ertönte hinter ihm. Er trat zur Seite, um dem Fahrzeug Platz zu machen. Dann realisierte er, dass es auf ihn zuhielt und begriff. Mit rasendem Puls versuchte er, zu fliehen.

Ihm blieb keine Zeit dazu. Der schwarze Wagen hielt bereits mit quietschenden Reifen neben ihm und Hände wie Eisenkrallen zerrten ihn ins Innere. Er wehrte sich und schlug um sich, aber diesmal gab es kein Entkommen. Eine Passantin in seinem Rücken schrie auf und wollte ihm zu Hilfe eilen, aber sie kam zu spät. Kierkegaard stieß die schreiende Frau zu Boden, drückte Sergio einen chemisch riechenden Schwamm vors Gesicht und verstaute den schmalen Jungen im Wagen. Dann fuhr er mit kreischenden Reifen davon. Er gab sich keine Mühe, sein Gesicht oder das Kennzeichen des Fahrzeugs zu verbergen. Er war bereits seit dem Vortag auf allen Kanälen.

Nur zu Boden gefallene Schulsachen, der Rauch von Abgasen und ein paar Bremsspuren auf dem Pflaster blieben hinter ihm zurück.

Nackte Angst

Camarata hatte die Innenministerin zurück zum Flughafen begleitet und fuhr von dort zur Wache. Als er eintrat, erwartete ihn die böse Nachricht von der Entführung Sergio Canalis. Petroselli informierte ihn persönlich und fühlte sich sichtlich nicht wohl dabei. Sein fahles, müdes Gesicht zeigte die Spuren der Anstrengungen der letzten Tage. Presse, Eltern und Ministerium machten ihm Vorwürfe.

Auch Camarata kochte. Er stürmte die Treppen wieder herunter und fuhr zum Appartement der Familie in einem der mittelalterlichen Häuser der Innenstadt. Die beiden Carabiniere, die Sergio hätten bewachen sollen, empfingen ihn mit betretenen Mienen. Man hatte das Kind unter ihren Nasen entführt. „Cretini!", blaffte er sie an. „Warum habt ihr Idioten das Haus bewacht, statt den Jungen zu begleiten?" Er stürmte an ihnen vorbei in den Treppenaufgang.

Sergios Mutter saß umringt von mehreren Carabinieri in ihrem Wohnzimmer. Ihr Gesicht war verquollen und ihre Haare zerrauft. Als sie ihn sah, sprang sie auf. „Man hat ihn entführt. Wie konnte das geschehen, Kolonel? Sie hatten mir doch versprochen …" Tränen standen in ihren Augen.

Camarata brummte betreten. Er fühlte sich schuldig, auch wenn er wusste, dass er selbst getan hatte, was er konnte. „Es gibt eine Augenzeugin, die gesehenen hat, wie man Sergio in einen schwarzen Wagen gezogen hat. Sie hat das Kennzeichen aufgeschrieben, aber als wir das Fahrzeug aufgespürt hatten, war es bereits leer. Die ganze Stadt ist in Alarmbereitschaft. Wir suchen fieberhaft nach Ihrem Sohn, glauben Sie mir."

Er ließ seinen Blick über die ärmliche Einrichtung der Wohnung gleiten. Das Kanapee war abgegriffen und der Teppich alt. Wie vermutet, war bei den Canalis Schmalhans Küchenmeister.

„Aber warum er? Warum mein Junge?" Sergios Mutter schluchzte. Sie riss sich mit Mühe zusammen und zog Camarata zum von Heftern und Papier bedeckten Schreibtisch ihres Sohnes in seinem Zimmer. „Ich habe alles durchsucht, um zu sehen, ob es etwas gibt, was Ihnen helfen könnte." Sie schob ihm ein kleines rotes Objekt zu. „Es gibt eine Nachricht auf diesem Telefon, die Sie hören sollten."

Sie drückte auf dem Gerät herum und Camarata hörte klar und deutlich die Stimme eines Mannes, der Drohungen ausstieß. Sein Akzent war stark und schleppend. Camarata horchte auf. Die Stimme würde leicht zu identifizieren sein. Er griff den Apparat und steckte ihn mit Vorsicht in eine Plastikhülle und dann in seine Tasche.

Die Frau nahm noch etwas von einem Stapel Papier und hielt es ihm hin. „Ich habe auch herausgefunden, dass Sergio die Kirche, in der er arbeitete, abgezeichnet hat. Es sind eigenartige Zeichnungen, die er da gemacht hat. So, als hätte er Geheimgänge finden wollen. Der Keller scheint ihm auf den Kritzeleien wichtiger als das Kirchenschiff. Schauen Sie …" Sie deutete auf eines der Papiere. „Hier steht etwas geschrieben, das mehrfach umrahmt ist. ‚Rantes Raum'. Was kann das heißen?"

Camarata wusste es nicht, aber versprach sich, es herauszufinden. Er griff nach dem mit Bleistift beschriebenen Papier, steckte es sorgsam in seine Brieftasche und wandte sich zum Gehen.

Der Botschafter

Cariello betrat humpelnd das kleine Café, dessen Adresse man ihm bei seiner Rückkehr an der Hotelrezeption gegeben hatte. Die Nachricht auf dem Zettel war zweideutig gewesen, aber trug die Überschrift ‚Dringend‘: *„Es wäre zu Ihrem Nutzen drei Uhr nachmittags im Café Letterario nahe dem Grab von Dante Alighieri zu sein."*

Als er in das mit Bücherwänden dekorierte, hellgestrichene Café trat, zog er erstaunt die Augenbrauen empor. Der Botschafter Israels, Hillel Kleitman, befand sich in ein T-Shirt und eine dunkelgrüne Barbourjacke gekleidet an einem der Tische im hinteren Teil des Cafés. Er saß auf einem cremefarbenen Lederkanapee, hinter ihm prangten Schwarz-Weiß-Fotos an der Wand und vor ihm lag ein Buch. Er sah aus, wie ein x-beliebiger Bürger der Stadt. Fast hätte Cariello ihn nicht erkannt. Seine schwarzen Haare waren jetzt weniger aufwändig frisiert und eine einfache Brille auf seinem Nasenrücken hatte die teure Designerversion ersetzt.

Als Cariello sich in den Stuhl vor dem Diplomaten bugsierte, erhob sich der Botschafter halb und deutete eine Verneigung an.

Cariello lächelte und heuchelte Erstaunen. „Bringt man Ihnen in der Diplomatenschule schlechtes Benehmen gegenüber Ministerinnen als Verhandlungstaktik bei?"

„Es gibt viele Taktiken und viele Wege führen nach Rom", meinte der Botschafter ausweichend. Aber auch er schmunzelte.

„Sie wollten mich sehen?"

Kleitman nickte. „Es ist Ihnen nicht entgangen, dass wir mit diesem Kriminellen, diesem Dan Kierkegaard, ein wandelndes Problem herumlaufen haben. Ich habe den Mossad-Leuten vorgeschlagen, sich intensiver darum zu kümmern, da sie ihn seit Langem kennen, aber sie decken ihre Kontakte und wollen keinen Image-Verlust riskieren. Sie sehen, auch wir sind nicht immer einer Meinung. Bitte richten Sie der Innenministerin aus, dass es der Botschaft und unserer Regierung nicht egal ist, wenn Zivilisten in Sturzfluten oder Kirchen umkommen. Wir versuchen genauso wie sie, diesen Mann ausfindig zu machen."

„Sie sind hier nicht zu Hause. Die Carabinieri werden sich darum kümmern."

„Wir kümmern uns um viele Dinge in Ländern, in denen wir nicht zu Hause sind, Professor."

Cariello nickte schweigend.

Kleitman fuhr sich übers Gesicht. „Verstehen Sie mich richtig. Dieser Kierkegaard ist mir zuwider. Von messianischen Sekten habe ich genug. Den Anhängern einer davon ist nach dem Fall von Jerusalem im Jahr 70 die Idee gekommen, eine neue Karriere anzufangen, und das Leben des 37 Jahre vorher verstorbenen Jesus aufzuschreiben, es wegen besserer Glaubwürdigkeit an das Alte Testament anzuhängen und damit in Rom hausieren zu gehen. Das Alte Testament war nur für Juden verfasst. Jedes Volk hat sich damals Texte aufgeschrieben, in denen nur ihm das Himmelreich versprochen wird, was, ich gebe es zu, aus heutiger Sicht völlig rassistisch ist. Aber plötzlich deuten die Christen das um, und nehmen mit akrobatischen Denkschwüngen auch Fremde auf. Seitdem sind alle Christen am Sonntag beim Vorlesen des Alten Testaments böse auf uns, weil wir geschrieben haben, nur wir Juden seien auserwählt. Eifersüchtig bis hin zum Gasofen. Ich bin persönlich Atheist. Mir ist Frieden und ein bisschen mehr geistige

Flexibilität lieber als ein Messias … Ich verabscheue Radikale wie diesen Kierkegaard. Ich kann das nicht immer so sagen. Meine eigene Regierung ist oft radikal und was wir mit den Palästinensern tun, ist eine Schande. Ich wollte, dass Sie wissen, was ich hinter der Fassade des Botschafters denke."

Eine Kellnerin trat an ihren Tisch und sie bestellten Kaffee. Cariello schwieg noch immer.

„Professor", begann Kleitman erneut. „Glauben Sie, dass der Schatz aus dem Tempel Jerusalems hier in Ravenna versteckt liegt? Sie verstehen, dass unserem Land etwas daran liegt."

„An Schätzen liegt vielen Leuten etwas, Exzellenz", sagte Cariello trocken. Er musterte Kleitman. Er war sich nicht sicher, ob er es ehrlich meinte, oder seine Freundlichkeit nur eine weitere seiner Taktiken war. „Zählen Sie nicht darauf, dass ich mich nur wegen ihrer freundlichen Worte als Ihr Spürhund zur Verfügung stelle. Was immer ich auf italienischem Boden finde, nimmt den Weg in ein Museum. Dort, wo ich es gefunden habe. Aber keine Sorge. Wenn es denn einen Gotenschatz gibt – und ich sage, wenn – ist es sehr wahrscheinlich, dass er aus Gegenständen besteht, die aus dem Metall der ursprünglichen Beute gegossen wurden. Sie werden gotische Prunkteller, Kelche, Kronen und Münzen erwarten dürfen. Aber keine hebräischen Museumsstücke aus dem Friedenstempel des Vespasian in Rom. Es haben so wenige antike Metallgegenstände überlebt, weil man wertvolle Metalle immer wieder einschmolz und umformte. Das hat man sogar mit dem Sarg Alexander des Großen getan. Machen Sie sich keine Hoffnung, Ihren Leuchter intakt zu finden. Die Chancen sind minimal."

Kleitman seufzte. „Wenn Sie etwas finden, sagen Sie mir trotzdem Bescheid?"

Cariello schmunzelte spöttisch. „Und Sie sagen uns Bescheid, wenn Sie den aus dem Ruder gelaufenen Mossad-Agenten wiederfinden, ja?"

Kleitman zuckte die Schultern. „Er war nicht unser Agent, er war nur ein Kontaktmann. Und ich denke, wir werden wohl Schatz und Agenten am gleichen Ort zu suchen haben."

Cariello erhob sich, fischte nach seinen Krücken und verneigte sich seinerseits. „Dann sehen wir uns ja bald wieder …"

Eine Frage des Testaments

Anna hatte den Tag in dem kleinen möblierten Apartment Thereses zugebracht. Es lag in einem gelbgestrichenen, zweistöckigen Gebäude in der Altstadt Ravennas. Die Außenfassade war von einem Garagentor und Graffiti-Schmierereien verunstaltet, im Inneren war es jedoch trotz der schlichten Einrichtung anheimelnd. Die beiden jungen Frauen machten es sich mit dampfenden Kaffeetassen in den Händen auf der Fensterbank bequem und schauten auf die mit grobem Pflaster bedeckte Straße.

Die Ereignisse von Cosenza saßen ihnen noch in den Knochen und sie waren froh, auszuruhen. Es hatte begonnen, in großen, langsam zu Boden sinkenden Flocken zu schneien. Der Schnee fiel herab wie Federmützen und zerschmolz auf dem Glas der Scheiben. Anna rieb sich durch die kurzen blonden Haare und sah aus dem Fenster auf die nahe Taufkapelle der Arianer, die im Flockentanz wirkte wie aus einem Märchen. Das achteckige Gebäude war simpel und aus braunen Ziegeln geschaffen. Es war so alt und urwüchsig, dass es halb unter dem Straßenniveau lag, das sich mit der Zeit ringsherum gehoben hatte. Drei Giebelreste eines Gebäudes, das längst nicht mehr existierte, prangten an der Mauer daneben, und gegenüber stand eine Kirche mit vorgelagerter Loggia. Hinter der Kapelle wuchsen hohe Zypressen, die im Schnee wie Weihnachtsbäume wirkten.

„Wie viel man zur Zeit der Goten gebaut hat", murmelte Anna. „Nur um Gotensprache, Gotenthron und Gotenglauben zu rechtfertigen. Das muss eine bizarre Zeit gewesen sein, bei diesem Theoderich. Da hat sich der den Thron in Ravenna usurpierende Barbar mit dem Kaiser in Byzanz gestritten, ob Jesus durch seine Geburt geschaffen wurde oder ewig vorbestand und ob er identisch mit Gott ist oder nicht. Und zur Stärkung seiner These der Menschennatur Jesu hat er die von ihm eroberte Stadt voller Kirchen gebaut. Ein halb unterworfener Kolonialherr, der stur ein Vermögen ausgibt, um selbst zu bestimmen, wie die neue Welt aussehen wird …"

„Siehst du", lachte Therese. „Und wir fragen uns, wohin der Gotenschatz verschwunden ist. Ein großer Teil verschwand sicher in diesen Kirchen. Eine Investition in die Debatte um die Dreieinigkeit und den wahren, einzig richtigen Platz im Paradies."

„Was hältst du von diesem Streit?"

Therese winkte ab. „Mir ist dieser katholisch-arianische Streit schleierhaft. Ich habe trotz Katechismus, Credo und Kommunion nie verstanden, warum es der Dreieinigkeit bedarf."

„Die Bibel sagt, man dürfe nur einen Gott haben und keinen neben ihm. Gott und Jesus müssen daher eins sein, um nicht diesem Grundprinzip zu widersprechen."

Therese blies auf das heiße Getränk in ihrer Hand. „Das ist es nicht, was mich wundert. Aber wozu braucht man eine Nummer drei in dem Spiel? Ich habe sogar heute Morgen noch einmal in der Bibel nachgelesen. Der Heilige Geist wird immer der ‚Geist Gottes' genannt. Wozu musste man ihn als getrennte dritte Persönlichkeit einführen, nur um ihn dann wiederzuvereinigen? Eine Zweieinigkeit hätte doch genügt." Sie stand auf, zog sich Wollsocken über und setzte sich erneut ans Fenster.

Anna runzelte die Stirn und streckte ihre langen Beine auf der Fensterbank aus. „Religion ist eine Mischung aus unserem Aberglauben, den Interessen der Mächtigen und den Gegebenheiten des Lebens. Im ersten Buch Moses gibt es zum Beispiel zwei Schöpfungsgeschichten. Die Erste sagt: ‚Und Gott schuf den Menschen ihm zum Bilde … und schuf sie einen Mann und ein Weib.' In dieser ersten Version ist Gott kein Mann. Er – oder sie – ist neutral. Wozu soll auch ein Gotteswesen männlich oder weiblich sein, wenn es noch keine zwei Geschlechter gibt? Gott schafft nach seinem Abbild Mann und Frau. Gleichstehend. Jeder eine Hälfte von Gott. Und dann gibt es eine zweite Variante, später im Text: ‚Und Gott der Herr machte den Menschen aus einem Erdenkloß. … Und Gott der Herr sprach: Es ist nicht gut, dass der Mensch allein sei, ich will ihm eine Gehilfin machen, die um ihn sei.' Und schon ist Gott männlich und ordnet Eva Adam unter. Die Gesellschaft hat sich geändert. Die Frau wird von dem zweiten Autor als weniger wert angesehen und er macht folglich aus Gott einen Mann. Wenn eine Aussage Religion und nicht mehr nur Meinung ist, hast du plötzlich, absolut und undiskutierbar recht und man muss dir nicht mehr zustimmen, sondern muss es glauben." Annas Augen blitzten spottend. „Genauso ist es mit dem Heiligen Geist. Es wird einen guten Grund gegeben haben, warum man ihn brauchte und zwei Teile Gottes nicht genug waren. Also hat man ihn hineingemixt."

„Ich denke", sagte Therese, „dass die Zahl drei schon immer heilig war, vor allem bei den indo-germanischen Völkern. Aller guten Dinge sind immer drei. Aus Mann und Frau wird Kind. Im Märchen gibt es immer drei Söhne oder Töchter und selbst bei Goethes Faust heißt es, ‚Du musst es dreimal sagen‘. Entweder ist Gott eins wie schon bei den Ägyptern unter Pharao Echnaton, oder aber er ist drei. Zwei ist nicht heilig, zwei geht nicht … Der Heilige Geist ist ein symbolischer Krückstock für die Einheitsthese.“

Anna trank langsam vom Kaffee in ihrer Tasse, den Blick auf die Straße gerichtet. Ihr Blick verlor sich in den alltäglichen Details des Lebens in der Stadt. Ein Straßenhändler schob einen fahrbaren Kiosk vorüber und dieser rumpelte so unkontrollierbar hüpfend über das Pflaster, dass sie Angst hatte, er würde zerbrechen. Was Menschen in ihrem alltäglichen kleinen Leben erfunden hatten. Sie seufzte. „Beim Nachdenken über die Motive des Mörders von Padre Giovanni ist mir etwas aufgefallen. Er sucht nach den Schätzen, die das Alte Testament beschreibt, richtig? Und er denkt, die Goten hatten sie … Man sieht aber in den Gotenkirchen immer nur Christus und seine Märtyrer-Heiligen. Man sieht keine Figuren aus dem Alten Testament und auch keine Menora.“

Therese lächelte. „Natürlich nicht. Die gotischen Neu-Christen wollten Jesus anbeten. Sie hatten mit der Geschichte der Juden, die das Alte Testament beschreibt, nichts am Hut. Die missionierenden Juden aus Palästina bestimmten, dass das Alte Testament weitergelte. Sie waren zu gottgläubig, um es über Bord zu werfen, und gingen nur notgedrungen aufgrund der Zerstörung von Jerusalem im Jahr 70 durch die Römer außerhalb von Palästina missionieren. Sie schrieben ihre Evangelien und Briefe auch alle nach der Zerstörung der Stadt. Die Neu-Christen interessierte jedoch nur der ‚neue Teil', das Neue Testament und die Versprechung des Paradieses. Dass man das Alte Testament, das jüdische Tanach, tolerierte, lag nur daran, dass man sonst das Versprechen des Heils durch Gott und die Identifizierung des Christus als Messias nicht hätte rechtfertigen können. Aber im zweiten Jahrhundert gab es heftige Strömungen unter Marcion und den Gnostikern, die die These vertraten, dass das Alte Testament obsolet sei, da es sich nur an Juden richte – denk nur an Sprüche wie ‚Höre Israel' oder ‚Tochter Zions, freue Dich'. Sie meinten, dass es sogar zwei Götter gäbe. Den ‚Demiurg' genannten, schlichten Schöpfergott aus dem Alten Testament, verantwortlich für Strafen und Leid, und den allwissenden allmächtigen Über-Gott aus dem Neuen Testament, den Gott der Liebe. Sie nahmen an, dass Jesus der Sohn des zweiten, aber nicht des ersten sei. Dass man mit Gott von Mensch zu Mensch reden könnte, so wie es Moses tat, war schon im Jahre null schwer zu glauben. Die spätere erneute Betonung des Alte Testaments hat mit den Kreuzzügen zu tun. Als die europäische Christenheit sich aufmachte, Palästina und das Grab Christi zu erobern, brauchte sie einen Nachweis ihres Besitzanspruchs ... Den Muslimen, die dort wohnten gegenüber, wohl gemerkt, nicht den Juden gegenüber. Die waren bereits vertrieben worden. Die Christen präsentierten sich durch das Alte Testament als Grundherren in Jerusalem. Heute, wo Israel erneut existiert und nicht den Christen gehört, ist die Verbindung des christlichen Glaubens zum Alten Testament eher eine Belastung für die katholische Kirche. Warum soll sich ein gebildeter Europäer, Afrikaner oder Latein- Amerikaner für die Geschichte eines kleinen Volkes im mittleren Orient interessieren und nicht zum Beispiel für die Geschichte seines eigenen Landes? Warum soll er einen Gott gut finden, der alle erstgeborenen Kleinkinder in Ägypten abschlachtet, Aug um Aug, Zahn um Zahn? Eher abschreckend, oder?"

Anna grinste. „Und das, bei dem von christlicher Nächstenliebe geradezu durchdrungenen Benehmen des Staates Israel in Palästina ..."

Therese leerte ihren Kaffee und stellte die Tasse geräuschvoll ab. Sie strich ihre Locken zurück. „Wären die ersten christlichen Missionare so mit dem Alten Testament unter den Goten hausieren gegangen wie mit dem Neuen, dann hätte sich das Christentum nie ausgebreitet. Die Goten waren zu offensichtlich nicht dessen Adressat."

Anna runzelte die Stirn und setzte sich auf. „Das heißt, Theoderich der Große interessierte sich nicht für den Tempel Jerusalems und die Menora?!"

Therese schüttelte den Kopf. „Nicht die Bohne. Die Wulfilabibel, die Bibel der alten Goten, umfasste fast ausschließlich die Texte des Neuen Testaments. Die Menora hätte Theoderich nicht egaler sein können. Er hätte sie mit hundert Prozent Sicherheit zu hübschen gotischen Prunktellern und Weihekronen umformen lassen. Wenn Theoderich sie hatte, dann existiert die Menora nicht mehr. Unser Mörder jagt einem Phantom hinterher. Und was auch immer geschieht, er wird seine Menora nicht finden. Die Frage ist, was er tut, wenn er das begreift."

Auf der Suche nach Theoderich

Camarata saß in dem kleinen Büro in der Wache der Carabinieri, das man ihm eingerichtet hatte. Er fluchte und seine Haare waren zerrauft. Er hatte seit fast einer Stunde immer und immer wieder Cariello angerufen. Seit Sergio Canali entführt worden war, standen bei den Diensten der Carabinieri in Ravenna alle Alarmstufen auf Sturm. Er kam nicht zum Luftholen. Pressekonferenzen, Versammlungen und Einsatzberichte jagten einander. Er hatte kaum eine Minute freie Zeit gefunden, aber trotzdem nicht davon abgelassen, nach Cariello zu suchen.

Die Diskussion mit seinen Kollegen hatte ihm die Erkenntnis gebracht, dass Eile nottat, wenn er Sergio lebend wiederfinden wollte. Nur der Schatz der Goten würde ihn zu ihm führen, aber um ihn zu finden, brauchte er wissenschaftlichen Beistand. Ein Knoten hatte sich in seinem Magen gebildet. Was, wenn sie den Jungen ebenso gehäutet und gemartert wiederfinden würden, wie Bergé? Er sah die hübschen intelligenten Augen des Fünfzehnjährigen vor sich und ihm wurde übel vor Sorge.

Unwirsch fuhr er durch die Papiere auf seinem Tisch und fluchte. Sein Puls hämmerte und stechende Schmerzen breiteten sich in seiner Brust aus. Die Zeichnungen des Inneren des Kirchengeländes um San Vitale, die Sergio im Auftrag des Mörders angefertigt hatte, schienen ihm seine beste Chance, um eine Lösung für das Rätsel zu finden, wo sich der abtrünnige Mossad-Mann aufhalten könnte, aber allein kam er nicht weiter. Er kannte die Basilika und ihr Umfeld zu wenig.

Wenn der Mörder wieder nach Ravenna zurückgekehrt war, war er sicher der Meinung, dass sich der Schatz der Goten doch hier, in der Rabenstadt, befand und nicht in Cosenza. Und er musste sich im Klaren sein, dass man fieberhaft nach ihm suchte und ihn identifiziert hatte. Sein Bild lief auf allen Kanälen. Film, Radio und Presse suchten nach dem Mann mit dem kahlen, braungebrannten Kopf und den tiefen Augenhöhlen. Wenn der Mörder das Risiko einging, erkannt und gefasst zu werden, tat er das, weil er meinte, dass sich der Einsatz lohne.

Camarata stöhnte. Er fragte sich, was der Mörder mit Sergio vorhaben konnte und warum er es für nötig befunden hatte, den Jugendlichen zu entführen. Sergio musste etwas wissen, was er für wichtig hielt. Entweder er wollte es erfahren oder es verbergen, aber in beiden Fällen war Sergio in Gefahr. ‚Vielleicht verbirgt sich der Grund in dem Stapel von Zeichnungen des Kircheninneren verborgen, der vor mir liegt.'

Camarata studierte die Skizzen. Sergio hatte jeden Raum, jeden Gang, jede Ecke der Kirchenkatakomben kartographiert. Er hatte dabei Talent bewiesen. Jeder Stein, der nicht gerade war, und jede Vertiefung in der Mauer waren vermerkt, aber es fehlte eine Gesamtkarte, um sie zuzuordnen. Camarata schrak zusammen, als mitten in seinem angestrengten Studium das Telefon läutete. Dann atmete er auf. Es war Cariello.

„Professor, ich suche Sie überall. Wo zum Teufel sind Sie? Sergio Canali ist heute Morgen entführt worden. Wir suchen ihn seit Stunden. Wir brauchen Ihre Hilfe. Es ist dringend. Es geht um Leben oder Tod …"

„Wollen Sie zu meinem Hotel kommen?", antwortete ihm Cariello nüchtern.

Da das Hotel nahe der San Vitale Basilika lag, stimmte Camarata zu. Er wollte sowieso dorthin und mit seiner steifen Hüfte konnte Cariello unmöglich bei ihm vorbeikommen. „Ich bin in zehn Minuten bei Ihnen."

„Ich erwarte Sie in der Bar."

Cariello legte schneller auf als er und das Leerzeichen erklang unangenehm in Camaratas Ohr. Er knallte den Hörer auf die Gabel und sprang auf. Es war Zeit, in Aktion zu treten. Jede verlorene Minute raubte ihm den Verstand.

Als er im Hotel Cariellos eintraf, war bereits die Nacht hereingebrochen. Die Tage waren zu dieser Jahreszeit kurz. Cariello saß wie versprochen in der Bar in der Lobby. Diesmal allerdings ohne Wein und ganz Ohr, für das, was er ihm zu berichten hatte. Camarata kam begleitet von Chiara, die ihm auf dem Weg aus der Tür der Wache in die Arme gelaufen war. Er legte Cariello die Zeichnungen auf den Tisch. „Sergio ist vor seiner Entführung von dem Mossad-Mann bedroht worden, er solle den Mund halten, bezüglich eines ‚Geheimraumes'. Im Zimmer des Jungen hat seine Mutter diese Papiere gefunden, auf denen ein solcher Raum vermerkt ist. Wir wissen aber nicht, wo. Sie haben die letzten Wochen in San Vitale geforscht und gegraben. Wir brauchen Ihren Rat, Professor. Wir müssen diesen Raum finden."

Cariello lehnte sich über den kniehohen Tisch und griff nach den Dokumenten. „Ich habe Ihre Anrufe nicht beantworten können, Kolonel, weil ich mit dem Chef der israelischen Delegation beim Kaffee saß. Er scheint, wie Sie, in mir seine beste Chance zu sehen, den Gotenschatz zu finden. Da ich mich nicht als sein Spürhund zur Verfügung gestellt habe, stehe ich von jetzt an unter seiner Beobachtung. Dies nur zur Information. Ihr Spürhund will ich gern sein. Zählen Sie auf mich, um den Verbrecher und den Jungen zu finden." Seine Augen glitzerten dunkel und ein Zucken erschien in seinem Mundwinkel. „Und den Gotenschatz natürlich auch."

Er beugte sich über die Papiere und begann, sie zu studieren. Schon nach den ersten Blättern brummte er zwischen den Zähnen hervor. „Wenn Sie wollen, dass es schneller geht, können Sie auch meine Schwester und Therese anrufen. Das hier sieht mir nach Arbeit aus."

Chiara tat es und Anna und Therese trafen innerhalb von kaum zehn Minuten im Laufschritt ein. Ihre Wangen waren gerötet und die Haare voller Schnee. Anna trug wie zuvor schwarzes Leder, Therese hatte sich sportliche Kleidung angezogen.

Cariello begrüßte sie schweigend und hielt ihnen die Papiere entgegen. Er sah sie nicht an. Camarata schmunzelte. Der von Cariello veranlasste Anruf war so gut wie ein Gang nach Canossa barfuß im Winter, eine verborgene Bitte um Versöhnung, die den stolzen Akademiker sicherlich Überwindung kostete. Die beiden jungen Frauen sagten nichts, aber nahmen sich etwas vom Stapel der Dokumente und setzten sich in die roten Sessel der spärlich beleuchteten Bar. Sie nahmen das Versöhnungsangebot an.

Camarata beobachtete die Szene mit zusammengezogenen Brauen und ergriff dann das Wort. Er berichtete, was ihm die Frau Bergés erzählt hatte. Er zeigte den drei Archäologen das Papier, mit den historischen Zeichnungen der in Spanien gefundenen Kronen. „Bergé meinte, dass die zwei goldenen Reife aus Spanien aus dem Grab des Gotenkönigs Theoderich stammen würden. Wäre das möglich, und könnte dieses Grab noch heute hier in Ravenna existieren? Könnte es der Ort sein, an dem sich der Rest des Gotenschatzes verbirgt? Sergios geheimer Raum."

„Hm", meinte Anna nach kurzem Zögern. „Das Grab Theoderichs? Möglich ist es. Nachdem sein westgotischer Schwiegersohn Alarich II. in der Schlacht gefallen war, herrschte der Ostgote

Theoderich für dessen jungen Sohn, seinen Enkel Amalerich. Der berühmte Gotenschatz, der erst im Besitz Alarich II. war, lagerte zu seinem Schutz bei ihm, aber Theoderich starb unerwartet. Der Geschichtsschreiber Prokopius berichtet, Athalerich, der ostgotische Enkel Theoderichs, der ihm auf den Thron in Ravenna folgte, habe mit seinem westgotischen Cousin Amalerich vereinbart, dass er den Schatz nach Spanien zurücksenden werde, um diesen in einem Bündnis gegen die Franken zu binden. Da Athalerich sehr jung war, kann die Initiative nur von seiner Mutter Amalsuntha gekommen sein, der Tochter Theoderichs, oder aber von ihr feindlich gesinnten Adeligen. Aber ob das Versprechen eingelöst wurde? … Wenn der Schatz sich noch hier befinden sollte, dann wohl am ehesten in Theoderichs Grab. Wenn es denn existiert …"

Camarata zog die Stirn in Falten. „Sie wissen nicht, wo Theoderich begraben liegt? Ich glaube, ich habe das Grab bei der Herfahrt gesehen …"

Cariello schüttelte den Kopf. „Außerhalb der Altstadt von Ravenna gibt es in der Tat ein monumentales Grabmal Theoderichs. Es ist aus istrischen Steinquadern gebaut und enorm. Das Problem ist, dass es leer ist. Man hat es in jüngerer Zeit ausgegraben, da es von Überschwemmungen versandet und zum Teil verschüttet war. Man fand dabei gotische Gräber, aber nur solche einfacher Leute. Nicht das Grab eines Königs. Die Goten machten zur Zeit Theoderichs etwa zwei Prozent der Bevölkerung aus. Es ist daher wichtig, dass dort in der Zone wohl tatsächlich die Grabstätte der Goten lag, aber man geht heute davon aus, dass Theoderich selbst nie in seinem monumentalen Grabmal bestattet wurde."

Therese schürzte die Lippen. „Es gibt zwar eine Art von rotem Sarkophag in dem Gebäude ..."

„... aber es handelt sich bei ihm um eine Badewanne ...", ergänzte Cariello trocken.

Als Therese Camaratas gehobene Brauen sah, erklärte sie die Worte. „Das, was man als Sarg Theoderichs in sein Mausoleum gestellt hat, ist wahrscheinlich eine antike Badewanne. Auf der Piazza Farnese in Rom gibt es zwei fast identische Wannen, die aus den Caracalla-Thermen stammen. Und es ist bekannt, dass der sogenannte ‚Sarg' des Theoderich", sie deutete mit den Fingern Anführungszeichen an, „ursprünglich in der Innenstadt Ravennas in die Fassade der Ruine eingemauert war, die man heute als Palast Theoderichs bezeichnet."

Camarata brummte. „Das berühmte Theoderich-Mausoleum ist leer und sein Sarg eine Badewanne. Hm. Und wo ist das echte Grab Theoderichs?"

Cariello zuckte die Schultern. „Als Theoderich überraschend an der Ruhr starb, hatte er keinen erwachsenen männlichen Nachkommen. Sein Enkelsohn Athalarich war zehn Jahre alt. Theoderichs Tochter Amalasuntha setzte sich zwar vorerst als Regentin durch, aber wurde angefeindet. Die Goten waren Machos und hatten nichts Besseres zu tun, als Athalarich seiner Mutter zu entziehen, und schon im frühen Jugendalter mit so viel Alkohol zu versorgen, dass er mit zweiundzwanzig an Alkoholismus starb. Amalasuntha versuchte noch, das Gotenreich zu retten, aber man zwang sie bei Athalerichs Tod, einen Mann zum Mitregenten zu ernennen, der sie daraufhin sogleich im Bad erwürgen ließ. Die gotischen Adeligen bezahlten ihre sture Bosheit teuer. Justinians Feldherr Belisar schlug die fast führerlosen Goten wenig später in blutiger Schlacht und nahm am Ende Ravenna kampflos ein." Cariello wendete sich wieder den Zeichnungen Sergios zu und legte sie aus.

Camarata trommelte ungeduldig auf sein Knie. Cariello hatte seit Monaten Ravennas Denkmäler durchforstet und jedes alte Gemäuer umgegraben.

Wenn einer wissen musste, wo das Grab war, dann er. „Hören Sie auf, so ein pedantischer Akademiker zu sein, Professor. Ich erwarte von Ihnen keine beweisbaren Forschungsergebnisse. Spekulieren Sie! Wo könnte dieses Grab sein?"

Cariello rieb sich die Schläfen und seufzte. „Ich denke, dass Theoderich selbst sein Grabmal nicht beenden konnte. Die Steine des vor der Stadt erhaltenen Mausoleums sind enorm. Der oberste Abschlussstein wiegt Tonnen. Der Bau dauerte zu lange und es war daher unfertig, als er starb. Die Mosaike fehlen. Er hatte von einem monumentalen Denkmal seiner selbst geträumt, so wie König Mausolos und die Pharaonen es sich geschaffen hatten. Normalerweise hätte man es nach seinem Tod fertiggestellt, aber die Dinge blieben nicht wie sie waren, kaum dass er tot war. Amalasuntha herrschte als Regentin, aber tat es bedrängt von Feinden. Sie war vielen Goten zu römisch geworden und zudem eine Frau. Ich denke nicht. Sagen wir hypothetisch und als These: was, wenn Amalasuntha ihren toten Vater Theoderich und seine Grabbeigaben an sicherer Stelle aufbewahrte und selbst erwürgt wurde, bevor sie seinen Leichnam in sein Grab überstellen konnte? Sie wurde angefeindet, sie war allein, aber sie war laut allen alten Quellen ungemein klug. Sie wusste, dass jeder den Schatz der Goten begehrte. Ihr eigener Sohn war durch den Alkoholkonsum unkontrollierbar geworden. Wo hätten sie an der Stelle Amalasunthas den Schatz und den Leichnam versteckt?"

„Ganz nahe bei mir", brummte Camarata.

Cariello nickte. „Direkt im Palast und sicher nicht weit vor den Toren der Stadt."

Therese rieb sich die Stirn. „Professor, ich muss etwas gestehen. Wie Sie wissen, gab es vor ein paar Jahren ein Ausgrabungsprojekt unter Cibecchini. Er untersuchte die Strukturen, die von Theoderichs Palast übriggeblieben sind. Einer der beteiligten Assistenten ist ein Freund von mir. Als vor ein paar Tagen die Sache mit den Missorien bekannt wurde, hat er mich in Padua angerufen. Er hat mir gesagt, es gäbe unter den Resten des heute noch sichtbaren Gebäudes viel ältere Mauerformationen, von denen viele eingestürzt oder vergraben seien, wie die zwei Kapellen, aus denen die Missorien stammen. Er sagte, dort unten gäbe es auch einen spektakulären Raum voller christlicher Symbole, der noch nicht erforscht sei. Der alte Cibecchini hat ihn absichtlich verborgen gehalten und den Zugang mit einem Gitter gesichert. Er hat wie Zeit verloren und hält die Sache daher unter Verschluss. Auch weil er auf

Sie eifersüchtig ist, Professor, jetzt, wo auch Sie hier forschen. Mein Freund hat mich ausdrücklich gebeten, Ihnen nichts zu sagen." Sie lächelte entschuldigend. „Vielleicht ist das Sergios Geheimraum? Das Versteck Amalasunthas?" Sie zeigte Cariello ein Blatt Papier, auf dem Sergio Canali einen Raum eingezeichnet hatte und einen grob skizzierten runden Fries. Er zeigte menschliche Figuren, aber auch Schrift, Kreuze, Lämmer und weitere christliche Symbole.

Cariello sprang auf, soweit er das mit der Schiene an seiner Hüfte konnte. „Wir sollten zu den Ruinen des Palastes der Goten fahren und versuchen, diesen Raum mit Hilfe von Sergios Zeichnung zu finden."

Chiara hob nüchtern die Hände. „Sie suchen mit dem Kolonel dort in den Ruinen. Therese und ich fahren zu Theoderichs Mausoleum. Wer weiß, ob der Mörder nicht eher dort auf der Suche ist. Er hat Ihre Informationen nicht und es wäre vielleicht logischer für ihn, in dem monumentalen Grabmal zu suchen als in verfallenen Katakomben, um die er schon seit einem Jahr zirkelt, ohne etwas zu finden. Es geht zuallererst darum, Sergio zu befreien, und er ist bei Kierkegaard."

Camarata nickte. „Nehmen Sie zur Sicherheit Giuzio und noch ein paar Leute mit. Der Mossad-Mann ist gefährlich und nach den Erfahrungen von Cosenza ist keine Vorsicht zu groß."

Er tätigte einen Anruf, um den Luogotenente von ihrem Vorhaben und von dem Verdacht bezüglich des Raumes unter dem Palast zu informieren. Sie warteten fast zwanzig lange Minuten, bis er ihnen Dienstwagen und Verstärkung gesendet hatte, dann machte sich Camarata mit Cariello und Anna auf den Weg zu Theoderichs Palast, während Chiara und Therese in entgegengesetzter Richtung davonfuhren.

Es begann erneut zu schneien.

Geheimnisvolle Katakomben

Es war tiefe, kalte Nacht, als die kleine Gruppe um den Kolonel und Cariello an der Basilika von San Vitale anlangte. Der Schnee war in den letzten Stunden nicht mehr geschmolzen und alles war von einer reinweißen, unberührten Puderschicht bedeckt. Ihre Schritte klangen gedämpft in der weichen Pracht und die Lichter in der Gasse davor wirkten weihnachtlich. Fast hätte Cariello erwartet, einen Schlitten mit glockenbehangenen Pferden auftauchen zu sehen.

Der Luogotenente hatte für sie alles Nötige veranlasst und der Nachtwächter, den sie schon kannten, kam in einer enormen Daunenjacke zum Eingang geschlurft, um ihnen das Tor aufzuschließen. Er wischte sich die unaufhörlich fallenden Flocken von den Schultern. „Sie schon wieder?"

Camarata knurrte, nickte nur und drängte sich gefolgt von den anderen an dem Alten vorbei.

Der sogenannte Palast des Theoderich war einer der weniger besuchten Orte des Geländes, welches die spätantiken Gotenbauwerke Ravennas umschloss. Seine Fassadenreste bestanden aus uralten, nackten Ziegelsteinen am Ende des Parks und ihr trübes Braun machte trotz des Schnees, der darauf lag, wenig Lust, in sie vorzudringen. Im Vergleich zu den prächtigen Gotenkirchen war das, was vom Palast blieb, wenig einladend. Karl der Große hatte ihn in Schutt und Asche legen lassen und seitdem hatte man ihn nicht wiederaufgebaut. Manche Wissenschaftler zweifelten sogar, dass dies hier der Palast gewesen sei.

Der Wächter schaltete die Lichter in den monumentalen Mauern an, trotzdem wirkten ihre leeren Fensterhöhlen beängstigend einsam in der Winternacht. Schneeschauer und Wind wehten durch sie hindurch und die Schritte der späten Besucher hallten hohl von den Wänden wider, als sie die weitläufigen Arkaden betraten. Das fahle Licht der veralteten Laternen und die dichten Flocken gaben der Umgebung eine unheimliche Atmosphäre.

Cariello runzelte die Stirn. Er war versucht, nach Wölfen, Vampiren und der wilden Jagd geführt von Dietrich von Bern Ausschau zu halten. Hier hinten, in den Ruinen, wirkte die Nacht nicht mehr weihnachtlich. Sein Bein schmerzte vom Weg in die Ruinen und seine Krücken glitten vom holprigen Pflaster ab. Trotzdem humpelte er weiter.

Camarata hielt die unbeholfene Zeichnung Sergios vor sich und versuchte, sie in der Düsternis und trotz des Wetters einzuordnen. Der Nachtwächter stand neben ihm und wies ihm den Weg. Zu ihrer aller Überraschung befand sich der Ort, auf den die mit Kinderhand gekritzelten Worte ‚geheimer Raum' hinwiesen, nicht innerhalb der hohen Mauern des Palastrestes, in dem sie standen, sondern in Mauerstümpfen, die näher zur Kirche San Vitale lagen. Nach einigem Suchen fanden sie eine enge, von einem Gitter verschlossene Treppe, die in den unteren Teil zerstörter Palaststrukturen führte. Sie war klar auf Sergios Zeichnung zu erkennen und stimmte auch mit den Angaben von Thereses Bekanntem überein. „Wir sind richtig."

Der Nachtwächter leuchtete über die Stufen. Sie lagen unter einer zerbrochenen Arkade und waren frei von Schnee. Das Schloss, das vor dem Gitter hing, wirkte verbogen und brüchig.

Camarata knurrte ihn an: „Haben Sie den Schlüssel hierfür?"

Der Buckelige schüttelte den Kopf. „Dieses Schloss kenne ich nicht."

Anna kniete nieder und öffnete es kurzentschlossen mit einem Stein. Es schien bereits mehrfach auf die gleiche Weise geöffnet worden zu sein und das vor nicht allzu langer Zeit. Es war zerkratzt. Die lange, kahle Treppe dahinter führte tief unter den Kirchgarten. Cariello zögerte, doch Camarata ließ sich nicht zweimal bitten. Er nahm dem Nachtwächter eine seiner Lampen aus der Hand und stieg zügig nach unten. Seine Blicke suchten nach Fußabdrücken, aber es gab nur kahlen Stein. Es sah aus, als ob man die Treppe sauber gefegt hätte.

Cariello seufzte und biss die Zähne zusammen. Treppen waren ihm mit der Beinschiene zu einem fast unüberwindbaren Hindernis geworden. Er griff nichtsdestotrotz nach der zweiten Lampe des Wächters und nach dem eisigen Geländer und zog sich hinab. Camarata wandte sich keine Sekunde um, so sehr war er auf sein Ziel konzentriert. Cariello musste sich Gewalt antun, um ihn weder zu beschimpfen noch sich über seine Qualen zu beschweren. ‚Und da wird behauptet, die Staatsmacht helfe Behinderten.'

Sie folgten den bemoosten Stufen in den Abgrund, umgeben von Moder und Finsternis. Cariellos Füße glitten auf dem Moos aus und er stieß sich den Kopf wiederholt an der niedrigen Decke des in pechschwarzer Finsternis liegenden Ganges.

Camarata ging es ähnlich. Er fluchte leise. „Ein wahrer Prachtpalast ist das hier."

Ein atemberaubender Geruch nach Algen und Verwesung stieg aus der Gruft auf. Cariello zog sich mit eisernem Willen an einem rechts in der Wand eingelassenen Geländer voran, bis Anna schließlich seufzte und seinen linken Arm über ihre Schulter nahm, um ihm zu helfen. Es war ein unerwartet tröstendes Gefühl, ihren warmen Körper neben dem seinen zu fühlen und Hilfe zu erhalten. Er nickte ihr dankend zu und ein kurzes Lächeln antwortete ihm, das auf den schwarz geschminkten Lippen seiner Schwester ungewohnt aussah.

Am Fuß der Treppe stießen sie auf weitläufige Kellergewölbe ohne Licht und Fenster. Lehmiges Wasser von den Überschwemmungen stand noch immer auf dem Steinboden. Es war mit einer Eisschicht bedeckt, die unter ihren Schritten knackend nachgab. Das Licht der Taschenlampen, die ihnen der Wärter mitgegeben hatte, leuchtete ihnen nur unzureichend den Weg und die Krücken Cariellos erfüllten die gespenstischen Gänge mit unwirklichen metallischen Geräuschen, nur unterbrochen vom Klatschen ihrer Füße in den Wasserlachen.

Camarata blies vor sich in die Luft und beobachtete die Dampfschwaden, die sich bildeten. Er sprach leise. „Was für eine charmante Räumlichkeit. Machen Sie weniger Krach, Cariello. Wer weiß, was uns hinter der nächsten Biegung erwartet."

Die Zeichnung Sergios war jetzt verlässlicher. Jeder Schritt war von der Treppe aus eingezeichnet. Sie führte sie zu einer dunklen Katakombe, die sich in der Größe eines Kirchenschiffs vor ihnen öffnete. Die Strahlen ihrer Lampen huschten über kahle Ziegelsteinwände und gebogene Arkaden. Nur an einer Stelle des Fußbodens fanden sie Reste von

Mosaiken, die andeuteten, dass der Palast des großen Goten einst bessere Zeiten gekannt hatte als dieses Los des ungehemmten Verfalls. Ratten huschten vor ihnen davon und Fledermäuse flogen in ihr Licht.

Cariello hinkte zu einer der Wände. „Sergios Zeichnung besagt, dass es hier eine Tür gäbe. Ich sehe ringsumher nur Ziegel, aber wir sollten vielleicht einen Blick auf diese Stelle aus gröberen Steinquadern werfen." Seine Finger berührten vorsichtig die Mauer. Sie war eisig und nass.

Camarata hielt die Zeichnungen des Jungen vor ihn, so dass er auf seine Gehhilfen gestützt Papier und Wand vergleichen konnte. Er fand eine ungerade Stelle in der Mauer. „Als hätten Einbrecher die Steine auf der Suche nach Beute beschädigt. Hier sind Spuren von Hammerschlägen." Als er dagegen drückte, bewegte sich zu seinem Erstaunen die ganze Wand. Ein enormes Mauerstück war lose und nur provisorisch in die anderen Steine eingefügt.

Camarata wartete nicht. Er steckte die Zeichnung ein, griff an die Ränder der Quader und hob das große Mauerstück vorsichtig und mit erheblicher Kraftanstrengung aus seiner Verankerung. Anna sprang ihm zur Seite und half ihm, die durch uralten Mörtel zusammengehaltene Steinformation auf den Boden zu stellen.

Als sie das Mauerstück absetzten, zuckte Anna zusammen. „Auf dem Boden sind Kratzspuren. Hier. Als wären wir nicht die Ersten, die in den letzten Tagen dieses Mauerstück bewegt hätten."

Cariello beugte sich darüber. Die Kratzer leuchteten weiß im Grün der Algen, die die Steine bedeckten. Er ließ seine Blicke umher wandern, aber nichts rührte sich. Es schien, sie waren allein. Schweigend zog er die Brauen hoch und sah zu Camarata. Auch dieser runzelte die Stirn. Nur das Tropfen von Wasser war in der Dunkelheit zu hören.

Cariello wandte sich zurück zur Wand. Das Loch, das in der Mauer entstanden war, erlaubte es ihnen, in einen dahinterliegenden, größeren Raum zu sehen. Sein Herz beschleunigte. Aus einer weitläufigen Halle glänzten ihnen im Schein der Lichter funkelnde Farben entgegen. Die Wände des achteckigen Raumes, der vor ihnen lag, waren mit glitzernden Mosaiken bedeckt.

Cariello schnalzte leise mit der Zunge. „Wir befinden uns am Eingang einer Krypta aus der Zeit der Goten."

Das Mausoleum Theoderich des Großen

Chiara parkte das Dienstfahrzeug der Carabinieri unter einer Platane und ging Therese zum Mausoleum Theoderich des Großen voran. Es stand einsam in der Ebene vor Ravenna, ein enormer zehneckiger Klotz umgeben von Dunkelheit. Ein weitläufiger Park erstreckte sich um das zweistöckige, weiße Monument. Seine Wiesen wurden in der kalten Nacht mehr und mehr von Schnee bedeckt. Eine notdürftige Beleuchtung erhellte das Gelände und ein Nachtwächter erwartete sie mit mürrischem Gesicht am Eingang des Parks. Man hatte ihn zu Hilfe gerufen und er tat knurrend, was er zu tun verpflichtet war, aber fror dabei sichtlich. Sein großer Schlüsselbund klirrte in der Stille. Er rieb sich wiederholt die klammen Hände und öffnete den beiden Frauen und den sie begleitenden Carabinieri unwillig das Tor.

Chiara blieb stehen und ließ den Blick über den Park gleiten. Kein Fußabdruck störte das reinweiße Laken, das die Schneeflocken geschaffen hatten. Kein Fahrzeug war weit und breit zu sehen. Sie gab ihren Begleitern ein Zeichen, ihr zu folgen, und ging ihnen schweigend, und ohne die Taschenlampe anzuschalten, voran zu dem mächtigen Mausoleum. Sie sank dabei bis zum Knie im Schnee ein und hatte Mühe, sich voranzukämpfen. Therese griff ihr von Zeit zu Zeit unter den Arm und half ihr. Niemand sprach.

Als sie im Schutz einer Hecke an dem Gemäuer anlangten, fanden sie seine Tür verriegelt vor. Nicht das mindeste Geräusch war zu hören. Vor ihrem Mund bildeten sich in der eisigen Nacht Nebelwolken und ein Gefühl tiefer, absoluter Verlassenheit legte sich über die kleine Gruppe.

Chiara drehte sich zu Therese und flüsterte: „Kierkegaard hat Sergio heute Morgen entführt. Dass wir keine Fußspuren sehen, will nichts heißen. Es schneit erst seit zwei Stunden. Wir hätten Spürhunde anfordern sollen."

„Der Wächter steht hinter uns. Er kann uns aufschließen."

Chiara nickte und winkte den Mann heran. Gleichzeitig nahm sie ihre Pistole aus dem Halfter und gab ihren Kollegen ein Zeichen, das gleiche zu tun. Therese trat einen Schritt zurück.

Chiara spürte ihren Puls beschleunigen. In der Tiefe der Nacht hatte sie Angst vor dem, was sie hinter der Tür vorfinden könnte. Sie biss die Zähne zusammen und stieß das übermannshohe bronzene Portal auf. Mit einem Satz sprang sie, gedeckt von

Giuzio, voran. Absolute Finsternis empfing sie. Sie leuchtete mit einer weiten Bewegung ihrer Lampe über den runden Innenraum, bevor sie sich die Zeit nahm und nach dem Lichtschalter tastete. Die Lampen blitzten grell auf und zeigten ihr einen leeren Raum mit drei breiten Grabnischen. Sonst nichts.

Chiara holte Luft. Insgeheim war sie erleichtert. Sie rief Therese herein, die sich besser mit den Gotendenkmälern auskannte. „War dieser Raum schon immer so leer?"

„Hier sind Goten begraben worden. Bei Grabungen hat man einen vergoldeten Brustharnisch und gotische Gewandreste gefunden. Im 10. Jahrhundert hat man dann alle lokalen Größen und sogar einen Papst hier begraben. Später wurde das Obergeschoss eine Kirche. Die Grablege selbst wurde von Überschwemmungen verfüllt. Hier war früher direkt vor der Tür das Meer und ..."

Chiara unterbrach sie: „Verdammt, ich will keine Geschichtsstunde, Therese. Gibt es geheime Räume, eine Krypta, Tunnel?"

„Es gibt das Obergeschoss." Therese deutete nach draußen. „Wir müssen die Außentreppe hoch."

Chiara zögerte nicht. Die Pistole ungesichert vor sich und den Schlüsselbund des Nachtwächters in der Hand, stürmte sie mit Giuzio nach draußen und die Treppe hinauf. Ihr Herz hämmerte erneut. Sie musste an die Verletzung ihres Mannes denken, der bei einem ähnlichen Einsatz fast sein Leben verloren hatte. Zwei kleine Kinder warteten daheim auf sie. Sollte sie Giuzio vorgehen lassen? Sie hörte Geräusche aus dem Innenraum des Mausoleums und entschied sich. Sie schloss die Tür auf und ging mit einem großen Schritt voran. Dann zuckte sie zurück.

Etwas Voluminöses flog ihr ins Gesicht, kratzte über ihre Wangen und bohrte sich stechend in ihre Lippen. Sie schlug um sich, versuchte sich zu befreien und ging mit geschlossenen Augen zu Boden. Beißende Schmerzen durchfuhren sie. Sie schoss mehrfach, ohne dass sie sich von dem, was sich ihr in den Mund bohrte, losmachen konnte. Jemand griff von hinten heftig ihren Kopf, entriss ihr die Pistole und drückte sie zu Boden.

„Mach, dass du fortkommst. Weg. Tsch."

Der Schmerz ließ nach. Chiara hörte düstere ‚Huh'-Laute und dann war es still. Sie öffnete die Augen.

Giuzio hatte das Licht angestellt und jagte eine Eule vor sich her aus dem runden Kapell-Raum. Er lachte erleichtert. „Es ist ein Vogel. Keine Panik."

Chiara schmeckte Blut auf den Lippen. „Das blöde Vieh hat mich gebissen." Sie stand auf und wischte sich die Federn aus den Augen. Mühsam versuchte sie, trotz ihres Schocks ihre Ruhe und ihre Würde wiederzugewinnen.

Auch dieser Raum war leer. Nur eine dunkelrote Steinwanne stand in der Mitte. Als sich die Lage erneut beruhigt hatte, kamen auch Therese und der Rest der Carabinieri nach. Chiara trat zu dem Trog. Ihr Puls raste noch immer, auch wenn sie versuchte, es zu verbergen. „Das ist der berühmte Sarg Theoderichs?"

Therese nickte. „In ihm liegt etwas."

Chiara zögerte. Sie hatte Angst. Ihr Herz verkrampfte sich und kalter Schweiß trat ihr auf die Stirn. Was würde sie finden? Den Leichnam Sergios? Langsam beugte sie sich nach vorn.

Ein einzelnes Blatt Papier war auf den leeren Boden der Wanne geklebt. Nur das.

Darauf stand ein einziges Wort. Chiara schoss schnaubend und außer sich zurück nach oben. Wut würgte sie.

Es war das Wort: „Buh."

Böse Überraschung

Cariello sah auf die kostbare Dekoration der Kapelle. „Was für ein Wunderwerk. Dass Cibecchini diesen Raum geheim gehalten hat, ist eine Schande. Eine tausendfünfhundert Jahre alte, achteckige Krypta, acht Ecken in Erinnerung an die Zahl für Christus, der am achten Tag auferstand." Sein Blick glitt über die Mosaike. Die Farben leuchteten im Licht der Lampen, als wären die Bilder gerade erst erschaffen worden. „Der Raum stammt aus der Spätantike", sagte er leise. „Es ist der gleiche Stil wie der in San Vitale, in der Taufkapelle der Arianer und in Sant Apollinare Nuovo."

Er wurde sich bewusst, dass er flüsterte. Die Atmosphäre in den verlassenen Gängen war unheimlich und jedes lautere Geräusch hallte von den Wänden wider. Er glaubte nicht, dass Kierkegaard hier unten in der eisigen Finsternis sein könnte, aber sah sich trotzdem um.

Camarata drängte sich hinter ihm voran. Er brummte: „Glauben Sie, das ist das Versteck, das die Tochter Theoderichs für ihren Vater aussuchte?"

„Es handelt sich sichtlich um eine Privatkapelle der Familie der Amaler. Aber Sie sehen so wie ich, dass sie leer ist."

Cariellos Worte wurden von dumpfen Geräuschen unterbrochen.

„Da ruft jemand!", hauchte Anna, die schon seit einigen Minuten den Kopf misstrauisch zur Seite gelegt hatte. „Ich höre eine Stimme." Sie stieg über die Mauerreste und trat zur Mitte der Krypta, wo eine aufwändig ziselierte Steinplatte den Boden bedeckte. Sie beugte sich lauschend darüber. Noch immer hörten sie deutliches, wenn auch gedämpftes Rufen.

Camarata begriff als Erster, dass die Rufe nicht aus dem Stein kamen, sondern aus einer Vertiefung in der dahinterliegenden Wand. Er brüllte: „Sergio, um Himmels willen, wo bist du, Junge?"

Eine gewimmerte Antwort kam aus der Mauer. „Ich bin eingesperrt. Ich komme hier nicht raus. Ich bekomme keine Luft."

Camarata warf sich wie ein Terrier, der die Fährte aufnimmt, in die Dunkelheit und begann die Wände abzusuchen. „Sergio, hörst du mich? Wie bist du da reingekommen?" Er brüllte erneut. Seine Hände glitten über die rauen, bemoosten Wände und rissen an den Steinen.

„Der Typ hat mich in eine Nische gedrückt und Steine davor geklemmt."

Cariello kam Camarata zu Hilfe. Auch seine Hände glitten fieberhaft über die Mauern, auf der Suche nach dem Zugang zum Gefängnis des entführten Jungen. Er stieß auf eine Scharte und leuchtete an ihr nach oben. „Hier ist der Ansatz einer zugemauerten Fensternische." Er riss mit Annas Hilfe daran, aber die Steine hielten. „Sie sind mit einem Bolzenschussgerät befestigt worden. Rufen Sie Ihre Kollegen zu Hilfe, Kolonel. Ich versuche herauszufinden, wie man sie bewegen könnte, aber fürchte, wir benötigen Verstärkung … uns fehlt Werkzeug."

Camarata nickte und holte sein Telefon aus der Tasche. Er versuchte, einen Anruf zu tätigen. „Ich bekomme kein Signal." Er wandte sich eilig um, aber als er nach draußen steigen wollte und sich erneut dem Mauerloch näherte, durch das sie in die Kapelle gestiegen waren, stoppte ihn ein Schuss. Er zuckte zusammen und sprang zurück. Das Licht einer außergewöhnlich hellen Lampe blitzte auf. Eine dunkle Gestalt stand dahinter in der Maueröffnung und hielt ihn mit unmissverständlicher Geste eine Pistole entgegen.

Camarata drückte sich gegen die Wand auf der Suche nach Deckung. Anna schrie auf und Cariello riss sie im gleichen Moment hinter sich.

Eine dunkle Stimme, deren unangenehmen Tonfall Cariello mit Schaudern wiedererkannte, schnarrte: „Sie werden jetzt so nett sein, als Allererstes Ihre Waffen hier auf den Boden direkt vor mich zu legen, Kolonel." Cariello erkannte den Akzent des Mannes, der die bedrohliche Nachricht auf dem Telefon von Sergio hinterlassen hatte. „Geben Sie sich keine Mühe, an Widerstand zu denken. Ich knalle Sie ab, bevor Sie auch nur zucken können. Ich sehe Sie, Sie sehen mich nicht. Sie sind meine Gefangenen."

Der Mann hatte recht. Das starke Licht in seiner Hand leuchtete die Kapelle blendend hell aus und sie sahen ihn dahinter nur als schemenhaften Umriss. Das Einzige, was klar sichtbar war, war seine Pistole. Zähneknirschend nahm Camarata seine Beretta aus dem Holster und legte sie dem Mann vor die Füße.

Ein krächzendes Gelächter antwortete ihm. „Danke, Kolonel. Die beiden anderen kommen mit ihrem Rücken voran zu mir, damit ich sie absuchen kann. Los … Bewegung!"

Cariello und Anna gehorchten und näherten sich im Rückwärtsgang dem Loch in der Mauer. Das Gefühl der über ihren Rücken gleitenden Hand des Mörders war beklemmend. Vor allem Anna musste sich zusammenreißen. Sie hatte begonnen zu zittern. Der Mann hatte mit ihr eine Rechnung offen und sie schien sich dessen nur zu bewusst. Ihre Lippen zuckten und ihre Augen trafen eine Sekunde die Cariellos, der ihr mit seinen Blicken Mut einzuflößen versuchte. ‚Anna ist stark', dachte er. ‚Aber die letzten Tage haben an ihr gezehrt.' Er machte sich Sorgen um sie. Wie hatten sie so blind in diese Falle tappen können?

Er fühlte einen heftigen Stoß in den Rücken, der ihn brutal in die Mitte des Raumes zurückbeförderte. Kierkegaard blaffte: „Hier ist der Deal. Sie öffnen den Boden dieses zauberhaften Schatzkästchens und ich lasse Sie am Leben. Schaffen Sie es nicht innerhalb einer Stunde, werfe ich eine Granate in den Raum. Auf die eine oder andere Art werde ich an das kommen, was sich dort unter Ihren Füßen befindet … sei es mit Ihrer Hilfe oder sei es mit roher Gewalt … und dann natürlich ohne Sie. Die Zeit läuft." Man hörte das Piepen einer Stoppuhr.

Kierkegaard lachte schallend und richtete seine Lampe auf den Boden der Kapelle und die Ornamente auf dem mächtigen Stein. Der

Marmorblock maß gute fünfzehn Meter im Durchmesser. So einfach bewegte man ihn nicht, aber wenn sich in diesem Raum etwas befand, so lag es wohl in der Tat unter diesem Stein verborgen. Die Wände waren zwar prunkvoll, aber die Mosaike schienen weder Grab noch Tür zu verbergen, wenn man vom Gefängnis Sergios absah, das aus einer zerfallenen Fensterhöhle bestand, die einst Licht von oben hereingelassen hatte. Die teilweise zerbrochene Mauer, durch die sie in die Kapelle gestiegen waren, war der einzige Zugang.

Cariello, der jetzt wieder in der Mitte der mosaikverzierten Halle stand, stöhnte lautlos. Der Irre am Eingang hatte ihnen eine Frist gesetzt, aber selbst, wenn sie ihn überreden konnten, diese zu verlängern … Der Junge in dem eisigen Mauerloch in der Wand brauchte sofort Hilfe und vor allem Luft. Er hatte nicht vor, so leicht aufzugeben. „Ich kümmere mich gern um Ihren Stein", rief er dem Schatten zu, der sich in der Mauer verborgen hielt. „… aber nur, wenn Sie uns zuerst erlauben, den Jungen aus dem Loch zu holen."

Ein raues Lachen antwortete ihm. „Die Tatsache, dass er keine Luft bekommt, macht es doch erst spannend, Professor. Ich habe ihn absichtlich für Sie in dieser Nische verstaut, sozusagen als überzeugendes Argument. Viel Zeit haben Sie mir nicht gelassen, aber ich finde, mein Bühnenbild ist gelungen." Kierkegaard schnarrte: „Sie müssen mich für einen Anfänger halten, Sie hochmütiger Laffe … Was denken Sie, woher ich nach Bergés dummem Artikel über die Gotenkronen von seiner Verbindung zu Rante erfahren habe, von den Kronen, die er gekauft hat, und von seinen Absichten, den Schatz zu finden? Und was denken Sie, woher ich wusste, dass Sie hierherkommen? Ich habe Ihrer aller Telefone seit einer Weile abgehört. Der Herr Kolonel hat mir vor einer Viertelstunde sehr schön die Lage Ihrer Forschungen zusammengefasst. Es nützt, beim Geheimdienst gearbeitet zu haben."

Cariello machte erbost einen Schritt in seine Richtung, aber augenblicklich pfiff ein Schuss durch die Luft. Eines der alten Mosaike neben Annas Kopf zersplitterte. Cariello zuckte zusammen und Anna duckte den Kopf. Sie war jetzt leichenblass.

„Das war für Sie, Professor. Wenn Sie sich nicht an die Arbeit machen, knalle ich Ihre Schwester ab. Überlegen Sie es sich. Ich werde alles tun, um ans Ziel zu kommen. Das Ziel, das ich habe, rechtfertigt jegliches Mittel. Sie sind nur ein nichtiges Detail."

Eine tiefe Falte der Wut und des Schocks bildete sich über Annas Nasenwurzel. Sie wollte etwas erwidern, aber Cariello gab ihr mit einem diskreten Zeichen zu verstehen, vorerst zu schweigen. Sie standen wie auf einem Servierteller vor einem bewaffneten Irren, der sich in der Dunkelheit verbarg. Er wollte kein weiteres Risiko eingehen.

Stattdessen drehte er sich - vorgeblich beflissen - zu der Marmorplatte auf dem Boden. „Sehen wir erst einmal, was es mit dem Stein auf sich hat." Anna und Camarata nickten, sie benommen, er nüchtern.

Cariello kniete trotz seiner Krücken mühsam nieder und sie taten es ihm nach. Der Marmor unter ihren Füßen trug einen wunderschönen, gemeißelten Fries dekoriert mit einer Unzahl von in Togen gehüllten Heiligen, Schriftzeichen, christlichen Symbolen und Tieren. Er musterte aufmerksam seine Oberfläche, die in mehreren runden Bordüren Lämmer, Adler und Pelikane zeigte. Akanthusblätter wanden sich um gotische Zangenmuster. An einigen Stellen sah er metallene Bänder, die den Stein im Boden zu verankern schienen.

„Dieser Typ dort am Mauerloch ist kein Idiot", hauchte Anna. Ihre Stimme bebte. „Er muss vor unserer Ankunft schon hundert Mal an diesem

Stein gesessen haben und muss ohne Erfolg versucht haben, ihn zu öffnen. Er hätte es gleich mit einer Granate versucht, wenn er gedacht hätte, dass ihm das Erfolg verspräche. Aber das hier ist ein alter Mechanismus und der Marmor sicher nicht weniger als einen halben Meter dick. Eine einfache Handgranate richtet da nichts aus. Er hatte Angst, die ganze Kapelle wegzublasen, wenn er genug Dynamit genommen hätte, um durch den Stein zu kommen."

Cariello nickte und strich über das rostige Metall der Verankerungen. „Das ist das erste Mal, dass ich so etwas sehe. Solche Apparate hat es früher in den Palästen der römischen Kaiser gegeben. Man berichtet von einer derartigen sich drehenden Maschinerie im Domus Aurea, dem goldenen Haus Neros in Rom. Sie soll dort einen gesamten Bankettsaal bewegt haben."

„Meinen Sie, der Stein hebt sich?", murmelte Camarata.

Anna schürzte die Lippen. „Vielleicht hob er sich früher einmal, aber es gibt sicher wenige Mechanismen, die nach 1500 Jahren ohne Öl noch einwandfrei funktionieren. Trotzdem - besser, wir versuchen unser Glück. Keine Granate zerbricht einen so enormen Stein, aber unsere Knochen sind weniger widerstandsfähig, fürchte ich."

Cariello ließ seine feingliedrigen Finger über den Boden gleiten. Er schien zu zählen.

„Was?", murmelte Camarata ungeduldig.

„Ich denke, dieses Wunderwerk hier vor uns war der intellektuelle Spielplatz irgendeines Weisen, vielleicht der salomonisch klugen Amalasuntha selbst. Die Symbole sind christlich, also mindestens spätantik und stammen nicht aus Neros Zeiten. Sie sind außerordentlich aufwändig gestaltet. Es gibt Heilige, Kreise, Ornamente und Schriftzeichen. Ein Chaos aus Verzierungen. Mehr als nötig sind. Sie müssen einen Schlüssel verbergen, wenn sich wirklich ein Mechanismus unter dem Stein verbirgt. Irgendwie muss man ihn in Gang setzen können."

Er suchte erst auf dem Fries nach Hinweisen, dann an den Wänden, schließlich nahm er die Taschenlampe aus der Hand Camaratas und begann, die Decke der Kapelle abzuleuchten. Mit einem Ausruf des Erstaunens wurde er fündig.

Stumm deutete er auf das, was ihnen jetzt allen ins Auge sprang.

Das Rätsel in Marmor

Das bemalte Deckengewölbe der gotischen Kapelle war blau wie ein Himmel und mit goldenen Sternen verziert ... und in dreien davon steckten auffällige bronzene Befestigungen. Cariello deutete darauf. „Dort hat etwas gehangen." Er leuchtete zurück auf den Boden. Direkt unter den Haken waren große Zirkel im Marmor des verzierten, runden Steins zu sehen.

„Die Kronen und die Teller!", rief Anna. „Sie haben sich früher hier befunden."

„Das denke ich auch", nickte Cariello. „Und wenn es stimmt, dass sich auf den Kronen Zeichen befinden ... dann sind sie vielleicht unser Weg zur Lösung des Rätsels." Er drehte sich zu dem wartenden Mann am Eingang der Kapelle. Seine Stimme hallte von den Wänden wider. „Wir brauchen die Kronen und die Missorien."

Eine Weile herrschte Stille, dann verschwand der Schatten hinter der gleißenden Lampe und kam eine Sekunde später mit einem Sack wieder. Kierkegaard warf den Beutel in weitem Bogen aus der Düsternis in die hell erleuchtete Krypta, direkt vor Camaratas Füße. Es schepperte, als er zu Boden fiel. Camarata zuckte bei der groben Behandlung der Kleinodien zusammen, aber kniete eilig nieder. Vorsichtig griff er in den Beutel und holte die Juwelen hervor. Anna nahm ihm die zwei goldenen Reife aus den Händen und streckte ihre schlanke Gestalt und ihre langen Arme, um sie an der Decke anzubringen. Die Krypta war nicht hoch. Sie hatte die Geschmeide in wenigen Sekunden angebracht.

Sie flüsterte erregt: „Die Haken an der Decke sind verschieden. Es passt immer nur eine der Kronen an einen der Haken. Sie sind nicht austauschbar."

„Aber sie passen!", murmelte Camarata mit verblüfftem Nicken.

Sie wandten sich zurück zum Boden. Von den Missorien, die offenbar in drei kreisrunde Vertiefungen in der marmornen Grabplatte gehörten, hatten sie nur eines und das Stück, das Kierkegaard von dem zweiten Teller abgetrennt hatte. Der obere Teil des zerschnittenen Tellers lag auf der Wache der Carabinieri und ein dritter unbekannter Teller fehlte ihnen gänzlich.

„Die Kronen sind sich ähnlich", sagte Cariello. „Sie gehören zusammen. Schauen wir, wie es mit den Missorien steht …" Er schob seinen Körper zwischen sich und die Teller, um dem wartenden Mörder zu verbergen, was er tat, dann nahm er den vollständigen und den halben Prunkteller und fügte sie in die ihnen bestimmten Plätze. Auch hier passte der vollständige Teller nur in eine der drei runden Vertiefungen. Die anderen beiden waren geringfügig, aber doch entscheidend, abweichend in ihrer Größe und konnten daher eindeutig zugeordnet werden.

Als Cariello sein Werk beendet hatte, beugte er sich abwechselnd über die Teller und sah hinauf zu den Kronen. Eine Erkenntnis traf ihn. Er hätte sich ohrfeigen können, aber lachte nur grimmig. „Wir sind schön erfinderisch gewesen bei unseren Ausdeutungen dieser Teller. Jetzt, wo ich sie vor mir liegen sehe, gestehe ich – mea culpa. Der Mann im Wasser auf dem abgetrennten Stück Missorium ist nicht der tote Alarich im Busento. Es ist Christus bei der Taufe im Jordan." Ihn erfasste eine wilde Lust zu lachen, die sich durch die bedrohliche Situation, in der sie sich befanden, noch verstärkte. Der Stress kitzelte seine Mundwinkel. Er bedeckte sich die Stirn und dann den Mund, um sich zurückzuhalten, aber sein Gelächter war hörbar.

Kierkegaard schnarrte. „Hören Sie auf zu lachen, oder Sie lachen nie wieder."

Cariello biss sich auf die Lippen, aber schmunzelte noch immer, als er sich zu Camarata lehnte. Erstaunlicherweise fühlte er sich nach seinem

Heiterkeitsanfall besser und schöpfte den leichtfertigen Wagemut der Verzweiflung. Er wollte dem irren Mörder an der Tür nicht helfen, aber entschloss sich, im Moment sein Spiel zu spielen und auf eine Gelegenheit zu warten, um ihn zu überwältigen. Er deutete auf die Missorien. „Jeder der zwei Prunkteller zeigt zwei Szenen, eine weltliche und eine religiöse. Der eine zeigt auf seinem oberen Teil wie vermutet Alarich bei der Einnahme Roms, aber darunter zeigt er die Taufe Jesu und nicht den toten Goten."

Camarata knurrte, sichtlich durch Cariellos Lachanfall verunsichert. Er beäugte ihn mit verschränkten Armen. „Das ist Jesus? Der Mann ist nackt!"

„Es war in der Spätantike noch normal, auch Jesus nackt darzustellen, Genitalien inklusive. Alle Kaiser und Götter Roms wurden bis dahin nackt dargestellt. Warum nicht auch Christus? Aber hier sieht man deutlich die Taube über dem Jordan, Symbol des Heiligen Geistes und der Taufe. In der Arianer Taufkapelle unweit von hier sieht man dieselbe Szene, mit dem einzigen Unterschied, dass Jesus im Wasser steht und nicht sitzt."

„Aber der zweite Teller zeigt Theoderich?", brummte Camarata leise.

Cariello machte eine zweifelnde Handbewegung. Er beugte sich darüber und leuchtete mit seiner Taschenlampe über die Einzelheiten des zerschnittenen Halbmondes des enormen Tellers. Er fuhr über jedes Detail, bemüht, sich zu beruhigen, dann öffnete er sein Telefon und verglich das Metall mit dem zweiten Teil des Tellers, dessen Bild er abgespeichert hatte. „Ich denke schon, dass dieser Teller hier Theoderich zeigt. Nur, dass wir die falsche Person als Theoderich identifiziert haben. Der Mann auf dem Thron ist nicht der Herrscher, sondern Gott. Theoderich ist der Mann unter ihm."

Camarata seufzte. „Machen Sie mich schlau, Professor. Woran sehen Sie das?"

Cariello zwinkerte ihm zu, bemüht, auch Camarata in dieser bedrohlichen Situation zu ermutigen. Er hätte ihn schütteln mögen. „Die beiden Teller sind von dem gleichen Künstler geschaffen worden und auf dem einen hat Christus im Jordan keinen Bart. Auf dem anderen sitzt ein Mann mit Bart auf einem Thron. Das entspricht der Unterscheidung, die die Arianer zwischen Gott und Christus machten. Während die Katholiken Gott und Christus in der Spätantike entweder genau gleich abbildeten oder Gott gar nicht darstellten, sehen wir hier zwei voneinander unterscheidbare Persönlichkeiten. Das sieht man auch in der Goten-Kirche Sant Apollinare. In ihr wird Christus ohne Bart dargestellt und Gott mit Bart. Theoderich ist der andere Mann, der unten auf der Bahre liegt. An seiner Schulter ist eine gotische Gewandfibel zu sehen und er ist von einem kreisförmigen Gegenstand zugedeckt." Cariello hielt inne. Er schlug sich gegen die Stirn und eine heiße Welle Adrenalin durchfuhr ihn. „Camarata, jetzt begreife ich! Heureka!"

Camaratas Gesicht wurde noch grimmiger und seine Brauen zogen sich zusammen. „Was begreifen Sie? Cariello, es ist nicht der Moment für Ratespiele!"

„Was wir hier sehen, ist der Stein, auf dem wir knien!"

Camarata schmunzelte nun trotz der Lage ebenfalls. „Wir knien auf dem, was Sergio als fliegende Untertasse beschrieben hat. Das ist ein Grabdeckel?"

„Gott sitzt auf dem Thron im Himmel über dem toten Herrscher, der unter diesem Stein liegt und auf seine Auferstehung wartet. Dass der tote Theoderich keinen Bart hat, entspricht der byzantinischen Tradition, die den Teller inspiriert, nicht der gotischen. Wenn ich diese beiden Szenen von Theoderich und von Alarich I. ansehe, habe ich auch eine Idee, wer auf dem fehlenden Teller zu sehen gewesen sein muss. Ein altes Sprichwort aus der Gegend um Carcassonne nennt den Schatz der Goten den Schatz dreier Könige – ,fortuno de tres reis'. Dieses Sprichwort meint Alarich I., Alarich II., und Theoderich. Ataulf, der nach Alarich I. kurzzeitig über die Goten herrschte, und mehrere seiner Nachfolger, werden nicht erwähnt. Der dritte Teller wird Alarich II. zeigen, den engen Verbündeten Theoderichs und Ehemann seiner zweiten Tochter – und natürlich die fehlende Person der Göttlichkeit, den Heiligen Geist, den die Arianer wie alle Christen verehrten."

„Schön und gut, Bruderherz", stöhnte Anna, und fuhr sich heftig durch die platinblonden Haare. „Aber dieser schöne Kapellschmuck hilft uns nicht weiter, wenn wir nach dem Hebemechanismus für die Bodenplatte suchen. Hatte Bergés Frau nicht etwas von Zeichen auf den Kronen und Tellern erwähnt? Die Zeit drängt." Sie war fahl vor Sorge.

Sie nahm die Lampe aus seiner Hand und ließ sie erst über eine der Kronen wandern, dann über die andere. Es besorgte Cariello, dass ihre Hand dabei bebte. „Auf den Kronen gibt es weniger Zeichen, als ich gedacht hätte", sagte sie schließlich. „Auf jeder ist nur jeweils ein Symbol eingeschnitten. Es wurde nach der Herstellung der Krone in das Metall geritzt und nicht ursprünglich hineingeprägt. Hier ist ein Strich und ein Alpha, dort ein IH und auf der dritten Krone ist ein Chi Rho zu sehen. Alle diese Zeichen referenzieren Christus. Aber was bedeuten sie …?"

„Schauen Sie lieber auf die Marmorplatte, Anna", sagte Camarata. „Hier sind mehr Zeichen, als Ihnen lieb sein wird."

Er klopfte auf die Mitte der Bodenplatte, in die in einem sie mehrfach umrundenden Fries ein langer Text eingeschnitten war:

„Was ist das für eine Schrift? Runen?", knurrte Camarata.

Cariello schüttelte den Kopf. „Das sind auf dem Griechischen basierende gotische Schriftzeichen. Der gotische Bischof Wulfila hatte mehr als hundert Jahre vor Theoderich eine Bibel-Übersetzung in Gotisch angefertigt. Da die Goten bis dahin kaum richtig schreiben konnten, sondern nur Runen benutzten, erfand Wulfila eine gotische Schrift. Seine Bibel ist heute eine der ältesten germanischen Schriftstücke. Und was hier geschrieben steht, ist das Vaterunser, wie man es aus dem Codex Argenteus kennt, einem kostbaren Schriftstück, geschrieben auf purpurnem Pergament mit silberner Farbe. Er wurde zwischen 500 und 510 für Theoderich angefertigt."

Camarata stierte mit gerunzelter Stirn auf die Schriftzeichen. „Sie, meine wandelnde Enzyklopädie und erstaunlicher Quell allen Wissens, können Sie das lesen?"

Cariello nickte. „,Atta unsar þu in himinam, weihnai namo þein.' Vaterunser im Himmel, geheiligt werde dein Name", las er, und sprach dabei das þ wie ein englisches Th aus.

„Addo", sagte Anna leise und schüttelte seine Schulter. „Wir haben christliche Symbole auf drei Kronen, Hinweise auf drei Tellern und ein Vaterunser. Wie hebt man damit den Grabdeckel? Mit Beten?"

Cariello sah die Angst in ihren Augen. Einer plötzlichen Gefühlsregung folgend legte er seinen Arm um sie und drückte sie fest an sich. Auch ihm pulsierte die Anspannung in den Adern und presste ihm die Brust zusammen. Aber es war lebenswichtig, einen klaren Kopf zu behalten und nicht aufzugeben. Er schüttelte sie. „Versuchen wir es mit Gematrie, Anna. Nur Mut. Zu Theoderichs Zeiten war Zahlensymbolik in heiligen Texten ein beliebter Sport und wenn ich mich recht erinnere, hast du in jungen Jahren Gematrie-Spiele geliebt, richtig?"

Anna erwiderte seine Umarmung, atmete tief durch und richtete sich auf. Sie sah ihn an. „Die christlichen Symbole auf den Kronen haben einen Nummernwert!?"

Cariello nickte. Er erhob sich mühsam, streckte sich mit Hilfe einer seiner Krücken und griff die Krone über dem zerschnittenen Teller, der in seinem oberen Teil das Bild Gottes trug. „Hier in dieser Krone ist vorn eine gerade, sehr deutliche Linie eingeschnitten und daneben steht ein Alpha, erster Buchstabe des griechischen Alphabets und häufig benutztes biblisches Symbol für ‚Gott ist der Beginn'. Was sagt uns das?" Er nickte Anna auffordernd zu.

Camarata kniete noch immer auf dem Boden und schniefte ungeduldig, aber auch er schien seine Fassung wiederzuerlangen.

Anna schloss die Augen und legte die Hände an die Schläfen, um sich zu konzentrieren. „Diese Krone hängt über der Darstellung Gottes auf dem Thron. In der Auslegung der Kirchenväter ist die Eins das Symbol Gottes. Im irdischen Bereich steht die Eins für die absolute Macht des Herrschers, zeichenhaft dargestellt als einfache Linie. Eins ist die Zahl, die man in diesen beiden Gegenständen verborgen hat."

Cariello nickte erleichtert. „Richtig. Und die zweite Krone, die, die bei den Carabinieri in der Wache liegt?"

Anna schien ihre alte Entschlossenheit wiederzufinden. Sie schloss erneut die Augen. „Die Krone trägt das christliche Symbol des Chi Rho, das die ersten beiden Buchstaben des griechischen Wortes Christus, der Gesalbte, vereinigt. Es wird auch konstantinisches Kreuz genannt, da Kaiser Konstantin es auf seine Fahne malte, bevor er in die Schlacht zog und damit die Christianisierung begann. Das X, das Chi, stand manchmal für 600, aber öfter galt es als Verdoppelung des lateinischen V, der fünf, und hatte damit den Wert zehn. Zehn symbolisiert die Schöpfung. Als Summe der ersten vier Zahlen (1+2+3+4 = 10) galt die Zehn bei den Pythgoräern als Schlüssel für das Verständnis von Universum, Himmel und Ewigkeit. Unter dem Platz für die Krone, die es trägt, fehlt der Teller, der dort hingehörte."

„Es war der Teller, der den Heiligen Geist gezeigt haben muss. Den Heiligen Geist als Sinnbild der Schöpfung", sagte Cariello.

Anna nickte. „Versinnbildlicht durch die Zahl Zehn. Zehn ist unsere zweite Zahl."

Cariello wandte sich der dritten Krone zu. Sorgsam leuchtete er sie mit der Taschenlampe ab. „Diese Krone zeigt die ersten beiden Buchstaben des Wortes Jesus in Griechisch, das berühmte Symbol IH. Jota hat in Griechisch den Zahlenwert zehn, und Eta – H – acht, das ergibt 18."

Anna trat neben ihn. Sie atmete jetzt ruhig, zog die Brauen empor und schüttelte den Kopf. „Vorsicht. Das Eta ist viel stärker in das Metall eingeschnitten worden. Die Acht, die es symbolisiert, ist die Zahl für Jesus. Acht weist um eins über die Zahl der Schöpfungstage hinaus und weist damit auf die mit der Auferstehung Christi begonnene neue Zeit hin, in die jeder Täufling aufgenommen wird. Taufbecken und Taufkirchen haben einen oktogonalen Grundriss, genau wie der Raum, in dem wir uns befinden. Das deckt sich mit dem Teller unter der Krone, der einen getauften Christus zeigt. Die gesuchte Zahl ist acht, nicht achtzehn."

Cariello stand neben Anna und suchte fieberhaft mit ihr nach der Lösung des Rätsels. In diesem Moment der Gefahr, in dem sie alle ihr Leben riskierten und ein Kind nach Luft ringend in der

Wand eingeschlossen nach Hilfe rief, war er plötzlich froh. Froh, seine Schwester wiedergewonnen zu haben, den Streit zwischen ihnen zu begraben und ihr sagen zu können, dass sie ihm etwas bedeutete. Ohne Provokation und ihr übliches hochmütiges Geplänkel. Er strich ihr über den Arm und sie lehnte sich an ihn. Sie schien das Gleiche zu fühlen.

Camarata schnaufte. Er hatte Zettel und Stift aus seiner Tasche gekramt und mitgeschrieben. „Wir haben drei Zahlenwerte, einen in jeder Krone. Eins, zehn und acht. Was sagt uns das? Was fangen wir mit diesen Zahlen an? Haben die Herren und Damen Mathematiker eine Idee?"

Cariello legte den Zeigefinger an die Nase. „Es geht nicht um Mathematik, Camarata. Der Ursprung biblischer Zahlensymbolik liegt in babylonischer Zahlenmystik. Bringen wir die Zahlen erst einmal in die richtige Reihenfolge, eins für Gott, den Höchsten, acht, für Jesus, Gottes Sohn, und zehn für den Heiligen Geist. Die Goten waren Arianer, sie glaubten nicht an die Dreieinigkeit. Sie glaubten, Gott stehe höher als Christus. Es gibt daher eine Reihenfolge. Ich denke, die Symbole können nur auf das Vaterunser auf dem runden Fries hinweisen, der die Bodenplatte umrahmt." Er stützte sich auf Camaratas Schulter und beugte sich erneut über den Stein, bis er auf einem Knie ruhte. Seine Finger glitten über die gotische Schrift. Er hielt bei dem ersten, achten und zehnten Wort inne und drückte sie jeweils in den Marmor. Zu ihrer aller Erleichterung bewegten sich die Worte tief ins Innere des Steins. Als sie alle drei gleichzeitig gedrückt wurden, erklang ein Klicken.

Ein Klicken.

Aber mehr nicht.

Sesam öffne dich

Cariello und Camarata zogen an dem Stein zu ihren Füßen, dessen Verankerung sich gelöst zu haben schien. Sie ruckten und drückten, aber er bewegte sich nicht. Er musste Tonnen wiegen und ihre Bemühungen waren nutzlos. Camarata begann, fieberhaft auf jeden der Buchstaben und jedes Wort des gotischen Vaterunsers zu drücken, aber es gab keinen weiteren nachgebenden Stein. Er fluchte. „Der Mechanismus funktioniert nicht. Verdammt noch mal. Was tun wir jetzt?" Geschlagen hielt er inne.

Anna hatte in der Zwischenzeit neben ihnen gestanden und in die Richtung der Wandnische gestarrt, in der Sergio gefangen war. Ihre lange dunkle Gestalt verharrte angespannt im Licht der Lampe Kierkegaards.

Camarata sah, dass die junge Frau im Gegensatz zu ihm selbst Mut geschöpft hatte. Ihre ebenmäßigen Züge wirkten ruhiger. Er selbst fühlte sich elend. Sie knieten seit einer guten halben Stunde auf dem Steinboden und keine Hilfe war in Sicht. In der Krypta und in den Gängen dahinter war es totenstill. Seine Kollegen kamen nicht und der Nachtwächter war verschwunden. Er fluchte auf sich selbst. Es wäre an ihm, dem Carabiniere, gewesen, die Suche nach dem Mörder Rantes professionell anzugehen, statt zwei Zivilisten blind in Gefahr zu führen. Niemand außer Chiara und ihrem Team wussten, wann sie losgefahren waren, und sie war sicher noch lange am Mausoleum beschäftigt. ,Ich bin ein gottverdammter Idiot. Wir werden alle sterben. Diese beiden verrückten Archäologen sind erfreut, dass man ihnen ein kniffliges Rätsel zu lösen gibt, aber sie denken nicht daran, was passiert, wenn sie die Lösung haben. Bumm bumm und das war's." Er fragte sich, was sie übersehen hatten, aber fürchtete sich gleichzeitig davor, die Antwort zu finden.

Ein Geräusch rüttelte ihn auf. Der Junge rief erneut jammernd um Hilfe. Seine Stimme klang schwächer. Er musste am Ende seiner Kräfte sein.

Anna drehte sich plötzlich zu dem dunklen Schatten im Loch in der Mauer, das ihnen als Eingang gedient hatte. Er stand noch immer dort und beobachtete ihr Tun. „Hey, Sie. Wir müssen den Jungen aus der Wandnische befreien. Wir brauchen die Nische."

Einen Moment herrschte Stille, dann erklang ein dumpfes „in Ordnung" aus der Dunkelheit. Kierkegaard hatte sichtlich ihren Fortschritt beobachtet und Hoffnung geschöpft.

Anna sprang zu der Fensternische und begann nun ein zweites Mal alles daran zu setzen, Sergio zu befreien. Auch Camarata sprang auf und kam ihr zu Hilfe. Die Steine waren und blieben jedoch fest verankert. Etwas klapperte hinter ihnen auf dem Boden. Camarata drehte sich um. Kierkegaard hatte ihnen ein kleines Brecheisen zugeworfen. Anna griff es und setzte es augenblicklich ein. Gemeinsam und mit Hilfe des Eisens zogen sie schließlich die Steine, die den Hohlraum verschlossen, heraus. Camarata bluteten die Hände, aber sie hatten Erfolg.

Was sie hinter den Bruchstücken vorfanden, entsetzte ihn. Der Junge klemmte in einer verkrampften Position und in Fesseln hinter den Gesteinsbrocken. Sie zogen ihn mit Anstrengung heraus. Schon das Geräusch der Kleidung des Kindes, die über den rauen Stein kratzten, tat Camarata in den Ohren weh. Er knotete und riss mit fliegenden Fingern die Fesseln auf. ‚Himmel. Was muss der Junge durchgemacht haben!'

Sergio weinte und Camarata war erstaunt, als die raue Anna Cariello ihn in die Arme nahm und tröstete. Der Junge zitterte und schluchzte. Anna setzte ihn gegen die Wand, ohne ihn loszulassen. Seine Lippen bebten und sein schmaler Körper war in sich zusammengekrampft. Die schwarzen Locken waren nass und zerrauft. Annas Gesicht spiegelte eine Vielzahl von Gefühlen wider, als sie ihn in ihren Armen wiegte – Abscheu für den Mörder, Mitleid, Entschlossenheit. Sie zog ihre Lederjacke aus und legte sie um ihn.

Als er aufgehört hatte, zu schluchzen, nahm sie mit einer heftigen Bewegung die Taschenlampe aus Camaratas Hand und kletterte mit Hilfe Cariellos in die enge, nach oben führende Wandnische. Ihre schwarzgekleideten Beine verschwanden darin, wie die Beine einer langen Spinne.

Im Licht zeigte sich schon bald eine erstaunliche Eigenschaft der Mauervertiefung. Sie war einst ein Fenster gewesen, welches die Sonnenstrahlen von oben in die unterirdische Kapelle geleitet hatte. Während die Öffnung in den Garten nicht mehr existierte, bildete nun die Lampe Annas den Strahl der Sonne nach. Helligkeit fiel von oben in den Raum.

„Ich versuche, die Wintersonnenwende nachzustellen, Addo. Hilf mir!", hörte man Annas gedämpfte Stimme aus dem Loch.

Cariello drehte sich zu Kierkegaard. „Dämpfen Sie ihr Licht."

Er tat es augenblicklich.

Erneut hörte man Annas Stimme von oben. „Die Goten waren vor ihrer Christianisierung den Naturgottheiten verbunden. Sie feierten zu den Sonnenwendfeiern, wie alle Indo-Germanen. Im Winter feierten sie die Toten und die Rückkehr des Lebens. Das behielten sie auch mit der Feier der Weihnacht bei."

Cariello suchte auf seiner Uhr einen Kompass und begann zu berechnen, wo Süden und wo Norden war. Das Fenster stand im Süden. Im Winter stand die Sonne niedrig am Himmel. Er rief nach oben. „Tiefer."

Der Strahl, der aus der Nische drang, senkte sich immer mehr, langsam nach unten gleitend, bis er wie durch ein Wunder verschwand, dreigeteilt wiedererschien und wie ein Fingerzeig Gottes auf die Missorien traf.

Die Lage spitzt sich zu

Die kleine Gruppe der Agenten des Mossad hatte sich, verstärkt durch zwei lokale Agenten, in der schneeumtobten Nacht um ihre weißhaarige Chefin versammelt. Sie trugen schwarze Einsatzkleidung. Der dunkle Kleinbus der israelischen Botschaft, den sie sich, ohne zu fragen, angeeignet hatten, hatte sie zum Eingang der Ruinen des Theoderich-Palastes gebracht. Sie standen vor dem am Tor des Gemäuers geparkten Wagen, teilten Waffen aus und zogen schusssichere Westen an. Ein Geräusch hinter ihnen ließ sie innehalten.

Ein Privatfahrzeug bog mit quietschenden Reifen um die Kurve und hielt direkt vor ihnen. Hillel Kleitman sprang heraus. Er trug keine Jacke und schien in höchster Eile hergefahren zu sein. Keuchend näherte er sich, das Gesicht hochrot, mit geschwollenen Adern auf der Stirn, und brüllte. „Hadas. Sind Sie des Teufels? Sie sind hier nicht zu

Hause und dort in dem Gebäude sind Carabinieri. Sehen Sie nicht, dass dort ein blinkender Dienstwagen steht? Wollen Sie uns in einen ausgewachsenen diplomatischen Konflikt lavieren? Reichen Ihnen die zehn Toten nicht, die Kierkegaard schon hinter sich gelassen hat? Halten Sie sich raus und überlassen Sie das hier den Italienern."

Hadas musterte ihn eisig. Ihre blauen Augen glitzerten gefährlich. „Es geht Sie nichts an, was wir hier tun, Botschafter. Der Mossad untersteht Ihnen nicht. Kümmern Sie sich um Ihre eigenen Angelegenheiten."

Kleitmans Stimme schnappte über. „Das hier sind meine Angelegenheiten, verdammt noch mal!" Er war außer sich und Schaum stand auf seinen Lippen. Mit drohenden Blicken musterte er die Gruppe der Agenten, denen er sichtlich egal war, und stach zornig mit dem Zeigefinger nach dem Gesicht von Ora Hadas. „Ich rufe in Tel Aviv an. Sie werden schon sehen. Ich hole mir Ihren Kopf."

„Schnauze, Kleitman", antworte sie ihm eisig. „Sonst könnte mir der Finger ausrutschen und eine Kugel könnte sich verirren. Kierkegaard ist dort drin und was er sucht, ist auch dort drin. Dieser Professor wird es ihm sicher schon gefunden haben. Wir gehen jetzt rein und wenn es zu viele Carabinieri gibt, wird halt Kierkegaard ein paar mehr von ihnen erschießen, als er geplant hatte." Hadas drehte sich mit einem zynischen Lächeln um und ging entschlossen auf das Tor zu. Einer ihrer Agenten wartete bereits mit dem zitternden Nachtwächter, dem er ohne Umschweife einen Revolver an die Kehle gesetzt hatte.

Kleitman schrie vor Zorn. Wutschnaubend folgte er der finsteren Gruppe, auch wenn er sich völlig im Klaren war, dass Hadas auch auf ihn zu schießen bereit war. Noch im Laufen versuchte er fieberhaft auf seinem Telefon eine Verbindung nach Tel Aviv herzustellen, um den Einsatz der Agenten zu stoppen.

Unter der Erde

Der Strahl des Lichts traf wie durch Zauberhand geleitet durch ein von außen nicht sichtbares Loch im Boden der Nische alle drei Missorien, oder zumindest die Stellen, wo sie hätten liegen sollen. Der vollständig vorhandene Teller, der auf dem marmornen Rund in der Mitte der Kapelle ruhte, leuchtete in seinem Schein auf und das von ihm reflektierte Licht wurde wie von einem Spiegel auf die von Mosaiken bedeckte Wand an der gegenüberliegenden Seite geworfen.

Das prachtvolle Kunstwerk, das im Licht aufglühte, zeigte drei rot bemützte Figuren. Sie trugen enge Hosen mit Tierfellmustern und weite kurze Mäntel. In ihren Händen hielten sie Schätze und ihre weißen Gesichter waren zu geheimnisvollen Lächeln verformt. Die Reflektion des Missoriums traf auf eine juwelenbesetzte Spange an der Schulter eines der Männer.

Camarata murmelte: „Wer ist das?"

Cariello schnalzte leise mit der Zunge. „Die heiligen drei Könige, die Geschenke nach Bethlehem tragen. Damals stellte man sie als weißhäutige Weise dar, nicht als orientalische Könige." Er näherte sich dem erleuchteten Punkt an der Wand und drückte darauf. Er musste erhebliche Kraft anwenden, um den Stein zu bewegen, aber er verschwand schließlich mit einem knirschenden Geräusch in der Mauer. Dann hinkte Cariello zu dem Teller und schob ihn mit seiner Gehhilfe auf eine der anderen Vertiefungen. Er passte nicht genau, die Bewegung genügte jedoch, einen Spiegelreflex zu erzeugen. Er fand auch den zweiten beweglichen Stein - eine weitere Fibel an der Schulter eines der anderen zwei Könige. Er drückte darauf und tat das gleiche mit der identischen Fibel an der Schulter des dritten Königs.

Melchior, Balthasar und Caspar hatten die Lösung des Rätsels verborgen.

Als der dritte Stein in der Wand verschwand, geschah es: Die Bodenplatte unter ihnen bebte, dann drehte sie sich kreischend und knarrend zur Seite. Mit zitterndem Rucken und Krachen verschob sie sich, bewegt von einer mächtigen Feder, die langsam unter dem Marmor sichtbar wurde. Nach und nach kam eine Treppe zum Vorschein. Ihre Stufen waren staubbedeckt und führten nur wenige Schritte hinab in ein weitläufiges Grab.

Ein erstaunter Ausruf entfuhr Anna, die aus der Fensternische zurück in die Krypta kletterte und ihr Licht auf das enthüllte Grab richtete. Ein Glitzern und Funkeln erfüllte den Raum. Der Geruch von Staub und Weihrauch breitete sich aus. Aus der Tiefe erhob sich eine enorme Bahre. Ihre Bewegung war begleitet von Rauschen und Knarren, das den sprachlosen Betrachtern Schauer durch die Glieder sandte.

Vor ihren Füßen kam, gekleidet in eine vergoldete römische Rüstung und das Gesicht bedeckt von einer Totenmaske, ein Mann zum Vorschein. Ein purpurner Mantel lag um seine Schultern, gehalten von einer goldenen Spange, wie es bei römischen Feldherrn üblich gewesen war. Sein Leichnam war umgeben von den Mumien vier kniender Krieger, deren von Helmen bedeckte Köpfe in Verehrung geneigt waren. Ihre behandschuhten Hände ruhten auf mächtigen Schwertern.

Ein von einer Rüstung verhülltes weißes Pferd, halb Skelett, halb einbalsamierte Leiche, ruhte zu Füßen des Herrschers. Der mächtige Schädel des Tieres blickte den Eindringlingen aus leeren, von Spinnweben bedeckten Augenhöhlen entgegen. Rings umher schillerten goldene Gefäße, Kelche und Münzen in unendlicher Pracht, aufgetürmt in vielen Lagen. Ein Streitwagen stand zu Häupten des Toten, gefüllt mit Waffen aus purem Silber und Gold, denen der Staub der Jahrtausende nichts hatte anhaben können. Die von Meisterhand gezeichneten Augen des Mumienkönigs starrten ihnen offen und beharrlich entgegen, als wollten sie die Fremdlinge verjagen. Eine Krone zierte seinen Kopf und juwelenstrotzende Ringe hingen an seinen braunen, vertrockneten Ohren, die unter der Totenmaske hervorsahen.

Cariello murmelte mit versagender Stimme: „Wir stehen vor Theoderich dem Großen."

„Beiseite!", brüllte es hinter ihm. Ein schwarzer Schatten sprang an Cariello vorbei in das offene Grab und schleuderte ihn dabei mit einem heftigen Schlag gegen die Wand der Kapelle.

Cariello stöhnte auf vor Schmerz und Wut, aber erhob sich eisern wieder und warf sich trotz seiner Beinschiene voran in Richtung der Gruft. Der blanke Lauf einer Pistole, die ihm daraus entgegengehalten wurde, stoppte seinen Elan.

„Wo ist die Menora", kreischte ihm Kierkegaard mit einem Ausdruck von Irrsinn auf dem scharfkantigen Gesicht entgegen. „Wo ist sie?"

Cariello schrak vor dem kahlen, ledrig braun gebrannten Gesicht zurück, aus dem ihm Augen wie glühende Kohlen entgegen glimmten.

Der Angreifer wandte sich um und zielte auf Anna. „Ich knall sie ab, wenn du mir nicht die Menora findest." Kierkegaards Hand zitterte ihn seinem Wahn.

Cariellos Blick huschte über die Schätze, die den toten Herrscher umgaben. Prunkgeschirre, Kronen und silberne Waffen ... Die Juwelen und Theoderich der Große selbst waren Kierkegaard nicht genug. Er wollte die Menora. Er wollte den Jüngsten Tag. Aber nirgendwo in diesem prunkvollen Sammelsurium war ein siebenarmiger Leuchter zu sehen. Die Hand der Goten hatte mit eifriger Meisterschaft die alten Beutestücke zu neuen Kleinoden geschmiedet.

Kierkegaard wandte sich von Anna zu den angehäuften Reichtümern und begann, die Grabgegenstände brutal auseinanderzuzerren. Er griff die Leiche eines der toten Krieger und warf sie zu Boden. Rücksichtslos zermalmte er mit dem Fuß seine mumifizierte Hand.

Cariello brüllte auf. Der Mörder Rantes vernichtete einen der bedeutendsten Funde der Welt. Trotz der körperlichen Überlegenheit seines Gegners warf er sich auf Kierkegaard, Arme weit ausgestreckt und ohne auf die Waffe in dessen Hand zu achten. Sie fanden sich in einer verbissenen und tödlichen Umarmung wieder. Cariellos Fingernägel gruben sich in die Wangen Kierkegaards. Seine Daumen wühlten sich in seine Augenhöhlen und er versuchte, ihn mit dem unverletzten Fuß zwischen den Beinen zu treffen. Kierkegaard schoss seinerseits auf Cariello, ohne ihn zu erreichen, würgte ihn und biss. Cariello versuchte, ihn zu bezwingen, aber wollte vor allem eins: ihn aus dem

Grab zerren, weg von der kostbaren Leiche des Goten.

Anna und Camarata sprangen Cariello zu Hilfe. Anna hängte sich an den Arm Kierkegaards, Camarata griff nach seinem Bein, das er auf einen der Treppenabsätze gestützt hatte. Kierkegaard erwies sich jedoch als unerbittlicher Gegner. Er war wie aus Stahl geschmiedet: hart und unbeweglich. Seine Augen traten aus den Höhlen und seine Glieder bewegten sich, als wären sie Teile einer Maschine. Kierkegaards Arm hob sich und setzte langsam, aber unaufhaltsam den Lauf seiner Pistole an die Kehle Cariellos. Anna umklammerte bis zum Zerreißen angespannt seine Hand, aber konnte ihn nicht aufhalten. Es war, als zöge sie an einem Block aus Eisen. Sie schloss die Augen, während sie noch einmal mit aller Kraft versuchte, die Pistole abzulenken und ihren Bruder zu retten.

Ein Schuss ertönte. Dann noch einer.

Dann war Stille.

Nichts rührte sich mehr.

Als sich der Rauch verzog, riss Anna die Augen auf.

Es war Dan Kierkegaard, der tot vor ihr auf den Boden sank, nicht Cariello. Sie fuhr herum.

Im Mauerloch am Eingang der Kapelle stand
Kleitman in Begleitung einer weißhaarigen Frau.
Geschockt betrachtete er die Szene. Neben ihm
standen mehrere Bewaffnete, die Waffen in das
Innere des Raumes gestreckt. Am Rand des
Mauerloches stand Sergio, dem die ältere Frau eine
Pistole an die Schläfe gedrückt hielt. Kleitmans
Blick wanderte zu ihr. Er schien sie dafür zu tadeln,
dass sie das Kind bedrohte, aber sie beachtete ihn
nicht.

„Wir beruhigen uns jetzt", schnarrte die Frau in
gebrochenem Englisch. „Lassen Sie den Mann dort
liegen. Wir kümmern uns später um ihn. Und jetzt,
Cariello, suchen Sie uns die Menora."

Cariello, der in gerader Schusslinie vor ihr stand,
reagierte nicht. Er hielt die linke Hand an seine
Seite gepresst und blickte steinern auf die Gruppe
im Mauerloch. Er schien Ora Hadas nicht zu hören.
Ein tiefes Stöhnen drang aus seinem Mund. Er
wankte. Seine Lippen verbissen sich im Krampf.
Blut lief ihm aus dem Mund. Dann brach er am
Rand des Grabes des Goten zusammen. Die Beine
nahe der Bahre, den Oberkörper auf der
Marmorplatte, die sie bedeckt hatte. Direkt neben
Kierkegaard. Noch einmal bebten seine Glieder.
Dann bewegte er sich nicht mehr.

Hierarchien

Die atemlose Stimme Chiara Ferros erklang aus dem Hörer. „Luogotenente. Wir sind am Palast des Theoderich angelangt. Der Wagen Camaratas steht hier. Das Tor ist offen und der Nachtwächter informiert uns, dass vor fünf Minuten ein ganzer Schlagtrupp von Mossad-Agenten in die Ruinen eingedrungen ist. Wir brauchen Hilfe."

Petroselli fluchte. Trotz seiner Leibesfülle sprang er auf. Er war sich der Brisanz der Situation bewusst. So etwas war ihm in seiner ganzen Karriere noch nie passiert. Sie befanden sich in einem tödlichen Wettrennen um die Schätze der Bibel. „Warten Sie ab, Ferro. Ich sende Ihnen Verstärkung, aber tun Sie nichts, bevor ich da bin. Ich werde die Ministerin anrufen. Das kann ich nicht mehr allein entscheiden, ob wir jetzt in einen Schlagabtausch mit dem Mossad eintreten sollen."

Kalte Panik erfasste ihn. Warum musste gerade er für so etwas verantwortlich sein?

Im Grab

In der Krypta herrschte Totenstille. Kleitman war wie gelähmt vom Schock. Cariello rührte sich nicht mehr. Er wandte sich zu Hadas. „Ihr habt danebengeschossen. Hier habt verdammt noch mal den Professor erschossen!"

Hadas zuckte gleichgültig die Schultern. „Nichts für ungut. Das kann immer mal passieren. Sie da", rief sie Anna zu, „suchen Sie die Menora."

Anna, die neben ihrem Bruder gestanden hatte, ließ sich neben ihm zu Boden sinken. Sie hob seinen leblosen Arm auf, schluchzte auf und begann sich die Haare zu raufen, das Gesicht gequält vom Schmerz. „Sie haben meinen Bruder erschossen. Sie Bestien haben meinen Bruder erschossen!" Sie begann hysterisch zu weinen. Ihr Heulen erfüllte den Raum. Sie bewegte sich vor und zurück, bald schreiend, bald schluchzend. Unkontrollierbar.

Hadas zog eine verächtliche Grimasse und wandte sich zu Camarata.

Der hob die Hände und entfernte sich eilig von der Grablege. „Ich bin nur ein Carabiniere. Ich weiß noch nicht einmal, wovon Sie reden." Er sagte das mit nüchterner Stimme, unbewegt und behäbig wie ein Sandsack.

Kleitman fluchte, erst in Hebräisch, dann in Englisch. Er beäugte seine Landsleute wütend. Wie hatte es dazu kommen können?

Hadas wirkte von Reue unberührt und stieg durch das Mauerloch, gefolgt von ihren Untergebenen. Sie näherte sich selbst dem Grab. Ihr Blick wanderte über die Kronen, den Gotenkönig und die mumifizierten Krieger. Trocken kommandierte sie ihr Personal. „Räumt mir das alles beiseite. Holt die Grabbeigaben raus und legt sie alle in Reihe hierher, sodass wir sehen können, was zu uns gehört."

Dann zuckte sie zurück wie von einer Schlange gebissen.

Zu spät.

Der scheinbar tote Cariello griff sie um die Fußgelenke und brachte sie durch einen heftigen Stoß zu Fall. Anna schlug zwei ihrer Begleiter mit einem großen gotischen Schild, den sie aus dem Grab gezogen hatte, über die Schädel, und Camarata schlug den dritten mit einem Hieb mit dem Ellenbogen ins Gesicht zu Boden.

Einen Moment herrschte Verwirrung, während derer der Botschafter seine Seite wählte. „Lauf", rief Kleitman Sergio zu und stieß ihn aus der Krypta.

Der Junge ließ sich das nicht zweimal sagen. Wie ein Hase sprang er durch das Mauerloch und auf und davon durch die Dunkelheit der Katakomben. Sekundenlang hörte man das frenetische Klatschen seiner Füße im Wasser, dann war er verschwunden. Als Kleitman sich zurückwandte, tobte vor ihm ein erbitterter Kampf.

Ein Agent des Mossad umklammerte Camarata. Dessen weißhaarige Chefin rang wie eine Harpyie mit Cariello. Im Kampf zwischen Anna und einem weiteren der Sicherheitsleute des Mossad schien die junge Frau das Nachsehen zu haben, bis der Mann im Getümmel auf die Marmorplatte und den Mechanismus der Grablege fiel.

Ein Knallen erklang. Dann ein Knarren und Rauschen. Die Kämpfenden hielten inne.

Eine gespenstische Szene ließ den verbissenen Streitern das Blut in den Adern gefrieren: Theoderich der Große erhob sich.

Vor dem Palast

Therese und Chiara standen mit den drei anderen Carabinieri wartend am Eingang des Palastes der Goten, als ein zitterndes Bündel Mensch ihnen keuchend entgegenstürmte. Es war Sergio. Der weinende Junge erkannte Chiara und schrie um Hilfe. Er fiel ihr in die Arme, griff ihre Hand und zerrte sie in Richtung des Palastgartens. „Professor Cariello braucht Hilfe. Leute sind uns hinterhergekommen und haben um sich geschossen. Der Mörder von Padre Giovanni ist tot, aber ich bin mir nicht sicher, ob nicht auch der Professor tot ist."

Chiara nickte dem Jungen zu und stieß ihn an der Schulter voran. „Schnell. Zeig uns den Weg."

Sie wandte sich zu Therese, Giuzio und den anderen. „Wenn wir noch etwas retten wollen, sollten wir uns beeilen. Zum Teufel mit dem Nachschub und Petroselli."

Sie stürzten in die dunklen Ruinen des Palastes.

Wenn alle Toten aufersteh'n

Cariello ergriff atemloses Entsetzen. Die goldene Rüstung des großen Goten verschob sich und der Leichnam richtete sich auf. Die Marmorplatte knarrte und ihr komplizierter Mechanismus setzte sich ein zweites Mal in Marsch. Ohrenbetäubendes Knirschen begleitete die Bewegung. Die metallenen

Gewinde schienen zu brechen, aber aus der Tiefe der Gruft erhob sich, wie von Geisterhand befohlen, ein Heer verhüllter Mumien. Sechsundzwanzig Männer und zweiundzwanzig Frauen erhoben sich vertrocknet und in verfallene Leinengewänder gehüllt aus der Tiefe. Die Frauen hielten mit Ausnahme einer, goldene Kronen in ihren verhüllten Händen. Die Hände der Männer waren leer.

Hohl und schauerhaft blickten ihre Gesichter die neuzeitlichen Eindringlinge an und begannen, in dem Augenblick zu verfallen, in dem der Hauch der Luft sie berührte. Die Mumien standen dicht an dicht gedrängt und trotz der Größe der Kapelle wirkte diese jetzt klein angesichts der Menge der Untoten, die sich aus dem Grab erhob.

„Der Jüngste Tag!", rief Camarata und schlug heftig das Kreuz. „Wenn alle Toten aufersteh'n …"

„Die Prozession der Heiligen vom Mosaik in der Sant' Apollinare Kirche!", schrie Cariello in den Lärm. „Sehen Sie die Hände! Die Kronen von Guarrazar sind die fehlenden Kronen der männlichen Märtyrer." Seine Stimme brach. Er befand sich vor einer Erscheinung der Apokalypse. Die Toten standen aus ihren Gräbern auf, um dem Jüngsten Tag entgegenzugehen. Ihre weißen Zähne bleckten in den hohlwangigen Gesichtern mit den vertrockneten Augen. Ein schauerliches Grinsen lag auf ihren Zügen.

Camarata war leichenblass, seine Augen geweitet.

Cariello keuchte. „Man sagte Theoderich nach, die Macht zu besitzen, die Toten wiederzuerwecken. Er fuhr zur Hölle und kehrt mit den Heiligen zurück. Sein Pferd ist weiß wie das erste Pferd der Apokalypse, das erscheint, wenn die sieben Siegel zerbrochen werden." Er zeigte auf die Mumien. „Die Hälfte der Kronen fehlt. Man hat den Schatz bereits einmal gestört und sie genommen, um sie nach Spanien zu senden."

„Und man hat den Frevel bereits einmal gerächt", rief Camarata entsetzt und zeigte auf die Wände. Durch kleine, vorher kaum sichtbare Löcher schoben sich metallene Pfeile. Er zeigte nach unten. Zwei ähnliche lagen lose in der Grablege.

Cariello begriff. Mit einem Satz warf er sich auf seine Schwester und riss sie mit sich ins Grab. Camarata folgte mit einem waghalsigen Sprung. Es war in letzter Sekunde. Die Mumien hatten ihre Endposition erreicht und ein Klicken ertönte. Die Pfeile wurden durch unsichtbare Federn ins Innere der Kapelle gefeuert. Ein tödliches Zischen begleitete ihren Flug. Sie kamen von allen Seiten, von oben und von unten. Von rechts und links. Zu hunderten. Das alles geschah so plötzlich, dass den Agenten des Mossad keine Zeit blieb, ihrerseits das rettende Loch in der Mauer der Kapelle zu erreichen und sie zu verlassen. Die Vision des Jüngsten Tages verwandelte sich in eine Vision des Jüngsten Gerichts, eine Vision der Hölle.

Cariello drückte sich und Anna neben den Leichnam Theoderichs auf die Bahre. Dorthin, wo der König noch Sekunden vorher seinen ewigen Schlaf geschlafen hatte. Er presste den Kopf in die staubigen Gewänder des Toten, deren Goldborte ihm die Haut zerkratzte. Der Stoff roch nach Kampfer und Moder. Er schrie Anna zu: „Wer immer diesen Mechanismus gebaut hat, hat die Mumie Theoderichs schützen wollen. Seine Leiche muss vor den Pfeilen sicher sein."

Camarata dachte sichtlich dasselbe. Er hatte sich an die Stelle geworfen, an der noch kurz zuvor der wachende Krieger gekniet hatte, den Kierkegaard zu Boden gerissen hatte. Und richtig - die Pfeile und nun auch Lanzen, die in beängstigender Geschwindigkeit den Raum durchquerten, trafen weder den Leichnam Theoderichs noch die Mumien seiner Krieger. Auch Cariello, Anna und Camarata wurden kaum getroffen.

Ein Pfeil drang Cariello in die Schulter, ein zweiter in Camaratas Bein. Anna wurde von einer Lanze verletzt, die ihren Arm an die Bahre nagelte. Im Vergleich damit, was den Mossad-Agenten geschah, war dies gar nichts. Ihre Angreifer, die entfernter vom Rauminneren gestanden hatten, wurden von den Geschossen der Goten durchlöchert. Selbst der Leichnam Kierkegaards wurde von einer ganzen Ansammlung pfeifender und schwirrender Pfeile durchbohrt. Schreie und Zischen erfüllten den Raum.

Dann versiegten die Wurfgeschosse.

Totenstille trat ein.

Nichts bewegte sich, nichts rührte sich mehr. Einen Moment herrschte Ruhe.

Cariello wollte aufatmen und setzte sich auf.

Dann hörte er ein schnarrendes Geräusch. Es knirschte und knackte und ein knallender Laut erklang. Es war, als tauche man ihn in Eiswasser. Sein Blut gefror. Er schrie. „Rettet euch aus dem Grab!"

Die achtundvierzig Mumien der Heiligen bewegten sich. Sie drehten sich langsam um sich selbst und versanken in einem gespenstischen Totentanz erneut in der Tiefe des Grabes, und mit ihnen

Theoderich, sein Streitross und seine Krieger. Der mächtige runde Marmorblock über ihren Köpfen bewegte sich drehend voran, um das Grab erneut zu verschließen.

‚Wenn er sich einklinkt, sind wir verloren!‘ Cariello rang nach Luft. Unter ihm bebte die Totenbahre, die er so naiv zum Schutz erwählt hatte. Sie sank unbeirrlich in den Abgrund. Wenn sich der Marmorblock über ihnen verriegeln würde, würde man sie in tausend Jahren als Mumie an der Seite Theoderichs wiederfinden. Der Mechanismus war durch den Kampf zerbrochen. Es war das Bersten der Feder, das erst die Mumien hatte aufsteigen lassen und nun, mit einem endgültigen Versagen der Apparatur, den Schließmechanismus von Neuem in Gang setzte.

Cariello brüllte erneut: „Raus. Wir müssen raus." Mit Gewalt und trotz seiner Verletzungen riss er sich von der Bahre hoch. Halb kniend riss er die Lanze aus dem blutenden Arm seiner Schwester und hob sie mit unmenschlicher Kraftanstrengung nach oben, weg von sich und aus dem Grab. Camarata sprang ächzend nach oben und von dort zu Anna, um sie mit sich in Sicherheit zu ziehen.

Cariello hatte Mühe, ihnen zu folgen. Seine rechte Hüfte und sein Bein waren steif in der Schiene blockiert. Ein Pfeil hatte ihm die linke Schulter durchbohrt und gelähmt. Er kam nicht von der Bahre Theoderichs los, auf die er sich so impulsiv geworfen hatte und die schneller als die sie umgebenden Schätze in die Tiefe sank. Es war, als ob der Gotenkönig sein Opfer einfordern würde und ihn mit seiner gespenstischen Macht lähmte. Als würden die Mumienhände nach dem Eindringling greifen und ihn mit ins dunkle Grab ziehen. Umgeben von Heiligen und glitzernden Grabschätzen, sank Cariello der Welt der Toten entgegen.

Noch bevor Anna ihm ihrerseits zu Hilfe kommen konnte, warf sich ein dunkler Schatten an ihr vorbei in die Grablege. Wie eine Katze sprang sie zu Cariello und riss ihn mit aller Macht empor zum Rand der sich schließenden Grube. Es war Therese.

„Nicht hier hinein", schrie Cariello. „Rette dich. Vergiss mich. Rette dich selbst."

Thereses Mund entrang sich ein Schrei der Verzweiflung. Die tonnenschwere Marmorplatte hatte sich bereits zur Hälfte über das Grab geschoben. Thereses Gesicht war leichenblass und ihre Augen weit aufgerissen. Cariello griff sie und schob sie gegen ihren Willen durch den letzten noch offenen Schlitz der Graböffnung nach oben, zurück ins Leben. Ins Freie.

Therese wollte nicht aufgeben. Keuchend und das Gesicht überströmt von Tränen griff sie nach seiner Linken, in dem hilflosen Versuch, den viel schwereren Verletzten zu sich nach oben zu ziehen.

Ein Ausruf ertönte. Therese wurde grob beiseitegestoßen und eine kräftige Hand packte zusammen mit ihr die Hände Cariellos und riss ihn hoch. Es war Kleitman. Blutbeschmiert und atemlos kniete er am Grab und zog Cariello mit unendlicher Kraftanstrengung und brutaler Gewalt durch den sich schließenden Schlitz nach oben. Der Marmor des sich bewegenden Steins traf Cariello am Kopf. Sein blutender Arm wurde von einem beißenden Schmerz durchschnitten, als er mit so großer Gewalt belastet wurde, aber er passierte die schmale Öffnung.

Kaum war er oben, krachte die Marmorplatte, die den großen Theoderich barg, zurück in ihr Bett. Einen Zentimeter hinter seinem Fuß.

Die Mumie Theoderichs, seiner Krieger, seiner Heiligen und sein unermesslich kostbarer Schatz verschwanden in der Tiefe. Für immer unter der tonnenschweren Marmorplatte verborgen.

Therese schlug sich die Hand vor den Mund. Sie schluchzte. Dann schlang sie ihre Arme um Cariello, weinte und küsste ihn. Geschockt von dem grausamen Erlebnis, das den Boden der Kapelle mit Toten bedeckt hatte und erleichtert, ihn lebend zu sehen.

Cariello zögerte einen Moment, dann schlossen sich auch seine Arme um sie.

Osterfest

Der Frühling war über Ravenna hereingebrochen. Laue Luft wehte vom Adriatischen Meer herüber und füllte die Gassen mit Heiterkeit. Die Sonne ließ die erhabenen Kirchen der alten Gotenstadt erstrahlen. Die Blüten, die aus den Gärten hervorbrachen, die singenden Vögel und die feierlich gekleideten Menschen bereiteten dem langen Winter ein jubilierendes Ende. Sonntägliche Kirchenglocken donnerten fröhlich von den hohen Türmen der Gotteshäuser. Es war Ostern geworden. Der Wonnemonat April kündigte sich an und überall feierte man die Auferstehung des Herrn.

Am Karfreitag, pünktlich vor dem Fest, hatte man Cariello zu seiner großen Erleichterung die Schiene abgenommen, die seine Hüfte und sein Bein so lange gefangen gehalten hatte. Er hinkte noch etwas, als er am Ostersonntag im Palast des Bischofs anlangte, der ihn, Therese und die Carabinieri zu einem feierlichen Ostermahl eingeladen hatte, aber er strahlte, in einen hellgrauen Anzug gekleidet und eine Weinflasche im Arm. Der Bischof kam ihm entgegen und grüßte ihn lachend. Er trug noch den Talar der Messe und beeilte sich, ihn abzulegen und Cariello hereinzubitten.

Das Mahl war in einem der großen Prunksäle des Bischofspalastes angerichtet worden. Der Tisch funkelte von Kerzen und bog sich unter den Speisen, die in feinem Porzellan aus Meißen und Capodimonte angerichtet worden waren. Man brachte Lammbraten und gebackene Tauben, Eier in allen Formen und Taralli, ein lokales Ostergebäck. Dazu deckte man den Tisch mit dampfenden Artischocken. Der Wein, den der Bischof hereinbringen ließ, war aus der Emilia Romagna, die Ravenna umgab, und man goss ihn in Überfluss in die Gläser.

Der Prälat hatte darauf bestanden, dass sich Cariello neben ihn zu seiner Rechten setzen sollte.

Den Platz zur Linken hatte er augenzwinkernd Therese verordnet. Chiara, Petroselli, Camarata und Giuzio teilten sich mit ihren jeweiligen Begleitern oder Begleiterinnen die übrigen Plätze.

Der Bischof war in Feierlaune. Er kommentierte das Tagesgeschehen, scherzte und lachte. Es schien, das Heilsversprechen des Ostersonntags hatte ihn geradezu in Euphorie versetzt. Er klopfte schließlich nach einer Reihe belangloser Plaudereien auf Cariellos Hand. „Jetzt erzählen Sie uns endlich, Cariello, was es mit dieser ganzen Sache auf sich hatte. Befindet sich der Schatz der Goten in unserem Kirchgelände? Und werden wir ihn je wiedersehen?"

Cariello wischte sich mit einer Serviette den Mund ab. Sein Gesicht war von der Frühlingssonne braungebrannt. Er hatte die letzten Tage mit Grabungen am Palast des Theoderich verbracht und war erstaunlich gut vorangekommen. Seine Arbeit war in ganz Italien von der Presse kommentiert worden. Schatz hin und oder her - Theoderich war zum Gegenstand hunderter Artikel geworden. „Wir haben jetzt eine gute Weile versucht, diese Marmorplatte zu bewegen, Hochwürden. Aber der Mechanismus ist alt und verrostet. Es ist nichts zu machen. Er ist zerbrochen. Das Bersten der Feder hat die

393

tonnenschwere Marmorplatte wieder fest in ihr Bett gedrückt und ich sehe im Moment keine Möglichkeit, in der engen Kapelle an die Mumie Theoderichs heranzukommen." Er zuckte lächelnd die Schultern. „Wenn Sie mich fragen – er Ruhe in Frieden. Was würden wir denn mit ihm tun? Wir würden Theoderichs Grab in Stücke zerlegen, seine Grabbeigaben in Vitrinen im Museum unterbringen und den armen Gotenkönig selbst in einem Depot einlagern. Es stört mich nicht, um dieses eine Mal kein Grabräuber sein zu müssen und den großen Herrscher in Frieden da ruhen zu lassen, wo ihn seine kluge Tochter bestattet hat. Sie hat mit unermesslichem Aufwand für die Sicherheit der sterblichen Hülle ihres Vaters gesorgt, als hätte sie geahnt, dass ihr Palast schon so bald geplündert und zerstört werden würde. Im Moment bleibt Theoderich in seinem Grab und schläft erneut seinen ewigen Schlaf. Trinken wir auf den edlen Toten, mit dem ich die Ehre hatte, ein paar Minuten lang die Bahre zu teilen." Er hob schmunzelnd das Glas.

„Was hatte es mit diesen Mumien in dem Grab auf sich?", fragte Camarata. „Ich kann mir nicht vorstellen, dass der Gotenherrscher wirklich 48 Mumien von Heiligen besaß und damit sein Grab dekorierte …"

Cariello zuckte die Schultern. „Alles, was ich dazu sagen kann, ist, dass die Mumien genauso gekleidet und dekoriert waren, wie die Heiligen auf den Wandmosaiken der Kirche des Theoderich, die man heute Sant' Apollinare nennt und die einst Christus geweiht war. Vielleicht waren es wirklich tote Heilige, die man im Grab des Herrschers verborgen hat, vielleicht nahm man auch nur bei der Ruhrepidemie, die auch Theoderichs Leben forderte, verstorbene Menschen und gab sie als Grabdekorationen mit in die Ruhestätte des Goten. Sie wären nicht die Ersten gewesen. Bis heute dekorieren die Kapuzinermönche ihre Gruften mit toten Menschen, die Heiligenbilder nachstellen wie in einer grausigen Puppenstube."

„Und die Kronen?"

„Die weiblichen Mumien um Theoderich trugen die Kronen, die man auf dem Mosaik in Sant Appolinare sieht, die Kronen der männlichen Heiligen fehlten, aber ich finde es bemerkenswert, dass ihnen genau so viele Kronen fehlten, wie sich im Hortfund von Guarrazar wiederfanden. Ich wage zu behaupten, dass die Kronen von Guarrazar wohl ursprünglich Teil der Grabbeigabe Theoderichs waren. Athalerich, Amalsunthas Sohn, muss im Auftrag der gotischen Adeligen am Hof in das Grab seines Großvaters eingedrungen sein, um die Schätze zu nehmen und sie seinem Cousin Amalerich nach Spanien zu senden, um diesen zum Bündnis zu überreden. Seine Mutter Amalasuntha wird sich hiergegen gewendet haben. Sie empfand dies sicher als Grabräuberei und versah wohlweislich das Grab mit einem Verteidigungsmechanismus. Ihre Liebe zu ihrem Sohn muss in diesem Augenblick schon hoffnungslos zerrüttet gewesen sein oder aber er war bereits tot, so dass sie nicht zögerte, tödliche Pfeile einbauen zu lassen. Vielleicht war dieser letzte Akt des Widerstands jedoch auch ein Werk ihrer Tochter, Matasuentha, die die letzte rechtmäßige Erbin des Gotenthrons war und sich für den feigen Mord an ihrer Mutter gerächt haben könnte, bevor man sie zwang den ihr verhassten Leibwächter Wittichis zu heiraten, der Ravenna schon bald auch auf ihr Betreiben dem Feldherrn Belisar überließ."

Cariello wurde unterbrochen. Bedienstete des Bistums brachten Panettone, Marzipan-Lämmer und Cassatine von Ricotta-Käse. Süßer Tokaier-Wein wurde eingeschenkt.

„Und das Grab Alarichs bei Cosenza?", fragte der Bischof. „Warum war es leer?"

Anna lachte auf. „Wir haben leider dieses Grab Alarichs nie gefunden, Hochwürden. Ich habe mir die Freiheit genommen mit einigen Studenten zurück nach Cosenza zu fahren und das Grab, das wir entdeckt haben, genauer zu untersuchen. Es stammt nicht von Alarich. Das Grab ist älter. Wir haben es fertig ausgegraben. Es ist mehr als zweitausend Jahre alt und griechisch, nicht gotisch. Wir haben einen guten Kandidaten, wessen Grab diese verborgene Ruhestätte sein könnte. Ich denke, sie gehörte Alexander dem Molosser. Dieser Alexander war ein Onkel Alexander des Großen und König von Epirus in Griechenland. 334 vor Christus folgte er einem Hilferuf der griechischen Kolonie Tarent in Süditalien, die von den Samniten bedroht wurde. Alexander beeilte sich, nach Italien zu gehen, da ihm das Orakel von Dodona geweissagt hatte, dass er bei Pandosia an den Ufern des Acheron sterben würde. Einen Fluss und eine Stadt dieses Namens gibt es in Griechenland und von diesen beiden wollte der König sich so weit wie möglich entfernen."

„Der Acheron ist in der griechischen Mythologie einer der fünf Flüsse der Unterwelt", sagte der Bischof.

Anna nickte und zog ihren schwarzen Lippenstift nach. „Alexanders Streitmacht wurde nach drei

Jahren Krieg in der Nähe einer süditalienischen Stadt unerwartet angegriffen. Zu seinem Entsetzen erfuhr er, dass sie sich ebenfalls Pandosia nannte. Der molossische Herrscher wurde folgerichtig von einem seiner Verbündeten mit einem Dolchwurf heimtückisch getötet, als er einen kleinen Fluss durchquerte, den man den Acheron nannte. Damit erfüllte sich unerwartet die Weissagung. Alexander hatte nicht gewusst, dass es auch ein Pandosia und einen Acheron bei Cosenza gab. Man begrub die Leiche des Königs, heißt es, ohne Ehren und im Verborgenen. Später sandte man seinen Leichnam zu seiner Schwester, der Mutter Alexander des Großen. Das Grab blieb leer zurück. Und jetzt merkt auf - der kleine Fluss, der unterhalb unserer vermuteten Alarich-Höhle fließt, hieß in der Antike Acheron und die Ruinen der Stadt, die Alexanders Leichnam begrub, Thuri, liegen nahebei."

Camarata rieb sich lachend die Hände. „Das Alarich-Grab bleibt also noch im Busento zu finden?"

Anna nickte lächelnd. „Viel Glück dabei."

Cariello langte über den Tisch und nahm Annas Hand. Sie zuckte verlegen zusammen. Er drückte sie und hielt ihren Blick. „Ich habe noch nicht die Zeit gefunden, dir zu danken, Anna. Therese und du, ihr habt mir in Theoderichs Grab das Leben gerettet." Er wandte sich erklärend zu dem Bischof um. „Es war Anna, die mir befohlen hat, mich beim Angriff der Mossad-Leute dort unten in den Katakomben tot zu stellen. Wir haben um unser Leben gespielt und wären nicht Anna und Therese gewesen, säße ich nicht hier neben ihnen."

Thereses Wangen röteten sich. Sie schlug die Augen spaßend auf und zu. „Es war mir eine Freude. Aber ohne die Kraft eines Wagenhebers in der Form des Botschafters Kleitman hätte ich meinen Professor nie dort aus der Grube bekommen."

Cariello zwinkerte ihr zu. „Es wäre mir eine Ehre gewesen, in tausend Jahren als Mumie neben Theoderich dem Großen gefunden zu werden. Gäbe es ein schöneres Ende für einen Archäologen?"

„Und Kleitman?", fragte der Bischof. „Was ist aus dem israelischen Botschafter geworden? Man hat nichts in der Presse gelesen. Kein Sterbenswort."

Camarata lachte grimmig. „Der Mossad hat seine Leichen eingesammelt und hat sie verschwinden lassen. Diplomatische Geheimsache. Akte geschlossen. Und ich habe mir erlaubt, den israelischen Botschafter einsammeln zu lassen. Er ist von mitleidigen Schwestern in Santa Maria delle Croci wieder zusammengeflickt worden. Die Pfeile Amalasunthas hatten ihm übel mitgespielt, aber als er sich umwandte, um Sergio zu retten, hatte er sich, ohne es zu ahnen, in einen toten Winkel begeben. Es waren nur drei Pfeile und eine Lanze, die man ihm aus dem Fleisch hat schneiden müssen. Wesentlich weniger als dem Mossad. Kleitman wird wieder werden, keine Sorge. Ich habe ihn im Krankenhaus besucht und er hat angedeutet, er wolle sich bald nach Madrid versetzen lassen und die Menora dort suchen. Er hat Blut geleckt und will jetzt Schätze finden. Zum Zeitvertreib studiert er Gotisch, da er meint, Athalerich habe den größten Teil des Schatzes vielleicht doch nach Spanien gesendet."

„Ah", sagte Cariello, „wie wunderbar. Ich werde ihn anrufen. Dann kann ich ihm auch gleich zur Übung den Satz geben, der auf den drei Prunktellern stand und der Kierkegaard in die Irre geführt hat, so dass er nach Cosenza fuhr." Er hob das Glas mit dem Tokaier empor. *Es ruht in der Tiefe - Umgeben von Gottes Gaben"*, skandierte er. Er sah sich im Kreis um. „Das stand auf den ersten beiden Tellern. Auf dem dritten stand noch etwas, aber den hatte Kierkegaard nicht. Wir haben ihn gestern in der dritten verborgenen Kapelle gefunden, die das Dreigestirn der Krypten vervollständigte."

„Was?", riefen Camarata und der Bischof gleichzeitig.

„Dort stand: *Theoderich der Große.*" Cariello grinste. *„Es ruht in der Tiefe - Umgeben von Gottes Gaben – Theoderich der Große.* Also nichts mit Alarich unter den Wogen des Busento."

Der Bischof rieb sich die Hände. „Der große Gote hat uns ordentlich auf Trab gehalten. Er behält den halben Schatz für sich, und einen Teil des restlichen halben scheint es, hat man bereits in Spanien gefunden. Bleibt zu erraten, was noch im Grab des Alarich und auf seinen versunkenen Schiffen ruht. Wir sollten das dem Botschafter sagen, damit er nicht in Madrid seine Zeit verschwendet. Und behalten wir diesen Kleitman im Auge. Es bleibt spannend."

Cariello schnalzte mit der Zunge. „Ich glaube, Kleitman – oder wir – sollten lieber an einem anderen Ort suchen als im Busento. Erinnern Sie sich daran, dass ich gesagt hatte, Theoderich sei identisch mit Dietrich von Bern?"

Die kleine Runde nickte.

Cariello lachte. „Ich habe mich noch einmal etwas mehr mit der Nibelungensage beschäftigt. Der Hort, der dort im Rhein verschwindet, gehört doch Siegfried und Brünhilde, nicht wahr? Nun hören Sie sich das an: Es gab wirklich eine historische Brunichild, die um die Zeit des Todes Theoderichs geboren wurde. Sie war die Tochter eines der Westgotenkönige, die in kurzer Reihenfolge die Nachfolge des Enkelsohns Theoderichs, Amalrich, antraten, dem man wohl zumindest einen Teil des Schatzes aus Ravenna nach Spanien gesendet hatte. Brunichild wuchs am Hof von Toledo auf, dort wo man die Kronen von Guarrazar fand. Sie wurde an einen Franken verheiratet. Ratet, wie er hieß …"

„Siegfried?"

„Fast. Er hieß Sigibert. Brunichild stürzte die Familie ihres Mannes in einen wilden Bruderstreit, da Sigiberts Bruder Chilperich erst ihre Schwester heiratete und dann ermordete, weil er ihr seine Geliebte vorzog und nur an der Mitgift interessiert gewesen war. Von da an ging es hoch her und am Ende, heißt es, habe Brunichild bei allen ihren Intrigen und Kämpfen zehn Könige erschlagen lassen. Und es heißt auch, sie habe einen Schatz im Rhein versteckt, bevor sie vor ihren Verfolgern floh, die sie am Ende einer langen Irrfahrt von wilden Pferden zerreißen ließen. Was für einen Schatz wird eine Westgotenprinzessin wohl besessen haben?" Seine dunklen Augen glitzerten.

Therese lachte. „Den Schatz von Rom?" Sie schlug in die Hände. „Wir suchen also doch im Rhein, ja? Und dann – wenn wir die Menora finden, dann kommt der Messias, richtig?"

Camarata schmunzelte breit. „Ist das dann Jesus oder ein frei Auserwählter? Kann man sich für den Posten bewerben?"

Anna zog die Lippen kraus, drückte den Rücken durch und gab sich einen ernsten Anschein. „Die Juden, Christen und Muslime warten alle auf den Messias. Wir Christen glauben, er ist mit Jesus bereits gekommen, ist wieder gegangen und wird einst wiederkommen. Die Juden und Muslime glauben, dass er bisher noch nicht gekommen ist, aber dass er irgendwann kommen wird. Ich mache einen Vorschlag: Lassen Sie uns alle gemeinsam warten. Wenn er dann kommen wird, fragen wir ihn einfach: Warst du schon mal hier?"

Cariello grinste. „Und dann hoffe ich, ganz nahe bei ihm zu stehen, um ihm ins Ohr zu flüstern: ‚Antworte besser nicht'."

Der Bischof lachte laut auf und Falten bildeten sich um seine freundlichen Augen. „Solange alle guten Menschen am Jüngsten Tag in den Himmel

kommen, und solche radikalen Bösewichte wie
Kierkegaard nicht, soll mir das an sich recht sein.
Und bis dahin", er hob sein Glas, „auf Theoderich
den Großen und den Schatz der Goten."

Chiara

Chiara kehrte nach dem Essen mit dem Bischof
trotz der fortgeschrittenen Stunde nach Venedig
zurück. Sie konnte ihre Kinder nicht länger allein
lassen. Als sie in der Lagunenstadt ankam,
herrschte feuchtes, kühles Wetter. Nebelschwaden
lagen über dem Canale Grande. Der Karneval war
vorbei, der Trubel hatte sich gelegt und die
Hoteliers warteten auf den Sommer. Für eine kurze
Atempause lagen die Cafés und die Brücken
verwaist, umgeben von malerischem Dunst.

Chiara erreichte das Haus, in dem sie eine
Wohnung gemietet hatte, kurz vor neun Uhr
abends. Ihre Nachbarin hatte sich erneut als
Kindermädchen zur Verfügung gestellt. Sie
klingelte von der Straße bei ihr und die ältere
weißhaarige Frau öffnete ihr sofort. Sie stand in
Pantoffeln und Schürze vor dem Eingang ihrer
Wohnung, als Chiara die Treppe heraufkam. Die

Kinder waren nicht bei ihr. Sie deutete nur schweigend auf Chiaras Tür gegenüber.

Chiara runzelte die Stirn, aber nickte dankend, überquerte den kahlen Korridor und schloss auf. Als sie eintrat, lief ihr ein Schauer über den Rücken. Ein Schauer zwischen Angst und Glück. Sie hörte eine Männerstimme aus dem Wohnzimmer klingen.

Langsam stieß sie die Tür auf. Es war Paolo. Er saß mit den beiden kleinen Jungen am Tisch. Der Ältere hatte seine Hausaufgaben vor sich, der Jüngere patschte mit der Hand in einem Teller Suppe herum.

Er sah auf. Seine und Chiaras Blicke trafen sich. Dann fiel sie ihm in die Arme.

***

Nachwort

Vieles in der hier erzählten Geschichte um den Schatz der Goten entspricht der Wahrheit. Theoderich, Alarich und Amalasuntha haben wirklich gelebt. Der Schatz von Guarrazar wurde wirklich gestohlen und die Kronen wurden auf Veranlassung Himmlers an Spanien zurückgegeben. Man sucht in der Tat im Busento das Grab Alarichs und es könnte die Menora und das Fastigium enthalten, genau wie der Schatz im Rhein.

Es gibt ebenfalls das Grabmal des Theoderich in Ravenna, auch wenn man nicht weiß, wo der Gotenherrscher begraben wurde und was mit dem Schatz der Goten geschah. Die im ‚Rätsel der Krypta' beschriebenen Hinweise in den Mosaiken inspirieren sich an den gotischen Mosaiken der Sant Apollinare Kirche in Ravenna.

Die Personen und Geschehnisse dieser Geschichte sind frei erfunden.

Danksagung

Ich danke meiner Familie, die mir geholfen hat, dieses Buch zu schreiben.

Lieber Leser,

Ich hoffe, Dir hat das Buch gefallen. Es hat mir Spaß gemacht, der Geschichte um den Heiligen Markus nachzuspüren und ich hoffe, Du hast beim Lesen genauso viel Spannung empfunden wie ich beim Schreiben.

Über eine gute Bewertung würde ich mich sehr freuen. Du hilfst mir, weiterzuarbeiten und für Dich neue Geheimnisse zu erforschen.

Zum Weiterlesen:

Aus verborgenen Orten (Cariello 1) erzählt die Geschichte einer versunkenen römischen Villa in Herculaneum und ihrer rätselhaften Bibliothek.

Mord im Hain der Göttin (Cariello 2) erzählt die Geschichte der Schiffswracks Kaiser Caligulas und einer spektakulären Geschichtsfälschung.

Das Geheimnis von Venedig (Cariello 3) geht der Mär von der Mumie des Heiligen Markus auf den Grund und findet mehr als nur einen Heiligen im Grab.

Der Schatz der Goten (Cariello 4) stöbert nach der Beute Alarichs aus der Plünderung Roms und findet ihn da, wo niemand ihn vermutet.

Das Lächeln der Leda (Cariello 5) forscht nach dem Verbleib zweier Gemälde im Schloss von Fontainebleau bei Paris.

Der Gottesbeweis (Cariello 6) weiß, was der Stein der Weisen wirklich war.

Eiszeit (Cariello 7) findet eine Gletschermumie in den Alpen und ein erschütterndes Geheimnis.

Geisterstadt (Cariello 8) ergründet die Geheimnisse der Wahrsagungen der Sibylle und einen mysteriösen Tunnel in die antike Unterwelt.

Vielen Dank fürs Mitfiebern.

U.C. Ringuer (2022)